सच्ची प्रेरक कहानियाँ

प्रकाशक

प्रभात पेपरबैक्स

4/19 आसफ अली रोड, नई दिल्ली–110002

फोन : 23289777 • हेल्पलाइन नं. : 7827007777

इ–मेल : prabhatbooks@gmail.com ❖ वेब ठिकाना : www.prabhatbooks.com

संस्करण

प्रथम, 2018

अनुवाद

अचलेश चंद्र शर्मा

मूल्य

तीन सौ रुपए

अ.मा.पु.स. 978-93-5266-580-8

मुद्रक

आर–टेक ऑफसेट प्रिंटर्स, दिल्ली

★

SACHCHI PRERAK KAHANIYAN

by Major Pradeep Khare (Retd.)

Published by **PRABHAT PAPERBACKS**

4/19 Asaf Ali Road, New Delhi-110002

ISBN 978-93-5266-580-8

₹300.00

सच्ची
प्रेरक कहानियाँ

मेजर प्रदीप खरे (से.नि.)

प्रभात
पेपरबैक्स
www.prabhatbooks.com

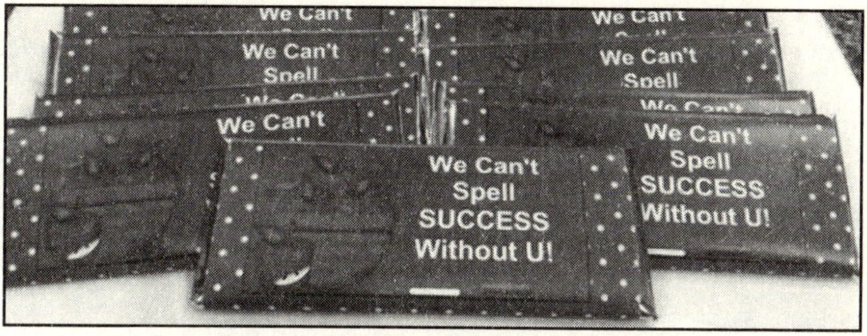

चूँकि यह पुस्तक आपके हाथों में है इसलिए
मैं इसे आप ही को समर्पित करता हूँ।

अनुक्रम

खेल के मैदान में चमकते सितारे

पढ़ाई की लगन ने दिलाया ऊँचा मुकाम

सहायक व उदारमना लोग

उद्यम को प्रणाम

पशु-पक्षियों के मसीहा

वे अपंग हैं, असमर्थ नहीं

जिजीविषा के धनी

गुदड़ी के लाल

सुपर्ब सेल्सपर्सन

आत्मानुशासन के बलवाले लोग

पर्यावरण के प्रेमी

साहस के धनी लोग

भूमिका

आजकल इलेक्ट्रॉनिक मीडिया और प्रिंट मीडिया में घपलों, घोटालों, आतंकवादी घटनाओं और दुर्घटनाओं की खबरें ही छाई रहती हैं। अधिकतर टी.वी. धारावाहिकों और फिल्मों में षड्यंत्र, हत्या, हिंसा, अश्लीलता जैसे मसाले हावी रहते हैं। इन्हीं तरह के समाचारों व दृश्यों को लगातार दिखाए जाने से लोगों के मन में भय, अनिश्चितता और अविश्वास की भावनाएँ घर कर जाती हैं और ये उनके आत्मविश्वास और आत्मसम्मान को कमतर कर देती हैं।

ऐसा नहीं है कि अच्छी और प्रशंसनीय घटनाएँ समाज में नहीं हो रही हैं, लेकिन मीडिया के कैमरे और कलम उन्हें हमारे सामने लाते ही नहीं हैं। इसके बावजूद हमारा युवा वर्ग परीक्षाओं में कमाल कर रहा है और खेलों में नए-नए रिकॉर्ड्स स्थापित कर रहा है। अनेक लोग समाज में निःस्वार्थ सेवा कर रहे हैं, दूसरों की मदद कर रहे हैं और इस धरती को एक बेहतर जगह बनाने की कोशिश में लगे हैं। लोग ड्यूटी की लीक से हटकर अच्छे काम कर रहे हैं, महिलाएँ नए-नए मोरचों पर कामयाबी के झंडे गाड़ रही हैं, विकलांग ऐसे-ऐसे काम करने में कामयाब हो रहे हैं जिन कामों को करने की पूर्णांग सपने में भी नहीं सोच सकते हैं। पहली-पहली बार व्यापार में हाथ आजमानेवाले युवक करोड़ों का व्यापार कर रहे हैं। इन सभी चमकते सितारों ने अपनी सफलता की कहानियों की पटकथाएँ केवल अपने साहस, धीरज, लगन और दृढ संकल्प के साथ सारी बाधाओं पर विजय हासिल करते हुए लिखी हैं।

सफलता की ये सच्ची कहानियाँ उन फूलों की तरह हैं जो किसी ऐसे अनदेखे कोने में खिलकर गुमनामी में खो जाते हैं जहाँ कोई आता-जाता नहीं है। जीवन-पथ पर चलते हुए मैंने सफलता की इस सुगंध को महसूस किया है। मैंने उन्हें इकट्ठा किया है और एक गुलदस्ता बनाया है। वही गुलदस्ता इस पुस्तक के रूप में प्रस्तुत कर रहा हूँ ताकि 'सफलता की सुगंध' दूर-दूर तक फैले। यदि यह रचना पाठकों को पुनः ऊर्जावान बनाने में, विश्वास जुटाने में और उन कामों को करने का साहस करने में मदद कर पाई जिन्हें

करने की हिम्मत वे पहले नहीं जुटा सके हैं, तो इस पुस्तक का प्रयोजन पूरा हो जाएगा।

इस पुस्तक के मौलिक होने का दावा मैं नहीं कर सकता क्योंकि यह तो नेट, समाचार-पत्रों, पत्रिकाओं से प्राप्त सूचनाओं और साक्षात्कारों जैसे अनेक स्रोतों से एकत्र की गई सामग्रियाँ हैं, जिन्हें मैंने अपने शब्दों में बाँधकर केवल एक पुस्तकीय रचना का रूप दे दिया है। मैं उन अनेक वेबसाइट्स का आभारी हूँ जिनसे मैंने मदद ली है, जैसे—http://www.rediff.com/,http://www.thebetterindia.com इत्यादि जिन्होंने इस पुस्तक के बनने का मार्ग प्रशस्त किया है। कुछ से तो मैंने अनुमति प्राप्त कर ली है लेकिन बाकी के मूल स्रोतों को जान पाना मेरे लिए संभव नहीं हो सका है, अत: मैं उन सबके प्रति आभार प्रकट करता हूँ।

सफलता की इन कथाओं में निहित बल इस तथ्य पर आधारित है कि ये सभी घटनाएँ वास्तविक रूप से घटित हुई हैं। हर कथा को प्रामाणिक बनाने के लिए फोटोग्राफ दिए गए हैं। ये वे फूल हैं जो भारत के विभिन्न शहरों और विदेशों में भी खिले हैं। इन कथाओं के नायक आप और मुझ जैसे वे साधारण लोग हैं जिन्होंने सामाजिक, आर्थिक, शारीरिक और भावनात्मक हर तरह की विघ्न-बाधाओं का मुकाबला किया, संघर्ष किया और अपने अदम्य साहस एवं उत्साह के बल पर विजयी भी हुए। वे अपने सपनों को साकार करने की धुन में लगे रहे और सफलता के मार्ग में आनेवाली हर बाधा को उन्होंने अपना अगला कदम बढ़ाने के वास्ते पैर टिकाने का आधार बनाते हुए पार कर लिया। ये लोग खुद पर विश्वास करनेवाले रहे हैं और ऐसे मार्गों पर चलने की हिम्मत करनेवाले रहे हैं जिन पर पहले कोई नहीं चला था। ज्यादातर लोग दूसरों को बदलने की ही कोशिश में लगे रहते हैं, लेकिन इन गाथाओं के विजेताओं ने अपनी इच्छाशक्ति का खुद को ही बदलने के लिए इस्तेमाल किया। खुद का रूपांतरण करनेवाली उनके साहस की यह झलक बहुतों के लिए आत्म-परिवर्तन करने का प्रवेश द्वार सिद्ध होगी।

अपने अधिकतम प्रयासों के बावजूद यदि त्रुटियाँ इस पुस्तक में रह गई हों तो मैं विनम्रतापूर्वक उन्हें स्वीकार करता हूँ। पाठकों के सुझाव और विचार fragranceofsuccessmail@gmail.com पर आमंत्रित हैं। पाठकों से मेरा अनुरोध है कि यदि इसी प्रकार की अन्य कोई सफलता की गाथा उनके संज्ञान में आए तो उसे वे कृपया मुझे अवश्य बताएँ।

पढ़ें और खुश रहें!

—मेजर प्रदीप खरे (से.नि.)

12ए-नव दूर-संचार कॉलोनी,
जी 2 गुलमोहर
भोपाल (म.प्र.) 462039
9425079837 (मो.)

आभार

उपलब्धि कोई सी भी हो, उसे पूरा करने में बहुत सारे लोगों का हाथ होता है और कोई पुस्तक लिखना भी इसका अपवाद नहीं है। सबसे पहले तो मैं उस सर्वशक्तिमान भगवान् को धन्यवाद देना चाहता हूँ जिसने मेरे तन-मन और मेरी अंतरात्मा को वह क्षमता प्रदान की कि वे सफलता की गाथाओं के विचारों को ग्रहण कर सकें और मुझे उन्हें इस पुस्तक के रूप में ढालने में मेरी मदद की। मैं आभारी हूँ अपनी पत्नी मधु और अपने बच्चों आँचल, अरुणव और अभिनव का उनकी सहायता व सहयोग के लिए। अरुण द्वारा ब्लॉग www.fragranceofsuccess.wordpress.com को डिजाइन करने और उसे संचालित रखने के रचनात्मक प्रयास प्रशंसनीय रहे हैं।

मैं अपने आपको गौरवान्वित महसूस करता हूँ कि 'पद्म-भूषण' से विभूषित तथा संयुक्त राष्ट्र द्वारा सम्मानित और जिनकी उपलब्धियों को गिनाना मुश्किल है ऐसे आई.ए.एस. अधिकारी डॉ. एम.एम. बुच का जिन्होंने इस पुस्तक की प्रस्तावना लिखी है। उनकी इस महान् उदारता के स्पर्श से मेरा यह साधारण सा प्रयास एक असाधारण रचना बन गया है।

मेरे मन-मस्तिष्क में सकारात्मकता का बीज बोने और सकारात्मक सोच के मूल्य व महत्त्व से मेरी पहचान कराने के लिए मैं 'एमवे कॉरपोरेशन', भारतीय जीवन बीमा निगम और ब्रह्माकुमारी संस्था का धन्यवाद करता हूँ।

ब्लॉगिंग के विभिन्न पहलुओं और फिर उन्हें इस पुस्तक का रूप देने में मेरा मार्ग-दर्शन करने के लिए श्री राजीव बजाज, ट्रेनिंग तथा मार्केटिंग कंसलटेंट, नई दिल्ली का आभार प्रकट करने में मैं स्वयं को सौभाग्यशाली मानता हूँ।

मेरे ब्लॉग पर दी गई सफलता की गाथाओं को परखने व मूल्यांकन करने तथा इस पुस्तक की समीक्षा करने के लिए मैं कृतज्ञ हूँ सेना मुख्यालय, नई दिल्ली के अतिरिक्त महानिदेशक (सैन्य शिक्षा) मेजर जनरल (डॉ.) सुनील चंद्र का, मध्य प्रदेश सरकार के पुलिस महानिदेशक, आई.पी.एस. श्री नंदन दूबे का, मध्य प्रदेश के भोज (मुक्त)

विश्वविद्यालय के उपकुलपति प्रो. (डॉ.) तारीक जफर का, इंदिरा गांधी राष्ट्रीय मुक्त विश्वविद्यालय, नई दिल्ली की प्रो. (डॉ.) मंजुलिका श्रीवास्तव का, रायपुर के 'हिंदुस्तान टाइम्स' के विशेष संवाददाता एवं ब्यूरो प्रमुख श्री एजाज कैसर का, और अमेरिका में मिशिगन स्थित सी.एस.सी. के सिस्टम एनालिस्ट लीडर श्री अक्षत जैन का।

सफलता की गाथाओं के गुण-विवेचन तथा प्रोत्साहन के लिए मैं जिन लोगों का ऋणी हूँ, वे हैं—केंद्रीय विद्यालय, भटिंडा, पंजाब के सेवानिवृत्त प्रधानाचार्य श्री टी. जी. गर्ग, केनरा बैंक के श्री रवींद्र खरे, एरावत डवलपमेंट प्रा.लि. पुणे के निदेशक डॉ. जी.एस. मुंगली, एस.आई.आर.टी. भोपाल के प्रोफेसर ऑफ मैनेजमेंट की डॉ. कंचन भाटिया, बनारस हिंदू विश्वविद्यालय के पुस्तकालयाध्यक्ष डॉ. संजीव सर्राफ, मध्य प्रदेश सरकार की टेक्निकल एजूकेशन के अवकाश-प्राप्त अतिरिक्त निदेशक प्रो. (डॉ.) पीयूष चंद्र शर्मा।

इस पुस्तक में संकलित अनेक गाथाएँ और घटनाएँ अनेक स्रोतों से ली गई हैं, जैसे—समाचार-पत्र, पत्रिकाएँ और इंटरनेट। पर सभी के स्रोत या तो नोट नहीं किए जा सके या उपलब्ध नहीं हो सके, इसलिए उन सभी का सीधा व सटीक आभार प्रदर्शन करना मेरे लिए संभव नहीं है। तथापि स्रोत कोई सा भी रहा हो, मैं उन सभी का आभार व्यक्त करना चाहता हूँ जिन्होंने इस पुस्तक के बनने में कुछ भी योगदान दिया है, भले ही वे अज्ञात रहे हों।

आशियन बुक्स प्रा.लि., नई दिल्ली के स्वामी डॉ. पीयूष कुमार और उनकी टीम के प्रति/प्रकट आभार प्रकट किए बिना मेरा कर्तव्य अधूरा ही रह जाएगा। यदि उनकी त्वरित, अथक और दक्ष कार्यकुशलता का साथ न मिला होता तो यह रचना इस रूप में प्रकाशित होकर आपके हाथों तक न पहुँच पाती।

और अंत में, उन तमाम लोगों के लिए बहुत-बहुत धन्यवाद जिन्होंने इस मिशन में मेरी सहायता तो की मगर असावधानीवश जिनके नाम छूट गए हैं।

—मेजर प्रदीप खरे (से.नि.)

प्रस्तावना

आजकल समाचार हम समाचार-पत्रों में पढ़ रहे हों या इलेक्ट्रॉनिक मीडिया पर देख रहे हों, वे हमें आकुल और व्याकुल ही करते हैं कि लोगों को हो क्या गया है। भ्रष्टाचार, नकारा सरकार, अराजकता का राज होना, कानून-व्यवस्था जैसी किसी चीज का न रह जाना, महिलाओं का बाहर निकलना खतरे से खाली न होना, अन्याय व अपराध का नंगा नाच होना और भूख से बच्चों का बेहाल होना—भारत की यही असल तसवीर है जो हमने बना दी है और खुद ही लगाई गई चोटों की तरह इसे ही हम दुनिया को दिखा रहे हैं। क्या यही वास्तविकता है ? क्या भारत भ्रष्टता, चरित्रहीनता और कष्ट-क्लेश के गर्त में ही गिरता जा रहा है ? या भारत का एक और पहलू भी है जो कि उज्ज्वल है और आशाओं से भरा है !

मेजर (सेवानिवृत्त) प्रदीप खरे ने स्पष्टत: आशा की वह किरण जगाई है जो हमें याद दिलाती है कि मीडिया जो दिखा रहा है उससे कहीं अधिक एक खरा, अधिक महान् और अधिक कर्मशील भारत भी है। उन्होंने हमें पैंसठ कहानियों का, जीवन के पैंसठ चरित्रों के चित्रण का उपहार दिया है, जिनका विवरण बड़े परिश्रम से एकत्र किया गया है। वे सभी लिंग-भेद के पक्षपात से मुक्त हैं क्योंकि लड़के व लड़कियों, पुरुष व स्त्रियों सभी की उपलब्धियों का वे यशोगान करती हैं। ये भाव सामाजिक भेद से भी मुक्त हैं क्योंकि इनमें एक ऐसी लड़की के सफल संघर्ष की कथा भी शामिल है जो वेश्यालय में पली और स्वयं शिक्षा प्राप्त करके उस नरक से आजाद हुई और उनकी भी जो संघर्ष करके नौकरशाह बने और उनकी भी जो अपने-अपने व्यापार में कामयाब हुए। इनमें सार्वभौमिक रूप से सभी शामिल हैं।

भारत नाम का यह भूभाग हताशाओं से कहीं अधिक संभावनाओं का देश है। पंद्रह साल की एक लड़की सामूहिक बलात्कार की शिकार होने के बावजूद देहव्यापार करनेवालों के विरुद्ध लड़ाई की कमान सँभालती है, एक महिला वेश्यावृत्ति को छोड़कर आत्मपरिवर्तन करते हुए एक आदर्श बन जाती है, झारखंड में महिलाओं का एक बहुत

सफल स्वयं-सहायता-समूह कार्य कर रहा है, एक ऐसी महिला जो स्वयं बहुत गरीबी में जीती रही लेकिन अपनी सारी बचत राशि देकर एक अस्पताल खड़ा कर देती है—ये उन अनेक उदाहरणों में से कुछ हैं जिन्होंने अपनी लगन और परिश्रम से ऐसी उपलब्धियाँ हासिल की हैं। खेल में उत्कृष्टता, पढ़ाई में उन लोगों की सफलता जो गरीबी और अभाव में पले-बढ़े हैं, वे लोग जो 'वैष्णव जन' के अवतार रूप में परायी पीड़ाओं को दूर करने में लगे हैं, वे उद्यमी जिन्होंने गरीबी में जन्म लेने के बावजूद अपने कारोबार को अपनी स्वाभाविक कुशलता, सूझबूझ और कठोर परिश्रम से ऊँचाइयों तक पहुँचा दिया, वे विकलांग जिन्होंने बुलंदी को छूने के लिए अपनी अपंगता को आड़े नहीं आने दिया, पर्यावरण प्रेमी, अपने पापों का प्रायश्चित्त करनेवाले—इन सबको इसमें यथोचित स्थान दिया गया है।

ये सभी गाथाएँ हमें यह संदेश देती हैं कि जिस इनसान में संकल्प है उसके मंसूबों को कोई तोड़ नहीं सकता। ये पैंसठ सच्ची कहानियाँ हमें बताती हैं कि उन लोगों के लिए कुछ भी असंभव नहीं होता जो हिम्मत रखते हैं, हिम्मत करते हैं और ऐसे लोग मिलकर एक ऐसा भारत बना सकते हैं जो अजेय हो। हममें आशा की किरण जगाने के लिए लेखक धन्यवाद के पात्र हैं। पैंसठ ऐसे ही आदर्श नायक-नायिकाओं से हमारा साक्षात्कार कराकर उन्होंने हमारे जीवन को समृद्ध किया है। उनकी लेखनी से अभी बहुत कुछ आने की मैं उम्मीद करता हूँ।

—एम.एन. बुच

सफलता व असफलता होती क्या हैं?

''सफलता और असफलता केवल हार या जीत नहीं होतीं, बल्कि इनसे अधिक कुछ और भी होती हैं।

सफलता को केवल इस बात से नहीं मापा जा सकता है कि आपने उपलब्धि क्या प्राप्त की है, बल्कि इससे मापा जाता है कि आपने कितनी विपरीतताओं का, कितनी विघ्न-बाधाओं का सामना किया है और कितने साहस के साथ उन उबलती व उफनती हुई विपरीतताओं और विघ्न-बाधाओं का डटकर मुकाबला करना जारी रखा है।''

—ओरिसन स्वेट मार्डन

सफलता का अर्थ अलग-अलग लोगों के लिए अलग-अलग होता है। एक विद्यार्थी के लिए इसका अर्थ होता है—बहुत अच्छे अंकों से परीक्षा पास करना और संसाधनों की कमी को इसमें आड़े न आने देना; विक्रेताओं के लिए इसका अर्थ होता है—अपने ग्राहकों के हित को ध्यान में रखते हुए अपने सपनों को साकार करने में लगे रहना; एक रोगी के लिए इसका अर्थ होता है—चिकित्सा के साथ-साथ अपनी इच्छाशक्ति का प्रयोग करते हुए रोगमुक्त होना।

एक महिला के लिए इसका अर्थ होता है—खुद को सशक्त बनाना और अपने प्रतिपक्षियों से बेहतर काम करके दिखाना; एक शराबी के लिए इसका अर्थ होता है—शराब को 'ना' कह देने के लिए अपनी दृढ इच्छाशक्ति का प्रयोग करना; एक अपराधी के लिए इसका अर्थ होता है—स्वयं का रूपांतरण करते हुए एक जिम्मेदार नागरिक बनना; एक प्रोफेशनल के लिए इसका अर्थ होता है—अपने काम को और बेहतर बनाना।

एक नागरिक के लिए सफलता का अर्थ होता है—निजी सुविधाओं की परवाह

न करते हुए समाज के लिए भलाई करना; एक व्यापारी के लिए इसका अर्थ होता है—नैतिकता पर चलते हुए लाभ कमाना; एक खिलाड़ी के लिए इसका अर्थ होता है—तमाम विषमताओं के बावजूद जीत के लिए अपना बेहतरीन प्रदर्शन करना। सफलता का अर्थ यह भी है कि जीव-जंतुओं के प्रति करुणा का भाव रखा जाए और उनकी देखभाल की जाए; किसी मूल्यवान जीवन को बचाने का साहस किया जाए और पर्यावरण को अक्षुण्ण रखा जाए।

सफल होने का मतलब झूठे-सच्चे तौर-तरीके अपनाते हुए अधिक-से-अधिक पैसा और सुख-सुविधाएँ इकट्ठा कर लेना नहीं होता; इसका अर्थ किसी कमजोर को दबाना भी नहीं होता और न ही इसका अर्थ यह होता है कि आप जो उपदेश दूसरों को दिया करते हैं, खुद उससे उलट करते रहते हों। झूठे साक्ष्यों को प्रस्तुत कर किसी कानूनी लड़ाई को जीत लेना सफल होना नहीं होता; न ही अपने पद या अधिकारों का दुरुपयोग करते हुए, धोखाधड़ी व छल-कपट करते हुए या किसी व्यक्ति का अनुचित लाभ उठाते हुए नाम और शोहरत कमा लेना सफल होना कहा जा सकता है।

असफलता व्यक्तिगत तौर पर असफल होना होता है न कि एक पेशेवर के तौर पर; असफलता होती है कायरता से घुटने टेक देना, गलती होने के डर से कुछ काम ही न करना, खुद में भय को बढ़ने देना और खुद पर भरोसा खो देना। जब किसी काम में कठिनाई आने लगे तो उसे छोड़ देना, अपनी गलतियों को स्वीकार करने का साहस न कर पाना और दोष किसी और के मत्थे मढ़ देना, किसी सौंपे गए काम में अपनी भरपूर क्षमता और खूबी के साथ न लगना, और जिम्मेदारी से जी चुराना—ये सब असफलताएँ हैं। अपनी अंतरात्मा की आवाज न सुनना, जब और जहाँ कोई देखनेवाला न हो तब वहाँ गलत काम करने से परहेज न करना, और किसी ऐसे पद या स्थान को ग्रहण करना जिसके योग्य आप नहीं हैं, ये भी असफलताएँ ही हैं।

दर्पण में खुद को देख पाने की क्षमता होना, यानी जैसे आप हैं खुद को वैसा ही देख पाने की दृष्टि होना और फिर जैसा व्यक्तित्व आपमें उभरकर आया है, उस पर गर्व करना सफल होना होता है—अपने आप पर विश्वास करना और ईश्वर पर भरोसा रखते हुए जितना बेहतरीन आप कर सकते थे, वह आपने किया। सफलता का पैसे से कुछ भी लेना-देना नहीं होता। सफलता तो एक यात्रा है जो कि अच्छे और बुरे समय में से, सुख और दुःख में से और उतार-चढ़ाव में से होती हुई बस चलती रहती है।

विफलता कोई अंत नहीं है और सफलता कभी अंतिम नहीं होती।

विकास के लिए स्त्री सशक्तीकरण
से अधिक सशक्त अन्य कोई
साधन नहीं होता।

घर की लक्ष्मी बनी विजय-लक्ष्मी।

1

ऑटोरिक्शा चालक की बेटी चार्टर्ड एकाउंटेंट की परीक्षा में रही पूरे भारत में अव्वल

''अपने सपनों को जिंदा रखें। इस बात को समझें कि कुछ भी हासिल करने के लिए आवश्यक है—अपने आप पर विश्वास और भरोसा होना, नजरिया होना, कठिन परिश्रम करने का दृढ़ संकल्प और काम के प्रति समर्पण का भाव होना।''

—गेल डैवर्स

उस दिन मुंबई के उत्तर-पश्चिम में बसे एक उपनगर मलाड ईस्ट के एस.बी. खान चॉल के पहले माले में बहुत आवाजाही हो रही थी। वहाँ रहनेवाली प्रेमा की एक झलक को अपने कैमरों में कैद करने के लिए मीडियावालों के साथ आए हुए कैमरामैनों के बीच धक्कमधक्का सी हो रही थी। वहाँ रहनेवाले और गत बीस वर्षों से ऑटोरिक्शा चलानेवाले जयकुमार पेरूमल की 24 वर्षीया बेटी प्रेमा जयकुमार रातोरात एक प्रसिद्ध व्यक्ति बन गई थी। चार्टर्ड एकाउंटेंसी के अंतिम वर्ष की परीक्षा में उसने 800 में से 607 (75.8 प्रतिशत) अंक प्राप्त करके पूरे भारत में टॉप किया था। उसने इस बात का शानदार उदाहरण प्रस्तुत किया था कि कोई किसी भी वर्ग का क्यों न हो, उसके पास यदि 'जीवन का एक लक्ष्य' है तो फिर 'परिश्रम, परिश्रम और परिश्रम' किस तरह सफलता को उसके कदमों में लाकर रख देता है। प्रेमा की दुनिया रातोरात बदल गई थी, उसे एक रोल मॉडल के रूप में देखा जाने लगा था। उसने अपनी तमाम विपरीत परिस्थितियों के बावजूद जो सफलता हासिल की थी और प्रसिद्धि का जो सेहरा उसके सिर पर सज गया था, उसे देखते हुए वह सचमुच एक रोल मॉडल ही तो थी। इस बीच प्रेमा की माँ लिंगम्मल—एक ईश्वर-भीरु महिला जिसने कि इस पल के लिए जी-तोड़ मेहनत करने में खुद को खपा दिया था—बार-बार प्रेमा

से घर के अंदर चलकर थोड़ा कुछ खा लेने की मिन्नत कर रही थी। केवल 80 वर्ग फीट की उनकी रसोई देखकर आश्चर्य होता है जिसमें कि खाना बनाने के लिए एक स्लैब लगा हुआ था, स्टील के बरतनों से भरी एक केबिनेट थी, पानी रखने के लिए एक प्लास्टिक का ड्रम था; घर में एक छोटा सा गुसलखाना और एक टॉयलेट था। घर की बाकी जगह को रहने व पढ़ने के कमरे की तरह प्रयोग किया जाता था। प्रेमा आमतौर पर पाँच फीट लंबी खाट या फर्श पर बैठकर पढ़ाई करती थी। अपनी इस बहन की तरह ही सी.ए. की प्रवेश परीक्षा में पहली बार में ही पार निकल जानेवाला उसका 22 वर्षीय भाई धनराज एक स्टडी टेबल पर बैठकर दस से बारह घंटे पढ़ाई किया करता था, इस तरह वे अपनी-अपनी परीक्षाओं की तैयारी में लगे रहते थे।

प्रेमा जयकुमार अपने गर्वित पिता के साथ

जैसे कोई बच्चा चाँद माँगे और चाँद उसे मिल भी जाए, एक ऐसी ही चमक अपने चेहरे पर लाते हुए प्रेमा कहती है, ''सी.ए. करना मेरा एक जुनून था, लेकिन पूरे भारत में टॉप करना तो मुझे एक बड़े आश्चर्य के रूप में मिला है।'' उसकी इस उपलब्धि का समाचार जब से फैला है तब से घर पर आनेवालों का ताँता लग जाने से थकी हुई प्रेमा को हलका सा बुखार भी हो गया, इसलिए दवा लेने के लिए उसे अपने भाई धनराज के साथ डॉक्टर के यहाँ जाना पड़ा। मीडियावालों द्वारा लिये जा रहे लगातार इंटरव्यू, निरंतर आती बधाइयाँ, आनेवालों का न टूटनेवाला ताँता, उसकी इस प्रसिद्धि में अपना भी हाथ सेंकने की चाह वाले नेता, और पास व दूर के नाते-

रिश्तेदार—पिछले सप्ताह से प्रेमा इन सबके साथ मेल-मुलाकात में ही व्यस्त रही थी। अपनी बहन की इस उपलब्धि के बारे में जब उसके भाई धनराज से पूछा गया तो उसका जवाब था, "बहुत अच्छा लग रहा है, बिल्कुल डबल धमाके जैसा!" जो भी उसे बधाई देता है तो वह बड़ी फुर्ती से जवाब देता है। धनराज अपनी बहन के दृढ संकल्प और समर्पण की बहुत प्रशंसा करता है और प्रेमा भी बताती है कि इन दो चीजों ने ही उसे कठिन-से-कठिन परिस्थितियों में भी आगे बढ़ने में मदद की है।

आज ऐसे समय में भी जब कि उसकी तबीयत ठीक नहीं है, यह उसकी परीक्षा के दिनों के दौरान बना रहा उसका जीवट ही है जो कि मीडिया के सवालों की बौछार का मुकाबला मुसकराकर करने में उसकी मदद कर रहा है। जिस शांत भाव से प्रेमा फोटोग्राफरों के आग्रह पर फोटो खिंचवाने के लिए खड़ी हो जाती है, और एक के बाद दूसरे पत्रकार के सवालों का जवाब देती रहती है, उससे उसकी दृढता का आकलन किया जा सकता है। जब उससे उसके माता-पिता के बारे में प्रश्न किया गया तो उसका उत्तर था, "वे मेरे प्राण हैं, उन्होंने ही मुझे जीवन दिया है और अब मैं उन्हें आराम देना चाहती हूँ। अभी तक हम भाई-बहन को किसी परेशानी का जो सामना करना नहीं पड़ा, उसका कारण यही है कि हमारी पढ़ाई के लिए हमें कुछ बताए बिना ही वे एड़ी-चोटी का पसीना एक करते रहे हैं।" वह बताती है कि उसके पिता एक ऑटोरिक्शा चालक हैं और उसकी माँ घर पर ही एक कुटीर उद्योग के लिए काम करती हैं। यह अभी 2010 की ही बात है जब प्रेमा और धनराज ने अपनी माँ व पिता से कह दिया था कि उन्होंने बहुत मेहनत कर ली और अब इतनी मेहनत की आवश्यकता नहीं है क्योंकि सी.ए. की परीक्षा की तैयारी करने के साथ-साथ उनके द्वारा प्रस्तुत लेखों का मेहनताना भी उन्हें मिलता है जिसे वे घर-खर्च के लिए ही दिया करेंगे।

फिर भी जयकुमार ने सुबह 8 बजे से रात के 8 बजे तक शहर में लोगों को लाने-ले जाने का अपना बारह घंटे काम करना जारी रखा जिससे उसकी हर महीने लगभग 15,000 की आमदनी हो जाया करती है। सहृदय और दसवीं कक्षा तक पढ़ा हुआ जयकुमार मीडिया द्वारा पूछे गए नुकीले सवालों का जबाव बिना किसी परेशानी के दे देता है। वह ऐसा कोई शब्द नहीं बोलता है जिससे यह आभास हो कि उसके बच्चों की पढ़ाई उसकी जेब पर भारी पड़ रही थी। बस वह इतना ही कहता है, "मैं तो दूर-दराज के गाँव से बस दसवीं पास हूँ। जब प्रेमा और धनराज ने कहा कि वे सी.ए. बनना चाहते हैं तब तो मैं इसका मतलब भी नहीं समझ पाया था। लेकिन जो कुछ भी वे बनना चाहते थे उसके लिए हमने कभी कोई आपत्ति नहीं उठाई, बस हम तो उनके साथ खड़े रहे। जो कुछ वे भी पढ़ना चाहते थे, उसके लिए हम उन्हें

हमेशा प्रोत्साहित ही करते रहते थे। हम तो उन्हें हमेशा यही आश्वासन देते रहते थे कि अपने जीवन में वे जहाँ तक भी पहुँचना चाहते हैं, उसके लिए हमसे जो कुछ भी बन पड़ेगा वह सब हम अवश्य करेंगे।''

अब वह समय आ गया है जब जयकुमार को उतनी भाग-दौड़ करने की आवश्यकता नहीं रह गई है और अब वह जीवन के सुखों का आनंद ले सकता है। प्रेमा कहती है, ''एक-दो महीने में मुझे और धनराज को कोई अच्छी सी नौकरी मिल ही जाएगी, और तब हम माँ-पिताजी से कहेंगे कि अब वे काम करना बंद कर दें और वह सबकुछ करें जो कि अपने तीन बच्चों को पालने और पढ़ाने के चक्कर में वे नहीं कर पाए थे।''

जिन कठिनाइयों का सामना इस परिवार ने किया था, प्रेमा का दृढ संकल्प उसी से उपजा था, इसलिए प्रेमा कहती है, ''जब हम छोटे थे तभी से हमने अपने माता-पिता को बड़ी मुश्किल से दाल-रोटी जुटाने के लिए जूझते देखा है। तभी मैंने पक्का इरादा कर लिया था कि एक दिन जब हम बड़े हो जाएँगे तो उनके रोजाना के इस संग्राम में हम उनका हाथ अवश्य बँटाएँगे।''

प्रेमा ने आठवीं कक्षा तक की पढ़ाई मलाड के तमिल माध्यम वाले म्युनिसिपैलिटी के एक स्कूल में तमिल में की है। जिन चुनौतियों का उसे सामना करना पड़ा, उनके बारे में बात करते हुए उसने बताया, ''नौवीं कक्षा में आकर ही मैंने अंग्रेजी पढ़ना-लिखना शुरू किया था। एक भाषा को छोड़ दूसरी भाषा में पढ़ाई करना कोई आसान काम नहीं है, लेकिन यदि इच्छाशक्ति प्रबल हो तो पहाड़ भी कंकड़ जैसा लगने लगता है।'' प्रेमा बताती है कि किस तरह उसका परिचय एक परायी भाषा से हुआ लेकिन फिर भी किस तरह उसने उसे जल्दी ही सीख लिया था। यह उसकी प्रबल इच्छाशक्ति और पक्का इरादा ही था कि उसने दसवीं कक्षा में 79 प्रतिशत और बारहवीं में 80 प्रतिशत अंक प्राप्त किए और फिर ग्रेजुएशन में 90 प्रतिशत अंक पाकर उसने मुंबई विश्वविद्यालय में दूसरा स्थान प्राप्त किया।

पढ़ाई के अपने अच्छे रिकॉर्ड के बावजूद प्रेमा विनम्रतापूर्वक यही कहती है कि उसे यह तो विश्वास था कि वह सी.ए. की परीक्षा पास कर लेगी लेकिन राष्ट्रीय स्तर पर टॉप करना, इसने तो उसे बिल्कुल आश्चर्यचकित कर दिया है। परीक्षा परिणाम घोषित होने से पहले के बेचैन पलों को याद करती हुई वह बताती है, ''परिणाम आने के जब एक-दो दिन रह गए थे तब सभी मुझसे बड़ी भारी उम्मीद लगाए बैठे थे। लोग मुझसे पूछते थे कि मेरा रैंक क्या रहेगा। इससे मैं बहुत तनाव में आ गई थी, क्योंकि बात केवल पास होने तक ही नहीं रह गई थी बल्कि अच्छे रैंक की हो गई थी। जब इंस्टीट्यूट ऑफ चार्टर्ड एकाउंटेंट्स ऑफ इंडिया के एक पूर्व अध्यक्ष का फोन मुझे

आया और उन्होंने मुझसे पूछा कि क्या मैंने अपना परीक्षा-परिणाम देख लिया है तब मैं तो घबरा ही गई थी। मैंने कहा कि अभी तो नहीं। जब उन्होंने बताया कि मैंने सी.ए. की परीक्षा में पूरे भारत में टॉप किया है, तब मेरी तो रुलाई ही छूट गई थी। तब उन्होंने फोन पिताजी को देने को कहा और उन्हें परिणाम के बारे में बताया।''

□

2

रेल चलानेवाली प्रथम महिला

> *''किसी महिला में अगर भरपूर महत्त्वाकांक्षा हो, दृढ़ संकल्प हो और प्रतिभा हो, तो फिर ऐसा कुछ भी नहीं है जिसे वह न कर सकती हो।''*
>
> **–हेलेन लॉरेंसन**

हम सबकी तरह सुरेखा यादव को भी बचपन में छुक-छुक रेलगाड़ी वाला खेल खेलना अच्छा लगता था, लेकिन तब उसने शायद सपने में भी नहीं सोचा होगा कि एक दिन ऐसा भी आएगा जब वह सचमुच की रेल चला रही होगी और एशिया की प्रथम रेल ड्राइवर होने का श्रेय उसे ही मिलेगा। गहरी पीले रंग की साड़ी तथा कानों में सोने की बालियाँ पहने और अपनी नाक पर पतले से फ्रेम का चश्मा टिकाए सुरेखा यादव मुंबई के प्रमुख रेलवे स्टेशन पर रेल से उतरती हुई आम महिला जैसी ही लगती है। लेकिन दो बच्चों की माँ और चौवालीस वर्षीया यह महिला छत्रपति शिवाजी टर्मिनस के प्लेटफॉर्म पर खड़ी भीड़ में एक अलग स्थान रखती है, वह इस रेल में केवल यात्रा नहीं करती बल्कि उसे चलाती भी है।

सुरेखा एकमात्र ऐसी महिला हैं जिन्हें अभी तक मेल एक्सप्रेस ट्रेन चलाने का गौरव प्राप्त हुआ है। अपनी ट्रेनिंग के दौरान ही उन्हें इस बात का एहसास हो गया था कि वह एक ऐसे क्षेत्र में प्रवेश कर रही हैं जिसमें कि पुरुषों का ही वर्चस्व रहा है। लेकिन चयन हो जाने के बाद वह जी-जान से इसमें जुट गई थीं। आज सुरेखा की एक अलग ऐसी पहचान है जिसने कि उपनगरीय ट्रेनें, घाट ट्रेनें और मालगाड़ी चलाने के अलावा मेल व एक्सप्रेस ट्रेनें भी चलाई हैं।

लेकिन अपने 24 साल के कॅरियर में सुरेखा के लिए वह पल सबसे अधिक अनमोल था जब 8 मार्च, 2012 को महिला दिवस पर वह पुणे-मुंबई के मनोरम मार्ग पर चलनेवाली प्रतिष्ठित डकन क्वीन को चलाने के लिए ड्राइवर की सीट पर बैठी थीं।

सुरेखा यादव

यात्रियों की उमंग भरी प्रतिक्रिया और अपने अधिकारियों की प्रशंसा ने वह दिन उनके लिए एक अविस्मरणीय दिन बना दिया था। आज लगभग 50 महिलाएँ लोको पायलट हैं, जो या तो उपनगरीय ट्रेनें चला रही हैं या शंटर अथवा सहायक चालक के रूप में काम कर रही हैं लेकिन वे सभी राजधानी और शताब्दी या अन्य सुपर फास्ट ट्रेनें चलाने का सपना अपने मन में सँजोए हुए हैं।

25 साल पहले ट्रेन चलाना केवल और केवल पुरुषों के हाथ में था, लेकिन सुरेखा यादव के द्वारा पहल किए जाने के बाद अधिक-से-अधिक महिलाएँ भारतीय रेल की चालक सीट पर बैठना पसंद कर रही हैं। सुरेखा ऐसी पहली महिला हैं जो कि मुंबई के सेंट्रल रेलवे की यात्री गाड़ी के चालक की सीट पर बैठीं और इस तरह परंपरागत रूप से पुरुषों के प्रभुत्व में रहनेवाले विभाग में वह महिलाओं के लिए एक पुरोधा बनकर आईं।

सुरेखा यह स्वीकार करती हैं कि 1989 में मालगाड़ी चालक की एक सहायक के रूप में नौकरी के लिए आवेदन करने से पहले उनकी रेलवे में कोई रुचि नहीं थी। यह बताते हुए कि उनके सहकर्मियों से उन्हें पूरा सहयोग व समर्थन मिलता रहा है, वह कहती हैं, ''वे मेरा हौसला बढ़ाते हैं, मेरी मदद करते हैं और देखभाल भी।'' उन्होंने आगे बताया कि पश्चिमी महाराष्ट्र की पहाड़ियों पर चढ़नेवाली दो इंजनोंवाली 'घाट लोको' यात्री गाड़ी की पहली महिला ड्राइवर बनने के लिए उन्होंने विशेष प्रशिक्षण लिया था, ''चूँकि वहाँ मैं अकेली महिला थी इसलिए मेरे स्टाफ को एक उत्कंठा रहती थी कि मैं

यह कर पाऊँगी भी या नहीं।'' भारत की पहली 'मोटर महिला' होने के अलावा सुरेखा को एक अन्य समस्या की भी रोकथाम करनी पड़ी थी—यौन शोषण की शिकायतें, जिन्हें भारत में 'छेड़खानी' भी कहते हैं।

वह अपनी नौकरी और उसमें दिए जानेवाले काम के प्रति सकारात्मक रहती हैं और अपने संकल्प का श्रेय अपने परिवारवालों को देती हैं जिन्होंने उन्हें कॉन्वेंट स्कूल में भेजा और फिर इलेक्ट्रिकल इंजीनियरिंग में डिप्लोमा कराया। इस बारे में वह विस्तार से बताती हैं, ''हम भाई-बहनों में से हर एक को अपना सपना पूरा करने का अवसर दिया गया। शिक्षा के क्षेत्र में हमें आजादी थी। हमने उसका लाभ उठाया। हम भाग्यशाली रहे कि हमने जो भी शिक्षा प्राप्त करनी चाही, उसे हम प्राप्त कर सके। मेरी माँ ने कभी नहीं कहा कि लड़की होने के नाते मुझे खाना बनाना सीखना चाहिए, बल्कि यही कहा कि मैं अपनी पढ़ाई पर ध्यान दूँ और बहादुर बनूँ।''

इंदिरा गांधी और अंग्रेजों से लोहा लेनेवाली 19वीं सदी की वीरांगना लक्ष्मीबाई से प्रभावित सुरेखा यह स्वीकार करती हैं कि यह सब इतना आसान भी नहीं है। यह काम काफी मशक्कतवाला और समय खानेवाला है, जिसके कारण वह अपने दो किशोर होते बेटों और पुलिस अधिकारी पति के लिए पर्याप्त समय नहीं निकाल पाती हैं।

कॉलेज के दिनों से ही पुरुष परिवेश में रहने-जीने ने उनके सामाजिक जीवन में से कुछ छीन भी लिया है, वह कहती हैं, ''पिछले 23 वर्षों से मुझे महिला मैत्री का अभाव सताता रहा है। अब तो लड़कियों से बात करने में मुझे झिझक होती है।'' सुरेखा हर दिन 10 घंटे काम करती हैं। वह उन 10 महिलाओं में से एक हैं जिन्हें हाल ही में दिल्ली स्थित नेशनल वुमेंस काउंसिल द्वारा उनकी उल्लेखनीय सेवाओं के लिए अभिनंदित किया गया है। सुरेखा आठ वर्षों से सेंट्रल रेलवे में कार्यरत हैं। हाल ही में उनकी पदोन्नति सहायक चालक के पद से स्थानीय उपनगरीय ट्रेनों के मोटरमैन पद पर कर दी गई है। जिन चार महिलाओं को इस काम के लिए चुना गया था उनमें से अकेली वही हैं जिन्होंने इसे करना जारी रखा है।

वह बताती हैं, ''कभी-कभी किसी आपात स्थिति में ही लोगों को पता चल पाता है कि ड्राइवर तो एक महिला है। मैं कभी घबराती नहीं हूँ, यदि भीड़ रोष में होती है तो आमतौर वह यह देखकर थोड़ा शांत हो जाती है कि गाड़ी का नियंत्रण एक महिला ड्राइवर के हाथों में है।'' लेकिन ऐसे हालात में सुरक्षित रहने के लिए सुरेखा एक युक्ति अपनाती हैं। उन्होंने बताया, ''मैं सब दरवाजे बंद कर लेती हूँ, किसी भी हमले के लिए सावधान हो जाती हूँ और यह सोचने की कोशिश करती हूँ कि अच्छे से अच्छा क्या किया जा सकता है। जो लोग 'रास्ता रोको' आंदोलन चलाते हैं या रेलों को क्षति पहुँचाते हैं, उन्हें तो प्रशासन के साथ भिड़ना चाहिए। रेलों पर हमला करने का कोई

औचित्य नहीं है। उन्हें सही सोच और सही दृष्टिकोण अपनाना चाहिए। एक चालक के नाते मेरा ध्यान यात्रियों की सुरक्षा और उन्हें सही समय पर पहुँचाने में लगा रहता है।''

सुरेखा भले ही मुंबई के उस उपनगरीय रेलवे नेटवर्करूपी विशाल तंत्र का एक छोटा सा पुरजा हों जो कि अधिकतम भीड़ के समय में लगभग एक करोड़ चालीस लाख यात्रियों को महानगर में इधर-से-उधर ले जाती हैं, लेकिन उन लाखों महिलाओं के लिए उनसे अच्छा कोई और रोल मॉडल हो नहीं सकता जो कि काम करना चाहती हैं और अपने पैरों पर खड़ा होना चाहती हैं।

□

3

साठ की उम्र में वह धावक बनीं

"आपके अंदर युवा ऊर्जा के अजस्र स्रोत विद्यमान रहते हैं। ये हैं—आपका मन-मस्तिष्क, आपकी प्रतिभाएँ व क्षमताएँ, वह रचनात्मकता जो आपने अपने जीवन में उड़ेली है और उन लोगों का जीवन जिन्हें आप प्रेम करते हैं। अगर आप इन स्रोतों का सदुपयोग करना सीख जाएँ तो आप उम्र को सचमुच मात दे सकते हैं।"

—सोफिया लॉरेन

आजकल जब कि लोगों को सुबह टहलने जाने के लिए बिस्तर छोड़ना मुश्किल लगता है, ऐसे में क्या आप 68 साल की एक युवा सरीखी महिला को ट्रैक पर देखने की कल्पना कर सकते हैं, वह भी टहलती हुई नहीं बल्कि दौड़ती हुई? उम्र उनके दौड़ने में आड़े नहीं आ रही है क्योंकि उनका धैर्य, साहस, मनोबल और दृढ संकल्प उनको आगे बढ़ने की ऊर्जा दे रहे हैं। ये हैं कोलकता की श्रीमती मंजुश्री बनर्जी। साठ साल की उम्र से पहले उन्होंने दौड़ने के ट्रैक पर कभी कदम भी नहीं रखा था, लेकिन साठ के बाद वह कभी रुकी भी नहीं। गत आठ वर्षों में यह सेवानिवृत्त केमिस्ट्री टीचर विभिन्न चैंपियनशिपों में अनेक मेडल जीतने में सफल रही हैं, और तो और भूतपूर्व धावकों

मंजुश्री बेनर्जी कुछ मेडलों के साथ बिदान सरनी में अपने निवास स्थान में

के लिए आयोजित 'वर्ल्ड मास्टर्स' में भी उन्होंने अपनी जगह बनाई है।

यह अचानक ही हुआ था कि 'रामजॉय शील शिशु पाठशाला' से सेवानिवृत्त हो जाने से कुछ महीने पहले ही उन्हें अपने अंदर बैठे एथलेटिक प्रेम का पता चला। वैसे तो 'ट्रैक-एंड-फील्ड' से उनका पहला वास्ता उत्तरी चौबीस परगना में फरवरी 2005 में आयोजित एक जिला एथलेटिक्स टूर्नामेंट के दौरान पड़ा था जहाँ कि वह एक दर्शक के रूप में गई थीं। उस टूर्नामेंट को और अधिक रोचक बनाने के लिए आयोजकों ने एक नई बात जोड़ दी थी, और वह यह कि उन्होंने दर्शकों से भी अनुरोध किया कि वे आगे आएँ और टूर्नामेंट में भाग लें। श्रीमती बनर्जी ने बताया, ''मैं किसी प्रतियोगिता में भाग लेने के लिए वहाँ नहीं गई थी बल्कि बस यूँ ही मनोरंजन के लिए चली गई थी, लेकिन फिर भी मैं ऐसे अनेक धावकों से आगे निकल गई थी जो कि कीलदार जूते और दौड़ने की ड्रेस पहनकर बाकायदा तैयार होकर आए थे। 100 मीटर और 200 मीटर, दोनों ही दौड़ों में मैं दूसरे स्थान पर रही थी। तब अनेक भूतपूर्व खिलाड़ियों ने मुझसे कहा था कि दौड़ने को मैं गंभीरतापूर्वक अपना लूँ।''

किसी दौड़ में भाग लिये हुए उन्हें बरसों हो गए थे। कभी 1968 में जब वह कल्याणी विश्वविद्यालय से एम.एस-सी. कर रही थीं तब उन्होंने 100 मीटर की दौड़ में एक बार बस यूँ ही भाग लिया था। उनके पास दौड़ने के लिए ड्रेस भी नहीं थी, इसलिए उन्होंने अपनी रूम-मेट से उसका सलवार-कुरता उधार लिया था। आश्चर्य की बात यह थी कि उस दौड़ में वह प्रथम स्थान पर आई थीं लेकिन वह बात बस वहीं खत्म हो गई थी क्योंकि फिर कभी उन्होंने दौड़ने की तरफ ध्यान ही नहीं दिया। लेकिन उस घटना के चालीस साल बाद आज विधान सरनी में उनका दो कमरों का घर उन अनेक मेडलों और प्रमाण-पत्रों से सुशोभित हो रहा है जिन्हें उन्होंने पिछले आठ वर्षों में प्राप्त किया है।

उन्होंने हेदुआ में अभ्यास करना शुरू किया और फिर कीलदार जूते पहनकर देशबंधु पार्क में इस अभ्यास को बुलंदी पर पहुँचाया। उन्होंने युवा भारती क्रीड़ांगन में आयोजित राज्य के खेलों में भाग लिया और 200 मीटर व 400 मीटर की दौड़ों में जीत हासिल की। मंजुश्री ने मुसकराते हुए बताया, ''उस जीत ने मेरे लिए संभावनाओं के द्वार खोल दिए।'' एस.ए.आई. कॉम्प्लेक्स में उन्होंने 'एथलेटिक्स के क ख ग' से शुरुआत की और कोच कार्तिक नाथ से अनुरोध किया कि वह इसकी शुरुआत बुनियाद यानी जॉगिंग व स्ट्रैचिंग से कराएँ। फिर मई 2006 में मंजुश्री ने अखिल भारतीय मास्टर्स एथलेटिक्स में भाग लिया और 100 मीटर व 200 मीटर की दौड़ों में स्वर्ण पदक प्राप्त किए।

हालाँकि औपचारिक रूप से वह स्कूल से सेवानिवृत्त थीं मगर कभी किसी की एवजी में तो कभी माध्यमिक या हायर सेकंडरी स्कूल के प्रश्नपत्र सुधारने के लिए वह स्कूल जाती रहती थीं, लेकिन यह सब काम वह बड़ी फुर्ती से निपटा देती थीं और

दौड़ने का अभ्यास जारी रखती थीं। 2006 में दौड़ने का श्रीगणेश करने के बाद से वह एशिया मास्टर्स एथलेटिक चैंपियनशिप में तीन बार भाग ले चुकी हैं और विश्व मास्टर्स एथलेटिक चैंपियनशिप में भाग लेने के लिए इटली तथा कैलीफोर्निया भी गई हैं। अभी भी दौड़ के प्रति उनकी लगन और उत्साह में कोई कमी नहीं आई है और इसीलिए 2013 में श्रीलंका में आयोजित वार्षिक (खुली) चैंपियनशिप में एक स्वर्ण और तीन रजत पदक पाने में वह सफल रहीं। श्रीमती बनर्जी ने बताया, ''मैं पैसा जुटाने की कोशिश करती हूँ लेकिन यह बड़ा मुश्किल होता है। मैं इस नवंबर में विश्व एथलेटिक मीट में भाग लेने ब्राजील नहीं जा सकी क्योंकि उसके लिए दो लाख रुपए जुटाना मेरे लिए टेढ़ी खीर थी।'' उन्होंने कुछ टूर्नामेंट भले ही छोड़ दिए हों लेकिन उन्होंने आशा नहीं छोड़ी है। उनका अगला लक्ष्य क्या है ? 2014 में जापान में होनेवाली एशियाई चैंपियन प्रतियोगिता में एक मेडल उन्हें अपनी ओर खींच रहा है।

चलते-चलते उनके शब्द थे, ''मेडल जीतना तो मेरे लिए अब लक्ष्य हो गया है।''

□

4

बाल-विवाह के विरुद्ध छेड़ा गया एक धर्मयुद्ध

''बाल-विवाह को रोकने का सबसे सशक्त हथियार है, लड़कियों को शिक्षित करना।''

–'गर्ल्स नॉट ब्राइड्स'

बाल-विवाह रोकने हेतु वैश्विक भागीदारी

गाँव के लोग सरिता प्रभाकर वाध का मजाक उड़ाते थे, पड़ोसी उस पर ताने कसते थे और रिश्तेदार उसकी खिल्ली उड़ाया करते थे, और यह केवल इसलिए कि उसकी शादी नहीं हुई थी। अब 20 साल की हो चुकी सरिता इस तरह की बातों के बीच रहना तभी सीख गई थी, जब वह 14 साल की थी। उसने यह शक्ति अपने माता-पिता से प्राप्त की थी जो कि उसके साथ चट्टान की तरह अडिग खड़े रहे थे क्योंकि वे जानते और समझते थे कि कच्ची उम्र में लड़की का विवाह कर देना कोई समझदारी का काम नहीं है।

महाराष्ट्र के औरंगाबाद जिले के पाचोड खुर्द नामक गाँव में 14 साल की हो जाने पर भी लड़कियों की शादी न करना कोई आसान काम नहीं था। हालाँकि सामाजिक प्रगति की अधिकतर सूचियों में महाराष्ट्र एक समृद्ध प्रदेश के रूप स्थान रखता है, लेकिन वहाँ के इस जिले में लड़कियों की शादी कम उम्र में ही कर देने की परंपरा अभी भी प्रचलित है। हाल ही में आयोजित 'वुमेन डिलीवर कॉन्फ्रेंस' में भाग लेने के लिए आई सरिता ने बाल-विवाह के विरुद्ध चलाई गई अपनी इस मुहिम और अपने अनुभवों के बारे में बताया। वहीं 'द हिंदू' के साथ हुई बातचीत में उसने कहा, ''मेरी अधिकतर सहेलियों का विवाह 14वें साल में कर दिया गया था लेकिन मैं यह नहीं चाहती थी। यह बात मैंने अपने माता-पिता से कही और वे भी इस पर मान गए। वे पढ़े-लिखे हैं और जानते हैं

कि कम उम्र में लड़की का विवाह कर देना उसके लिए कितना हानिकारक होता है।''

पाचोड खुर्द में लड़कियाँ अगर पढ़ना भी चाहती थीं तो 5वीं कक्षा से आगे नहीं पढ़ पाती थीं, क्योंकि इसके लिए वहाँ कोई स्कूल ही नहीं था और न ही जीवन-यापन का कोई साधन। इसलिए माता-पिता बस यही करते थे कि अपनी लड़कियों की शादी करके उन्हें विदा कर देते थे। लेकिन सरिता को धन्यवाद है कि उसके प्रयास से अब बहुत कुछ बदल गया है। आलोचनाओं और व्यंग्य-बाणों का बहादुरी से सामना करते हुए उसने पढ़ाई जारी रखी और 'जीवन कौशल्या' को ज्वॉइन कर लिया। यह पाचोड में 'द इंस्टीट्यूट ऑफ हेल्थ मैनेजमेंट' द्वारा चलाया जा रहा एक जीविकोपार्जन पाठ्य है जहाँ उसे जीविकोपार्जन के कौशल सिखाए गए। अपने पैरों पर खड़ा होने के समर्थ होने की अनुभूति हो जाने पर उसने गाँव के लोगों को इस बात के लिए सहमत करने का बीड़ा उठाया कि वे अपनी बेटियों की शादी कम उम्र में न करें। हालाँकि सदियों से चली आ रही इस परंपरा को तोड़ना बड़ा कठिन काम था, लेकिन उसने इसे पूरा करने में कोई भी कोर-कसर नहीं रख छोड़ी।

सरिता प्रभाकर वाघ

इसी बीच उसकी एक 17 वर्षीय सहेली की प्रसव के दौरान मृत्यु हो गई जिससे उसकी बात को और भी बल मिल गया। गाँव के लोगों की राय बदलने की कोशिश करने में वह उनके सामने अपनी इस सहेली की मौत का उदाहरण रखने लगी। पहले तो गाँववालों ने सरिता के माता-पिता पर उसके इस अभियान के विरुद्ध दबाव डालने

की कोशिश की और फिर मिलजुलकर ऐसे उपाय खोजने की कोशिश की जिससे कि इस आंदोलन को फैलने से रोका जा सके। सरिता गर्व से बताती है, ''धीरे-धीरे, गाँव की कम उम्र की लड़कियाँ एकजुट होती गईं और फिर बाल-विवाह के विरुद्ध उन्होंने एक तरह का आंदोलन छेड़ दिया। हमने 'शांति किशोरी मंडल' की स्थापना की जिसमें 12-13 लड़कियों के एक ग्रुप ने कम उम्र में शादी न करने की शपथ ली। फिर तो यह आंदोलन फैलता गया और अब किशोर अवस्था की लड़कियाँ विवाह करके विदा होने के बजाय जीवन-यापन के कौशल सीखने की ट्रेनिंग ले रही हैं। आज औरंगाबाद जिले के 50 गाँव इस आंदोलन के रंग में रँग चुके हैं और गाँववाले अपनी बेटियों का विवाह 18 साल की आयु से पहले न करने की शपथ ले चुके हैं।

गली-गली नाटक करके लड़के-लड़की में भेद करने, बाल-विवाह करने तथा अन्य सामाजिक बुराइयों की तरफ ध्यान आकर्षित करती हुई ये लड़कियाँ जागरूकता पैदा कर रही हैं और समाज को इसमें शामिल कर रही हैं। जब सरिता ने इस चुनौती को हाथ में लिया था तब वहाँ बाल-विवाह का प्रतिशत 82 था, जो कि दो सालों में घटकर 62 हो गया था, लेकिन आज तो बाल-विवाह की इक्का-दुक्का घटना ही सुनने में आती है।

पाचोड में बाल-विवाह के विरुद्ध चलाए जा रहे अभियान को प्रश्रय देनेवाली संस्था 'गर्ल्स नॉट ब्राइड्स' की अंतरराष्ट्रीय संयोजिका लक्ष्मी सुंदरम् कहती हैं, ''किसी देश की बाल-विवाह की दर ही उस देश की किशोर लड़कियों के कल्याण का सुपरिभाषित पैमाना होती है।'' आमतौर पर बालिका वधू को स्कूल से बीच में ही निकाल लिया जाता है, अत: वह अपनी शिक्षा पूरी करने से वंचित रह जाती है, जिससे अपने पैरों पर खड़े होने की क्षमता उसमें नहीं आ पाती है। 20 साल की हो जाने के बाद माँ बननेवाली जितनी लड़कियाँ प्रसव के दौरान मरती हैं उनसे पाँच गुना अधिक वे लड़कियाँ प्रसव के दौरान मर जाती हैं, जो 15 साल की होने से पहले ही माँ बननेवाली होती हैं। 20 या इससे अधिक वर्ष की माँ के बच्चों की तुलना में बालिका वधुओं के 60 प्रतिशत बच्चे अपना पहला हैप्पी-बर्थडे मनाए जाने से पहले ही दम तोड़ देते हैं। 18 साल की होने से पहले ही विवाह करनेवाली लड़कियों को 18 की होने बाद विवाह करनेवाली लड़कियों के मुकाबले हिंसा का शिकार होने की आशंका अधिक रहती है। इसी दिशा में नेल्सन मंडेला सहित आर्क बिशप डैस्मोंड टूटू, ग्रो हरलेम ब्रंडलैंड, ग्रासा मैकल और मैरी रॉबिंसन जैसे प्रमुख अंतरराष्ट्रीय ख्यातिप्राप्त लोगों के एक ग्रुप ने 11 सितंबर, 2011 को 'गर्ल्स नॉट ब्राइड्स' नामक एक वैश्विक भागीदारी वाली संस्था का शुभारंभ किया है।

□

5

मुंबई की बदनाम बस्ती से निकलकर न्यूयॉर्क के बार्ड कॉलेज में पढ़ने जानेवाली लड़की

''सारे पुरुषो! देखो, मैं तुम्हें दिखाती हूँ कि एक स्त्री क्या कर सकती है...
मैं देश के ओर से छोर तक जाऊँगी, मैं चाँद तक जाऊँगी...
और फिर कभी पीछे मुड़कर नहीं देखूँगी।''

—एडना गार्डनर ह्विटे

मुंबई की बदनाम बस्ती के एक वेश्यालय में पली-बढ़ी श्वेता कट्‍टी गाली-गलौज, दुर्व्यवहार और यौन उत्पीड़न की शिकार बच्ची रही है लेकिन इस सबको लात मारकर अब वह उच्च शिक्षा के लिए अमेरिका जाने की तैयारी कर रही है। वह अभी 18 साल की ही है लेकिन अपनी उपलब्धियाँ गिनाने के लिए उसके पास बहुत कुछ है। हाल ही में 'न्यूजवीक' पत्रिका के 'वुमेन इन द वर्ल्ड—25 अंडर 25 यंग वुमेन टू वाच' में उसका परिचय मलाला यूसुफजई सहित उन लड़कियों के साथ सचित्र प्रकाशित किया गया है जिन्होंने हाशिए पर डाल दी गई कम उम्र की लड़कियों के उत्थान के लिए प्रयास किए हैं। श्वेता बताती है, ''जब 'न्यूजवीक' ने मेरा इंटरव्यू लिया तब मैं यह नहीं जानती थी कि यह इतनी प्रमुख पत्रिका है और यह भी कि इस इंटरव्यू से मुझे इतना कुछ मिल जाएगा। मैंने कभी उम्मीद भी नहीं की थी कि मेरा विवरण उन महिलाओं के साथ प्रकाशित होगा जिन्होंने बहुत बड़ी-बड़ी उपलब्धियाँ हासिल की हैं।''

श्वेता बताती है कि वेश्यालय में बीता उसका बचपन बहुत कष्टदायी था। आजकल वह 'क्रांति' नामक एक गैर-सरकारी संगठन से जुड़ी हुई है जिसने उसकी पढ़ाई पूरी करने और बचपन में झेली गई परिस्थितियों के प्रभाव से उबरने की चिकित्सा में उसकी मदद की है। 'क्रांति' से कट्‍टी का परिचय तब हुआ जब वह अपनी कक्षा

श्वेता कट्टी

आठ की परीक्षाओं के लिए पढ़ाई करने की कोई जगह तलाश रही थी। 'क्रांति' से जुड़ने के एक-डेढ़ साल के बाद से ही वह अब तो इस संगठन का चेहरा बन चुकी है। देश भर की यात्राएँ करती है, कॉन्फ्रेंसों में भाषण देती है और 'क्रांति' को आगे बढ़ाती है। एक वेश्यालय में घरेलू कामकाज करनेवाली माँ की यह बेटी श्वेता बताती है, "तब मैं 12 साल की ही थी जब मेरे सौतेले पिता ने मेरा यौन उत्पीड़न शुरू कर दिया था। ऐसा कोई नहीं था जिसे मैं यह बात बता पाती। मेरे बहनोई ने भी मेरा यौन उत्पीड़न किया। लेकिन किसी को भी यह बताने में मैं डरती थी, माँ से भी, क्योंकि मैं जानती थी कि गलती मेरे ही मत्थे मढ़ दी जाएगी।"

अपनी स्मृतियों को खँगालती हुई कट्टी बताती है कि उसकी माँ एक देवदासी थी—पर वह यह नहीं बता पाती है कि वह देवदासी कैसे बनी थी—लेकिन इस बात पर वह जोर देकर कहती है कि उसकी माँ इस 'धंधे' में कभी नहीं पड़ी। मुंबई लौटकर उसकी माँ ने एक निकट की फैक्टरी में काम करना शुरू कर दिया था, वहीं वह सुरेश होसमाने नामक आदमी के प्यार में पड़ गई और जल्दी ही श्वेता का जन्म हो गया। कुछ साल बाद उसकी माँ एक और आदमी के संपर्क में आई जो कि उसे व उसकी बेटी को सहारा देने को राजी हो गया था। वह आदमी रविंदर कट्टी था जिसका उपनाम वह अभी तक ढो रही है। अपने बचपन के अधिकतर समय में श्वेता यही मानती हुई बड़ी होती रही थी कि उसके घर में रहनेवाला यह आदमी ही उसका पिता है, लेकिन कुछ था जो कि उसे सही नहीं लग रहा था। वह बताती है, "मुझे कभी लगा ही नहीं कि

मैं सचमुच उसकी बेटी हूँ। मैं गहरी साँवली थी जब कि वह इतना गोरा था कि अपने जाननेवालों में मैंने इतना गोरा आदमी कोई और नहीं देखा था।'' घर में हर दिन झगड़ा होता था, वह दारू पीकर घर लौटता था, उसकी माँ और बहनों को मारता-पीटता था। इसके अलावा वह अकसर यह कटाक्ष भी किया करता था कि श्वेता उसकी बेटी नहीं है।

वह याद करती हुई बताती है, ''जब यह सब मेरी बरदाश्त से बाहर हो गया तब मैंने 'अपने आप' में अपनी अध्यापिकाओं से बात की, 'अपने आप' वह गैर-सरकारी संगठन है जहाँ मैं पढ़ने जाया करती थी। इन्हीं लोगों ने मेरा परिचय 'क्रांति' से कराया था।'' कई सत्रों में उसे परामर्श और उपचार दिया गया ताकि वह हिम्मत जुटा सके और अपने सौतले पिता को 'ना' कह सके। उसने आगे बताया, ''शुरुआत में तो यह सब बड़ा मुश्किल था। मैं तो कहीं भाग भी नहीं सकती थी। लेकिन फिर मुझमें विश्वास आ गया था। उसकी करतूतें बताने में मैंने शर्म करना छोड़ दिया था।'' जब माँ से श्वेता की मुँह-दर-मुँह बात हुई तो वह बताती है कि उसकी माँ ने दुःख जताया, ''मेरी माँ ने मेरी कोशिशों में हमेशा मेरा साथ दिया है। उसके बिना मैं इतना आगे कभी नहीं बढ़ पाती।'' वेश्यालय में बीते अपने बचपन को याद करती हुई वह बताती है कि वह बड़ा कठिन और तनाव भरा समय रहा था, ''रात को मैं सेक्स वर्कर महिलाओं को उनके पियक्कड़ पतियों द्वारा पीटे जाने की आवाजें सुना करती थी। जब कोई इस धंधे में होता है तो फिर कोई उसकी इज्जत नहीं करता है। किसी वेश्यालय में किसी भी महिला या लड़की का रहना बहुत ही असुरक्षित होता है।'' अपने बचपन में श्वेता जिसके साथ बहुत हिलमिल गई थी वह राधा नाम की सेक्स वर्कर ही श्वेता की प्रेरणास्रोत रही है। श्वेता ने बताया, ''जब मैं बच्ची थी तब मैं समय बिताने के लिए टेलीविजन देखने चली जाया करती थी। मेरी माँ मुझे डाँटा करती थी लेकिन मैं उसकी डाँट-डपट पर कोई ध्यान नहीं देती थी। वह राधा ही थी जिसने मुझे बताया था कि या तो मैं पढ़ाई करूँ और इस जगह से निकल जाऊँ या फिर एक सेक्स वर्कर बनकर रहना होगा। और मैंने पहले वाला रास्ता ही चुना।''

स्कूल जाना भी कोई बहुत सुखद नहीं रहा था। कट्टी का काफी समय तो उन लुच्चों-लफंगों को दूर खदेड़ने में ही निकल जाता था जो उसे ऐसे-ऐसे नाम लेकर बुलाते थे जो कि यहाँ लिखे भी नहीं जा सकते। हालाँकि कॉलेज उसकी तुलना में शांत था और कम भीड़-भाड़ वाला भी था। जहाँ से कट्टी ने अपनी 11वीं और 12वीं कक्षाओं की पढ़ाई पूरी की। उस एस.एन.डी.टी. कॉलेज के निर्धारित समय के दौरान वह अपवादस्वरूप ही किसी कक्षा में जाकर बैठी होगी। वह अपना समय कैंपस में चहलकदमी करती हुई या फिर किसी पेड़ के नीचे बैठकर किताबें पढ़ने में बिता दिया करती थी। उसकी कुछ सहेलियाँ अवश्य बन गई थीं लेकिन उसके अतीत के घाव,

उसके सौतेले पिता द्वारा किया गया घिनौना बरताव और उसकी कुछ सहपाठियों द्वारा उसे गंदे नामों से पुकारा जाना, इन सबके कारण किसी के भी साथ मिलने-जुलने को उसका मन ही नहीं करता था।

श्वेता बताती है कि जिस सेक्स वर्कर के साथ उसने बचपन बिताया था, उसने ही उसे प्रेरित किया था कि वह इस नरक से निकल जाए, और इसीलिए वह अपने उस समुदाय के लिए प्रतिदानस्वरूप जितना कर सकती है, करना चाहती है, ''मेरी योजना एक मनोवैज्ञानिक बनना और फिर मुंबई की बदनाम बस्ती में एक उपचार केंद्र खोलने की है। सेक्स वर्कर और उनके बच्चे गंभीर मानसिक समस्याओं से पीड़ित रहते हैं और मैं उन्हें उनके कठिन जीवन से निपटने में मदद करना चाहती हूँ।''

इससे पहले कट्टी 'रेस्क्यू' के लिए काम करती रही है जो कि एक ऐसा आश्रय स्थल है जो कि शहर के वेश्यालयों से छुड़ाकर लाई हुई लड़कियों के लिए है। 'रेस्क्यू' जैसे आश्रय स्थल मुंबई के वेश्यालयों से छुड़ाकर लाई गई लड़कियों को सिलाई सिखाने, पापड़ व अचार बनाना सिखाने या उनकी शादी करने के लक्ष्य लेकर बनाए हुए हैं। ये लड़कियाँ बाद में कैंटीनों या होटल उद्योग में काम भी पा चुकी हैं। गैर-सरकारी संगठन 'क्रांति', यानी आमूल परिवर्तन, की शुरुआत उन लड़कियों के जीवन में एक बड़ा बदलाव लाने की आशा से की गई है जो उनके संपर्क में आ जाती हैं। कट्टी का कहना है, ''खाना-कपड़ा देना तो ठीक है लेकिन असली सवाल पर अभी भी ध्यान नहीं दिया गया था—उनकी प्रतिभा को विकसित करने का काम कैसे किया जाए?'' किशोर तथा युवा अवस्था के लड़के-लड़कियों को उद्बोधित करने के लिए कट्टी पूरे देश का भ्रमण करती है। कट्टी अपनी ही उम्र के लेकिन अधिक साधन-संपन्न घरों के लोगों की अपेक्षा बेहतर अंग्रेजी बोल लेती है, लेकिन बार-बार हिंदी में बोलने लगती है क्योंकि हिंदी में बोलना उसे सबसे आसान और अच्छा लगता है। हालाँकि वह अपने परिवार से मिलने अकसर जाती रहती है लेकिन आजकल वह कंडीविली के एक आश्रय स्थल में रह रही है और अपने टी.ओ.ई.एफ.एल. परीक्षा की तैयारी में लगी है। उसने अपनी उच्च शिक्षा की स्कॉलरशिप के लिए अमेरिकन यूनिवर्सिटी, डेपॉल यूनिवर्सिटी, सीटल यूनिवर्सिटी और बार्ड यूनिवर्सिटी को आवदेन भेजा है। अत्यंत जुझारू लगनेवाली यह लड़की वैसे बहुत सीधी-सादी है, लेकिन उसमें गजब की संकल्प-शक्ति है। हालाँकि वह विदेश जाना चाहती है लेकिन अपनी पृष्ठभूमि के कारण पासपोर्ट बनवाना उसे एक बार तो असंभव सा लगने लगा था। उसे इस दफ्तर से उस दफ्तर तक कई चक्कर लगाने पड़े और फिर इस सिलसिले में उसे मुंबई पुलिस के डी.जी.पी. तक से मिलना पड़ा था।

कट्टी कहती है कि अमेरिका जाने की उसकी इच्छा हमेशा रही है। विदेशी शिक्षा के प्रति उसकी दीवानगी शायद इस सच्चाई के कारण भी है कि उसके साथ जो कुछ भी

अच्छा हुआ है, उसमें से अधिकांश विदेशियों द्वारा ही किया गया है। वह बताती है कि उसकी शिक्षा की समस्या का अधिकांश समाधान एक ब्रिटिश सामाजिक कार्यकर्ता के सौजन्य से हुआ जो कि अंग्रेजी व कंप्यूटर सिखाने के कार्यक्रम चलाता था। अमेरिका की यात्रा ने कट्टी के आत्मविश्वास को बढ़ाने में कमाल किया है। वह पत्रकारों और कैमरेवालों का सामना अकेले ही करती रही और खुलकर जवाब देती रही। बार्ड कॉलेज में एक नया जीवन शुरू करने के लिए कट्टी 10 अगस्त, 2013 को मुंबई से न्यूयॉर्क के लिए रवाना हुई थी। वे उसे 30,000 डॉलर की स्कॉलरशिप दे रहे हैं जो कि उसकी साल भर की पूरी फीस और रहने की आधी लागत की भरपाई कर देगी।

□

6

एक हेल्पलाइन : महिलाओं की महिलाओं के लिए और महिलाओं द्वारा

''जो बात महिलाओं को अभी भी सीखनी है, वह यह है कि आपको शक्ति व अधिकार कोई देगा नहीं, ये आपको लेने होंगे।''

—रोजीज बर

वे दिन लद गए जब राजस्थान की दबी-कुचली महिलाएँ अपने ऊपर होनेवाले अत्याचारों का विरोध करने के लिए मुँह नहीं खोल पाती थीं और घरेलू हिंसा, यौन शोषण, जबरन गर्भपात, दहेज उत्पीड़न और पियक्कड़ पति को चुपचाप सहती रहती थीं।

2001 से जनजातियों के घुमंतूपन, स्कूल छोड़ देनेवाले बच्चों की शिक्षा, महिला सशक्तीकरण, स्वास्थ्य और स्थानीय स्वशासन जैसे मुद्दों पर काम कर रहे उदयपुर स्थित एक गैर-सरकारी संगठन 'जतन' ने महिलाओं के लिए एक हेल्पलाइन शुरू करने का इरादा किया। राजस्थान में ऐसी दो हेल्पलाइनें पहले से ही काम कर रही थीं लेकिन दक्षिणी राजस्थान में कोई हेल्पलाइन नहीं थी।

बैठक प्रगति में

एक हेल्पलाइन बनाने के प्रस्ताव पर महिला 'पंच सरपंच' की तिमाही बैठक में चर्चा हुई जिसमें कि दक्षिणी राजस्थान के विभिन्न हिस्सों से आई 143 महिलाओं ने भाग लिया था। उसमें लगनेवाले सॉफ्टवेयर की अनुमानित लागत रु. 45,000 तक पहुँच रही थी। 'जतन' के केंद्र प्रमुख ने बताया, ''उन ग्रामीण महिलाओं ने—जिनमें से अधिकांश तो निरक्षर ही थीं—एक साहसपूर्ण निर्णय लिया कि इस लागत का आधा अंश वे देंगी।'' उनकी इस पहल से उत्साहित होकर 'जतन' के निदेशक डॉ. कैलाश बृजवासी बाकी का आधा हिस्सा भरने के लिए सहमत हो गए।

'जतन' के पदाधिकारियों ने इस विषय पर अनेक सॉफ्टवेयर डवलपर्स से बातचीत की और अंततः जयपुर के 'गति सॉफ्टवेयर' कंपनीवालों के साथ बात बन गई जो कि इस सॉफ्टवेयर पर 50 प्रतिशत छूट देने को भी तैयार हो गए और इसे तीन महीने के अंदर बनाकर देने को भी। इस सॉफ्टवेयर में कई बातें शामिल होनेवाली थीं, जैसे—सभी आनेवाली कॉलों का रिकॉर्ड होना, जिन्हें कानूनी साक्ष्य के रूप में प्रयुक्त होना था, और परेशानी में पड़ी महिला कॉलर का पूरा व्यक्तिगत विवरण रखना।

इस हेल्पलाइन का उद्घाटन जिलाधीश डॉ. पी.बी. यशवंत द्वारा इस हेल्पलाइन नं. 9352004003 पर कॉल करके किया गया। इस अनूठे प्रयास पर अपनी प्रसन्नता व्यक्त करते हुए उन्होंने कहा, ''महिलाओं की मदद के लिए महिलाओं का आगे आना महात्मा गांधी के 'ग्राम स्वराज' के सपने की ओर बढ़ने का एक ठोस कदम है।'' जिला पुलिस अधीक्षक डॉ. रामदेव सिंह ने आश्वासन दिया कि पुलिस विभाग इस हेल्पलाइन की सहायता करने में सदैव तत्पर रहेगा और यथाशीघ्र काररवाई करेगा।

इस हेल्पलाइन का सूत्रवाक्य रहेगा—''अवगत रहो, चौकस रहो, साहसी रहो''। 'पंच सरपंच' संगठन की सदस्य महिलाएँ आत्मनिर्भर हैं और अपने पति या परिजनों से कोई मदद नहीं लेती हैं। इस संगठन की अध्यक्षा श्रीमती गीता रागर ने बताया कि सदस्य महिलाओं को बारी-बारी से इस हेल्पलाइन पर काम करने के लिए प्रतिनियुक्त किया जाएगा और उन्हें काउंसलिंग सेवाएँ भी प्रदान की जाएँगी।

इस हेल्पलाइन की लोकप्रियता को इसी तथ्य से आँका जा सकता है कि इसके श्रीगणेश के तीन सप्ताह के अंदर ही 145 कॉल रिकॉर्ड की गईं। कुछ संगठनों और अन्य प्रदेशों से भी इस हेल्पलाइन का विवरण जानने के लिए कॉल आ रही हैं क्योंकि वे भी ऐसी ही हेल्पलाइन शुरू करना चाहते हैं। सफलता की सुगंध चारों दिशाओं में फैल रही है।

(सफलता की यह गाथा मेजर प्रदीप खरे द्वारा श्रीमती गीता रागर से लिये गए साक्षात्कार पर आधारित है।)

□

7

तब की कंगाल अब सँभाल रही करोड़ों

"अपनी उत्तम कामनाओं को हृदय से लगाकर रखें और फिर देखें कि क्या होता है।"

—टोनी डेलीसो (द पावर विदिन)

झारखंड के गाँव की एक अकिंचन (गरीब) और निरक्षर महिला ने 'जीवन ज्योति ग्रुप' नामक एक ऐसा स्वयं-सहायता समूह बनाकर इतिहास रच दिया है जिसके बैंक खाते की राशि अब रु. 2.41 करोड़ तक जा पहुँची है। यह समूह 20,000 महिलाओं वाले ग्रुप के कार्यकलापों का प्रबंधन करता है और योजनाएँ बनाता है ताकि गरीब और जरूरतमंद महिलाओं को छोटे-छोटे ऋण देकर उनकी मदद की जा सके।

बात थोड़ी पुरानी है, 1995 की, जब राँची के आस-पास के गाँवों की महिलाएँ पढ़ी-लिखी नहीं थीं। न तो घर का आय-व्यय उनके हाथ में रहता था और न ही पैसे को सँभालने की उन्हें इजाजत थी। पुरुष-प्रभुत्व वाले समाज में उनकी कोई आवाज नहीं थी। ऐसे हालात से समीना खातून संतुष्ट नहीं थी और न ही इस सबको सहते रहने के लिए ही तैयार थी। प्रौढ़ शिक्षा की कक्षा में लिखना-पढ़ना-गिनती सीखने के अलावा उसने छोटी-छोटी बचतों के महत्त्व को भी जाना। इससे उसे एक नया विचार सूझा—'क्या हुआ अगर महिलाओं की पहुँच पैसों तक नहीं है, पर चावल तक तो है ही।'

महिलाओं के छोटे से समूह की प्रत्येक महिला ने एक-एक कटोरा चावल डालकर एक पूल बनाया और वह सारा का सारा चावल स्थानीय साप्ताहिक बाजार में बेच दिया। इससे उन्हें कुछ रुपए हासिल हो गए जिनसे उन्होंने कुछ अन्य उपयोगी वस्तुएँ खरीदीं और फिर उन्हें भी लाभ कमाते हुए बेच दिया। यह सिलसिला चलता रहा और साल के अंत तक उनके द्वारा अर्जित लाभ की राशि रु. 500 तक पहुँच गई। जिला साक्षरता संयोजक कुसुम द्वारा प्रोत्साहित किए जाने पर और भी अनेक महिलाएँ इस समूह में शामिल हो गईं और यह लाभ बढ़कर 1000 और फिर रु. 10,000 तक जा पहुँचा।

समीना खातून

फिर इस समूह ने अपनी जरूरतमंद महिला सदस्यों को 1 रुपया प्रतिशत प्रति महीना की दर पर ऋण देने की शुरुआत की। यदि समूह से बाहर का कोई व्यक्ति ऋण चाहता था तो उसे ऋण अधिक ब्याज पर दिया जाता था। धीरे-धीरे महिलाओं को 4-5 रुपए प्रति सप्ताह बचत करने के लिए भी प्रोत्साहित किया गया। ये रुपए एक बक्से में रखे जाते थे क्योंकि उनका कोई बैंक खाता नहीं था।

सहायक स्वभाव वाले राँची के तत्कालीन जिला कलक्टर श्री कमल किशोर आई.ए.एस. ने इन महिलाओं का मार्ग-दर्शन किया और उन्हें प्रेरित किया कि वे 'जीवन ज्योति वुमेंस ग्रुप' के स्वयं-सहायता समूह बनाएँ। फिर उन्होंने उसे न केवल रजिस्टर्ड कराने और उसका खाता एक राष्ट्रीयकृत बैंक में खुलवाने में ही मदद की बल्कि हर स्वयं-सहायता समूह को 10,000 रुपए की आरंभिक राशि आवंटित कराने में भी सहायता की। एक और संवृद्धि देने के लिए इन समूहों की 45 महिलाओं को सार्वजनिक वितरण प्रणाली के अंतर्गत दुकानें आबंटित कर दी गईं। आज 'जीवन ज्योति ग्रुप' के अंतर्गत 1200 स्वयं-सहायता समूह काम कर रहे हैं और हर समूह में 10-15 महिलाएँ हैं। इनमें से अधिकांश समूह झारखंड के ग्रामीण क्षेत्रों में काम कर रहे हैं।

समीना खातून अब 'जीवन ज्योति ग्रुप' की सचिव हैं और जब वह हर महिला को शिक्षित और आर्थिक रूप से आत्मनिर्भर करने के अपने लक्ष्य की बात करती हैं

तब उनका आत्मविश्वास देखते ही बनता है। यदि कहीं कोई महिला दबाई जाती है या उसका शोषण किया जाता है, तो ग्रुप की सदस्याएँ न्याय दिलाने में उसकी मदद करती हैं। वे उन महिलाओं को भी सहायता व साथ देती हैं जो अपने ससुरालवालों द्वारा या पियक्कड़ पतियों द्वारा सताई जा रही होती हैं और उनकी समस्याओं का निपटारा भी कराती हैं।

(सफलता की यह गाथा मेजर प्रदीप खरे द्वारा श्रीमती समीना खातून से लिये गए साक्षात्कार पर आधारित है।)

□

8

एक सपना हुआ साकार

''जो कुछ हम केवल अपने लिए करते हैं वह तो हमारे मरने के साथ ही मर जाता है, लेकिन जो कुछ हम दूसरों के लिए और दुनिया के लिए करते हैं वह हमारे बाद भी शेष रहता है, अमर रहता है।''

—एलबर्ट पाइक

सुभाषिनी मिस्त्री बरसोबरस तक पल्लेदार, घरेलू कामवाली और सब्जी बेचनेवाली के रूप में कोल्हू के बैल की तरह मेहनत-मजदूरी करती हुई अपना और अपने बच्चों का पेट पालती रहीं। अब 70 की उम्र में वह पीछे मुड़कर बड़े संतोष के साथ एक दुमंजिले और सफेद पुते हुए मकान को गरीबों के लिए अस्पताल बना देने के अपने सपने को साकार होने के रूप में देख सकती हैं। यह सपना साकार इसलिए हो सका क्योंकि ऐसा करने का उन्होंने खुद से वादा तब किया था जब वह अपने पति के समुचित इलाज का खर्चा उठाने में असमर्थ होने के कारण 23 साल की उम्र में विधवा हो गई थीं। उनके पति की मृत्यु हो जाना उनके लिए वज्रपात जैसा था, लेकिन तभी उन्होंने एक अस्पताल बनाने का संकल्प कर लिया था ताकि दूसरे लोगों को ऐसे दुर्भाग्य से बचाया जा सके। पति की मृत्यु के बाद जो कुछ उन्हें झेलना पड़ा, वह थी घोर गरीबी और हाड़-तोड़ मेहनत क्योंकि चार बच्चों की यह माँ तो एक अस्पताल

सुभाषिनी मिस्त्री

बनाने के काम को चिड़िया की आँख की तरह एकमेव लक्ष्य बनाकर चल रही थी। और कुछ समय बाद उसने एक बीघा (एक एकड़ का एक-तिहाई) जमीन खरीद ली थी।

अस्पताल बनवाने का संकल्प करने के 47 साल बाद अब कोलकाता के निकट हँसपुकुर गाँव में ह्यूमैनिटी अस्पताल गर्व से सिर उठाए खड़ा है जो कि 1996 से गरीबों का इलाज बिना कोई पैसा लिये कर रहा है। यह अस्पताल एक अकेली महिला के धैर्यपूर्ण साहस, दृढ संकल्प और मंजिल के मार्ग में आने वाली किसी भी विघ्न-बाधा के सामने हार न मानने की लगन का प्रतीक बनकर खड़ा हुआ है। अपने कद में छोटी लेकिन अपने इरादों में बुलंद सुभाषिनी अपने अतीत में झाँकती हुई कहती हैं, ''केवल अपने बल-बूते पर मैं इतना ही कर सकती थी। मुझे इस बात का कोई दुःख नहीं है कि मुझे अपने दो बच्चों को एक अनाथालय में रखना पड़ा, कि मैं उन्हें शिक्षा नहीं दिला सकी। इतने बड़े और भले काम के लिए बहुत कुछ जो करना था!''

अपने अतीत को याद करती हुई वह कहती हैं, ''जब मेरे पति की मृत्यु हुई तब शुरू में तो मुझे बड़ा आघात लगा लेकिन जल्दी ही मैंने महसूस किया कि मेरे पास चार बच्चे भी तो हैं जिनका पेट मुझे पालना है। उस समय मेरा सबसे बड़ा बच्चा, जो कि बेटा था, साढ़े चार साल का था और सबसे छोटी बेटी थी जो कि केवल डेढ़ साल की थी। मैं पढ़ी-लिखी बिल्कुल नहीं हूँ। मैं तो घड़ी में देखकर समय भी नहीं बता सकती। इसलिए मैंने ठान लिया कि मेरे लिए जो भी काम संभव होगा वह मैं करूँगी। तब मैंने एक निकटवर्ती घर में आया (घरेलू कामकाज करनेवाली) का काम करना शुरू किया।''

उसी दौरान उन्होंने खुद को एक मौन वचन दिया था, एक प्रतिज्ञा की थी—जरूरतमंद गरीब लोगों के लिए वह एक अस्पताल बनवाएँगी जहाँ उन लोगों को मुफ्त इलाज मुहैया कराया जाएगा। जल्दी ही उन्हें लग गया कि केवल घरेलू काम करना पर्याप्त नहीं होगा, इसलिए आमदनी बढ़ाने के लिए उन्होंने ईंटें जोड़ने (राजमिस्त्री का काम) जैसा भारी शारीरिक श्रमपूर्ण काम भी करना शुरू कर दिया। उनके दो बेटे भी उनके काम में हाथ बँटाने लगे थे। जल्दी ही उन्होंने यह भी इरादा कर लिया कि जो भी हो, वह अपने एक बेटे को डॉक्टर अवश्य बनाएँगी। अब उनका छोटा बेटा अजय डॉक्टर बन चुका है और इस अस्पताल में ही अपनी माँ के मिशन को पूरा कर रहा है।

सुभाषिनी बताती हैं, ''मैंने सबकुछ किया। मेरे बच्चे एक रुपया कमाते थे और मैं सवा रुपया कमाती थी। अपने ऊपर मैं कभी कुछ खर्च नहीं करती थी। जो कुछ मैं कमाती थी उसका अधिकांश हिस्सा मैं अस्पताल के लिए रख देती थी। मेरी कुछ आमदनी अपने छोटे बेटे और बेटी की पढ़ाई पर खर्च हो जाया करती थी। दुर्भाग्य से बाकी दो बच्चों को मुझे एक अनाथालय में भेज देना पड़ा था।'' अपनी आमदनी का अधिकांश भाग वह बटोरती रहीं। इस तरह खर्च पर लगातार अंकुश रखते हुए और निरंतर

बचत करते हुए लगभग तीस साल बाद उनके पास इतने रुपए हो गए कि वह जमीन का एक टुकड़ा खरीद सकें। उन्होंने बताया, ''एक जमीनवाला अपनी जमीन बेच रहा था। मैं उसके पास गई और उस प्लॉट को कम दाम पर मुझे बेच देने के लिए उसके पैरों में ही पड़ गई थी। वह पसीज गया और मेरे सपने का एक भाग आखिर सच हुआ।''

1993 में ह्यूमैनिटी ट्रस्ट का गठन हुआ और सभी निवासियों के संयुक्त प्रयास से एक अस्थायी क्लीनिक की शुरुआत की गई। सुभाषिनी बताती हैं, ''मैं लोगों के पास जाती थी और जैसा भी योगदान वे दे सकें, वह देने का आग्रह उनसे करती थी। किसी ने रुपए दिए, किसी ने लकड़ी दी, किसी ने भवन निर्माण में काम आनेवाली कोई अन्य सामग्री दी और कुछ लोग तो निर्माण के काम में स्वैच्छिक काम करने के लिए ही आगे आ गए थे। होते-होते, एक कमरे वाली क्लीनिक की शुरुआत हो ही गई थी।'' सुभाषिनी के आग्रह पर आस-पास के तीन डॉक्टरों ने वहाँ आकर मरीजों का मुफ्त इलाज करना शुरू कर दिया था।

1996 में अस्पताल के स्थायी भवन का उद्घाटन प. बंगाल के तत्कालीन राज्यपाल के.वी. रघुनाथ रेड्डी द्वारा किया गया। इस अस्पताल का सूत्र वाक्य है—'गरीबों के लिए, गरीबों द्वारा'। उस दिन के बाद से सुभाषिनी और उनके स्टाफ—जिसमें उनकी बेटी भी शामिल है—ने पीछे मुड़कर नहीं देखा। उनका छोटा बेटा अजय भी इस अस्पताल में डॉक्टर है जहाँ कि अब 12 डॉक्टर हैं और 25 बिस्तर हैं और यह सब दान पर चल रहा है। 2009 में उन्हें फौलादी विचारवालों की श्रेणी में रखते हुए प्रतिष्ठित 'गॉडफ्रे फिलिप्स ब्रेवरी एवार्ड' से सम्मानित किया गया। सुभाषिनी के अनुसार, अभी बहुत कुछ किया जाना बाकी है जो कि रुपयों की कमी के कारण अटका हुआ है।

सभी महत्त्वपूर्ण और तुरंत ध्यान दिए जानेवाले कामों को प्रतिदिन स्वयं देखनेवाली सुभाषिनी बताती हैं, ''हमारी प्रमुख समस्या है डॉक्टरों की कमी का होना। वे केवल अपने निश्चित दिनों पर ही आ पाते हैं। चूँकि हम उन्हें कुछ देते नहीं हैं इसलिए निरंतर आने में उनकी रुचि कुछ कम रहती है। रुपयों की कमी के कारण आई.सी.यू. अभी तक पूरा नहीं हुआ है। मैं चाहती हूँ कि मैं किसी तरह पैसा जुटा पाऊँ ताकि मैं इन अधूरे कामों को पूरा होते देख पाऊँ।'' रास्ता कठिन होने के बावजूद सुभाषिनी हथियार डाल देना नहीं चाहतीं। उनका कहना है, ''मेरी इच्छा तो तब पूरी होगी जब यहाँ डॉक्टर और नर्सें चौबीसों घंटे उपलब्ध होने लगेंगे और जब हम आधुनिक अस्पताल वाली सारी सुविधाएँ मरीजों को यहाँ देने लगेंगे।''

□

9

एक धोबिन जो हुई डॉक्टरेट की मानद डिग्री से सम्मानित

> *"कभी-कभी वे लोग सबसे अधिक देनेवाले सिद्ध होते हैं जिनके पास बचाने के लिए सबसे कम होता है।"*
>
> **–माइक मैकइंटायर**
>
> ('अजनबियों की दयालुता' से)

एक अफ्रीकी अमेरिकन महिला ओसिओला मैक कार्टी की गाथा सचमुच कमाल की है। गरीबी में जन्मी ओसिओला को छठी कक्षा से ही स्कूल छोड़ देना पड़ा था। वह एक ऐसे छोटे से घर में पली-बढ़ी थी जिससे वह केवल थोड़ी दूर तक घर का सामान लेने या चर्च जाने के लिए ही बाहर निकला करती थी। सुनने में भले ही यह अविश्वसनीय लगे लेकिन उसका अपनी माँ के गर्भ में आना उसकी माँ के साथ हुए तब के बलात्कार का परिणाम था जब वह अपने किसी बीमार रिश्तेदार को देखकर देहाती मिसीसिपी के जंगल के रास्ते लौट रही थी। पाँच साल की उम्र में वह अपनी दादी व मौसी के साथ मिसीसिपी के हैटीसबर्ग में आ गई थी। उन्होंने अपना जीवन औरों के गंदे कपड़े धोकर और उस काम से मिलनेवाले छोटे-बड़े सिक्कों को सँभालकर बचाते हुए व्यतीत किया। उन्होंने कभी गाड़ी चलाना नहीं सीखा और न ही शादी की, हालाँकि नब्बे साल की उम्र को छूने वाली ओसिओला से इसका कारण पूछे जाने पर वह मजाक में जवाब देती हैं कि वह 'एक भले आदमी की तलाश कर रही हैं'। वह एक सादा, सुघड़

ओसिओला मैक कार्टी सम्मान प्राप्त करते हुए

और किफायती जीवन जीती रहीं। जैसे-जैसे दिन बीतते गए, वह उन रुपयों को बड़े कर्तव्य भाव से एक तरफ सँभालकर रखती रही जो वह दिन-प्रतिदिन, सप्ताह-दर-सप्ताह और महीना-दर-महीना कमाती थीं, और यही करते-करते उन्हें कई दशक बीत गए। मैक कार्टी अपने उन रुपयों से दूसरों को वह चीज दिलाना चाहती थीं, जो वह खुद अपने लिए नहीं पा सकी थीं—अच्छी शिक्षा। जब उनकी उदारता जग-जाहिर हुई तब उन्हें व्हाइट हाउस में 'प्रेसीडेंशियल सिटीजंस मेडल' से सम्मानित किया गया।

बात तब की है जब 87 साल की उम्र हो जाने पर उन्होंने काम-धाम करना छोड़ दिया था और एक दिन वह अपने बैंक गई थीं। वहाँ एक बैंकर ने उनका अभिवादन किया और पूछा कि क्या उन्हें मालूम है कि अपनी सारी जिंदगी छोटी-छोटी बचत करते-करते उन्होंने कितनी रकम जोड़ ली है। जब उन्होंने कहा कि उन्हें इसका कुछ अंदाज नहीं है तो वह मुसकराया और उसने बताया कि उनके खाते में ढाई लाख डॉलर जमा हो चुके हैं। इस बात को महसूस करते हुए कि ओसिओला यह अंदाज नहीं लगा पा रही हैं कि यह रकम कितनी होती है। उस बैंकर ने दस-दस सेंट वाले दस सिक्के काउंटर पर रखे और कहा, "इन दस सिक्कों को अपनी रकम के नमूने के तौर पर मान लीजिए। तो आप इनका क्या करना चाहती हैं ?" उन्होंने पहले सिक्के की ओर इशारा करके उसे चर्च को देने की दृढ इच्छा जताई, अगले तीन सिक्कों को उन्होंने अपने भतीजे-भतीजियों और भानजे-भानजियों के लिए आरक्षित कर देने की बात कही जिन्हें कि वह बहुत प्यार करती थीं। और फिर ओसिओला के चेहरे पर एक स्नेहसिक्त मुसकान उदित हुई और उन्होंने कहा कि बाकी सिक्के किसी बड़े ही खास काम के लिए प्रयुक्त किए जाएँगे।

एक महीने बाद ओसिओला के शहर में स्थित यूनिवर्सिटी ऑफ साउदर्न मिसीसिपी को 1,50,000 डॉलर का एक चेक मिला जिसके साथ भेजे गए पत्र में अनुरोध किया गया था कि इस राशि से एक छात्रवृत्ति निधि बनाई जाए जिससे गरीब छात्रों के शिक्षा पाने के सपनों को साकार करने में मदद की जाए। जब यह समाचार फैला तो हैटीसबर्ग तथा अन्य शहरों के भी पुरुषों व स्त्रियों सहित 600 से भी अधिक लोगों ने उसमें अपनी तरफ से और भी राशि का योगदान भेज दिया जिससे यह राशि तीन गुना से भी अधिक की हो गई। सहृदयता और दयालुता के इस काम ने पूरी दुनिया के लोगों के दिल को छू लिया था। ओसिओला को अनेक राष्ट्रपतियों और प्रधानमंत्रियों द्वारा सम्मानित किया गया और हॉर्वर्ड यूनिवर्सिटी ने तो उनको डॉक्टरेट की मानद डिग्री से भी अलंकृत किया। इतने तामझाम के बावजूद उनका यही कहना है कि वह अभी भी अपना जीवन सादगी और नियम-धरम के साथ ही बिताना चाहती हैं। लेकिन उन्होंने भेद की एक बात बताई कि उन्होंने कभी यह उम्मीद नहीं की थी कि अपने सपने को पूरा करने की लगन उन्हें 94 साल तक जिंदा बनाए रखेगी।

और आखिर वह दिन भी आया ही गया जब ओसिओला को मंच पर आने और छात्रवृत्ति अपने हाथों से प्रदान करने का सम्मान प्राप्त हुआ। खुशी से छलछलाते अपने आँसुओं को वह तब रोक नहीं पाई थीं। ओसिओला के निधन के बाद एक रिपोर्टर उस छात्रा से मिला जो कि छात्रवृत्ति प्राप्त करने में विजयी रही थी और उससे अपने उपकारक के निधन पर अपने दो शब्द बोलने के लिए कहा। उस छात्रा ने अपनी भावना कुछ यूँ व्यक्त की, ''स्वर्ग को उनसे अच्छा देवदूत अभी तक नहीं मिला होगा। वह सारी धरती के लिए एक प्रेरणा थीं, एक वरदान थीं, एक बहुमूल्य व्यक्तित्व थीं।''

''ओसिओला मैक कार्टी के जीवन को जरा देखिए तो सही कि किस तरह लोगों के गंदे कपड़े धोकर वह अपना गुजारा कितनी मुश्किल से करती थीं। वह एक बहुत छोटे से घर में एक गुमनाम जिंदगी बिताती रही थीं। जैसी कमर-तोड़ मेहनत यह महिला और उनके परिवार की अन्य महिलाएँ हर दिन करती रही थीं, उस पर विश्वास करना कठिन है, क्योंकि अपना सज्जीदार साबुन वह खुद बनाती थीं, बड़ी संख्या में कपड़े अपने हाथ से धोती थीं, और फिर लोहे की इस्त्री से उन पर इस्त्री किया करती थीं। लेकिन उनका काम कभी किसी मानक का मुद्दा नहीं बना। मैक कार्टी कपड़ों को 'स्क्रब बोर्ड' पर अपने हाथों से रगड़ा करती थीं। 1960 में उन्होंने एक ऑटोमैटिक वाशर व ड्रायर को इस्तेमाल करने की कोशिश तो की थी लेकिन उन्होंने पाया कि 'वाशिंग मशीन कपड़ों को अच्छी तरह खँगालती नहीं है और ड्रायर कपड़ों की सफेदी को पीलेपन में बदल डालता है।'' सालों से कपड़ों को उबालने और फिर उन्हें चार बार साफ पानी में से खँगालकर निकालने का काम करते आने के बाद वह मशीन उनके ऊँचे मानक पर पूरी नहीं उतर पाई और उसे लगभग तत्काल ही अलविदा कहते हुए वह वापस अपने 'स्क्रब बोर्ड' पर कपड़ों को अपने हाथों से रगड़ने, 'फायर हाइड्रेंट' से पानी लाने और 100 फीट लंबी अलगनी पर कपड़े सुखाने पर आ गईं। लेकिन इस सब के बावजूद इन तमाम बरसों के दौरान रोजाना उन सिक्कों को जमा करते हुए छोटी-छोटी बचत करते रहना उन्होंने उस नेक काम के लिए जारी रखा, जिससे कि उन्होंने संसार को कृतज्ञ किया है। बड़ी ही अजीम और शानदार वसीयत यह महिला छोड़कर गई हैं!''

खुद को महत्त्व, संतोष और खुशी के देने के लिए उन्हें प्रसिद्धि पाने की आवश्यकता नहीं थी। लेकिन लोग उनके विवेकपूर्ण विचारों को सुनना चाहते थे। 8 6 साल की उम्र में वह अकसर जेट से यात्रा करनेवाली 'सेलिब्रिटी' हो गई थीं और ए.बी.सी., सी.एन.एन., एन.बी.सी., बी.ई.टी. तथा एम.टी.वी. वाले उनका इंटरव्यू लेते रहते थे। किंतु प्रसिद्धि से उनमें कोई परिवर्तन नहीं आया। जिन आधारभूत सिद्धांतों पर वे अपना कर्मयोगी जैसा जीवन बिताती थीं, वे सिद्धांत उनके साथ अंत समय तक बने रहे थे। ओसिओला एक सशक्त और गुणशील चरित्रवाली महिला थीं। उन्होंने अपना

सारा जीवन बहुत सादगी और किफायत से बिताया, जिसमें उनका हर जगह पैदल ही चले जाना शामिल था, जैसे—रसोई का सामान लेने पैदल ही जाना जो कि मील भर से कुछ अधिक ही पड़ता था। एक इंटरव्यू में उन्होंने कहा था, ''मैं अपने दिन की शुरुआत घुटनों के बल बैठकर ईश्वर की प्रार्थना करने से करती हूँ और फिर अपने काम में व्यस्त हो जाती हूँ।''

अनेक मानवता-प्रेमियों और लोकोपकारियों की तरह ही ओसिओला मैक कार्टी को भी यह भान था कि देने का अपना ही आनंद होता है। 'पीपुल' पत्रिका के एक पत्रकार ने जब उनसे पूछा कि जितना धन उन्होंने जोड़ लिया था, उसे उन्होंने खुद के लिए खर्च क्यों नहीं किया? तो एक मुसकान के साथ उन्होंने उत्तर दिया, ''मैं उसे खुद पर ही तो खर्च कर रही हूँ। मुझे गर्व है कि मैंने कड़ी मेहनत की, और मुझे यह भी गर्व है कि मेरा पैसा उन युवा जनों की सहायता करेगा जो इसके योग्य होने के लिए कड़ी मेहनत करेंगे। मुझे गर्व है कि मैं इस संसार में कुछ सकारात्मक चीज छोड़कर जा रही हूँ। मुझे अफसोस बस इतना है कि देने के लिए मेरे पास इससे अधिक नहीं है।''

मैक कार्टी को आशा थी कि वह और लोगों को भी ऐसे ही लोकोपकारी काम के लिए प्रेरित कर पाएँगी और उन्होंने किया भी। केबल टी.वी. के प्रसिद्ध और लोकप्रिय टैड टर्नर ने उनकी जीवन-गाथा सुनकर एक अरब डॉलर दान करने का निश्चय किया। 'न्यूयॉर्क टाइम्स' ने उनकी बात उन्हीं के शब्दों में प्रकाशित की है, ''अगर वह साधारण-सी महिला अपने जीवन की सारी जमा पूँजी दे सकती है तो फिर मैं एक अरब तो दे ही सकता हूँ।''

ओसिओला मैक कार्टी जानती थीं कि उनके पास इतना नहीं है कि वह सारी दुनिया को बचा सकें। अपने जीवन दर्शन को वह इन शब्दों में समेटती हुई कहती हैं, ''मैं सबकुछ तो नहीं कर सकती, लेकिन किसी की सहायता करने के लिए कुछ तो कर ही सकती हूँ, और जितना मैं कर सकती हूँ उतना मैं अवश्य करूँगी।''

□

10

बेघर लड़कियों के लिए अनोखा घर

''एक महिला अपने आपमें संपूर्ण होती है। उसके भीतर रचना करने, पोषण करने और रूपांतरण करने की सामर्थ्य व शक्ति होती है।''

—डायने मैरीचाइल्ड

नवजात अवस्था में कहीं छोड़ दी गई लड़कियों के इस 'यूनीक होम' को बनाने और चलानेवाली महिला हैं प्रकाश कौर, जिन्हें खुद 60 साल पहले शिशु अवस्था में सड़क पर छोड़ दिया गया था। 1993 से उन्होंने अपना जीवन एक बड़े ही नेक, लेकिन बड़े ही कठिन काम के लिए समर्पित कर रखा है, और वह काम है—अवांछित और लावारिस नवजात बच्चियों को बचाना तथा उन्हें एक सुरक्षित घर व अच्छा भविष्य देना। 'यूनीक होम' नामक इस अनोखे घर में आज अलग-अलग उम्र की 60 बच्चियाँ रहती हैं, जो कि प्रकाश कौर को माँ कहकर बुलाती हैं। प्रकाश कौर बताती हैं, ''ये मेरी अपनी बच्चियाँ हैं। इन्हें कभी ऐसा महसूस नहीं होने दिया जाता है कि वे परित्यक्त बच्चियाँ हैं।'' भले ही उनका यह 'परिवार' बढ़ रहा है, और उसके साथ ही उनकी जिम्मेदारियाँ भी, लेकिन उनकी ममता की गंगोत्तरी लेशमात्र भी कम होती दिखाई नहीं दे रही है।

ऐसे अनेक जीवन को उनकी ममता का स्पर्श मिला है, जिन्हें उनके अपनों द्वारा ही निर्ममता, निर्दयता व निष्ठुरतापूर्वक त्याग दिया गया था। सिया तब केवल कुछ घंटों की थी, जब वह एक नाले में पाई गई थी—एक काले पॉलिथीन थैले में लिपटी हुई। रीवा तब नवजात ही थी, जब उसके माता-पिता (?) ने उसे कपूरथला से कुछ दूर मुख्य सड़क के पास फेंक दिया था। रजिया और राबिया केवल कुछ दिन की रही होंगी, जब वे जालंधर नगर से बाहर खेतों में पड़ी पाई गई थीं। इन सब लड़कियों को 'यूनीक होम' का आश्रय मिला, जहाँ कि वे अब बिल्कुल एक परिवार जैसा सुख अनुभव कर

रही हैं, जिस सुख से उनके जन्मदाताओं ने उन्हें वंचित करने का निर्णय केवल इसलिए कर लिया था कि वे लड़कियाँ हैं। यहाँ रहनेवाली लड़कियों की उम्र चार दिन से लेकर 19 वर्ष तक की है।

असली नायिका प्रकाश कौर

इस 'यूनीक होम' में रहनेवाली बच्चियाँ बड़ी अभागी और मरणासन्न अवस्था में लाई गई थीं। इसलिए उन्हें कुछ याद नहीं है कि वे यहाँ कैसे आईं। लेकिन गले लगाकर जीवन की गरमाहट देनेवाले इस घर में रहते हुए उन्हें गर्व है कि वे इस घर की हैं। प्रकाश कौर की देखभाल, संरक्षण और अभिभावकता की छाँव में पलती हुई ये लड़कियाँ पूरी तरह एक ऐसे समन्वय और सामंजस्य वाले स्वभाव की बन गई हैं, जो कि एक ऐसे समाज में अपना समुचित स्थान न केवल हासिल करना चाहती हैं, बल्कि उसके योग्य भी हैं, जिसमें कि उन्हें केवल लड़की होने के कारण बोझ और त्याज्य समझने की सोच अभी भी प्रबल रूप से जड़ जमाए बैठी है। साफ दिखाई पड़ रहा है कि प्रकाश कौर पर उम्र का असर पड़ने लगा है, लेकिन अभी भी वह इस घर में रहनेवाली सभी लड़कियों के लिए हर रोज दिन में तीन बार खाना बनाने की हिम्मत रखती हैं।

'यूनीक होम' में जो पहली चीज ध्यान आकर्षित करती है, वह है—प्रवेश द्वार के पास रखा हुआ एक छोटा सा बक्सा जिस पर खुलने-बंद होनेवाला पल्ला लगा हुआ है। इसे 'पालना' कहा जाता है। इसके पल्ले को खोलिए तो आपको उसमें से दीवार के अंदर जाता हुआ एक पटा दिखाई देता है। जब कोई किसी बचाई हुई बच्ची को उस पटे पर रख जाता है तो इससे एक अलार्म बज उठता है जो कि अंदर स्टाफ के लिए एक बुलावा होता है कि एक और बच्ची आ गई है जिसे देखभाल की आवश्यकता है। जहाँ तक नामकरण की बात है, उनके नाम भारत के सभी धर्मों के रखे जाते हैं। यही कारण

है कि यूनीक होम में लड़कियों के नाम हिंदू भी हैं, मुसलिम भी हैं, ईसाई भी हैं और सिख भी हैं, लेकिन वहाँ किसी धर्म की कोई पाबंदी नहीं है।

एक ऐसे घर के लिए जहाँ कि अलग-अलग आयु की 60 लड़कियाँ रहती हैं, जगह बहुत कम है। इतनी तंग जगह में लड़कियों के लिए सुख-सुविधा बहुत सीमित ही रहती है क्योंकि उसमें सोने-रहने के लिए तीन छोटे-छोटे कमरे, रसोई, खाने का कमरा, खेलने का कमरा और बस एक कार्यालय कहा जानेवाला कमरा है, जिसमें कि आगंतुकों से मिला जाता है। नन्हे शिशुओं के लिए प्रयुक्त होनेवाले कमरे में तीन बड़े पालने लगे हुए हैं जिनमें से हर एक पर चार या पाँच बच्चियाँ सोती मिल जाएँगी। यूनीक होम ने अब एक और जगह ले ली है और विस्तार की योजना तैयार की जा रही है। लेकिन, रहने की जगह की कमी इस घर की कोई समस्या नहीं है क्योंकि यहाँ रहनेवाली बच्चियों के दिलों में बहुत जगह है। यह एक ऐसे विशाल परिवार जैसा है जहाँ कि बड़ी लड़कियाँ छोटी लड़कियों की देखभाल किया करती हैं। संस्थापिका ने हमें बताया कि लड़कियाँ मसूरी के सेंट मेरी जैसे अच्छे अंग्रेजी माध्यम वाले स्कूलों में जाती हैं। उनमें से कुछ का विवाह समुचित घरों में किया जा चुका है।

लेकिन प्रकाश कौर अपने कर्तव्य की इतिश्री केवल यहीं तक नहीं मानतीं। विवाह के बाद भी वह उन लड़कियों पर पूरी निगहबानी करती हैं और जहाँ ससुरालवाले परेशान करनेवाले निकलते हैं वहाँ वह लड़कियों के अधिकार के लिए भिड़ जाती हैं। यूनीक होम में पहले रह चुकी अलका का उदाहरण ही ले लीजिए। जब उसके पति की अचानक और असमय मृत्यु हो गई तो उसके ससुरालियों ने उसके पति की सारी संपत्ति पर कब्जा कर लिया और उसे घर से बाहर निकाल दिया। तब प्रकाश कौर ने हस्तक्षेप किया और जी-जान से लड़ीं और अंततः परिवार की संपत्ति में से अलका का जायज हक उसे दिलवाकर ही साँस ली।

अभी तक प्रकाश कौर यूनीक होम में रहनेवाली 17 लड़कियों का विवाह करा चुकी हैं। उनमें से कुछ तो विवाह से पहले ही ग्रेजुएट हो चुकी थीं और बाकी का विवाह उनके हाई स्कूल कर लेने के बाद ही किया गया। लेकिन कुछ बड़ी लड़कियाँ ऐसी भी हैं, जिन्होंने प्रकाश कौर की ही तरह, विवाह करने के बजाय यूनीक होम की ही सेवा में समर्पित हो जाने का निर्णय लिया है।

24 अप्रैल यूनीक होम का बहुत ही खास दिन होता है। यह वह दिन होता है जब यहाँ की बच्चियाँ मिलकर अपना जन्मदिन मनाती हैं। 100 कि.ग्रा. का एक बड़ा सा केक काटा जाता है और उस दिन को बड़ी मौज-मस्ती से बिताया जाता है। इसके अलावा, हर साल गरमियों की छुट्टियों में यूनीक होम में रहनेवाली लड़कियों को घुमाने के लिए दार्जिलिंग ले जाया जाता है।

प्रकाश कौर बताती हैं, ''हम बच्चियों को गोद देने के पक्ष में नहीं हैं। लोग हमारे पास आते हैं लेकिन हम मना कर देते हैं क्योंकि ऐसे अनेक किस्से सुनने में आते हैं कि गोद ली गई बच्चियों के साथ दुर्व्यवहार हुआ है।'' वह स्वयं नहीं जानतीं कि उनके माता-पिता कौन थे। वह लावारिस अवस्था में पाई गई थीं और एक नारी निकेतन में उनका लालन-पालन हुआ था। आज जो काम वह कर रही हैं, उसे वह 'रब दा काम' कहती हैं। जब उनसे पूछा गया कि नारी निकेतन में पलते समय उनके साथ कोई दुर्व्यवहार तो नहीं हुआ तो वह मुसकराती हुई बस इतना कहती हैं, ''मैं अपनी किसी बच्ची को कामवाली/वाला काम नहीं करने दूँगी।''

इस घर की सबसे विशिष्ट बात यह है कि बच्चियाँ इस तथ्य से अवगत रहती हैं कि उनके अपने असल माता-पिता ने उनका परित्याग केवल इसलिए कर दिया, क्योंकि उनको लड़के प्यारे हैं। लेकिन यह विष भरा कड़वा सत्य ही है जो उनके स्वयं को सिद्ध करने के संकल्प को बल प्रदान करता है। मसूरी के एक कॉन्वेंट स्कूल में पढ़नेवाली शीबा एक सफल न्यूरोसर्जन बनना चाहती है। वह कहती है, ''मैं अपनी असली माँ को यह दिखा देना चाहती हूँ कि जिस बेटी को उसने अपने जीवन से निकाल बाहर फेंक दिया था, वह आज सुस्थापित है। मैं बहुत प्रसिद्ध होना चाहती हूँ। मैं उसे यह सिद्ध करके दिखाना चाहती हूँ कि लड़कियाँ बोझ नहीं होतीं।'' शीबा अपनी कक्षा में हमेशा ही ए ग्रेड लेते हुए पहले नंबर पर रहती है। एक अच्छे मेडिकल कॉलेज में पहुँचने तक यही स्थिति बनाए रखने के लिए वह कृत संकल्प है।

□

11

सामूहिक बलात्कार की शिकार चला रही देह-व्यापार के विरुद्ध अभियान

"स्त्री एक टी-बैग की तरह होती है, जैसे गरम पानी में पड़ने तक पता नहीं चलता कि कितनी कड़क है, वैसे ही कोई स्त्री कितनी सशक्त है, यह तब तक पता नहीं चलता जब तक वह किसी संकट में नहीं पड़ जाती।"

—नैंसी रीगन

सामूहिक बलात्कार की शिकार अधिकांश महिलाएँ जीवित नहीं रह पाती हैं और जो थोड़ी-बहुत जीवित रह जाती हैं वे एक ऐसा अपमानित और तिरस्कृत जीवन जीने के लिए अभिशप्त हो जाती हैं जिसमें वे प्रतिदिन तिल-तिल मरती रहती हैं। बलात्कार की शिकार हुई महिला के साथ जुड़ा हुआ सामाजिक कलंक उसे जाति-बिरादरी से परित्यक्त बना देता है और हर कोई उसे हेय-दृष्टि से देखने लगता है। ऐसे बहुत से लोग हैं जो उसे कामवाली की तरह भी घर में आने देने के लिए तैयार नहीं हैं। ऐसी भीषण परिस्थितियों में भी एक लड़की है जो सामूहिक बलात्कार की त्रासदी झेलने के बावजूद न केवल जीवित रही बल्कि जिसने खुद को इतना सशक्त बना लिया है कि वह देह-व्यापार की शिकार

डॉ. सुनीता कृष्णन

लड़कियों को बचा भी रही है और उनका पुनर्वास भी करा रही है। यह हैं डॉ. सुनीता कृष्णन जो कि उन विरले लोगों में से हैं जिन्होंने अपना जीवन इस प्रयोजन के लिए समर्पित कर दिया है।

15 साल की कम उम्र में आठ लोगों द्वारा उनका बलात्कार किया गया, उन्हें इतना मारा-पीटा गया कि उनका एक कान तो लगभग बेकार हो गया। उनकी लंबाई साढ़े चार फीट है, लेकिन आप उनकी लंबाई से उन्हें कमतर समझने की गलती न करें, वह संसार को बदल देनेवाली महिला हैं। आज सुनीता देह-व्यापार के विरुद्ध लड़ने वाली एक अग्रणी एडवोकेट हैं।

सुनीता जब छोटी ही थीं तब उन्होंने इरादा किया था कि वह अपने गाँव के गरीब बच्चों की सहायता करेंगी और इसलिए एक सामाजिक कायकर्ता बनने के लिए वह कॉलेज गईं। एक दिन जब वह गाँव को इसलिए एकजुट करने में लगी हुई थीं ताकि वह उन्हें पढ़ा सकें, तब आठ लोगों के एक जत्थे को यह बात अच्छी नहीं लगी कि 'पुरुषों के समाज' में कोई महिला बढ़-चढ़कर हस्तक्षेप करे। सुनीता बताती हैं कि यह बलात्कार उन्हें पीड़ित तो नहीं बना सका बल्कि वह इस आक्रोश को प्रकाश में लाने का सबब अवश्य बन गया। कोई साधारण आक्रोश भी नहीं बल्कि पूरा प्रकोप। उसके बाद उन्होंने उसी चीज के विरुद्ध एक एक्टीविस्ट बनने के लिए अपना जीवन समर्पित कर दिया जिसकी वह शिकार हुई थीं। 'हाफ द स्काई' में वह कहती हैं, ''बलात्कार से अधिक जिस बात ने मुझे उद्वेलित किया, वह था—समाज का वह रवैया जो वह मेरे साथ कर रहा था, लोगों का वह तरीका जिससे वे मुझे देख रहे थे। कोई यह नहीं पूछ रहा था कि उन बलात्कारियों ने ऐसा क्यों किया, बल्कि वे मुझसे यह पूछ रहे थे कि मैं वहाँ गई ही क्यों थी, कि मेरे माता-पिता ने मुझे इतनी आजादी क्यों दे रखी है। मुझे लगा कि जो मेरे साथ हुआ वह तो एक बार की घटना है लेकिन कई हैं जिनके लिए तो यह रोज का मामला है।'' बाद में उन्होंने बी.एस-सी. (पर्यावरण विज्ञान), एम.एस.डब्ल्यू. (साइक्रेटिक सोशल वर्क) और पी-एच.डी. (समाज सेवा) की। उनका विवाह एक भारतीय फिल्मकार, कला निर्देशक और पटकथा लेखक श्री राजेश ताउच्रीवेर के साथ हुआ है।

1972 में बेंगलुरु में जन्मी सुनीता कृष्णन एक भारतीय सामाजिक कार्यकर्ता हैं और 'प्रज्वला' संस्था की मुख्य अधिकारी व सह-संस्थापिका हैं, जो कि देह-व्यापार में धकेली गई महिलाओं व लड़कियों के लिए आश्रय तलाशने में सहायता करती है। यह संस्था हैदराबाद में उन पाँच हजार बच्चों की शिक्षा में भी मदद करती है, जो कि एच.आई.वी./एड्स से संक्रमित हैं। 'प्रज्वला' का 'सेकंड जनरेशन' एक ऐसा बचाव कार्यक्रम है जिसने वेश्यावृत्ति में धकेली गई माँओं के हजारों बच्चों की सेवा करने के लिए 17 'ट्रांजिशन सेंटर' चला रखे हैं। इस गैर-सरकारी संगठन की रणनीति यह है

कि वेश्यालयों की महिलाओं के बच्चों को शिक्षा तथा कॅरियर के अवसर देकर उन महिलाओं को वेश्यालयों से बाहर निकाल लिया जाए। कृष्णन और उनका स्टाफ उन्हें बढ़ई, वेल्डिंग, रँगाई-पुताई, चिनाई का काम और घर के काम का प्रशिक्षण देते हैं। वह अमानवीय देह-व्यापार, मनोचिकित्सकीय पुनर्वास और सामाजिक नीतियों के क्षेत्र में काम करती हैं। उन्हें मैसूर के इंफोसिस कैंपस में 'टी.ई.डी. इंडिया 2009' में वक्ता के रूप में आमंत्रित किया गया था।

उन्होंने लोगों को रुला दिया था और कुछ करने के लिए प्रेरित कर दिया था। जिन 2300 से भी ज्यादा लड़कियों को उन्होंने बचाया था, जिन लड़कियों ने इतनी क्रूरता सहन की थी जो कि सोची भी नहीं जा सकती लेकिन फिर भी जिन्होंने किसी-न-किसी तरह जख्म भरने और आगे बढ़ने की संकल्प-शक्ति का दामन थाम लिया था, उनमें से कुछ की सुनाई गई दास्तान को श्रोता बड़े दर्द के साथ सुनते रहे थे। उन्होंने कहा कि आवश्यकता इस बात की है कि हर कोई दासता के इस आधुनिक रूप यानी देह-व्यापार के परिदृश्य के बारे में छाई हुई चुप्पी को तोड़े और आवश्यकता इस बात की भी है कि हम इसकी शिकार हुई महिलाओं के प्रति अपनी सहानुभूति और करुणा ही न दिखाएँ बल्कि अपने समाज में उन्हें स्वीकार करने के लिए भी तैयार हों। उन्होंने यह बात मानी कि लड़कियों को इस नरक से निकालना खतरों से खाली कभी नहीं रहा, और बताया कि वह अपने दाहिने कान से अब सुन नहीं पाती हैं और यह भी लड़कियों को बचाने जाने के दौरान दसियों बार उनके साथ मार-पीट की गई है। उनकी दमदार आवाज और सबल कायिक भाषा दावा कर रही थी कि जो कुछ उन्होंने कहा है उसमें किसी गलतफहमी की कोई गुंजाइश नहीं है।

उन्हें आमिर खान के प्रसिद्ध टी.वी. शो 'सत्यमेव जयते' में भी आमंत्रित किया गया था। डॉ. सुनीता कृष्णन एक ऐसी विरली शख्सियत हैं जो कि अपना पूरा समय 'प्रज्वला' को देने के लिए कृत-संकल्प हैं। मानसिक स्वास्थ्य के क्षेत्र में एक पेशेवर के रूप में उन्होंने व्यापक शोध किया है और मूल रूप से उसी क्षेत्र में चिकित्सा का काम भी कर रही हैं। उनके हाथों सैकड़ों बच्चियों को बड़े ही गलीज हालात से बचाकर बाहर निकाला गया है और उनका बचपन उन्हें लौटाया गया है। डॉ. सुनीता अब इस प्रयास में लगी हैं कि भारत सरकार और नागरिकों के संगठन मिलकर ऐसी बच्चियों के लिए सुरक्षात्मक और पुनर्वासीय सेवा की एक माला बनाएँ जो कि व्यावसायिक तौर पर यौन शोषण के लिए देह-व्यापार में धकेल दी गई हैं। जबरन देह-व्यापार के विरुद्ध किए जा रहे उनके प्रयासों के लिए उन्हें 'स्त्री शक्ति पुरस्कार' (राष्ट्रीय पुरस्कार), 'पेरडिटा हस्टन ह्यूमैन राइट्स अवार्ड', और 'वर्ल्ड ऑफ चिल्ड्रन अवार्ड' से सम्मानित किया गया है।

ऐसे सवालों का जवाब क्या है कि 2011 में जितने बलात्कार के मामले दर्ज हुए उनमें से केवल 17 प्रतिशत मामले सिद्ध हो सके और केवल 25 प्रतिशत में ही सजा

दी गई। एन.सी.आर.बी. (नेशनल क्राइम्स रिकॉर्ड ब्यूरो) के अनुसार 2011 में भारत में पुलिस को रिपोर्ट किए गए महिलाओं के साथ हुए अपराधों की संख्या 2,28,650 थी लेकिन 2012 में यह 2,44,270 हो गई। सुनीता के अनुसार, ''जबरन वेश्यावृत्ति, सेक्स स्लेवरी, पति द्वारा बलात्कार और यौन उत्पीड़न हमेशा से ही समाज का हिस्सा रहे हैं, बस अब ये प्रकाश में अधिक आने लगे हैं।''

कृष्णन बताती हैं, ''इस पितृसत्तात्मक समाज में महिलाओं को बाँध दिया गया है। हमें पुरुष की सुख-संतुष्टि के लिए भोग की एक वस्तु बना दिया गया है। महिलाओं की अपेक्षा पुरुष वर्ग के शक्ति व अधिकार संपन्न होने को एक आवश्यकता माना जाता रहा है। समस्या यहीं से शुरू होती है। इसलिए कलंक का टीका बलात्कारी पर और उसके परिवार पर लगाएँ।''

वह जोर देकर कहती हैं, ''हमें उन पुरुषों के बारे में लेख लिखकर उनकी कलई खोलनी चाहिए जो ऐसे जघन्य अपराध करते हैं। हमें यह जानने की उत्सुकता दिखानी चाहिए कि बलात्कारी कौन है और किस परिवार से है, न कि हम अपनी सारी दिलचस्पी बलात्कार की शिकार लड़की की पूरी जन्मपत्री जानने और बाँचने में लगा दें।'' फिर वह यह बात जोड़ देती हैं, ''मेरा समय सबसे पहले उनके लिए समर्पित रहता है जिन्हें मेरी सहायता की आवश्यकता है।'' बाकी सब तो उनके लिए बिन बुलाए टपकनेवाली वैसी ही परेशानी है जैसे कि वह खुद उन लोगों के लिए हैं, जो कि महिलाओं पर किए जानेवाले यौन अपराधों को प्रश्रय दे रहे हैं।

कृष्णन में केवल अपने अधिकारों के लिए लड़ने का ही साहस नहीं है बल्कि खुद को स्वीकार कराने के लिए समाज को मजबूर कर देने का साहस भी वह रखती हैं। इसके चलते हो सकता है कि कई लोगों को वह हठधर्मी व अड़ियल स्वभाव वाली और 'आसानी से न मानने' वाले व्यक्तित्व की लगें। कई मंचों पर उन्होंने न केवल बलात्कार के बाद बच जानेवाली और एच.आई.वी. पॉजिटिव महिलाओं को चिह्नित किया बल्कि उनके वर्तमान काम को भी प्रकट कर दिया। उनके इस तौर-तरीके पर प्रश्न भी उठे हैं क्योंकि कुछ लोगों का कहना है कि इस तरह तो उन पर सामाजिक बदनामी की और भी छींटें पड़ जाएँगी। लेकिन कृष्णन आलोचनाओं की परवाह करनेवाली नहीं हैं। इसलिए देह-व्यापार में धकेली गई बच्चियों, महिलाओं को बचाने के अपने मिशन पर दृढतापूर्वक ध्यान केंद्रित करते हुए वह कहती हैं, ''मैं यहाँ हर एक को खुश करने के लिए नहीं बैठी हूँ।''

उनके संगठन ने आंध्र प्रदेश की विधानसभा में देह-व्यापार के पीड़ित बच्चियों के लिए 'सिविक कंपंसेशन लेजिस्लेशन' को प्रस्तुत करने तथा पारित कराने के लिए काम किया है ताकि सामान्य नागरिकों की तरह उनका पुनर्वास कराया जा सके। वह बताती हैं कि यह काम बड़ा मुश्किल लेकिन महत्त्वपूर्ण था कि बच्चियाँ खुद को कुकर्म

का शिकार समझें, न कि इस अपराध में लिप्त अपराधी और साथ ही यही मानसिक परिवर्तन उस समाज में आए जिसमें कि वे प्रवेश करने जा रही हैं।

इसके अलावा, पूरे आंध्र प्रदेश में 'प्रज्वला' 6000 बच्चियों के लिए स्कूल चला रही है और उसने 4200 महिलाओं को वेश्यालयों से मुक्त कराया है, जिनमें से 2100 तो स्वयं सुनीता ने ही मुक्त कराई हैं। सरकार, कॉरपोरेशनों और गैर-सरकारी संगठनों के बीच सामंजस्य स्थापित करते हुए सुनीता ने भारत में देह-व्यापार के विरुद्ध अभियान की शुरुआत की है। पुनर्वास की गई महिलाओं को नौकरी दिलाने के लिए उन्होंने अनेक कंपनियों के साथ गैर-सरकारी संगठनों व कॉरपोरेटों की सहभागिता को आगे बढ़ाया है। देह-व्यापाररोधी नीति को परिभाषित करने के लिए सुनीता भारत सरकार से संपर्क साधे हुए हैं, लेकिन यौन उत्पीड़न की शिकार महिला व बच्चों के पुनर्वास संबंधी उनकी सिफारिशों को विधानसभा में तो पारित कर ही दिया गया है।

कोई भी दूरगामी व्यवस्था परिवर्तन लाने के लिए यह आवश्यक होता है कि नीति की रूपरेखा तैयार की जाए और नीति को लागू किया जाए, अन्यथा तो सिविल सोसायटी का हस्तक्षेप कैसा भी दूरगामी प्रभाव डाले बिना ही मोटेतौर पर एक प्रतिक्रियात्मक प्रक्रिया बनकर दम तोड़ देता है। इसी बात को और इसी लक्ष्य को ध्यान में रखती हुई 'प्रज्वला' प्रांतीय, राष्ट्रीय और अंतरराष्ट्रीय स्तरों पर नीति परिवर्तन कराने के लिए सबको एकजुट करने के काम में जुटी हुई है।

व्यवस्था में पूरा बदलाव लाने के लिए नीति तथा कानून दोनों ही क्षेत्रों को प्रभावित करने का काम किया जा रहा है। अपने पति राजेश के साथ मिलकर उन्होंने एक फिल्म बनाई थी—एंते, जो कि सेक्स स्लेवरी पर आधारित थी। अनुमानों के अनुसार भारत में लगभग तीस लाख सेक्स वर्कर हैं जिनमें से अधिकतर बच्चियाँ हैं।

"यह फिल्म व्यवसाय की दृष्टि से तो असफल रही, लेकिन वैचारिक स्तर पर इसका स्वागत किया गया। हम उन फिल्मों को क्यों देखते और समीक्षा लिखते हैं जो कि महिलाओं का गंदा रूप दर्शाती हैं? क्यों हम उन लोगों को हीरो की तरह दिखाते हैं, उन्हें हीरो मानते हैं, जो महिलाओं के पीछे पड़े रहते हैं?" अलजजीरा के साथ साक्षात्कार में उन्होंने कहा।

उनके समालोचक कहते हैं कि इतनी महान् सेवा करते हुए भी वह लक्ष्य से थोड़ा अधिक ही करती हैं। सुनीता कृष्णन द्वारा टी.ई.डी. में दिए गए एक भाषण का 13 मिनट का एक वीडियो है जो कि यूट्यूब पर देखा जा सकता है। यह वीडियो कमाल का है। मैं आग्रह करता हूँ कि आप इसे अवश्य देखें, तब आप समझ जाएँगे कि यह महिला मेरे विजेताओं की सूची में आखिर क्यों है?

□

12

पल्लवी की प्रेरणाप्रद यात्रा अंबरनाथ से न्यूयॉर्क तक

''हर किसी के अंदर एक अच्छी खबर रहती है और वह अच्छी खबर यह है कि आप नहीं जानते कि आप कितने महान् हो सकते हैं! आप कितना अधिक प्रेम कर सकते हैं!

आप क्या-क्या उपलब्धियाँ कर सकते हैं! और आपमें कितनी संभावनाएँ छिपी हुई हैं!''

—ऐने फ्रैंक

अंबरनाथ की बस्ती भाग-दौड़ और हल्ला-गुल्ला से दूर एक निम्न-मध्यमवर्गीय इलाका है, जो चमक-दमक वाली मुंबई के साथ शायद एक ही बात में समान है और वह यह कि उपनगरीय लोकल ट्रेन इसे शहर के ट्रेन टर्मिनल से जोड़ती है। अंबरनाथ में सड़कें नहीं हैं और पानी आने का कोई भरोसा नहीं है। जीर्ण-शीर्ण अवस्था वाले भवन और उपेक्षित अवस्था में पड़े खेल के मैदान, बंद हो चुके स्कूल व कॉलेजों के अवशेष हैं। एक महँगी एस.यू.वी.—जो कि शायद किसी स्थानीय नेता की है—कभी-कभी वहाँ की जर्जर सड़क पर दौड़ती हुई निकल जाती है जिसे लोग गरदन घुमाकर देखते रहते हैं। पुरुष बिना बात इधर-से-उधर मटरगश्ती करते रहते हैं लेकिन महिलाएँ अपने घर के रोजमर्रा के कामों में लगी रहती हैं—सिर झुकाए हुए, ताक-झाँक करती नजरों की अनदेखी करने की कोशिश करती हुई।

इस निराशाजनक परिदृश्य में पल्लवी अलग ही दिखती है। उसके अँगूठे उसके बैकपैक के फीतों में अटके रहते हैं। वह ट्रैक सूट पहनती है जिससे कि उसकी लंबाई और भी बढ़ी हुई लगती है जो कि पहले से ही साढ़े पाँच फीट के लगभग है। फिर भी पल्लवी गायकवाड़ सहज नजर आती है। वह अपने एन.जी.ओ. की तरफ से न्यूयॉर्क में

पल्लवी गायकवाड़ अपने कोच के साथ

'क्लिंटन ग्लोबल इनिशिएटिव' में भाषण देने जा रही है जहाँ वह खुद अपनी गाथा सुनाएगी कि उसने किस तरह से सारी विघ्न-बाधाओं से संघर्ष किया और फिर कैसे अपने पैरों पर खड़ी हुई।

पल्लवी गायकवाड़ 'गोल प्रोग्राम' की उपज है जो कि स्टैंडर्ड चार्टर्ड बैंक की पहल पर देशीय व अंतरराष्ट्रीय एन.जी.ओ. के सहयोग से चलाया जा रहा है, और जो सामाजिक समावेश के लिए टीम-स्पोर्ट्स का प्रयोग करता है, और इस मामले में उसने नेटबॉल का प्रयोग किया है। इसमें भाग लेनेवाले 12 और 19 की उम्र के बीच के हैं और ऐसे परिवारों के हैं जो कि एक दिन में रु. 150 से कम कमाते हैं।

प्रोग्राम पूरा हो जाने पर लड़कियों को फिर खुद ट्रेनर बनने के लिए आमंत्रित किया जाता है ताकि इस सिलसिले को आगे बढ़ाया जा सके और मॉडल को दोहराया जा सके। वे कम उम्र की महिलाओं को अन्य बातों के अलावा स्वास्थ्य-अस्वास्थ्य, पारिवारिक दबाव और पैसे का हिसाब-किताब रखने जैसे विषयों पर संबोधित करती हैं। वे कुछ ऐसे विषयों पर भी बातचीत करने के लिए प्रोत्साहित करती हैं जिस पर पहले उन महिलाओं ने कभी चर्चा नहीं की होती है क्योंकि वे थोड़े दबे-ढके मसले होते हैं, जैसे मासिक धर्म का चक्र, सेक्स और बच्चे का जन्म।

जिस 'नाज फाउंडेशन' के साथ पल्लवी गायकवाड़ जुड़ी हुई है, वह दिल्ली, मुंबई और चेन्नई में यह कार्यक्रम चलाती है। जब वह 'नाज फाउंडेशन' में इंटरव्यू देने गई थी तब उसे लेशमात्र भी अंदाज नहीं था कि वह करने क्या जा रही है। 'नाज' तब नेटबॉल के कोच की तलाश में थी और पल्लवी तक वह ठाणे जिला नेटबॉल एसोसिएशन के माध्यम से पहुँची थी। पल्लवी उन दो लड़कियों में से एक थी जो कि इंटरव्यू के अंतिम दौर तक पहुँच पाई थीं। उसने अपनी मातृभाषा में बताया, ''मेरे कोच ने मुझे बताया कि वे किसी ऐसे की तलाश में थे जो नेटबॉल सिखा सके। नेटबॉल एक टीम-गेम है और

एक ऐसा गेम है जो कि आपको मिल-जुलकर काम करने के लिए प्रोत्साहित करता है, भले ही आप अपने आस-पास वालों को पसंद करते हों या न करते हों। यह एक अच्छी टीम-भावना पैदा करने का काम करता है। यह मुझे कोई ऐसा तरीका नहीं लगा जो बस पैसा कमाने की बुराई सिखाता हो, इसीलिए मैंने इसे अपनाया।''

तब तक पल्लवी कई कॉलेज बदल चुकी थी, एक बार फेल हो चुकी थी और एक साल कॉलेज से विरत रही थी क्योंकि उसमें उसकी रुचि नहीं थी और वह अपना अधिकतम समय खेल में व्यतीत करती थी, अवश्य ही उसने मुंबई विश्वविद्यालय से दूरस्थ शिक्षा के अंतर्गत ग्रेजुएट कोर्स के लिए रजिस्ट्रेशन करा लिया था। उसने बताया, ''मुझे नहीं लगता कि स्कूल में मुझे कोई बहुत रुचि रही हो। मुझे चश्मा लगाना पड़ता था और चूँकि मैं लंबी हूँ इसलिए टीचर मुझे पीछे की सीट पर ही बैठाते थे। मुझ पर उनका ध्यान शायद ही कभी जाता हो, और मैं इस सबसे खुश नहीं रह पाती थी।''

उसकी माँ छाया गायकवाड़ अपनी बेटी को एक गुस्सैल बच्ची के रूप में याद करती हुई बताती हैं, ''किसी को मारने या किसी से भिड़ जाने से पहले वह दो बार नहीं सोचती थी।'' उसके पिता जयवंत गायकवाड़ पल्लवी, उसकी बहन अर्चना और भाई भूषण को पालने कि जिम्मेदारी उसकी माँ के कंधों पर डालकर जल्दी ही दिवंगत हो गए थे। अब तो यह गायकवाड़ परिवार चाल को छोड़कर तीन कमरों वाले एक अपार्टमेंट में आ गया है। लिविंग रूम में फर्नीचर के नाम पर वहाँ केवल एक कंप्यूटर टेबल रखी हुई है। एक दीवार पर कुछ संगीत वाद्य यंत्र टँगे हुए हैं। यह वह घर है जिसमें पल्लवी ने अपने जीवन के गत दस वर्ष व्यतीत किए हैं। किसी बच्चे को पालने के लिए इसे सबसे बढ़िया परिवेश भले ही न कहा जा सकता हो लेकिन उनकी माँ अपनी सामर्थ्य से जितना अधिक कर सकती थीं उतना वह कर रही थीं।

छाया मुंबई की म्युनिसिपैलिटी कॉरपोरेशन में काम करती थीं और अपने कार्यालय आने-जाने में उन्हें तीन घंटे लग जाया करते थे, इसलिए जब पल्लवी अपनी सफलता का श्रेय अपनी माँ को देती है तो बात समझ में आती है। वह कहती है, ''आज मैं जो कुछ हूँ वह अपनी माँ के कारण हूँ। उन्होंने कुछ भी करने के लिए मुझे कभी हतोत्साहित नहीं किया—चाहे वह फेंसिंग रही हो, नेटबॉल रही हो या फिर पढ़ाई को एक साल के लिए छोड़ना रहा हो, हालाँकि उन्होंने यह बात साफ कर दी थी कि मुझे हर कीमत पर डिग्री अवश्य लेनी है। जो मैं हूँ, जो मैं बनी हूँ, वह सब मेरी माँ के प्रोत्साहन के ही कारण है। उन्होंने हम पर कभी संदेह नहीं किया। उन्होंने हमें पूरी आजादी दी और हम पर पूरा विश्वास किया।''

एक विश्वस्त नेटबॉल कोचिंग की जिम्मेदारी वाले काम के रूप में जो शुरुआत हुई वह धीरे-धीरे जीवन-परिवर्तनकारी अनुभव के रूप में बदलती चली गई। जैसे ही

'तथाकथित गंदी बातों' को सुनने के विचार के प्रति सहज हुई, उसे कह दिया गया कि वह इन्हीं विषयों पर किशोरियों को कोच करे। पल्लवी अपनी साथियों के साथ अपने रहने की जगह के आस-पास के स्कूलों में सत्र चलाने का आयोजन करती है। यहाँ वह उन कम उम्र की लड़कियों को संबोधित करती है जो उसके जैसी ही पृष्ठभूमि से आती हैं लेकिन अपनी क्षमताओं से अनभिज्ञ हैं। वह उनसे स्वास्थ्य के महत्त्व के बारे में और पारिवारिक दबाव, सेक्स और बच्चों को जन्म देने के प्रभाव के बारे में बात करती है। अभी तक वह 2000 से अधिक लड़कियों को प्रशिक्षण दे चुकी है।

''कई बार ऐसा भी हुआ है कि जो हम पढ़ा रहे हैं उसे लेकर अभिभावकों ने स्कूल के अधिकारियों से शिकायत की, लेकिन जब हम उन्हें इस सबका महत्त्व समझाती हैं तो अधिकतर वे संतुष्ट होकर ही जाते हैं। उनमें से कुछ ने तो अनुरोध किया कि यह सब जानने-समझने के लिए उन्हें भी एक-दो सत्र में बैठने की अनुमति दी जाए, क्योंकि उन्हें भी इस बारे में कुछ खास मालूम नहीं है।''

पल्लवी जिन दिनों पढ़ाने नहीं जा रही होती है, उन दिनों वह ऐसे अनाथालयों में जाया करती है जहाँ अधिकतर वे महिलाएँ रहती हैं जो वेश्यालयों से छुड़ाकर लाई हुई हैं। 'नाज' में काम करने के दौरान उसका ऐसी जगहों पर भी जाना हुआ है जहाँ जाने की बात उसने सपने में भी नहीं सोची होगी। ऐसे ही कैंपों को आयोजित करने के लिए बँगलादेश भी उसका जाना हुआ, और एक रिफ्रेशर्स कोर्स को करने के लिए वह एम्सटर्डम भी गई ताकि इस बारे में और भी अधिक सीखकर और वापस आकर बेहतर ट्रेनिंग दे सके। लेकिन अमेरिका जानेवाले दौरे को तो वह अपने दिल से लगाकर रखती है।

वह बताती है, ''मैंने तो सोचा भी नहीं था कि मैं इसके लिए चुन ली जाऊँगी। लेकिन अब मैं दिमाग दौड़ाती रहती हूँ कि वहाँ मुझे क्या पहनना है और मैं चम्मच व काँटे का इस्तेमाल कैसे करूँगी!'' अब उसने पाश्चात्य परिधानों के कुछ औपचारिकता वाले कपड़े खरीद लिये हैं लेकिन अमेरिका जानेवाले उसके कपड़ों में पाश्चात्य के साथ-साथ भारतीय परिधान भी रहेंगे। यह स्वीकार करते हुए कि यह काम हतोत्साहित करनेवाला रहा है, वह कहती है, ''लेकिन मैं जानती हूँ कि मुझे काम अच्छा करना है। यही बात मैंने उन लड़कियों को सिखाई है जिन्हें मैंने प्रशिक्षण दिया है और अब परीक्षा की मेरी बारी है। मुझे बेहतर करके दिखाना है।''

□

13

वापस घर आना

किसी को यह मानकर हतोत्साहित होकर बैठ नहीं जाना चाहिए कि इस संसार में व्याप्त इतनी अधिक बुराई, दुःख, अज्ञान और हिंसा के असंख्य चक्रव्यूहों के विरुद्ध वह अकेला क्या कर सकता है? इतिहास को बदल देने की महानता कुछ ही लोगों में भले ही होती हो, लेकिन हममें से हर कोई हालात के एक छोटे से हिस्से को तो बदल ही सकता है। और फिर वे सब काम मिलकर उस पीढ़ी के इतिहास के रूप में देखे जाएँगे।

—रॉबर्ट एफ. कैनेडी

वह बेंगलुरु में एक संपादक के रूप में काम कर रही थीं जो कि कार्यालय में बैठे-बैठे किया जानेवाला बड़ा रुचिकर, सरल और आनंदप्रद काम था। 'तहलका' और 'द हिंदुस्तान टाइम्स' जैसे भारत के नामचीन प्रकाशकों के बारे में वह बेबाक टिप्पणियाँ लिख चुकी हैं और भारत के ट्विटर जगत् के लिए वह एक जाना-पहचाना नाम हैं। खेलों की उनकी समझ—चाहे वह क्रिकेट हो, फुटबॉल हो या कोई और—अच्छे-अच्छे खेल-लेखकों को पानी-पानी कर देती है। खेलों के अलावा भी, मानवाधिकार के मुद्दे, राजनीति, फिल्म, संगीत, किताबें और अन्य अनेक क्षेत्रों में उनकी गहरी रुचि उन्हें बहु-आयामी व्यक्तित्व बना देती है। लड़के उन्हें प्रेम करते हैं और लड़कियाँ उनके जैसा बनना चाहती हैं!

यह बात 2008 की है जब उन्होंने कश्मीर के अपने गृह-नगर से आनेवाले और विचलित कर देनेवाले एक समाचार को पढ़ा। उसे याद करती हुई वह कहती हैं, ''वे कुछ घंटे मेरे लिए बहुत भीषण रहे और मैं लगातार फोन करती हुई वहाँ अपने परिजनों का अता-पता जानने की कोशिश में लगी रही थी और मैं ऐसी बातें सुन रही थी, जो कि मेरे काम करने के उस कोने और उसमें रखे लैपटॉप की तरह सच थीं।'' इस सबने उन्हें

अपने जीवन की और अपनी प्राथमिकताओं पर पुनर्विचार करने के लिए मजबूर कर दिया था। चूँकि कश्मीर में चीजें तेजी से बिखरती और बिगड़ती जा रही थीं इसलिए उन्हें वहाँ बदलाव लाने की जरूरत महसूस हो रही थी। अब वह चैन से बैठी नहीं रह पा रही थीं।

सबाह हाजी

सबाह ने तुरंत ही अपनी कंपनी को अलविदा कह दिया। अपनी तब की मन:स्थिति बताती हुई वह कहती हैं, ''मुझे महसूस हुआ कि मुझे अपने माता-पिता के पास होना चाहिए। मुझे यह भी लगा कि उनसे बहुत दूर यहाँ शहर में रहकर महीने-दर-महीने रुपए कमाने और खर्च करते हुए बड़े आराम से, मंथर गति से कोल्हू के बैल की तरह एक चक्र में चलते रहने के बजाय घर वापस जाकर वहाँ कुछ सुसंगत काम करूँ तो अच्छा होगा।''

वह आगे कहती हैं, ''मैंने अगले दिन ही तय कर लिया था कि मैं यह शहरी जीवन छोड़कर अपने घर का रास्ता पकड़ूँगी जहाँ कि डोडा में चल रहे अपने परिवार के ट्रस्ट के काम में हाथ बँटाऊँगी। मैंने अपने इरादे को पक्का किया, अपना बोरिया-बिस्तर बाँधा और चल पड़ी।'' बात को लंबा खींचे बिना आइए, मैं सबाह हाजी से आपको मिलवाता हूँ।

जम्मू-कश्मीर के इस छोटे से स्वर्ग सरीखे स्थान ब्रेसवाना तक पहुँचना कोई आसान काम नहीं है। जम्मू से डोडा तक की बस या कार यात्रा करने के बाद पाँच घंटे के पहाड़ी पैदल पथ पर चलने के बाद आप उस गाँव में पहुँच जाते हैं जिसमें वह हाजी

पब्लिक स्कूल आपको नजर आएगा जिसे सबाह हाजी ने खड़ा किया है। यहाँ लौट आने के बाद अगले दो महीने सबाह ने इस स्कूल को स्थापित करने में लगा दिए थे। मई 2009 में अपने पिता सलेम हाजी के घर के दो कमरों में शुरू किए गए इस स्कूल का अब अपना भवन है और इसमें 200 बच्चे पढ़ने आते हैं। इसके अलावा इसकी दो शाखाएँ भी हैं, एक पारशोला में और एक शादीवान में। सबाह सोशल मीडिया के माध्यम से आवश्यक धनराशि जुटा लेती है और स्वयंसेवक भावना वाले लोगों को अपने स्कूल में पढ़ाने के लिए आमंत्रित करती है। पिछले पाँच वर्षों में इस स्कूल से किसी बच्चे द्वारा पढ़ाई छोड़कर चले जाने की एक भी घटना नहीं हुई है। आतंक में जी रहे कश्मीर के इस हिस्से में सबाह उम्मीद को पाल-पोस रही है।

जम्मू-कश्मीर में हाजी पब्लिक स्कूल चलानेवाली इस 'हरफन मौला' लड़की की मेल-मुलाकात की सूची हमेशा लंबी ही रहती है। हाजी पब्लिक स्कूल को स्थापित करने के लिए गाँव के युवक-युवतियों को प्रशिक्षण देने से लेकर पाठ्यक्रम निर्धारित करने, फर्नीचर पसंद करने और शिक्षा-बोर्ड से मान्यता प्राप्त करने तक सारे काम सबाह ने खुद किए हैं! डोडा के पहाड़ों में अपने इस काम के अलावा वह सामाजिक कार्य करने, पढ़ने-लिखने और नेट-सर्फिंग के लिए भी समय निकाल ही लेती हैं।

यह पूछे जाने पर कि बेंगलुरु से यकायक वापस लौटने का उनका निर्णय क्या सही रहा है, वह कहती हैं, "मैं संतुष्ट हूँ और वैसे भी वहाँ करने के लिए कुछ खास नहीं था। मुझे यहाँ के लोग अच्छे लगते हैं। मुझे इन बच्चों से बहुत प्यार है। वे हर काम को बड़े मन से करते हैं। अब तक मैंने इतने तेज और कुशाग्र बच्चे नहीं देखे। उनमें बहुत संभावनाएँ हैं और सच तो यह है कि हम तो उन्हें अपनी प्रतिभा को प्रयोग करने और उसके आधार पर अपना विकास करने का साधन मात्र बन रहे हैं। और इस सब के लिए ही मैं यहाँ रह रही हूँ। दरअसल, ग्राम्य जीवन मुझे खुद बहुत अच्छा लगता है। इसमें सादगी है, इसमें कोई मिलावट या बनावट नहीं है, और सबसे बड़ी बात यह है कि मैं रोजाना सीधे-सच्चे लोगों से रू-ब-रू होती हूँ। मुझे जम्मू की शांत जीवन शैली भी बहुत अच्छी लगती है। शहरी जिंदगी या 9.00 से 5.00 वाली बँधी हुई दफ्तरी जिंदगी तो मुझे पागलपन लगती है। वहाँ ऐसा कुछ भी नहीं है जो मुझमें वापस जाने की ललक जगा दे।"

अपनी दिनचर्या के बारे में बताते हुए वह कहती हैं, "मैं किसी कक्षा में जाती हूँ और देखती हूँ कि बच्चे ठीक से अपना काम कर रहे हैं, या निर्धारित योजना के अनुसार कुछ कर रहे हैं। बच्चों के साथ बातचीत करना और थोड़ा हँसी-मजाक, थोड़ी मौज-मस्ती करना मुझे अच्छा लगता है। अपने द्वारा प्रशिक्षित स्टाफ पर मुझे गर्व है। हमने अपने गाँव के और आस-पास के लड़के-लड़कियों को अध्यापक के रूप में नियुक्त

किया है। ये लोग पिछली पीढ़ी की बदहाल शिक्षा के शिकार वे बच्चे रहे हैं जिन्हें वाकई कुछ नहीं आता-जाता था। उनमें से हम स्टाफ चुनते हैं, उनके पढ़ने-लिखने की शुरुआत पुनः 'क ख ग' से शुरू करते हुए हम उन्हें पूरा प्रशिक्षण देते हैं और फिर उन्हें पढ़ाने के काम पर लगाते हैं, लेकिन वे आश्चर्यजनक रूप से बहुत अच्छा कर रहे हैं। उनमें बेहतरी होते देखना मुझे हमेशा अच्छा लगता है। इस तरह, जब मैं देखती हूँ कि बच्चे अच्छा कर रहे हैं और अध्यापक बेहतर कर रहे हैं तो उस दिन मेरा दिल खुश हो जाता है।''

स्कूल को स्थापित करने के शुरुआती दिनों को याद करते हुए वह कहती हैं, ''जब गाँव में हमने पहला प्राइमरी स्कूल शुरू किया था तो शुरुआती कुछ दिन बड़े मुश्किल भरे रहे थे। लेकिन जल्दी ही हर स्तर पर हमें हालात सुधारते नजर आने लगे। पहला साल पूरा होते-होते हमें आभास होने लगा कि हम सही रास्ते पर हैं। बच्चे तो जैसे कमाल कर रहे थे, उनके माता-पिता खुश थे और अपनी नजरों के सामने होते बदलाव को देखकर हम बहुत उत्साहित हो रहे थे।''

ब्रेसवाना दूर-दराज में बसा हुआ काफी पिछड़ा हुआ गाँव है। गत अनेक दशकों से चल रही ढीली-ढाली सरकारी शिक्षा व्यवस्था, खराब सरकारी तंत्र और भ्रष्ट प्रशासन के साथ-साथ चल रहे उग्रवाद और हिंसा ने लगभग 'निरक्षर' छात्रों और युवाओं की एक पीढ़ी पैदा कर दी है। हाजी पब्लिक स्कूल ने इस क्षेत्र में रोजगार के काफी अवसर पैदा कर दिए हैं। अध्यापकों, प्रशासनिक और कार्यालयी स्टाफ के अलावा निर्माण और ट्रांसपोर्ट के लिए भी स्टाफ रखा गया है।

इस स्कूल को स्थापित करने की प्रेरणा और संबल का श्रेय देने के लिए सबाह सबसे पहले और सबसे अधिक अपने माता-पिता का नाम लेती हैं। वह आगे कहती हैं, ''इस पूरे उपक्रम के पीछे जो व्यक्ति खड़े हैं, वह हैं मेरे चचा नासिर हाजी। उनके नेतृत्व और मार्ग-दर्शन के बिना शायद हम एक इंच भी आगे नहीं बढ़ सकते थे और फिर आता है हाजी ट्रस्ट जिसकी छत्रच्छाया में यह स्कूल चलता है। दरअसल, हम एक बड़े और प्रसन्न परिवार की तरह हैं जो कि एक ही सुर और ताल में काम कर रहा है।''

□

खेल के मैदान में चमकते सितारे

"प्रतिभा से खेल में तो जीत हासिल की जा सकती है, लेकिन चैंपियनशिप के लिए टीम भावना और प्रज्ञा का होना आवश्यक होता है।"

—माइकल जोर्डन

14

एक ड्राइवर की बेटी बनी अर्जुन पुरस्कार विजेता

"हमारी सबसे बड़ी स्पर्धा कभी किसी और से नहीं बल्कि हमेशा खुद से रहनी चाहिए। इस बात का कोई विशेष महत्त्व नहीं होता है कि हम प्रथम स्थान पर आए हैं या दूसरे स्थान पर, असल विजेता तो हम तभी रहते हैं जब हमने भरपूर मेहनत की हो और अपने ही पिछले रिकॉर्ड को तोड़ दिया हो।"

—क्लिंट कोरा

मध्य प्रदेश के मऊ में इन्फ्रैंटी स्कूल के एक सिविलियन ड्राइवर की बेटी पास ही की सेना की फायरिंग रेंज से आती निशाना लगाने की आवाज सुना करती थी। उसके मन में भी राइफल शूटिंग करने की रुचि पनपने लगी लेकिन उसका वहाँ तक पहुँचना आसान नहीं था। तब उसके पिता ने उसके लिए रास्ता बनाने का निश्चय किया। जिन दिनों वह सातवीं कक्षा में पढ़ रही थी उन्हीं दिनों उसे इन्फ्रैंट्री वालों के बच्चों की टीम के एक हिस्से के रूप में गरमियों के एक कैंप में भाग लेने का अवसर मिल गया। निशाना लगाने में उसकी सटीकता को देखते हुए उसे जूनियर टीम में जगह मिल गई और उसके निशाना लगाने के कौशल को निखारने के लिए उसे एक सप्ताह की ट्रेनिंग के लिए चुन लिया गया।

वह छोटी लड़की अब बड़ी हो गई है और एक प्रसिद्ध व्यक्ति बन गई है। आइए, कु. राजकुमारी राठौर का स्वागत करें जिसने 30 अगस्त, 2013 को राष्ट्रपति के हाथों से गौरवपूर्ण 'अर्जुन पुरस्कार' प्राप्त किया है। यह पुरस्कार उन खिलाड़ियों को प्रदान किया जाता है जिन्होंने न केवल विगत तीन वर्षों में लगातार अंतरराष्ट्रीय स्तर पर खेल का अच्छा प्रदर्शन किया हो और पुरस्कार के लिए अनुशंसा किए जानेवाले वर्ष

सुश्री राजकुमारी राठौर राष्ट्रपति से अर्जुना पुरस्कार प्राप्त करते हुए

में उनका प्रदर्शन उत्कृष्ट रहा हो, बल्कि जो लीडरशिप, खेल-भावना और अनुशासन जैसे गुणों में भी उल्लेखनीय रहे हों। इस पुरस्कार में रु. पाँच लाख की नकद राशि, अर्जुन की एक कांस्य प्रतिमा और एक प्रशस्ति-पत्र प्रदान किया जाता है। ऐसा पहली बार ही हुआ था कि मध्य प्रदेश की किसी स्कूली खिलाड़ी को यह पुरस्कार पाने का गौरव प्राप्त हुआ हो।

इन्फ्रैंट्री के बच्चों की टीम का सदस्य बनने से लेकर राइफल शूटिंग के लिए 'अर्जुन पुरस्कार' पाने तक की यह एक लंबी यात्रा रही थी। मऊ के निकट के जिस हरसोला गाँव की यह लड़की है वहाँ लड़कियों का विवाह जल्दी ही कर देने की प्रथा है, और इसीलिए उसके रिश्तेदारों और सहेलियों ने इस बात के लिए उसकी खिल्ली उड़ाने में और उसके माता-पिता पर व्यंग्य-बाण चलाने में कोई कोर-कसर नहीं रख छोड़ी कि उन्होंने उसे राइफल जैसे खेल में हिस्सा लेने दिया जिसमें कि लड़कियों का नाम दूर-दूर तक नहीं है। राजकुमारी इस बात का श्रेय कर्नल एम.एस. चौहान को देती है जो कि अच्छी सलाह देनेवालों में से एक हैं और जिन्होंने न केवल उसे प्रोत्साहन दिया बल्कि उसके माता-पिता को भी सलाह दी कि वे उसे शीघ्र विवाह में न धकेलें।

राजकुमारी द्वारा जीते गए पदको को गिनना वास्तव में दाँतों तले उँगली दबाने को मजबूर करता है। इनमें से कुछ का ही उल्लेख यहाँ दिया जा रहा है—2002 के कॉमनवेल्थ खेलों में प्राप्त स्वर्ण और एक रजत पदक, 2002 के विश्व चैंपियनशिप में जीते गए दो कांस्य पदक, राष्ट्रीय खेलों में हासिल किए तीन रजत पदक और दोहा में आयोजित 12वीं एशियन गेम्स शूटिंग चैंपियनशिप में प्राप्त एक स्वर्ण और

एक कांस्य पदक। वह लंदन, मिलान और म्यूनिख में आयोजित विश्व-कप टूर्नामेंटों में भी भाग ले चुकी हैं। कुल मिलाकर उन्होंने 104 पदक जीते हैं जिनमें से 43 स्वर्ण हैं, 32 रजत हैं और 29 कांस्य हैं—यह सचमुच एक कमाल की उपलब्धि है।

2007 में विवाह कर लेने के बाद राजकुमारी अब मध्य प्रदेश के धार शहर में रहती हैं और 4 वर्ष की एक बेटी की गौरवशाली माँ हैं। उभरते हुए खिलाड़ियों के लिए कोई संदेश देने के लिए कहने पर वह कहती हैं, "जो लोग आपकी खिल्ली उड़ाएँ उन पर ध्यान मत दो, बस अपने आप पर विश्वास रखो, और अपने लक्ष्य पर अपना ध्यान केंद्रित रखो।" राजकुमारी अपने प्राप्त पदकों पर आराम से बैठनेवाली नहीं हैं। उन्होंने आगामी कॉमनवेल्थ खेलों, एशियाई खेलों, और ओलंपिक पर भी अपनी नजर जमा ली है जिसके लिए ट्रेनिंग लेने में वह जी-तोड़ मेहनत कर रही हैं। इसमें कोई संदेह नहीं है कि उनके सपने सच होकर रहेंगे।

(सफलता की यह गाथा मेजर प्रदीप खरे द्वारा सुश्री राजकुमारी राठौर से लिये गए साक्षात्कार पर आधारित है।)

□

15

जन्मभूमि अमेरिका किंतु कर्मभूमि भारत

> *''अगर आपने आज किसी ऐसे व्यक्ति के लिए कुछ नहीं किया है जो कि आपको उसका बदला न चुका सकता हो, तो समझिए कि आप आप जिए ही नहीं।''*
>
> **–जॉन बुन्यान**

हाल ही में झारखंड में राँची के सीमांत पर बसे एक गाँव की लड़कियों के एक ग्रुप ने वह उपलब्धि हासिल की है जिसे पाने की हसरत शहरों में रहनेवाले और तमाम तरह की सुविधा व समर्थन पानेवाले खिलाड़ी अपने मन में अकसर पाले तो रखते हैं लेकिन जिसे पाने में वे हमेशा कामयाब नहीं हो पाते हैं। 13 जुलाई, 2013 को युवा इंडिया का प्रतिनिधित्व करनेवाली 14 वर्ष से कम की 18 आदिवासी लड़कियों की टीम ने उन 10 टीमों में तीसरा स्थान प्राप्त किया जो कि स्पेन के विक्टोरिया नगर में गस्टीज कप खेलने के लिए गई थी। अपने गाँव ओरमाझी से बाहर कहीं पहली बार खेलनेवाली ये लड़कियाँ अंतरराष्ट्रीय टीमों के साथ खेलते हुए दो विन, दो लॉस और एक ड्रा के बाद तीसरा स्थान पाने में सफल रहीं। इससे पहले स्पेन के सबसे बड़े फुटबॉल टूर्नामेंट के डोनोस्टी कप के दौरान ये लड़कियाँ 36 अंतरराष्ट्रीय टीमों में क्वार्टर फाइनल तक पहुँचने में भी कामयाब रहीं। ऐसी कमाल की उपलब्धि पाने का श्रेय फ्रांज गैस्टलर को जाता है जो कि मन में एक मिशन लेकर अमेरिका से भारत आए हैं।

लाल और सफेद साड़ी व स्नीकर्स पहने हुए, सजाने के लिए बालों में और कलाई के चारों ओर प्लस्टिक के फूल लगाए हुए ये फुटबॉल खिलाड़ी किशोरियाँ उस शनिवार की शाम को स्पेन के गस्टीज में खुशी से उछल पड़ीं जब उन्हें तृतीय पुरस्कार प्रदान किया गया। टीम की कप्तान 13 वर्षीय रिंकी कुमारी ने ओरमाँझी लौटने पर अपने चेहरे से छलकती अधिकतम खुशी के साथ बताया, ''हम अपने-अपने बैग में सरना साड़ी और कुछ फूल रखकर ले गई थीं। जैसे ही उन्होंने हमारे नाम की घोषणा की त्यों ही

दौड़कर हम ड्रेसिंग-रूम में गईं, साड़ी पहनने में हमें बस पाँच मिनट लगे होंगे, फिर हम बाहर आईं और हमने पुरस्कार प्राप्त किया और फिर हम खूब नाचीं। यह टीम मैदान में अभ्यास करने से पहले समवेत स्वर में यह गीत गाया करती है, 'युवा युवा हम हैं युवा, सबसे जुदा, गेंदवा को मारी, नेटवा को फाड़ी, मिल के बोलो जय युवा'।

विजेता—प्रतिष्ठा कायम करते हुए

जहाँ-जहाँ भी वे जाती थीं वहाँ-वहाँ लोगों के चहरे खिल जाते थे। वे गाने और नृत्य करने के लिए हमेशा तत्पर रहती थीं, यहाँ तक कि सेन सेबस्टियन में स्पेन से आई हुई टीम के साथ उन्होंने जमकर अपना परंपरागत झूमर नृत्य किया। ''मैंने उन्हें केवल एक बार घबराते हुए तब देखा जब वे पहला गेम खेलनेवाली थीं,'' युवा के सचिव और टीम के प्रेरणा गान के अनौपचारिक लेखक संदीप छेत्री ने बताया। बड़ी लड़कियाँ अपनी आदिवासी शैली में खुशी से खिल उठी थीं जब हुतुप गाँव में स्थित युवा केंद्र में दोपहर बाद के एक सत्र के बाद उन्हें बताया गया कि उनकी टीम स्पेन के टूर पर जाएगी। नौ साल की प्रीति कुमारी टूर से लौटकर आई लड़कियों से सुनी हुई बातों को हुतुप गाँव के बच्चों को बताती है, ''उन्होंने समुद्र देखा। वे बता रही थीं कि वहाँ तो खूब सारा मांस था, चिकन था, और सूअर का मांस भी था। वहाँ खूब सारी ब्रेड, मक्खन और जैम भी थे। वहाँ लोग समुद्र में नहाते हैं।''

2009 में अमेरिका से आकर झारखंड के इस गाँव में 'युवा इंडिया' की स्थापना करनेवाले 30 वर्षीय फ्रांज गैस्टलर के आने के समय से ही फुटबॉल खेलती आ रही और

भारत की 'अंडर-14' वाली टीम के साथ श्रीलंका के दौरे पर जानेवाली दो लड़कियों में से एक सेकंड डिफेंडर के रूप में खेलनेवाली बारह वर्षीय शिवानी टोप्पो खेल के बारे में अपनी रुचि के बारे में बताते हुए कहती है, "इससे मैं स्वस्थ रहती हूँ। घर में बैठे रहना मुझे अच्छा नहीं लगता है। और, फ्रांज सर हमें अच्छे स्कूल में जाने का इंतजाम करते हैं। मेरी स्कूल की फीस भरने में उन्होंने मेरे परिवार की मदद की है और अब तो स्कूल ने मेरी फीस माफ ही कर दी है।" शिवानी का परिवार हुतुप में फुटबॉल के मैदान से थोड़ी ही दूर एक कच्चे मकान में रहता है। रोजाना दो घंटे खेल का अभ्यास करने का सत्र पूरा करने के बाद अपने घर लौटती हुई शिवानी पर पड़ोसियों द्वारा की जानेवाली तीखी फब्तियों को याद करती हुई वह कहती है, "वे कहते थे कि तुम लड़कों की तरह हाफ पैंट पहनकर क्यों घूमती रहती हो?" वे मेरे माता-पिता से कहा करते थे कि फ्रांज तुम्हारी बेटी को बेच देगा। पिछले साल मेरे पिताजी का देहांत हो गया लेकिन मुझे याद है कि वह कहा करते थे कि मैं उन लोगों को इसका करारा जवाब दूँ। मैं उन लोगों की परवाह नहीं करती थी और मैंने उन्हें कह दिया था कि मेरे जीवन में दखल देने का उन्हें कोई अधिकार नहीं है। अपने पति की मृत्यु हो जाने के कारण हुतुप की एक प्लास्टिक फैक्टरी में दिहाड़ी मजदूर की तरह काम करके परिवार का भरण-पोषण करनेवाली शिवानी की माँ झरी देवी ने कहा, "उसे पढ़ना चाहिए। खेलना उसे खुश रखता है। स्कूल जाने से पहले हर सुबह गोबर लाने और बरतन साफ करने में वह मेरी मदद करती है।" शिवानी के दादाजी ढक्कन पाहन कहते हैं, "उसे यदि फुटबॉल खेलना है तो उसे ऐसे कपड़े तो पहनने ही होंगे।"

शिवानी टोपो अपनी माँ झरी देवी और दादा के साथ

तीन हफ्ते बाद ही इन लड़कियों को टूर पर ले जाया गया। युवा के खेल-अभ्यास के सत्र में 220 बच्चे नियमित रूप से आ रहे थे और अब 40 और इसमें आ जुड़े हैं। चार साल पहले झारखंड के गाँवों में पढ़ाने के प्रयोजन से आनेवाले और अब 'युवा-इंडिया' के प्रबंध निदेशक फ्रांज गैस्टलर इस टीम की उपलब्धियों से खासा उत्साहित नजर आते हैं, लेकिन वह थोड़ा चिंतित भी हैं, वह बताते हैं, "हमने लंबी अवधि के लिए जमीन लीज पर लेने के लिए आवेदन किया है क्योंकि खेलने की जमीन को जमीन माफिया कब्जाता जा रहा है और उस पर ईंटों की चहारदीवारी बनाता जा रहा है। फिलहाल हमारा प्रस्ताव खेल सचिव के पास पहुँच चुका है, कह नहीं सकते कि उसका क्या होगा।"

जब उनसे पूछा गया कि स्पेन के टूर्नामेंट में जाने के समय उन्हें व टीम को कौन सी सबसे बड़ी चुनौती का सामना करना पड़ा तो फ्रांज ने बताया, "इन लड़कियों की विदेश यात्रा के लिए आवश्यक कागजात इकट्ठा करना सबसे बड़ी चुनौती रहा था। स्पेन के बेस्क नामक ग्राम्य क्षेत्र के टीजेडबीजेड नामक एक उद्यमी छात्रों के बल पर आयोजित डोनोस्टी कप टूर्नामेंट की ओर से निमंत्रण हाथ में आ जाने के बाद जो एक विचित्र बात एक बड़ी चुनौती बनकर सामने आई वह थी इन लड़कियों का जन्म प्रमाण-पत्र हासिल करना। उनमें से अधिकतर लड़कियों के पास आधिकारिक जन्म प्रमाण-पत्र था ही नहीं क्योंकि उनका जन्म घर पर ही हुआ था। युवा-इंडिया के पास इतना स्टाफ नहीं था कि वह 18 लड़कियों का जन्म प्रमाण-पत्र जुटाने का प्रयास कर पाता, इसलिए इन लड़कियों ने और इनके माता-पिता ने यह काम अपने हाथों में लिया। सबसे पहले माता-पिता अपनी लड़की को साथ लेकर स्थानीय पंचायत के कार्यालय में गए। लेकिन हफ्ते खिंचते-खिंचते महीनों में बदल गए क्योंकि माता-पिता अपने खेतों के काम या अपनी दिहाड़ी के काम से फुरसत नहीं पा सके थे। लड़कियों ने आकर हमें बताया कि पंचायत सेवक दिनेश साहू ऐसी कई लड़कियों के मुँह पर थप्पड़ जड़ चुका है जो इस काम का तकाजा करने के लिए वहाँ गई थीं। कइयों से तो उसने अपने कार्यालय में पोंछा भी लगवा लिया था और सभी से रिश्वत देने की माँग की थी। उसका कहना था कि अगर वे स्पेन गईं तो मैं उन्हें वहाँ गुलामी करने के लिए बेच दूँगा।"

हमारा अगला सवाल था कि टूर्नामेंट में भाग लेने के बारे में लड़कियों का और उनके माता-पिता का क्या रुख रहा था, तो फ्रांज का उत्तर था, "माता-पिता का समर्थन पाना भी दूसरी टेढ़ी खीर था। हालाँकि अधिकतर माता-पिता अपनी बेटी के लिए इस मौके को हाथ से निकलने देना तो नहीं चाहते थे लेकिन वे यह बिल्कुल नहीं समझ पा रहे थे कि यह अवसर कितना बड़ा है। उनमें से अधिकतर तो अपने प्रदेश झारखंड से भी कभी बाहर नहीं गए थे, फिर विदेश जाने की बात तो उनकी कल्पना

से भी परे थी।'' उन्होंने आगे बताया, ''हमने तीन गाँवों में कक्षाएँ चलाईं और अभ्यास किया। दस गाँवों की लड़कियाँ इस कार्यक्रम में भाग लेने के लिए आया करती थीं। मैं और मेरा स्टाफ दूर-दूर बसे गाँवों में उनके माता-पिता से मिलने और आवश्यक कागजों पर उनके हस्ताक्षर लेने के लिए पैदल-पैदल फिरते रहते थे—हालाँकि उनके माता-पिता को बता दिया गया था कि निश्चित दिन व समय पर वे हमसे आकर मिलें और कागजों पर अपने हस्ताक्षर कर जाएँ लेकिन कभी-कभी वे किसी शादी-वादी में कहीं चले जाते थे और उनसे संपर्क करने का कोई साधन भी हमारे पास नहीं होता था।'' जैसा कि वह बताते हैं, ''यह कोई आसान काम नहीं था। समाज, परिवार और सरकार में लड़कियों के खिलाफ चल रही तमाम आक्रामकताओं से अपना बचाव अकसर उन्हें खुद ही करना पड़ता था। उनके हित में बनाई गई हर सुविधा में उन तक पहुँचने से पहले ही भाँजी मार दी जाती है। उन्हें हर बात के लिए संघर्ष करना पड़ता है। यही कारण है कि मैं इन लड़कियों की इतनी तारीफ करता हूँ। अपने जीवन में आनेवाली चुनौतियों को वे साहस, निष्ठा और टीम भावना से लेती हैं। अपने तथा अपने आस-पास वालों के जीवन को बेहतर बनाने के लिए उनके साहस, धैर्य और दृढता को देखकर मैं अकसर आश्चर्यचकित रह जाता हूँ।''

अब सफलता की इस गाथा के वास्तविक नायक फ्रांज गैस्टलर के बारे में कुछ बता दिया जाए। उन्होंने अपनी शिक्षा एडीना हाई स्कूल में की और 2000 में उन्होंने ग्रेजुएशन किया। उन्होंने बोस्टन यूनिवर्सिटी के यूनिवर्सिटी प्रोफेसर्स प्रोग्राम में भाग लिया और बी.ए. करने के बाद 'इंटरनेशनल पोलिटिकल इकोनॉमी' में एम.ए. किया। उन्होंने हॉर्वर्ड लॉ स्कूल में 'यूनिवर्सिटी कंसोर्टियम प्रोग्राम ऑन नेगोसिएशन' से नेगोसिएशन तथा ध्यान का प्रमाण-पत्र हासिल किया। वह वित्त मंत्रालय में तथा कोलंबिया में बोगोटा की पब्लिक क्रेडिट में प्रशिक्षु भी रहे।

फ्रांज़ गास्लर—जन्म से अमरीकी, परंतु दिल से सच्चा भारतीय

उन्होंने अनेक खेलों में भाग लिया। अमेरिका के ओलंपिक ट्रेनिंग सेंटर में उन्होंने जूडो का प्रशिक्षण प्राप्त किया। उन्हें अल्पाइन

स्कीइंग के प्रशिक्षण का 12 वर्ष का अनुभव है और वह आइस हॉकी के गोलटैंडर के रूप में खेल चुके हैं। 2008 में उन्होंने झारखंड के 'कृषि ग्राम विकास केंद्र' नामक एक गैर-सरकारी संगठन में अंग्रेजी अध्यापक के रूप में प्रवेश किया। अध्यापन करते हुए वह एक किसान के मिट्टी से बने कच्चे मकान में रहा करते थे। उनकी एक छात्रा ने उनसे एक बार फुटबॉल खेलना सिखाने का अनुरोध किया। तब उन्होंने अपने हाई स्कूल के सहपाठियों ग्रेग डेमिंग, स्टीफन पीटरसन तथा एरिक ऑडलैंड के आर्थिक सहयोग से गरीब घर की लड़कियों को फुटबॉल खेलना सिखाने के लिए 'युवा' की नींव डाली। कमाल की बात यह रही कि जिसने पहले न कभी फुटबॉल खेला था और न ही उसका कोई मैच देखा था उस फ्रांज ने पाँच से सात साल की उम्र की लड़कियों को फुटबॉल खेलना सिखाना शुरू कर दिया। यह कार्य बड़ा ही सफल रहा और इसे 'यूनाइटेड नेशंस डवलपमेंट फंड फॉर वीमेन', 'नाइक', 'कोका-कोला इंडिया' और अन्य अनेक संगठनों की ओर से समर्थन व सहयोग मिलने लगा।

□

16

गली में हॉकी खेलनेवाली बनी अर्जुन पुरस्कार विजेता

> *"हॉकी इस अर्थ में एक अनोखा खेल है कि इसमें जीत के लिए टीम के हर खिलाड़ी को हर खिलाड़ी की मदद करते हुए एक ही दिशा में बढ़ते रहना होता है।"*
>
> —वेयन ग्रेट्ज्की

छत्तीसगढ़ के दुर्ग जिले की एक मसजिद के मुअज्जिन के चार बच्चों में वह सबसे छोटी थी। हॉकी खेलने के लिए वह तड़के 6 बजे ही उठ जाया करती थी। पढ़ाई में भले ही वह 'बैक-बेंचर' रही हो लेकिन हॉकी खेलने की अपनी धुन में वह हमेशा आगे ही रही। उसने बताया, "उन दिनों दो वक्त का खाना जुटा पाना भी हमारे परिवार के लिए बड़ा मुश्किल काम था। मुझे अभी भी याद है कि मेरे लिए जूते खरीदने के वास्ते मेरी माँ ने घर का कुछ सामान बेच दिया था।"

यह है सबा अंजुम करीम जिसने 'गली में हॉकी खेलनेवाली' के नाम से मशहूर होकर भारतीय महिला हॉकी दल की अगुआ बनने तक का एक लंबा सफर तय किया है। अभावग्रस्त जीवन के बावजूद खेल में ऊँचे उठनेवालों के लिए एक मिसाल कायम करते हुए उसने बेहद गरीबी से जूझते हुए खुद को इस मुकाम पर पहुँचाया है। दिल्ली में 30 अगस्त, 2013 को राष्ट्रपति प्रणव मुखर्जी ने हॉकी की पूर्व कप्तान और कुशल खिलाड़ी सबा को 'अर्जुन पुरस्कार' से सम्मानित किया। सबा ने वर्ष 2000 में ए.एच.एफ. कप में 18 वर्ष से कम आयु वाले खिलाड़ियों के राष्ट्रीय दल में अपनी सफलता का परचम लहराया था और उसके बाद कभी मुड़कर नहीं देखा। अनेक पुरस्कारों की सुपात्र और अब 28 की हो चुकी सबा ने 'अर्जुन पुरस्कार' प्राप्त करने के गौरव से अभिभूत होते हुए कहा, "यह वर्ष मेरे जीवन का अभी तक का सबसे सौभाग्यशाली वर्ष रहा है

सबा अंजुम करीम

क्योंकि कुछ दिन पहले ही मुझे 'बेबी' हुआ और आज हॉकी के लिए 'अर्जुन पुरस्कार' मिला है।''

1 नवंबर को सबा को छत्तीसगढ़ के सर्वोच्च खेल पुरस्कार 'गंडाधुर पुरस्कार' से भी सम्मानित किया गया। हर वर्ष दिया जानेवाला यह पुरस्कार ऐसे खिलाड़ी को प्रदान किया जाता है जिसने खेल के क्षेत्र में राष्ट्रीय तथा अंतरराष्ट्रीय स्तर पर राज्य का नाम रोशन किया हो। इस पुरस्कार में एक लाख की नकद राशि तथा एक प्रशस्ति-पत्र प्रदान किया जाता है।

सबा ने बताया, ''मैंने कभी आशा नहीं की थी कि मैं इतना लंबा सफर पार करूँगी क्योंकि हॉकी को अपने हाथ और अपने साथ लिये हुए मुझे 18 वर्ष हो गए हैं। मुझे यह पुरस्कार मिलना उन उभरते हॉकी खिलाड़ियों के लिए प्रेरणा का प्रतीक बनेगा जो कि छत्तीसगढ़ जैसे छोटे राज्य से आते हैं।'' अपने शुरुआती दिनों के बारे में बताते हुए वह कहती हैं, ''दुर्ग की अपनी बस्ती केलाबाड़ी में कुछ लड़कों को हॉकी खेलते देखकर 1994 में पहली बार मैंने इसे अपने हाथों में लिया था, और बाद में तो मैंने उन्हीं के साथ खेलना शुरू कर दिया था। मेरे वालिद मुझसे कहा करते थे कि एक शांत समुद्र कभी किसी नाविक को एक कुशल नाविक नहीं बना सकता, और उनकी इसी बात को सफलता का सूत्र बनाकर मैं आगे बढ़ती चली गई।'' 13 वर्ष के अपने अंतरराष्ट्रीय कॅरियर में सबा ने 200 मैचों में 92 गोल दागे हैं।

हॉकी की प्रतियोगिता में सबसे कम उम्र वाली खिलाड़ी के रूप में सबा की पहचान तब बनी जब 2000 के एएचएफ कप की 18 वर्ष से कम उम्र वाली टीम में उन्होंने अपने खेल का प्रदर्शन किया था। राइट विंग फॉरवर्ड के रूप में अनेक अंतरराष्ट्रीय टूर्नामेंटों में वह भारत का प्रतिनिधित्व कर चुकी हैं, जैसे एशिया गेम्स अक्तूबर 2002, एशिया कप, 2004, दिल्ली, कॉमनवेल्थ गेम्स, 2002, मानचेस्टर, जूनियर वर्ल्ड कप, मई 2001, ब्यूनस आयर्स तथा ऑस्ट्रेलियन टेस्ट शृंखला एवं न्यूजीलैंड टूर।

खेलों के अपने सर्वोत्तम पलों को याद करती हुई वह कहती हैं, ''2007 में शास्त्री कप के फाइनल में मैंने में छह गोल दागे थे जिनमें कि वह गोल भी शामिल था जिसने

हमें जीत दिलाई थी और जिसके लिए मुझे सर्वोत्तम खिलाड़ी का पुरस्कार दिया गया था।'' एक अच्छे फॉरवर्ड स्ट्राइकर के रूप में उन्होंने अपना स्थान लगातार बनाए रखा इसीलिए 2011 में उन्हें महिला हॉकी टीम के कप्तान के रूप में प्रोन्नत किया गया। लेकिन सबा के लिए इन चीजों का कोई विशेष महत्त्व नहीं है। उनका तो बस यही मानना है कि अपने देश के लिए खेलना ही एक गर्व की बात है, इससे कोई फर्क नहीं पड़ता कि आप उसकी कप्तानी कर रही हैं या नहीं।

हॉकी के खेल के बारे में उनका कहना है, ''खेल के मैदान में जब आप किसी टीम का एक हिस्सा होते हैं तब आपकी एक सेकंड की भी कोर-कसर, बित्ता भर भी अधिक कोशिश और अनिर्णय का एक पल भी खेल की पूरी पारी को पलट सकता है। हॉकी भी इसी तरह मैदान में आगे बढ़ती है।'' हाल ही में एक बेबी को जन्म देने के कारण फिलहाल वह मैदान में नहीं उतरी हैं, लेकिन फिर भी स्थानीय खेल के मैदान 'महामाया' में वह अपने कोच जन्वीर आकिल के साथ अभ्यास करने आती हैं। सबा बताती हैं, ''हॉकी के अपने जुनून को मैं छोड़ नहीं सकती हूँ। अपने कस्बे के मैदान में मैं अकसर जाया करती हूँ जहाँ अनेक किशोरियाँ आकिल से हॉकी खेलना सीख रही हैं। मैं जब भी वहाँ जाती हूँ तब उन्हें मैं भी कुछ गुर बताया करती हूँ। जब वे कहती हैं कि वे मेरे जैसी या सानिया मिर्जा व सायना नेहवाल जैसी खिलाड़ी बनना चाहती हैं तो मुझे बहुत खुशी होती है।''

महिला हॉकी दल के बारे बताते हुए वह कहती हैं, ''हमारी टीम सचमुच बहुत अच्छा कर रही है और हाल ही में हुए वर्ल्ड कप में हुआ इसका बढ़िया प्रदर्शन इस बात का साक्षी रहा है। अनेक युवा अब इसमें आ रहे हैं और अच्छी क्षमता व कौशल का प्रदर्शन कर रहे हैं। यदि ऐसा ही प्रदर्शन करना उन्होंने जारी रखा तो वे बहुत बेहतर खेल दिखा सकते हैं।''

वह यह भी मानती हैं कि चीन, ऑस्ट्रेलिया और अर्जेंटीना जैसी टीमों के विरुद्ध खेलने से हमारी हॉकी और भी मजबूत हो सकती है। टीम में अपनी वापसी के बारे में वह कहती हैं, ''मुझे उम्मीद है कि दो-एक महीने में मैं मैदान में फिर से उतर आऊँगी।'' सबा को पहले 'शहीद कौशल यादव' खेल पुरस्कार से भी सम्मानित किया जा चुका है। वह छत्तीसगढ़ पुलिस में उप-अधीक्षक के पद पर सेवारत हैं।

□

पढ़ाई की लगन ने दिलाया ऊँचा मुकाम

उपलब्धि कोई सी भी हो, वह चाहना से आरंभ होती है, न किसी आशा से, न किसी तमन्ना से, बल्कि गहराई तक स्पंदित रहनेवाली उस चाहना से जो कि हर चीज से ऊपर उठ जाती है।

—नेपोलियन हिल

17

निर्धन मेधावी छात्रों के लिए खुले आई.आई.टी. के द्वार

> *साधारण टीचर केवल बताता है। अच्छा टीचर विस्तार से समझाता है। श्रेष्ठ टीचर करके दिखाता है। महान् टीचर उत्प्रेरित करता है।*
>
> —विलियम आर्थर वार्ड

अब से 15 साल पहले आनंद कुमार का नाम कोई नहीं जानता था। तब वह बीस के आस-पास का रहा होगा और पटना विश्वविद्यालय में गणित में एम.एस-सी. कर रहा था। उसके पिता डाक विभाग में नौकरी करते थे और उनके वेतन से घर का खर्चा पूरा कर पाना एक टेढ़ी खीर हुआ करती थी। लेकिन आज आनंद अपने 'सुपर 30' नामक कार्यक्रम के लिए भारत भर में जाना जाता है जिसके अंतर्गत वह 30 निर्धन लेकिन मेधावी बच्चों को आठ महीनों तक पढ़ाता है, उन्हें किताबें, रहना व खाना उपलब्ध कराता है, उन्हें इंडियन इंस्टीट्यूट ऑफ टेक्नोलॉजी (आई.आई.टी.) की होनेवाली उस संयुक्त प्रवेश परीक्षा में सफल होने की तैयारी कराता है जिसे कि दुनिया की सबसे कठिन प्रवेश परीक्षा माना जाता है, हॉर्वर्ड की प्रवेश परीक्षा से भी कठिन।

इस अद्वितीय युवक से परिचित होना एक सौभाग्य की बात है। डिस्कवरी चैनल ने उनके प्रोजेक्ट पर एक घंटे का कार्यक्रम प्रस्तुत किया है। 'न्यूयॉर्क टाइम्स' ने उन पर लेख प्रकाशित करने के लिए अपना आधा पृष्ठ समर्पित किया है। बी.बी.सी. ने अपने कार्यक्रमों में उन्हें समय दिया है और उनके अनुभव को जानने-समझने के लिए उन्हें आई.आई.एम. अहमदाबाद से लेकर कैलिफोर्निया तक आमंत्रित किया गया है।

आनंद के मार्गदर्शक और पटना कॉलेज के गणित विभाग के अध्यक्ष प्रो. एच.पी. वर्मा कहते हैं, ''गणित पढ़ाने के अपने 40 साल के जीवन में मैंने गणित के दो प्रतिभावान

आनंद कुमार ने लोगों को बहुत सारी खुशियाँ दी हैं

जनों को देखा है, और आनंद उनमें से एक है।'' आनंद उनसे कुछ साल पहले मिला था और उनका परामर्श माँगा था, ''मेरे माता-पिता चाहते हैं कि मैं आई.आई.टी. में प्रवेश पा लूँ लेकिन मैं गणित में आगे पढ़ाई करना चाहता हूँ, मुझे क्या करना चाहिए?''

प्रो. वर्मा ने उसके सामने पूरी तसवीर रख दी। उन्होंने उस लड़के से कहा, ''अगर तुम एक सुरक्षित जीवन चाहते हो, एक अच्छा-सा मकान, सुख-सुविधाओं वाली सफलता और अपनी एक पहचान, तब तो तुम आई.आई.टी. में प्रवेश ले लो। लेकिन यदि तुम एक टीचर, एक रिसर्चर बने रहना चाहते हो और एक अनिश्चित भविष्य का सामना करने के लिए तैयार हो तो गणित की आगे पढ़ाई करने के पथ पर तुम्हारा स्वागत है।'' चार दिन बाद वह लड़का उनका आशीर्वाद लेने और उन्हें यह बताने के लिए पुन: आया कि उसने गणित में अपना नाम लिखा दिया है।

गणित में एम.एस-सी. करने के दौरान आनंद छात्रों को गणित पढ़ाता था, और वह भी बिना कोई फीस लिये। पटना के डाक-तार विभाग के 'रिक्रिएशन क्लब' ने अपने यहाँ उसे शाम को कक्षाएँ लेने के लिए अनुमति प्रदान कर दी थी। वह उसे रामानुजन स्कूल ऑफ मैथमेटिक्स कहा करता था और उस महान् गणितज्ञ के जन्मदिन को गणित प्रतियोगिता आयोजित करके मनाता था। जब उस प्रतियोगिता के पुरस्कार वितरण हेतु वह प्रो. वर्मा को आमंत्रित करने गया तब उसने उन्हें यूँ ही बताया कि वह विदेशी जरनलों में मीमांसात्मक पहलुओं पर लिख रहा है। अपने काम का प्रत्यक्ष प्रमाण देने के लिए आनंद ने यू.के. के दो विश्वविद्यालयों के जर्नल उनके सामने रख दिए और देखने के लिए कहा, और उन्होंने देखा कि उनमें उसके लेख प्रकाशित हुए थे।

कुछ कहने के लिए शब्द न ढूँढ़ पाते हुए प्रो. वर्मा ने पूछा, ''यह सब तुमने कैसे किया? जहाँ तक मुझे मालूम है, पटना विश्वविद्यालय में तो ये जर्नल अब आती नहीं हैं।'' उसने यह बात स्वीकार करते हुए बताया कि हर सप्ताहांत में वह छह घंटे की रेल यात्रा करके वाराणसी जाता है जहाँ कि उसका छोटा भाई एन. राजन से वायलिन

बजाना सीख रहा है और एक होस्टल में कमरा लेकर रह रहा है। आनंद ने बड़े भोलेपन से बताया, "मैं शनिवार और रविवार को बनारस हिंदू यूनिवर्सिटी की सेंट्रल लाइब्रेरी में अध्ययन करता हूँ और सोमवार की सुबह वापस आ जाता हूँ।"

अगले वर्ष उसने प्रो. वर्मा को गणित की अपनी वह एक मास वाली कोचिंग कक्षा को देखने के लिए आमंत्रित किया जो उसने आई.आई.टी. में जाने के इच्छुक छात्रों के लिए गठित की है। उसने बताया, "मैं इसके लिए हर एक से सिर्फ 25 रुपए ले रहा हूँ जो कि केवल किराए और पीने के पानी की व्यवस्था के खर्च के लिए हैं।" वह दृश्य देखने लायक था कि 300 से अधिक पढ़ने को उत्सुक लड़के-लड़कियाँ केवल 100 छात्रों के बैठने लायक कमरे में कैसे सटे-सटे बैठे हुए थे। लेकिन यह बात साफ थी कि वे लेक्चर उन्हें बहुत कुछ दे रहे थे क्योंकि वे हर दिन चार घंटे इस घिच-पिच में बैठना सहर्ष सहन कर रहे थे।

आनंद के परिवार पर तब दुखद वज्रपात हुआ था जब उनके पिता की अपने काम के दौरान मृत्यु हो गई। अनुकंपा के आधार पर आनंद को तृतीय श्रेणी के काम पर नियुक्त होने का प्रस्ताव दिया गया और उसे स्वीकार कर लेने का दबाव उन पर डाला गया। विदेश से आया हुआ प्रवेश का एक प्रस्ताव बेकार गया। घर की आय बढ़ाने के लिए आनंद को साइकिल से दुकान-दुकान जाकर पापड़ बेचने पड़ते थे जो कि घर पर उसकी माँ बनाया करती थी।

एक साल बाद दिल्ली की एक कोचिंग इंस्टीट्यूट ने उन्हें दिल्ली आकर कक्षाएँ लेने के लिए आमंत्रित किया। उन्होंने उन्हें 10 लाख रुपए प्रतिवर्ष का पैकेज देने का प्रस्ताव रखा, लेकिन आनंद ने यह प्रस्ताव ठुकरा दिया। इसका कारण पूछे जाने पर बड़े शांत भाव से उन्होंने जवाब दिया कि वह कोचिंग इंस्टीट्यूट यदि उन्हें 10 लाख देने का प्रस्ताव कर रही थी तो निश्चित ही वह इससे भी कहीं ज्यादा कमा रही होगी, इसलिए क्यों न अपना ही कोचिंग इंस्टीट्यूट खोला जाए और वह भी जल्दी-से-जल्दी।

आनंद ने बताया कि उस साल पहली बार उन्होंने आई.आई.टी. जे.ई.ई. की तैयारी करनेवाले छात्रों से कोचिंग के लिए पैसे लिये। यह बताते हुए कि वह 400 छात्रों की कोचिंग कर चुके हैं, उन्होंने कहा, "पटना में तीन महीने के कोर्स में 6000 रुपए प्रति विषय लेने का रेट था लेकिन मैं इस साल केवल 1000 ले रहा हूँ।" साफ लग रहा था कि उन्हें अपना सही व्यवसाय मिल गया है।

उनके द्वारा छात्रों को न्यूनतम फीस या बिना फीस के पढ़ाए-सिखाए जाने ने पटना के कोचिंग माफिया के बीच खलबली मचा दी थी। उनके इस संकल्प पर कुछ भाड़े के गुंडों ने उन्हें धमकी भी दी कि यदि उन्होंने अपना यह मिशन बंद नहीं किया तो उन्हें गंभीर परिणाम भुगतने होंगे। लेकिन आनंद विचलित नहीं हुए। वह गरीब तबके से

आनेवाले छात्रों की अधिक-से-अधिक मदद करना चाहते थे। आनंद को जो 'आनंद' अपने पढ़ाए हुए छात्रों को आई.आई.टी. में प्रवेश पाते देखकर होता था, वह उन्हें किसी और चीज से नहीं मिलता था। लेकिन कोचिंग माफिया के लिए तो वह उनकी आँख की किरकिरी बने हुए थे।

2004 में आनंद पर कातिलाना हमला हुआ और गंभीर अवस्था में उन्हें अस्पताल में भरती कराना पड़ा था जहाँ उनकी हालत स्थिर रही थी, लेकिन अपने ध्येय को पूरा करने के लिए उन्होंने मौत को भी मात दे दी थी। एक बार फिर उनके कोचिंग सेंटर पर विफल हमला किया गया लेकिन हथियारों से लैस आए गुंडे पकड़ लिये गए। ऐसी घटनाएँ भी आनंद को उस डगर पर चलने से नहीं डिगा सकीं जो उन्होंने अपने लिए चुन ली थी। बस एक परिवर्तन अवश्य आ गया था और वह यह था कि वह अकेले कहीं आ-जा नहीं सकते थे, उन्हें अपनी सुरक्षा के लिए सुरक्षा गार्ड साथ रखने पड़ते थे।

अपनी अकेली एक ही धुन को समर्पित आनंद कड़ा परिश्रम करते हुए अगले वर्ष एक बैच में 600 छात्रों की कक्षा लेने लगे थे। अविश्वसनीय रूप से, वह अपनी कमीज में माइक्रोफोन क्लिप लगा लेते थे जो उनके लेक्चर की आवाज को 10 स्पीकरों के माध्यम से उन छात्रों को पहुँचाता था जो कि एक अस्थायी शेड में बैठे होते थे। 2003 से 'रामानुजन स्कूल ऑफ मैथमेटिक्स', जो कि अब एक ट्रस्ट बन चुका है, हर साल अपनी 'सुपर 30' नामक योजना के अंतर्गत 30 छात्र चुनने के लिए एक प्रतियोगी परीक्षा का आयोजन करता है। इस परीक्षा में 4000 से लेकर 5000 छात्र तक बैठते हैं और उनमें से अंतत: 30 छात्र आनंद व उनके टीचिंग स्टाफ द्वारा चयनित कर लिये जाते हैं।

इस अति उदार ट्यूटर का सबसे रोचक पहलू है वह समय जो वह अपने स्वाध्याय के लिए निकाल ही लेता है। एक बार में सुबह 7 बजे से दोपहर तक का समय वह कक्षा में पढ़ाने में लगाते हैं और शाम का समय वह अपने पढ़ने और लिखने में लगाते हैं। बड़ी मोहक सादगी से आनंद बताते हैं, "मेरी कोशिश रहती है कि गणित के बारे में महीने में कम-से-कम एक लेख तो मैं विदेशी जर्नलों के लिए लिख ही सकूँ।"

अपने छात्रों और उनके अभिभावकों के बीच 'आनंद सर' के नाम से प्रसिद्ध 'सुपर 30' के यह संस्थापक उत्साही व प्रसन्नचित्त वाले होने के साथ-साथ विनम्रता की मूर्ति हैं। वह कहते हैं, "मुझसे ज्यादा श्रेय तो इन छात्रों को जाता है जो महीनों तक रोजाना 16 घंटे पढ़ने का लगातार घोर परिश्रम करते हुए इस अखिल भारतीय परीक्षा में बैठते हैं।" वह बार-बार यह कहते हैं कि इस साल से वह सुपर-30 के सेंटर की संख्या बढ़ाकर 60 करनेवाले हैं।

आनंद के छात्रों के शब्द प्रमाणों के आधार पर आनंद की अतुलनीय उपलब्धियों के अनेक ग्रंथ लिखे जा सकते हैं। बेगूसराय जिले के एक छोटे से गाँव में एक छोटी

सी हलवाई की दुकान चलानेवाले का बेटा और सुपर-30 का चयनित छात्र दीपू कुमार ने निस्संकोच यह स्वीकार करते हुए कि वह कभी किसी अंग्रेजी माध्यम वाले स्कूल में नहीं गया, बताया है, ''मैंने जे.के. हाई स्कूल बरौनी से 10वीं पास की और इस साल ए.एन. कॉलेज पटना से 12वीं में मैंने 74 प्रतिशत अंक प्राप्त किए हैं।'' दीपू जे.ई.ई. में पहली बार बैठने पर ही प्रवेश पा गया। उसने बताया कि उसके गाँव में 10वीं से आगे कोई पढ़ा ही नहीं है। अपनी आँखों में उमड़ते हुए खुशी के आँसुओं को रोक पाने में असमर्थ दीपू ने कहा, ''इसका श्रेय मेरे पिता श्री विश्वनाथ प्रसादजी को जाता है।''

लखीसराय जिले के बरहैया गाँव के जयराम की कहानी भी कुछ अलग नहीं है। उसके पिता एक दवा विक्रेता की दुकान पर नौकरी करते हैं और हर महीने रु. 2000 पगार में पाते हैं। अन्य पिछड़े वर्ग में 309वाँ स्थान पानेवाले जयराम ने बताया, ''मैंने अपने गाँव के स्कूल से 10वीं पास की जिसमें मैंने 81.5 प्रतिशत अंक प्राप्त किए थे।'' सुपर-30 के तीस छात्रों के अलावा भी 70 अन्य छात्रों की भी कोचिंग आनंद कुमार के 'रामानुजन स्कूल ऑफ मैथमेटिक्स' में ही हुई है जिनमें से 39 उस परीक्षा को पास करने में सफल रहे हैं।

एक तरह से, आनंद कुमार अपना नाम चरितार्थ कर रहे हैं। वह ऐसे लोगों में आनंद का संचार कर रहे हैं जो कि बिहार के गरीबी के मारे हुए परिवारों में पलते हुए आशा की कभी कोई किरण नहीं देख पाते हैं।

□

18

रेलवे लाइन के बराबर में बसी झुग्गी-झोंपड़ी में रहनेवाली लड़की बोर्ड परीक्षा में आई अव्वल

''असाधारण लोग बुरी से बुरी परिस्थितियों में से भी खुद को उबार लेते हैं, और अपने इस गुण के कारण ही वे और भी असाधारण बन जाते हैं।''

—रॉबर्टसन डेवीज

बेतूल के निकट भोपाल से नागपुर जानेवाली रेलवे लाइन के फाटक नं. 256 के पास झुग्गी-झोंपड़ी वाली बस्ती में मुश्किल से 20 फीट लंबी व 10 फीट चौड़ी छप्पर वाली एक झुग्गी-झोंपड़ी कई वर्षों से धूल-धक्कड़ फाँकते हुए हर मौसम की मार झेलती आ रही है। कोई सोच भी नहीं सकता था कि अपनी बेचारगी और बेनूरी पर रोनेवाली यह झोंपड़ी 21 मई, 2013 को उन कैमरामैनों के कैमरों की फ्लेश लाइटों से बार-बार चमक उठेगी जो कि आज यहाँ उमड़ी पत्रकारों और रिपोर्टरों की भीड़ में शामिल थे, और उनमें से हर कोई उस किशोर लड़की की एक फोटो खींचने के लिए एक-दूसरे को ठेलते हुए आगे आना चाह रहा था जो कि आज की एक बड़ी खबर बन गई थी। कारण था कि पूनम ने अपने भविष्य को उज्ज्वल कर देनेवाले ये साल इसी झोंपड़ी में बिताए हैं। सोलह साल की पूनम घोरे आज की स्टार है क्योंकि मध्य प्रदेश बोर्ड की कक्षा 10वीं की परीक्षा में 600 में से 587 अंक प्राप्त करने के कारण अंक-तालिका में उसका नाम सबसे ऊपर है। इस परीक्षा में पूरे मध्य प्रदेश के लगभग 15 लाख छात्र बैठे थे जिनमें से बहुत सारे तो बड़े संपन्न घरों से थे जिन्हें कि अच्छी-से-अच्छी किताबों, गाइडों और कोचिंग के साथ-साथ सारी सुख-सुविधाएँ प्राप्त थीं।

दिन के चौबीस घंटों के दौरान झोंपड़ी के बराबर से रोजाना एक के बाद धड़धड़ाती हुई गुजरनेवाली 140 ट्रेनों के शोर के बीच पढ़ाई करके पूनम ने एकाग्रता की अपनी अद्वितीय क्षमता का परिचय दिया है। इन ट्रेनों के अलावा, निकटवर्ती मुख्य सड़क के वाहन भी इस शोर और ध्वनि प्रदूषण को बद से बदतर कर देने में कोई कोर-कसर नहीं छोड़ते हैं। बिजली के अकसर गुल होने और मौसम की बेरहम मार के बावजूद, वह 6-7 घंटे की अपनी पढ़ाई किसी-न-किसी तरह पूरी कर ही लेती थी। परिवार में घोर गरीबी और पिता के बीमार रहने के बावजूद वह अपनी पढ़ाई पर अपना पूरा ध्यान केंद्रित करती रही थी। घर के धार्मिक वातावरण ने उसके मन में यह विश्वास जमा दिया था कि ईश्वर उसकी सहायता करने के लिए हमेशा उसके साथ रहता है। किसी भी बड़ी परेशानी में वह मन-ही-मन ईश्वर से प्रार्थना कर लेती थी, और ऐसा होता भी था कि वह किसी-न-किसी को उसकी सहायता करने के लिए भेज भी देता था।

पूनम घोरे अपने माता-पिता और भाई के साथ

उसके पिता, गनपति घोरे, मजदूरी करते थे लेकिन कुछ साल पहले गुरदे खराब हो जाने के कारण वह अब काम पर जाने और पैसा कमाने में असमर्थ हो गए हैं। परिवार इतना गरीब है कि महँगे इलाज का खर्च उठा नहीं सकता है। गनपति की हालत को देखते हुए उसकी माँ, प्रमिला घोरे, घरों में झाड़ू-पोंछा और बरतन माँजने जैसे काम करने लगी थीं। बाद में आँगनवाड़ी में उन्हें एक सहायिका की नौकरी मिल गई और इस परिवार के पूरे भरण-पोषण की जिम्मेदारी अब उन्हीं के कंधों पर है। हर महीने केवल 4000 रुपए

पानेवाली उसकी माँ घर का खर्च कैसे चला पाती होगी, इसकी हम कल्पना ही कर सकते हैं।

सौभाग्य से, एक उदार और सहायक स्वभाव का व्यक्ति पूनम के जीवन में आ गया। बचपन से ही पूनम को पेंटिंग बनाने का शौक था। वह घर में अकसर पेंटिंग बनाया करती थी। एक बार उसके स्कूल में चित्रकला प्रतियोगिता हुई और उसमें जज थे वहाँ के डी.एस.पी. श्री ललित शाक्यवार। उन्होंने इस लड़की में छिपी हुई प्रतिभा को पहचान लिया। फिर प्रधानाचार्य और अध्यापिकाओं से मिलने के बाद वह पूनम के पिता से मिले। वह पूनम द्वारा बनाई गई पेंटिंग्स से बहुत प्रभावित हुए थे और उसको सहारा देने का मन बना चुके थे। तब से हर महीने वह रु. 1000 उसके खर्च के लिए देते रहे हैं। उसके पिता ने यह सब बताते हुए कहा, ''हमें तो लगता है कि भगवान् ही डी.एस.पी. साहब के रूप में हमारी मदद करने आए हैं।''

पूनम की पढ़ाई में आ रही दिक्कतों को देखते हुए उसके माता-पिता ने उसे सरकारी गर्ल्स होस्टल में भेजने का निर्णय लिया। बेतूल के एक्सीलेंट स्कूल में पढ़ने के दौरान 90 प्रतिशत अंक प्राप्त करके वह पूरी परीक्षा में सबसे अधिक अंक पानेवाली लड़की रही। प्रधानाचार्य उसे एक ऐसी संकोची, शर्मालु लेकिन पढ़ने में मेहनती लड़की के रूप में याद करते हैं जो कि एक गरीब परिवार से थी लेकिन जिसने उनके स्कूल का नाम रोशन किया था। उसकी टीचरों का कहना है कि पूनम कक्षा में नियमित रूप से आनेवाली और पूरे ध्यान से सुननेवाली लड़की थी। पूनम बेतूल की पूर्व जिलाधिकारी श्रीमती सुधा चौधरी से बहुत अधिक प्रभावित हुई है और इसलिए उसने बड़े होकर आई.ए.एस अधिकारी बनने का फैसला कर लिया है।

पूनम के सिर पर टॉपर होने का ताज सजने का समाचार लेकर जब 'दैनिक भास्कर' का रिपोर्टर जगदीश उस झोंपड़ी में पहुँचा था तो उसके पिता के पास न तो कुछ बोलने के लिए शब्द ही थे और न ही उस रिपोर्टर का मुँह मीठा कराने के लिए चीनी के चार दाने। जगदीश ने ही अपने फोटोग्राफर को भेजकर थोड़ी काजू की बर्फी लाने के लिए भेजा था ताकि उस झोंपड़ी में उस खुशी को मनाया जा सके।

बात तब की है जब पूनम ने 9वीं कक्षा में अपने स्कूल में टॉप किया था, तभी उसने ठान लिया था कि वह 10वीं के बोर्ड में भी टॉप करेगी। पैसों की तंगी के चलते वह अच्छी किताबें, कॉपियाँ और अच्छे कपड़े नहीं खरीद पाती थी। बचपन में भी कई बार ऐसा हुआ जब पूनम को खिलौनों से खेलने या फिल्में देखने की अपनी तमन्नाओं का गला घोंटना पड़ा। कई बार उसे अपने पड़ोसियों के व्यंग्य और सहेलियों के उपहास को पीना पड़ा है। लेकिन कोई भी न तो उसके हौसले को हिला सका और न ही उसकी दृढता को डिगा सका, क्योंकि उसके माता-पिता का स्नेहिल और नैतिक समर्थन हमेशा उसके साथ रहा।

इस अवसर पर पूनम को सम्मानित व पुरस्कृत करने में राज्य सरकार भी पीछे नहीं रही। मध्य प्रदेश बोर्ड की हायर सैकंडरी शिक्षा की 10वीं की परीक्षा में टॉप करने पर मुख्यमंत्री श्री शिवराज सिंह चौहान ने उसे रु. 2 लाख का चेक भेंट किया। स्कूली शिक्षामंत्री श्रीमती अर्चना चिटनिस, स्कूली शिक्षा के राज्यमंत्री और पूनम के पिता इस अवसर पर उपस्थित थे। पूनम को व उसके पिता को बधाई देते हुए मुख्यमंत्री श्री शिवराज सिंह चौहान ने कहा कि पूनम ने उदाहरण के योग्य प्रतिभा दिखाई है। उन्होंने यह भी कहा कि पूनम अपने परिवार का, राज्य का और राष्ट्र का यश व गौरव बढ़ाएगी।

पूनम घोरे की असाधारण उपलब्धि से प्रभावित होकर भोपाल के 'लाइफस्टाइल कॉलोनाइजर्स' के निदेशक ने उसे सहायता व प्रोत्साहन देने का निश्चय किया। उन्होंने होशंगाबाद में बन रहे अपने एक नए प्रोजेक्ट में दो बेडरूम वाला एक फ्लैट पूनम घोरे को उपहारस्वरूप भेंट किया है। यह अनूठी सद्‌भावना इस परिवार की एक बड़ी भारी आवश्यकता को पूरा करते हुए उसकी दूरगामी सहायता करेगी।

जब पूनम से उसकी भविष्य की योजनाओं के बारे में पूछा गया तो उसने झट से जवाब दिया कि वह आई.आई.टी. से इंजीनियरिंग करना और फिर आई.ए.एस. अधिकारी बनना चाहती है। सकारात्मकता के प्रति वह इतनी उन्मुख रहती है कि किसी भी दुखद या खेदजनक पल को वह अपनी स्मृति में पालकर नहीं रखती। यदि उसे अपने गत 10 वर्षों को जीने के लिए पुनः दिया जाए तो वह और भी अच्छा करके नवोदय विद्यालय प्रवेश परीक्षा को पास करना चाहेगी।

अन्य छात्रों के लिए संदेश के रूप में कुछ कहने पर वह सलाह देती है कि वे महँगी-महँगी और सुखकर आमोद-प्रमोद वाली चीजों की ललक न करें, जैसे—स्कूटी, लैपटॉप, टी.वी., मोबाइल और पढ़ाई में विषयों को रटने की बजाय उनके कॉन्सेप्ट को समझने की कोशिश करें। अपनी सफलता का श्रेय वह ईश्वर को, अपने माता-पिता को और अपने अध्यापकों को देती है।

(सफलता की यह गाथा मेजर प्रदीप खरे द्वारा कु. पूनम घोरे से लिये गए साक्षात्कार पर आधारित है।)

□

19

जरूरी नहीं है कि आई.आई.टी. में वही जा सकता हो जो ऊँचे अंक प्राप्त करनेवाला रहा है

''आपका संकल्प यदि अडिग है तो आप कुछ भी कर सकते हैं, महान् लोगों तथा तुच्छ लोगों के बीच यही सबसे बड़ा अंतर होता है।''

—थॉमस फुलर

उसने अपनी पढ़ाई-लिखाई राजस्थान के समोद और धौलपुर के सरकारी स्कूलों में की थी। ऐसे स्कूलों में जहाँ कि केवल एक अध्यापक होता था और वह भी कभी-कभार ही आया करता था। कई छात्र ऐसे थे जो कि ट्यूशन पढ़ा करते थे और पाठों को बस रट-रटाकर किसी तरह पास हो जाया करते थे। अपने उन दिनों को याद करते हुए राजीव बताते हैं, ''मैं ऐसा कभी नहीं कर पाता था। तब तक तो हम यह भी नहीं जानते थे कि इंजीनियरिंग कॉलेज नाम की भी कोई चीज हुआ करती है या यह कि सचमुच सीखना भी कोई चीज होती है। स्कूल का एक साल पूरा हो जाने के बाद हम लोग अपनी कॉपी-किताबें बेच दिया करते थे और उससे मिले पैसों से क्रिकेट की कुछ बॉल खरीद लिया करते थे। पढ़ाई-लिखाई से हमें जो कुछ मिलता था वह बस इतना ही था। इसलिए यह कोई आश्चर्य की बात नहीं है कि स्कूली पढ़ाई की अंतिम कक्षा की बोर्ड परीक्षा में मैं बहुत खराब अंक पा सका था—कुल 39 प्रतिशत—लेकिन फिर भी 60 छात्रों की कक्षा में मैं पाँचवें स्थान पर था! केमिस्ट्री में मुझे ग्रेस मार्क दिए गए थे। मेरी बोर्ड परीक्षाओं की सबसे हताशाजनक बात यह रही थी कि जो छात्र अध्यापकों को प्राइवेट ट्यूशन पढ़ने के पैसे देते थे, प्रैक्टिकल परीक्षा में उन पर बहुत मेहरबानी की गई थी।''

छात्र राजीव जब अपने अध्यापकों के चरण स्पर्श करने गया तो लोगों ने उसकी खिल्ली उड़ाई। इन बातों से पढ़ाई की तरफ से उसका मन हट गया और वह अपने पिता की फैक्टरी में उनका हाथ बँटाने लगा जो कि घाटे में चल रही थी। 1995 के ये वे हताशा और निराशा भरे दिन थे जिनसे राजीव खुद को घिरा हुआ पा रहा था। लेकिन क्या आप विश्वास कर सकते हैं कि वही राजीव आज 2012 में डेनमार्क के कोपेनहेगन में मैर्स्क नामक एक ड्रिलिंग कंपनी में सहायक महाप्रबंधक के पद पर आसीन हैं! यही नहीं, उन्होंने यूरोप के एक विश्वविद्यालय से डॉक्टरेट की डिग्री भी प्राप्त कर ली है।

राजीव डंडोतिया

12वीं कक्षा में प्राप्त हुए कम अंकों ने राजस्थान के किसी भी इंजीनियरिंग कॉलेज में प्रवेश पाने के दरवाजे उनके लिए बंद कर दिए थे। तब उन्होंने यह तलाशना शुरू किया कि क्या किसी और कोर्स में उन्हें प्रवेश मिल सकता है, लेकिन जल्दी ही यह हकीकत उनके सामने आ गई कि बोर्ड की परीक्षा में प्राप्त कम अंक उन्हें उन सभी के लिए भी अयोग्य सिद्ध कर रहे थे। जब उन्होंने पी.ई.टी. राजस्थान की तैयारी के लिए कोचिंग कक्षाओं में जाना चाहा तब वहाँ भी उन्हें इसी कारण से निराश ही लौटना पड़ा। उस दिन घोर निराश और दु:खी होकर उन्होंने बुक सेलर से पूछा कि क्या कोई ऐसी प्रवेश परीक्षा भी है जिसमें कि उनकी बोर्ड परीक्षा के अंक आड़े न आते हों। न जाने किस सनक में उस बुक सेलर ने कह दिया, ''आई.आई.टी. की तैयारी करो।'' और उसकी तैयारी के लिए कुछ किताबें भी बता दीं।

राजीव ने स्कूल में अंग्रेजी कभी ढंग से नहीं पढ़ी थी, लेकिन आई.आई.टी. की तैयारी करानेवाली सारी किताबें अंग्रेजी में थीं। इसलिए उन्होंने एक डिक्शनरी खरीदी और अंग्रेजी सीखनी शुरू की। अपने सामने खड़ी चुनौतियों का जिक्र करते हुए राजीव बताते हैं, ''यह बात मेरी समझ में तब पहली बार आई थी कि कॉन्सेप्शन को समझने का मतलब क्या होता है और यह कि प्रथम सिद्धांत का प्रयोग करते हुए किसी सवाल को हल कैसे किया जाता है। मुझे यह देखकर अच्छा लगा कि अपने स्कूली दिनों में मैंने कुछ भी रटा नहीं था और इसीलिए मेरा दिमाग प्रदूषित नहीं था, वह किसी खाली पन्ने की तरह कोरा था। किसी-किसी सवाल को हल करने में पूरा दिन लग जाता था, लेकिन उसके लिए पीछे दिए हुए हल में झाँकने की बजाय उसे खुद ही हल करने में पूरा दिन लगा देना मुझे अच्छा लगता था।'' उन्होंने ब्रिलियंट ट्यूटोरियल्स की कुछ पुरानी सामग्री से भी सीखने में मदद ली।

2000 में उन्होंने आई.आई.टी.-जे.ई.ई. की स्क्रीनिंग पार कर ली थी, लेकिन उनका रैंक काफी नीचे था। लोग उनका मजाक उड़ाते हुए कहा करते थे कि जो बंदा

बोर्ड की परीक्षा मुश्किल से पास कर पाया हो, वह आई.आई.टी. में जाने की सोच भी कैसे सकता है! उनका भाई गंभीर रूप से बीमार हो गया था और उनकी माँ को उसके बिस्तर के पास ही रहना पड़ता था। आई.आई.टी.-जे.ई.ई. की तैयारी करने के साथ-साथ राजीव को अपने पिता के काम में भी हाथ बँटाना पड़ता था और घर के काम भी देखने-करने पड़ते थे, जैसे—खाना बनाना, सफाई करना इत्यादि। राजीव कहते हैं, ‘‘यह बाद में पता चला चला कि उन दिनों की सीखी हुई पाक-कला मेरे लिए तब बहुत मददगार रही जब मैं अपनी पढ़ाई करने के लिए यूरोप में रह रहा था।’’

2001 में राजीव जे.ई.ई. में पुनः बैठे, लेकिन दुर्भाग्यवश एक प्रश्न को गलत तरह से पढ़ लेने के कारण उन्हें काफी अंक गँवाने पड़े और 3453वीं रैंक पर रह जाने की वजह से वह आई.आई.टी. में स्थान नहीं पा सके। लेकिन अब तक वह यह जान गए थे कि वह जे.ई.ई. में बहुत बेहतर रैंक पा सकते हैं। उनके भाई ने भी उन्हें पुनः प्रयास करने के लिए प्रोत्साहित किया। फिर कैसे क्या हुआ, यह बताते हुए राजीव ने कहा, ‘‘2002 में मैं आखिरी बार जे.ई.ई. में बैठा और इस बार मेरा रैंक 1758 रहा। उस साल की मुंबई में हुई काउंसलिंग अभी भी मुझे याद है। मैं अपने बोर्ड परीक्षा के अंकों को छुपाने की भरपूर कोशिश कर रहा था—इस डर से कि उनके कारण कहीं मैं बाहर न कर दिया जाऊँ। फिर भी मेरे काउंसलर की नजर उन पर पड़ ही गई—और आई.आई.टी. में प्रवेश पाने का मेरा विश्वास डगमगाता सा लगने लगा। लेकिन अपने साथियों से कुछ विचार-विमर्श करने के बाद उसने मेरे प्रवेश को हरी झंडी दिखा ही दी—मुझे आई.आई.टी. कानपुर में इंडस्ट्रियल इंजीनियरिंग एंड मैनेजमेंट के पाँच वर्षीय ड्युअल डिग्री प्रोग्राम में प्रवेश मिल गया था।

आई.आई.टी. में किए गए अपने अनुभवों को याद करते हुए राजीव ने बताया, ‘‘लेकिन जल्दी ही मुझे पता चल गया कि बोर्ड परीक्षा में प्राप्त मेरे कम अंकों का जिन्न मेरा पीछा नहीं छोड़ रहा है। आई.आई.टी. के अपने तीसरे साल में में मैंने भारत की एक विख्यात कंपनी में जॉब का विज्ञापन देखा, लेकिन उन्होंने बोर्ड परीक्षा में प्राप्त अंकों की न्यूनतम सीमा 60 प्रतिशत रखी हुई थी। मुझे लगा कि इस तरह तो मैं कभी भी कोई जॉब पा ही नहीं सकूँगा। मैंने तब यह भी निर्णय लिया कि मैं सही मायने में एक इंजीनियर बनूँगा, न कि किसी आई.टी. जॉब जैसा कोई उबाऊ काम करता रहूँगा। और तब मेरे आई.आई.टी. सहपाठियों अनीश और चिंतन द्वारा उत्प्रेरित व उत्साहित किए जाने पर मैंने आवेदन किया और आई.आई.टी. मुंबई तथा आर.डी.एस.ओ. (भारतीय रेलवे) में इंटर्नशिप प्राप्त की। आर.डी.एस.ओ. का मेरा प्रोजेक्ट ही मेरे बी.टेक. व एम.टेक. के प्रोजेक्टों का आधार बना जिसके लिए आई.आई.टी. खड़गपुर द्वारा मुझे सर्वोत्तम प्रोजेक्ट का पुरस्कार प्रदान किया गया।’’

आई.आई.टी. करने के बाद के दिनों के बारे में उन्होंने बताया, ''हालाँकि आई.आई.टी. से ग्रेजुएशन कर चुकने के बाद भी बोर्ड परीक्षा में प्राप्त अपने कम अंकों के कारण मैं कोई जॉब पाने की उम्मीद नहीं कर रहा था, लेकिन जब पुणे की कंपनी फोर्स मोटर्स की तरफ से मुझे जॉब का प्रस्ताव आया तो मैं आश्चर्यचकित हुए बिना न रह सका। वहाँ आए 600 प्रत्याशियों में से मेरा चयन कर लिया गया, और उनकी तरफ से मेरा एक अतिरिक्त और विशेष साक्षात्कार अलग से लिया गया जिसमें उन्होंने मुझे सीधे ही मैनेजमेंट कैडर में ले लिया। फिर भी मुझे ऐसा लगा कि मैं अपने जीवन में अपनी उपलब्धियों को और भी बढ़ा सकता हूँ और इसलिए मैंने स्वीडन की लूलिया यूनिवर्सिटी से पी-एच.डी. करने का निश्चय किया जो कि अमेरिका और यूरोप की उन चार यूनिवर्सिटियों में से एक थी जिन्होंने मुझे स्कॉलरशिप देने का प्रस्ताव किया था। वहाँ मैंने केवल साढ़े तीन साल में अपनी पी-एच.डी. पूरी कर ली थी। वहाँ मैंने 'मेंटीनेंस डिसीजन मेकिंग' की एक उलझन भरी समस्या का एक समाधान भी ढूँढ़ निकाला था—और इस समाधान से स्वीडन के खनन उद्योग को लागत मूल्य में काफी बचत करने में मदद मिली है। इसके लिए मुझे मेंटीनेंस मैनेजमेंट की ओर से सम्मानित व पुरस्कृत किया गया। अपने इंजीनियरिंग-ज्ञान का प्रयोग करते हुए समस्याओं का व्यावहारिक समाधान ढूँढ़ निकालने में मुझे बहुत खुशी होती है।''

लेकिन राजीव अभी भी अपने गाँव की जड़ों से जुड़े हुए हैं। गर्व के साथ वह बताते हैं, ''हर साल मैं अपने गाँव में और अपने पुराने स्कूल में जाता हूँ और वहाँ के छात्रों से मिलता हूँ। उनके लिए मेरा संदेश यही रहता है कि तुम कुछ भी कर सकते हो। आवश्यकता है केवल अपने आप पर विश्वास रखने की और अपनी पूरी क्षमता के साथ उस पार पहुँचने तक लगन से डटे रहने की। याद रखो—जब हम विचलित नहीं होते हैं, तब हम मजबूत होते हैं।''

□

20

अखबार बेचनेवाले के लिए खुले आई.आई.एम. के द्वार

''इससे पहले कि आप कोई भी सम्माननीय उपलब्धि हासिल करें, आपको ऐसे बहुत सारे छोटे-छोटे प्रयासों की आहुति देनी पड़ती है जो न तो किसी की नजर में आते हैं और न ही जिनके लिए कोई आपकी पीठ ही थपथपाता है।''

—ब्रायन ट्रेसी

जैसे ही सुबह 4 बजे का अलार्म बजता है, एन. शिव कुमार बिस्तर छोड़ देते हैं और अपनी साइकिल पर अखबारों का गट्ठर लेकर निकल पड़ते हैं। सूरज निकलने से पहले ही वे अखबार उन्हें घरों तक पहुँचाने होते हैं। लेकिन 11वीं कक्षा से चली आ रही उनकी यह दैनिकचर्या अब पूरी तरह बदलनेवाली है, क्योंकि 16 जून, 2013 से अखबार बेचनेवाला यह लड़का इंडियन इंस्टीट्यूट ऑफ मैनेजमेंट (आई.आई.एम.) कोलकाता में पी.जी.पी. छात्र के रूप में पढ़ता नजर आएगा।

एन. शिव कुमार

सुनने में तो यह एक परी-कथा सी लगती है, लेकिन अखबार बेचनेवाला यह लड़का 2012 की कैट (सी.ए.टी.) परीक्षा में सफल होकर इस प्रतिष्ठित बिजनेस स्कूल में अपनी सीट पक्की करने में भी सफल रहा है। 23 वर्षीय और बनासवाड़ी का रहनेवाला यह इंजीनियरिंग का छात्र शिव कुमार एक निपट निरक्षर माँ और एक ट्रक ड्राइवर पिता

का सुपुत्र है। शिवा ने घर-घर अखबार डालने का काम शुरू किया था जिससे वह रु. 150 कमाकर लाता था जो कि चार जनों वाले और कर्ज में डूबे उसके परिवार को राहत देने के लिए एक बड़ी रकम थी।

शिवा बताते हैं, ''हर सुबह लोग मेरे पिताजी से अपनी रकम वसूलने के लिए हमारे दरवाजे पर आ खड़े होते थे। मेरे पिताजी ट्रक चालक थे। उनकी जिम्मेदारियाँ उनकी आमदनी से अधिक रहा करती थीं। जब मैं तीसरी या चौथी कक्षा में था तब सड़क किनारे खड़े होकर मैं मालाएँ बेचा करता था जिन्हें मेरी माँ फूलों को गूँथकर बनाया करती थीं। अखबार बाँटनेवाला काम तो मुझे बाद में मिला।''

स्कूल जाने के साथ-साथ शिव कुमार ने पार्ट टाइम काम भी पकड़ लिया था। इस बारे में उन्होंने विस्तार से बताया, ''मैं आई.सी.एस.सी. स्कूल में पढ़ता था। 11वीं कक्षा में एक दिन मुझसे कह दिया गया कि जब तक मैं अपनी फीस न भर दूँ तब तक स्कूल न आऊँ। अगले दिन, जिन ग्राहकों के घर मैं अखबार डाला करता था उनमें सबसे पहले ग्राहक कृष्ण वेदव्यासजी से मैंने बात की और मदद करने का आग्रह किया। वह संकोच में पड़कर बोले कि वह तो मुझे अच्छी तरह जानते तक नहीं हैं। मैंने उनसे कहा कि वह तनिक मेरा पढ़ाई का रिकॉर्ड देख तो लें और उन्होंने देखा कि मैं तो उसमें टॉपर हूँ। मैंने उनसे केवल एक तिमाही की फीस भरने को कहा था लेकिन उन्होंने तो पूरे साल की ही फीस भर दी थी। तब से वह लगातार मेरी मदद करते आ रहे हैं।''

जब शिवा 10वीं कक्षा में थे तब उन्हें अखबार विक्रेता बनने का अवसर दिखाई दिया और उन्होंने अपनी ही एजेंसी ले ली। उन्होंने बताया, ''तब तक मैं इस काम की तरकीबें सीख गया था। मेरे अखबार विक्रेता के पास बेचने के लिए 50 प्रतियाँ अतिरिक्त हुआ करती थीं और मैं वे सारी की सारी ले लिया करता था। मेरे ग्राहक 50 से बढ़कर अब 500 हो गए हैं।'' अपनी मार्केटिंग के बारे में बताते हुए वह कहते हैं, ''स्कूल के बाद मैं अपनी साइकिल पर निकल पड़ता था आस-पास बने नए मकानों की ओर और नए-नए आकर रहनेवालों की पहचान कर लिया करता था। मैं उनसे मिलता था और उन्हें आश्वासन देता था कि उनका अखबार उन्हें सुबह 6 बजे से पहले मिल जाया करेगा। मैं हर महीने अपना एक लक्ष्य निश्चित कर लिया करता था।'' शिवा अपने रखे हुए चार लड़कों के साथ अभी तक अखबार बाँटते रहे हैं।

वह कहते हैं, ''यह काम बड़ा मुश्किल था। रोजाना मुझे सुबह 4 बजे बिस्तर छोड़ देना पड़ता था, अखबार बाँटने पड़ते थे और फिर समय से स्कूल पहुँचना पड़ता था। सही समय पर स्कूल पहुँचने के लिए मुझे कई बार नाश्ता छोड़ना पड़ता था लेकिन फिर भी स्कूल पहुँचने में मुझे अकसर देर हो जाया करती थी। कॉलेज में तो मैं पिछली सीट पर बैठना पसंद करता था ताकि मैं थोड़ी झपकी ले सकूँ।''

एक ऐसे महत्त्वाकांक्षी के आवेदन को आई.आई.एम. भला कैसे रद्द कर सकता था। शिवा ने बताया, ''जब मेरा परिवार पैसों के अभाव से उबर आएगा तब मैं एक चैरिटेबल संस्था शुरू करना चाहता हूँ—'एजूकेट इंडिया'—जिसके जरिए मैं उन लोगों की शिक्षा पूरी कराना चाहता हूँ जो पैसों की कमी के कारण पढ़ नहीं पा रहे हैं। मैं भी तो शिक्षा इसलिए पा सका क्योंकि किसी ने मेरी मदद की थी। अब मेरी बारी है, मैं कम-से-कम दस जनों की मदद करना चाहता हूँ।'' अपनी आई.आई.एम. की पढ़ाई पूरी करने के लिए शिवा बैंक से शिक्षा-ऋण ले रहे हैं।

आई.आई.एम.-सी. में वित्त में विशेषज्ञता पाने के लिए वह 'घोर परिश्रम' करने की योजना बनाने में लगे हुए हैं। पढ़ाई में परिश्रम करने का यह जबरदस्त रुझान उनके पढ़ानेवालों पर अपनी छाप छोड़ चुका है। आई.आई.एम.-सी. के चेयरमैन सुबीर भट्टाचार्य का कहना है, ''हम इस लड़के से सचमुच बहुत प्रभावित हैं। निश्चय ही, औरों के लिए यह लड़का एक मिसाल बनेगा और उसे पढ़ाने के लिए हम उत्सुकता से उसकी प्रतीक्षा कर रहे हैं।''

□

21

रिक्शावाले का बेटा बना आई.ए.एस.

> *"सबसे अधिक आवश्यक है लगन का होना—एक ऐसे दृढ़ संकल्प का होना जो कि प्रगति के पथ पर आनेवाली अवश्यंभावी हताशा और उत्साहभंग से आपकी ऊर्जा या उत्साह को किंचित् भी कम न होने दे।"*
>
> —जेम्स व्हिटकॉम्ब रिले

गोविंद के पिता नारायण जायसवाल वाराणसी में रिक्शा चलाते हैं। गोविंद ने 2006 में आई.ए.एस. की परीक्षा पास की है, और इस तरह शिक्षा के जरिए सबल व समर्थ होने का उदाहरण प्रस्तुत किया है। उनके पिता अपनी आँखों में एक सपना सँजोए हुए 30 वर्षों से हाड़तोड़ मेहनत करने में जुटे रहे हैं। गोविंद ने जब प्रशासनिक सेवा में अपने चुन लिये जाने का समाचार सुना तो उनकी आँखों से खुशी के आँसू कुछ इस तरह बह निकले कि वे रुकने का नाम नहीं ले रहे थे। उनके रुकने में

गोविंद जायसवाल

काफी समय लगा और तब कहीं जाकर वह उस फोन कॉल को कर पाए जिस पर सारे परिवार की आशाएँ टिकी हुई थीं।

वह यह व्यंग्य-बाण सुनते हुए बड़े हुए थे कि तुम कितना भी पढ़-वढ़ लो, बनोगे तो तुम रिक्शा खींचनेवाले ही। अपने घर के आस-पास लगी खटखटाती प्रिंटिंग मशीनों और धड़धड़ाते जनरेटरों के शोर से बचने के लिए वह अपने कानों में रूई ठूँसकर पढ़ाई किया करते थे। पिता द्वारा उनके लिए हर महीने मुश्किल से भेजी जानेवाली छोटी सी राशि पूरी न पड़ने के कारण वह गणित की ट्यूशन पढ़ाने लगे थे। वह केवल एक ही सपना लेकर जी रहे थे—भारतीय प्रशासनिक सेवा में अधिकारी बनना। जब यह समाचार उन्होंने अपने परिजनों को सुनाया कि इस परीक्षा में अपने पहले ही प्रयास में वह न केवल सफल हुए हैं बल्कि 474 सफल अभ्यर्थियों में से उन्होंने 48वाँ स्थान प्राप्त किया है तो उनके पिता और तीनों बहनों की आँखों से खुशी के आँसुओं का जैसे झरना ही फूट पड़ा था।

गोविंद ने बताया, ''आप यह बात समझिए कि मेरे हालात ऐसे थे कि प्रशासनिक सेवाओं में जाने के अलावा मेरे पास और कोई विकल्प था ही नहीं। इससे नीचे की सरकारी नौकरियों में जगह पाना संभव नहीं था क्योंकि उनकी तो पहले ही 'फिक्सिंग' हो चुकी होती है, और न ही मैं कोई व्यापार शुरू कर सकता था क्योंकि मेरे पास कोई पैसा नहीं था। मेरे पास एक ही रास्ता था कि मैं अपनी पढ़ाई में कड़ी से कड़ी मेहनत करूँ और प्रशासनिक सेवा में चुन लिया जाऊँ।''

जिस एक कमरे में उनका परिवार रहा करता था, उसमें पढ़ पाना लगभग असंभव था, एक तो करेला नीम ऊपर से चढ़ा वाली कहावत तब चरितार्थ हो जाया करती थी जब रोजाना 10 से 14 घंटों तक बिजली चली जाती थी। इसलिए पढ़ाई करने के लिए शांत स्थान हेतु वह बनारस हिंदू विश्वविद्यालय में अपने एक मित्र के कमरे में कुछ समय के लिए शरण ले लिया करते करते थे। लेकिन चूँकि यह भी कारगर न हुआ इसलिए उन्होंने भी वही किया जो उत्तर भारत के लोक सेवाओं में जाने के अभिलाषी विद्यार्थी किया करते हैं—वह दिल्ली चले गए।

दस साल से एक सरकारी राशन की दुकान पर सामान तोलने का काम करना ही उनके पिता नारायण की आजीविका का साधन रहा था। एक दिन वह दुकान भी बंद हो गई तो उन्होंने एक रिक्शा खरीदा और उसे किराए पर चलाने लगे। फिर तीन रिक्शे और ले लिये और एक समय ऐसा भी आया जब इस तरह बढ़ते-बढ़ते उनके पास 36 रिक्शे हो गए। आर्थिक सुरक्षा और प्रचुरता के इस दौर में नारायण ने जमीन के छोटे-छोटे तीन प्लॉट खरीद लिये। लेकिन फिर जल्दी ही इस परिवार पर बुरे दिनों का कहर टूट पड़ा। गोविंद उन दिनों स्कूल में ही था, जब उसकी माँ का देहांत हो गया। अगले दस साल भी परिवार पर भारी रहे। लेकिन अपनी अपर्याप्त आय के बावजूद इस निरक्षर

और लगभग बहरे रिक्शा खींचनेवाले नारायण ने अपने बच्चों को पढ़ाना जारी रखा। लड़कियों को ग्रेजुएट कराकर ही उनकी शादी की। उन तीन प्लॉटों में से दो प्लॉट तो नारायण ने लड़कियों की शादी में बेच दिए थे और तीसरा प्लॉट उसने गोविंद का सपना साकार करने के लिए बेच दिया।

दिल्ली जाकर सिविल सर्विसेज की तैयारी करने और बचपन से ही आई.ए.एस. बनने के उसके सपने को साकार करने के लिए नारायण ने बेटे को 40,000 रुपए सौंप दिए थे। अगले तीन वर्षों तक हर महीने वह उसे ढाई-तीन हजार रुपए भेजते रहे जिन्हें भेजने के चक्कर में कभी-कभी वह अपने पैर के उस सेप्टिक घाव का इलाज कराना भी छोड़ देते थे जो कि आज भी उन्हें तंग करता रहता है। गोविंद कहते हैं कि अपने पिता का अच्छा सा इलाज कराना उनकी पहली प्राथमिकता है। उनके अनुसार, ''मैं उनकी सेवा करना चाहता हूँ। मैं नहीं कह सकता कि वह वाराणसी को छोड़ पाएँगे या नहीं लेकिन यह तो पक्का है कि मैं उन्हें किराए के उस मकान से तो कहीं और ले ही जाऊँगा जिसमें वह 35 साल से रह रहे हैं।''

इस साल के बाद उनके पिता उन्हें कोई भी पैसा भेज पाने की हालत में नहीं थे। पैसा भेजना उनके लिए बड़ा कठिन होता जा रहा था। गोविंद की सबसे बड़ी बहन निर्मला बताती हैं, ''अगर गोविंद इस साल आई.ए.एस. नहीं बन पाता तो पता नहीं पिताजी क्या करते? आई.ए.एस. का परिणाम आने से पहले 10 दिन से पिताजी सो नहीं पाए थे।''

गंगा के तट पर बसी वाराणसी की पवित्र नगरी में अपना जीवन बिताने के कारण गोविंद ने उत्तर प्रदेश राज्य को अपनी नियुक्ति हेतु अपनी पहली पसंद के रूप में चुना है। यदि उन्हें उत्तर प्रदेश नहीं मिला तो फिर वह किसी भी राज्य में भेजे जाने के लिए तैयार हैं। उनका कहना है, ''वाराणसी को एक चुस्त-दुरुस्त प्रशासन की आवश्यकता है। हम ही परिवर्तन का माध्यम हैं। एक प्रशासक के रूप में मैं जनसाधारण के कल्याण पर ध्यान दूँगा, उसे सुरक्षा दूँगा।''

गोविंद के आदर्श हैं पूर्व राष्ट्रपति ए.पी.जे. अब्दुल कलाम। वह उनकी सर्वाधिक विक्रीत पुस्तक 'विंग्स ऑफ फायर' का हिंदी अनुवाद पढ़ा करते हैं। एक ऐसे समय में जब कि भारत की नौकरशाही जवाबदेही के अभाव, भ्रष्टाचार और कुशासन से छलनी हो गई है, जर्जर हो गई है, ऐसे में गोविंद के विचारों में युवा आदर्शों की प्रबल लौ प्रदीप्त हो रही है। वह जोर देकर कहते हैं कि आनेवाला समय उनकी इस लौ की प्रबलता को बुझा नहीं सकेगा, और समाज में यही उनकी पहचान होगी।

गोविंद 20 दिसंबर, 2013 को दिल्ली सरकार के अंतर्गत विक्रय कर विभाग के अतिरिक्त आयुक्त के रूप में कार्यभार ग्रहण कर चुके हैं।

□

22

मामूली स्तर से एक प्रतिष्ठित स्कूल के प्राचार्य पद तक पहुँचना

"किसी सफल व्यक्ति की अपेक्षा असफल व्यक्ति में अंतर उसमें सामर्थ्य की कमी का होना या ज्ञान का अभाव होना नहीं होता, बल्कि संकल्प शक्ति का न होना होता है।"

—विंसे लंबार्डी

अत्यंत लोकप्रिय टी.वी. सीरियल 'कौन बनेगा करोड़पति' की हॉट सीट पर बैठना न जाने कितने सारे लोगों का सपना है। चूँकि अधिकांश लोगों में आत्मविश्वास का अभाव रहता है इसलिए वे के.बी.सी. में एक प्रतियोगी के रूप में अपना नाम तक दर्ज करा पाते हैं। वह 26 अक्तूबर, 2013 का कार्यक्रम था जिसमें मैंने सुरेंद्रकुमार शर्मा को हॉट सीट पर अपने रोल-मॉडल और महानायक अमिताभ बच्चन के सामने बैठे देखा था।

प्रसिद्ध अभिनेता अमिताभ बच्चन के साथ 'कौन बनेगा करोड़पति' के मंच पर

सुरेंद्रकुमार की सादगी, आत्मविश्वास और उत्साह ने मुझे बहुत प्रभावित किया। साफ दीख रहा था कि वह अपनी ही कर्मठता से अपने पैरों पर

खड़े होनेवाले व्यक्ति हैं। वह उत्तराखंड के काशीपुर में अंग्रेजी माध्यम वाले 'यूनिवर्सल एकेडमी' नामक एक ऐसे स्कूल के प्राचार्य पद पर आसीन हैं जिस पर बैठने के लिए लोग लालायित रहते हैं क्योंकि यह स्कूल दिल्ली आधारित एक संगठन के प्रबंधन के अंतर्गत चलनेवाली स्कूल श्रृंखला में से एक है।

सुरेंद्रकुमार शर्मा से संपर्क साधने में मुझे कुछ समय लगा, लेकिन उनसे मिलने के बाद मुझे लगा कि उनकी सफलता की गाथा बहुत से अन्य लोगों के लिए प्रेरणा का स्रोत बन सकती है। उनका जन्म बिजनौर जिले (उ.प्र.) के नूरपुर के सदनपुर में एक छोटे से किसान परिवार में 1971 में हुआ था। वह गाँव इतना पिछड़ा हुआ था कि वहाँ कोई स्कूल ही नहीं था। सुरेंद्र की पढ़ाई की शुरुआत एक मदरसे से हुई जहाँ उन्होंने हिंदी का 'क ख ग' सीखा। उसके बाद 10वीं तक की पढ़ाई उन्होंने नूरपुर के सरकारी स्कूल में की और निकटवर्ती चाँदपुर के फीना गाँव से 12वीं पास की। सुरेंद्र इंजीनियर बनना चाहते थे लेकिन उनके पिता ने अपनी आर्थिक दशा को स्पष्ट करते हुए उन्हें बता दिया अब वे आगे उनकी पढ़ाई का खर्च उठाने में असमर्थ हैं। कुछ लोग सुरेंद्र की खिल्ली उड़ाते थे और कुछ उनकी महत्त्वाकांक्षा की भी।

पढ़ाई में अच्छा होने के कारण उन्होंने ट्यूशन पढ़ाने शुरू कर दिए। उन्होंने एक छोटा सा टी-स्टाल भी खोला था लेकिन अनुभव न होने के कारण उन्हें उसमें नुकसान उठाना पड़ा और फिर बंद भी कर देना पड़ा। कुछ करने, कुछ बनने की उनकी लगन इतनी प्रबल थी कि उन्होंने दुकान-दुकान जाकर बिस्किट व नमकीन आदि भी बेचे। बिना कभी निराश हुए उन्होंने बीमा क्षेत्र में भी अपने हाथ आजमाए। प्राइवेट छात्र की तरह बी.ए. कर लेने के बाद उन्होंने एम.एम.ए. (अर्थशास्त्र) किया और फिर बी.एड. भी किया। कविताओं और शेरो-शायरी में अपनी रुचि के चलते वह अपने मित्रों में हर-दिल-अजीज रहे।

सुरेंद्र ने काशीपुर में ही एक टीचर के रूप में नौकरी कर ली। स्वामी विवेकानंद की पुस्तकें पढ़ते-पढ़ते उन्होंने उनके दर्शन को अपने जीवन में भी उतारना आरंभ कर दिया। कर्मठता और निष्ठा के साथ-साथ कुछ नया जानने-सीखने की उनकी उत्कट इच्छा ने शीघ्र ही इसका पुरस्कार भी उन्हें दिला दिया। सुरेंद्र अंग्रेजी माध्यम के एक स्कूल के प्राचार्य बन गए। आत्मविश्वास से छलकते हुए उन्होंने बताया, "अपने हिंदी माध्यम को मैंने कभी अपनी कमजोरी नहीं बनने दिया।" वह अंग्रेजी में कविताएँ भी लिखते हैं और अपने स्कूल के अंग्रेजी अध्यापकों से उनमें सुधार करने के लिए कहने में बिल्कुल संकोच नहीं करते हैं। बालाजी के भक्त होने के कारण सुरेंद्रकुमार बच्चों के या अध्यापकों के मन में डर बैठाने में कतई विश्वास नहीं रखते हैं। ऐसे में वह अनुशासन कैसे रख पाते हैं, यह पूछे जाने पर वह कहते हैं, "मैं अध्यापकों की आलोचना नहीं

अपने दफ्तर में

करता हूँ, न ही उनमें मीन-मेख निकालता रहता हूँ, बल्कि मैं उन्हें एक अच्छा उदाहरण बनने के लिए प्रेरित करता रहता हूँ।''

के.बी.सी. टी.वी. शो में हिस्सा लेने के लिए सुरेंद्र पिछले पाँच वर्षों से कोशिश करते रहे हैं लेकिन हर बार वह केवल दूसरे स्तर तक ही पहुँच पाए। 2013 में उन्हें चंडीगढ़ बुलाया गया था। वहाँ प्रतियोगियों के सामान्य ज्ञान को परखने के लिए उन्हें एक प्रश्नावली दी गई। उसमें सफल हो जाने पर उन्हें मुंबई बुलाया गया। तब की याद में खोते हुए वह बताते हैं, ''हालाँकि ठहरने का प्रबंध एक बढ़िया होटल में किया गया था लेकिन मैं सारी रात सो नहीं पाया था क्योंकि मन तो अगले दिन अमिताभजी से मिलने की लालसा में बल्लियों उछल रहा था। शूटिंग यशराज स्टूडियो में हुई थी। 'फास्टेस्ट फिंगर फर्स्ट' में कामयाब होने के बाद जब मुझे हॉट सीट पर आने के लिए बुलाया गया तब वहाँ जाकर मैंने अमिताभजी के पैर छुए और उन्होंने बड़े प्यार से मुझे गले से लगाया। मैं सात प्रश्नों के उत्तर ठीक-ठीक दे चुका था और रु. 3,20,000 जीत चुका था। लेकिन आठवें प्रश्न का उत्तर मैं नहीं जानता था जो कि रु. 6,40,000 का था। मेरी तीन लाइफ-लाइन अभी बाकी थीं। मैंने ऑडियंस पोल कराने का विकल्प चुना। यह मेरा दुर्भाग्य ही रहा कि ऑडियंस पोल वाला उत्तर गलत था। मैंने भी पुनर्विचार

नहीं किया और उसी उत्तर को लॉक करा दिया और इस तरह आधारिक राशि 40,000 लेकर ही मुझे हॉट सीट छोड़नी पड़ी।'' के.बी.सी. में भाग लेनेवालों को वह आगाह करते हैं कि तैयारी बहुत अच्छी तरह करें, प्रश्न को सावधानी से सुनें और जल्दबाजी में कोई निर्णय न लें।''

सुरेंद्रकुमार बताते हैं, ''इस यूनिवर्सल एकेडमी स्कूल को मैं इस शहर के स्कूलों में सर्वोच्च स्थान पर पहुँचा देना चाहता हूँ और फिर किसी बड़े शहर के प्रतिष्ठित सी.बी.एस.सी. स्कूल में प्राचार्य बनना चाहता हूँ। जीवन के अपने सबसे सुखद पल के बारे में पूछे जाने पर वह कहते हैं, ''हॉट सीट पर बैठना और बिग बी से रूबरू होना।'' उभरते अध्यापकों के लिए कोई संदेश देने पर उन्होंने कहा, ''आत्मविश्वास, निष्ठा और समर्पण—ये सफलता के लिए आवश्यक गुण होते हैं।''

(सफलता की यह गाथा मेजर प्रदीप खरे द्वारा सुरेंद्रकुमार शर्मा से लिये गए साक्षात्कार पर आधारित है।)

□

23

मैकेनिक की बेटी बनी गोल्डन गर्ल

"जब भी कभी आप किसी महान् व्यक्ति से मिलेंगे तो उसकी महानता के पीछे आप एक महान् माँ या एक महान् पत्नी को खड़ा पाएँगे—या वे ऐसा कहते मिलेंगे। यह जानना भी दिलचस्प होगा कि कितनी महान् महिलाओं के पीछे उनके महान् पिता या महान् पति खड़े रहे हैं।"

—डोरोथी एल. सेयर्स

आजकल की निरंतर बढ़ती हुई टेक्नोलॉजी और सामाजिक उठान के दिनों में इस बात पर विश्वास करना कठिन है कि कोई लड़की खाली समय में केवल बहुत थोड़े से टी.वी. कार्यक्रम देखती हो, मोबाइल का प्रयोग न के बराबर करती हो, फेसबुक से दूर रहती हो, बहुत सामाजिक न हो और कॉलेज में सौ प्रतिशत उपस्थिति बनाए रखती हो। इस तरह की एक लड़की आणंद (गुजरात) के एक ऐसे कार मेकैनिक की बेटी है, जिसकी आय मुश्किल से रु. 4000 महीना है। उसने एक नहीं बल्कि 15 सोने के मेडल प्राप्त करने का रिकॉर्ड बनाया है जो कि जनवरी 2014 में आणंद कृषि विश्वविद्यालय के दसवें दीक्षांत समारोह में उसे प्रदान किए गए। इन मेडलों में शामिल थे—उपकुलपति द्वारा प्रदत्त सर्वोत्तम छात्र वाला मेडल, हर सेमेस्टर के लिए विषय-अनुसार टॉपर रहने के मेडल, और सेमेस्टर-अनुसार टॉपर रहने के मेडल।

अपने मेडलों को दिखाती सिलविया अपने परिवार के साथ

आणंद के एस.एम.सी. कॉलेज ऑफ डेयरी साइंस की स्वर्ण पदक प्राप्त कु. सिलविया सेक्वीरिया का परिचय आपसे कराते हुए मुझे प्रसन्नता हो रही है। उनके पिता जेरोम सेक्वीरिया मंगलौर के हैं और आणंद में रहते हुए कार मेकैनिक का काम करते हैं। वह स्वयं तो केवल दसवीं पास हैं लेकिन अपनी बेटी को ऊँची से ऊँची डिग्री दिलाने की बड़ी कामना रखते हैं। वह सादा जीवन और उच्च विचार में यकीन रखते हैं।

किसी तरह जेरोम का फोन नंबर हासिल कर लेने के बाद, सफलता की इस गाथा की विस्तृत जानकारी प्राप्त करने के लिए मैंने रविवार को सुबह दो बार उनका नंबर मिलाया, लेकिन फोन नहीं उठा। लगभग दस मिनट बाद उन्हीं का फोन आया और उन्होंने बताया कि वह चर्च में थे इसलिए उस समय फोन नहीं उठा पाए थे। उन्होंने विस्तार से मुझसे बात की और अपनी बेटी की सफलता की गाथा के बारे में काफी-कुछ बताया। अपनी कम आय रहने के बावजूद एक अनजान नंबर को वापस कॉल करने की उनकी भावना की मैं प्रशंसा करता हूँ।

उस परिवार की आर्थिक दशा के कठोर सच को इसी बात से जाना जा सकता है कि अपने जूते के तलवे में हुए छेद को ढकने के लिए जेरोम उसके ऊपर कार्डबोर्ड का एक टुकड़ा रख लिया करते थे। सिलविया जब ग्यारहवीं कक्षा में थी तब की बात याद करते हुए वह बताते हैं, "वह ट्यूशन जाना चाहती थी, लेकिन मेरे पास पैसे तो थे ही नहीं, इसलिए मैंने उससे कहा कि तुम ट्यूशन की कक्षा में जाना शुरू कर दो और ट्यूटर जब तुमसे फीस के लिए कहे तो तुम उसे मेरा फोन नंबर दे देना। फोन आने पर मैंने ट्यूटर को सब बात बताई और अपनी आर्थिक दशा भी, और इस बात पर जोर देकर उसे बताया कि मेरी बेटी हर एक कक्षा में नियम से जाती रही थी। वे लोग कायल हो गए और फिर कभी उन्होंने फीस की माँग नहीं की।"

उन्होंने बतया कि उनकी बेटी ने बारहवीं की परीक्षा में जब 78 प्रतिशत अंक प्राप्त किए तो उसे इलेक्ट्रिक इंजीनियरिंग में दाखिला मिल गया, लेकिन वह तो डेयरी टेक्नोलॉजी का कोर्स करना चाहती थी। सामान्य वर्ग का होने के कारण और शैक्षणिक संस्थाओं में प्रवेश पाने में आरक्षण व्यवस्था के चलते सिलविया को बहुत पापड़ बेलने पड़े थे। प्रवेश परीक्षा में अच्छे और ऊँचे अंक प्राप्त करने के बावजूद उसे भुगतानवाली सीट स्वीकार करनी पड़ी थी जिसकी फीस रु. 25,000 प्रति सेमेस्टर थी। दो सेमेस्टर की रु. 50,000 फीस शुरू में ही जमा करनी थी। यह चुनौती हमारे लिए पहाड़ जैसी थी। कोई और रास्ता न पाते हुए उन्हें अपने उस गैरेज के मालिक से 50,000 उधार लेने पड़े जहाँ वह काम करते थे। अगले साल सिलविया को बाकी सेमेस्टरों के खर्चे को पूरा करने के लिए दो लाख एजूकेशन लोन लेना पड़ा।

सिलविया आजकल हरियाणा में करनाल की नेशनल डेयरी रिसर्च इंस्टीट्यूट से

डेयरी माइक्रो बायलोजी में एम.टेक. कर रही हैं। वह प्रोफेसर बनना चाहती हैं और सुपात्र व सुयोग्य जरूरतमंद छात्रों को उनके लक्ष्य को प्राप्त करने के लिए मार्गदर्शक बनना चाहती हैं। अपनी सारी सफलता का श्रेय वह अपने माता-पिता को देना चाहती हैं जिन्हें बड़े गर्व के साथ वह अपना रोल-मॉडल मानती हैं। उन्हें सहायता व मार्गदर्शन देने के लिए वह अपने अध्यापकों का भी आभार व्यक्त करती हैं। उनमें से कुछ ने तो जरूरत के समय उनकी फीस भी भरी थी।

अपने खाली समय में सिलविया रीडर्स डाइजेस्ट पढ़ना पसंद करती हैं। वह पूर्व राष्ट्रपति डॉ. ए.पी.जे. अब्दुल कलाम के जीवन और दर्शन से बहुत प्रेरित और प्रभावित हुई हैं जिनकी पुस्तक 'विंग्स ऑन फायर' उनकी प्रिय पुस्तकों में से एक है। उनका मानना है कि सोते हुए सपने देखने की बजाय खुली आँखों से देखे गए सपनों के साकार होने की संभावनाएँ अधिक होती हैं। यह पूछने पर कि वह आगामी छात्रों को क्या संदेश देना चाहती हैं और अपनी सफलता की गाथा का कौन सा रहस्य उन्हें बताना चाहती हैं, उन्होंने कहा, "पढ़ते समय पूरे एकाग्रचित्त के साथ पढ़ना, बिना किसी तनाव या चिंता के पढ़ना और भगवान् पर भरोसा रखना।" दरअसल सिलविया भगवान् पर भरपूर भरोसा रखती हैं जो कि उनका मार्गदर्शन करता रहा है और कठिन दिनों में उनकी सहायता भी करता रहा है। आत्मविश्वास से ओतप्रोत सिलविया ने मुसकराते हुए आगे कहा, "मैंने अपने जीवन में जो कोई भी उपलब्धि की है, वह भगवान् की कृपा से ही की है।"

(सफलता की यह गाथा मेजर प्रदीप खरे द्वारा सिलविया से लिये गए साक्षात्कार पर आधारित है।)

□

24

दरजी का बेटा बना आई.ए.एस.

"किसी चट्टान और जलधारा के बीच चलनेवाले संघर्ष में हमेशा जलधारा ही जीतती है—सबलता के कारण नहीं बल्कि सततता के कारण।"

—जैक्सन ब्राउन

भिंड जिले के एक गुमनाम से गाँव में 72 वर्षीय वीरेंद्र राजपूत का टूटा-फूटा घर अचानक ही सारे गाँव के आकर्षण का केंद्र बन गया है। पेशे से दरजी होने के बावजूद अखाड़ों में दो-दो हाथ करने के लिए हाथोहाथ उतर आने की अपनी शैली के कारण वह गाँववालों के बीच उस्ताद के नाम से मशहूर हैं। तीन बेटों और एक बेटी के पिता वीरेंद्र केवल एक ही सपना अपनी आँखों में सँजोए हुए जीते आए हैं—अपने बच्चों को अच्छी-से-अच्छी शिक्षा दिलाना। इसी ने उन्हें आज उन्हें भारी लाभांश दिया है—उनके बेटे निरीश ने सिविल सर्विसेज की प्रतिष्ठित परीक्षा पास कर ली है। मित्र लोग, बिरादरीवाले और मीडियावाले निरीश की एक झलक पाने के लिए आते जा रहे हैं, जो कि आज के दिन का हीरो बन गया है।

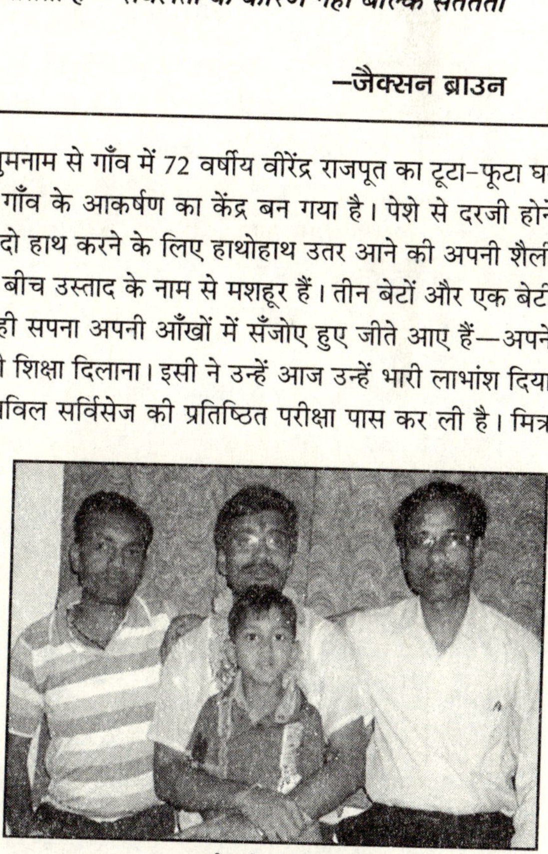

अपने परिवार के साथ

इस बात पर विश्वास करना कठिन है कि भिंड जिले की गोहद तहसील के मऊ गाँव में रहनेवाला निरीश एक केवल 8 गज

लंबे और 5 गज चौड़े घर में रहता है। परिवार की आर्थिक दशा का अंदाज इसी बात से लगाया जा सकता है कि उसे तरह-तरह के काम करने पड़ते हैं जिनमें सुबह को घर-घर अखबार डालना शामिल है। उसने अपनी स्कूली पढ़ाई एक सरकारी स्कूल में की है और आगे की पढ़ाई करने के लिए उसे ग्वालियर के एक कम फीस वाले कॉलेज में जाना पड़ा। आर्थिक तंगियों के चलते विवश होकर उसे दो साल पढ़ाई भी छोड़ देनी पड़ी थी। कॉन्ट्रैक्ट आधार पर अध्यापन कार्य कर रहे निरीश के दोनों बड़े भाई और उनके पिता अपनी बचत की अधिक-से-अधिक राशि निरीश के बड़े सपने को पूरा करने में ही लगाते रहे थे। उसकी सफलता ने एक और मिथक भी तोड़ा है कि 'केवल पब्लिक स्कूलों में पढ़े हुए छात्र ही ऐसी परीक्षाओं में सफल हो सकते हैं'। निरीश की माँ का देहांत हो जाने के बाद उसके पिता ही थे जिन्होंने बच्चों के मन में उत्साह को जगाए रखा था। निरीश ने बताया, "मेरे पिताजी ने मुझसे कहा कि निराश न हो और परीक्षा में फिर से बैठो। जब माँ जिंदा थीं तब भी मैंने उन्हें पैसे के मामले में कभी खीजते या झींकते नहीं देखा।"

निरीश इससे पहले एक बार नहीं बल्कि तीन बार बैठ चुके थे लेकिन सफल नहीं हो सके थे। असफलता का सामना करना, उसे सहना कोई आसान बात नहीं है, और यह तब तो और भी कठिन होती है, जब आप गरीब परिवार से हों। तब परिवार की आय की कमी को पूरा करने के लिए कोई काम, कोई नौकरी करने का दबाव हमेशा बना रहता है। अपनी असफलताओं के आगे घुटने टेक देने के बजाय वह आई.ए.एस. बनने के अपने सपने के पीछे पड़ा रहा। अपने उत्साह और लगन को बनाए रखते हुए वह उस परीक्षा में एक बार फिर बैठा और इस बार वह पूरे भारत में 370वें स्थान पर आकर सफल रहा।

जीवन निरीश के रास्ते में अनेक चुनौतियाँ खड़ी करता रहा है। इत्तफाक से वह अपने सपने के बारे में अपने एक मित्र से चर्चा कर बैठा जो कि एक प्रतिष्ठित और संपन्न घराने से था, लेकिन चालाक भी था। उसने उसे फँसाने के लिए चुग्गा डाला कि सिविल सर्विसेज परीक्षा की तैयारी के लिए सामग्री जुटाने में वह निरीश की मदद अवश्य करेगा लेकिन वह उत्तराखंड में एक कोचिंग इंस्टीट्यूट स्थापित करना चाहता है जिसमें निरीश उसकी मदद करे। वह कोचिंग इंस्टीट्यूट अच्छा चलने लगा और उसमें पैसे बरसने लगे तब दो साल पूरे होते-होते निरीश का अपमान व अनादर करते हुए और लगभग धक्के देते हुए उसे बाहर निकाल दिया गया। निरीश के शब्दों में, " 'तुम्हारी औकात क्या है? तुम किसी काम के नहीं हो। हमें तुम्हारी कोई जरूरत नहीं है', ये वे शब्द थे जो मैंने उस पढ़े-लिखे और पैसे वाले परिवार के लोगों से सुने थे। मेरी जॉब चली गई थी, मैं बेघर हो गया था, मेरी जेब में फूटी कौड़ी नहीं थी और मुझे हफ्ते भर तब तक भूखा रहना पड़ा था जब तक कि मुझे मदद नहीं मिल गई।"

निरीश कहते हैं, ''मैं नहीं जानता था कि आई.ए.एस. अधिकारी कैसे बना जाता है, लेकिन मैं इतना अवश्य जानता था कि देश की इस सर्वोच्च परीक्षा को पास करने से ही मेरा भाग्य बदल सकता है।'' उन्होंने आगे कहा कि यदि इरादा पक्का हो और कड़ी मेहनत करने की नीयत हो तो गरीबी कोई बाधा नहीं बन सकती।'' और इसी इरादे और नीयत के साथ एक दिन निरीश तैयारी के वास्ते दिल्ली के लिए चल पड़ा। वहाँ के बारे में बताते हुए निरीश ने कहा, ''दिल्ली में मेरी अंकित से दोस्ती हो गई जो कि प्रतियोगिता वाली परीक्षाओं की तैयारी कर रहा था। मैं उसके साथ मुखर्जी नगर में रहने लगा और 24 घंटों में 18 घंटे की पढ़ाई करने लगा। मैं किसी कोचिंग में नहीं गया क्योंकि मैं उनकी मोटी-मोटी फीस नहीं दे सकता था। मैं अंकित की किताबों और उसके ही नोट्स से अपनी तैयारी करता रहा था।''

निरीश का कहना है कि समय आ गया है कि समाज का कर्ज चुकाया जाए। गरीब घरों से आनेवाले आई.ए.एस. बनने के इच्छुक छात्रों की सहायता करने व मार्गदर्शन करने के लिए वह एक योजना बना रहा है। वह नहीं चाहता कि उन्हें भी उन्हीं संकटों व समस्याओं का सामना करना पड़े जिनकी मार उस पर पड़ी है। भगवान् करे कि ऐसी सोच वाले लोगों की संख्या खूब बढ़े!

□

सहायक व उदारमना लोग

"जब आप अपनी अंतरात्मा का ध्यान इस ओर लगा देते हैं कि आप दूसरों की सेवा या सहायता कैसे कर सकते हैं, और जब आप इसी को अपने जीवन के क्रियाकलाप का केंद्र बना देते हैं, तब आप समृद्धि की ओर होती अपनी प्रगति के सच्चे चमत्कारों को समझने की अवस्था में हो जाते हैं।"

—वेने डब्ल्यू. डायर

25

अप्रयुक्त दवाओं को गरीबों तक पहुँचाना

''भलाई का कोई ऐसा काम करना ही हमें सबसे अधिक सुख-संतोष देता है जो हमारे भीतर आनंद भर दे, हमें गद्‌गद कर दे।''

—माइकल डी. मॉन्टैग्ने

''अगर आपके पास कोई ऐसी दवा बची है जिसका आप अब प्रयोग नहीं कर रहे हैं और गरीबों की मदद करना चाहते हैं तो उसे दान करने की कृपा करें।'' ये स्वर और शब्द मेडिसिन बाबा के हैं जो कि दिल्ली के बाहरी हिस्से की बस्तियों में सुने जा सकते हैं जहाँ कि वह राजधानी के एक व्यापक क्षेत्र में वह अप्रयुक्त दवाओं को इकट्ठा करते हुए घूमते रहते हैं।

वह आँखों को बरबस अपनी ओर खींचनेवाले केसरिया रंग का कुरता पहनते हैं जिस पर उनके दवा बैंक का नाम 'राहत ही राहत' लिखा रहता है और साथ ही संपर्क करने के लिए दो मोबाइल नंबर भी—9250243298 और 9971926518। दवाएँ इकट्ठा करने के लिए ये ओंकार नाथ शर्मा हर दर पर जाते हैं। 75 वर्षीय ओंकार नाथ उर्फ 'मेडिसिन बाबा' ने पिछले तीन वर्षों से कई दरों पर जाकर लोगों से अप्रयुक्त और बची हुई दवाओं को दान करने की गुहार लगाना ही अपना काम बना लिया है। फिर वह उन दवाओं को जरूरतमंद लोगों को, धर्मार्थ अस्पतालों को और ऐसे लोगों को दे देते हैं जिनके पास उन दवाओं को खरीदने के लिए पैसे नहीं होते हैं।

ओमकार नाथ शर्मा

ओंकार बताते हैं, ''इस काम के लिए सरकारी कॉलोनियों में रहनेवाले मध्यम वर्ग और निम्न-मध्यम वर्ग लोगों के घर सबसे सही जगह हैं क्योंकि पॉश कॉलोनी या अमीरों के क्षेत्र से तो उन्हें दान न के बराबर ही मिला है—धाम बड़े और दर्शन छोटे।'' वह रोजाना लगभग 5-6 किलोमीटर चलते हैं लेकिन मेट्रो से नहीं, क्योंकि वह उसका किराया दे पाने में असमर्थ हैं। वह मंगोलपुरी की स्लम बस्ती में किराए पर एक बदरंग और बदहाल से मकान में अपनी पत्नी और अपने 41 वर्षीय मानसिक रूप से मंद बेटे के साथ रहते हैं। वह अपने वरिष्ठ नागरिक वाले पास पर बसों से ही सफर करते हैं। बस्तियों के अंदर जिन जगहों में बसें नहीं जाती हैं वहाँ वह पैदल ही चलकर पहुँचते हैं। शनिवार और रविवार को उन्होंने दवाओं का लेखा-जोखा लिखने के लिए और बाकी दिन दवाएँ दान में लेकर पुनः दान करने की व्यवस्था करने के लिए निर्धारित कर रखे हैं। ग्रीन पार्क जैसी कॉलोनियों में उन्होंने नियमित रूप से दवा दान करनेवालों का एक पूल बनाया हुआ है जो कि इलाज के बाद बची हुई दवाएँ इकट्ठा हो जाने पर उन्हें बुला लेते हैं। जब वह 12 साल के थे तब एक कार द्वारा मारी गई टक्कर के कारण अपनी चाल में आए हुए लँगड़ेपन के बावजूद आज वह गत तीन वर्षों से हर प्रकार की दवाएँ एकत्र करते हुए घूमते रहते हैं जिनमें दर्द निवारक दवाओं से लेकर मल्टीविटामिन जैसी सभी प्रकार की दवाएँ होती हैं।

नोएडा के कैलाश अस्पताल से ब्लड बैंक तकनीशियन के पद से सेवानिवृत्त हुए ओंकार ने दवाओं की अनुपलब्धता के आघात को उस दिन समझा जब लक्ष्मी नगर में दिल्ली मेट्रो का एक निर्माणाधीन पुल गिर गया जिसमें दो जनों की मौत हो गई और आस-पास काम कर रहे अनेक कामगार घायल हो गए। उनमें से कई लोग समुचित स्वास्थ्य लाभ नहीं कर सके क्योंकि स्थानीय अस्पताल ने उनकी प्राथमिक चिकित्सा तो कर दी लेकिन बाकी इलाज के लायक पैसा न होने के कारण वे घर पर पड़े-पड़े जैसे मरने के लिए ही मजबूर हो गए थे। इस दुर्घटना ने ओंकार को भीतर तक हिला दिया था और उन्होंने व्रत लिया कि वह अब ऐसी विवशता की पुनरावृत्ति नहीं होने देंगे। अनेक लोग उनके दवा बैंक से दवाएँ लेने के लिए नियमित रूप से आते हैं। इस दौरान उन्हें वहाँ से उठी आपत्ति का सामना करना पड़ा जहाँ से उन्हें इसकी उम्मीद नहीं थी—यानी अपने ही घर से। जब पहली बार उन्होंने अपनी इस योजना के बारे में अपने घर पर बताया तो वे सब नाराज हो उठे थे। ओंकार ने बताया, ''परिवारवालों को लगा कि यह तो एक प्रकार का भीख माँगना ही है और इससे उनके लिए यह एक शर्म की बात होगी। हालाँकि बाद में यह बात उनकी समझ में आ गई और वे सहमत हो गए।'' ओंकार के अनुमान के अनुसार वह हर महीने 5 से 10 लाख रुपए के मूल्य की दवाएँ एकत्र कर लेते हैं। वह बताते हैं, ''एक दिन तो मुझे एंटी-कैंसर दवा का एक पत्ता मिल

गया था जिसकी कीमत रु. 35,000 थी।'' अपने दवा एकत्र करने के इस अभियान के अलावा ओंकार उन लोगों को तीन पहियोंवाली साइकिल दिलाने में भी मदद करते हैं जो पैरों से विकलांग हैं। करुणा के अवतार ओंकार जरूरतमंदों की सहायता के लिए हमेशा कुछ अधिक ही करने को तत्पर रहे हैं। उनके साथ जो रोगी व डॉक्टर संपर्क में रहते हैं वे बताते हैं कि उनके इन मेडिसिन बाबा की दवा वितरण की यह स्वनिर्मित प्रणाली लीक से बिल्कुल हटकर है और दिल्लीवासियों की वास्तविक आवश्यकता को पूरी करती है। भारत सरकार के अस्पतालों और स्वास्थ्य केंद्रों पर इलाज तो मुफ्त होता है लेकिन वहाँ भीड़ बहुत रहती है, स्टाफ का अभाव रहता है और उनकी डिस्पेंसरी के स्टॉक में खास-खास दवाओं का तो सदा अकाल पड़ा रहता है। शर्माजी जानते हैं कि किसी दवा को यूँ ही दे देना खतरे से खाली नहीं है, इसलिए किसी रोगी को कोई दवा तभी देते हैं, जब उसके पास डॉक्टर का लिखा हुआ परचा होता है।

बिहार से मेहनत-मजदूरी करने के लिए दिल्ली आए हुए 45 वर्षीय श्यामलाल का इकलौता बेटा दो दिन तक बुखार से तपता रहा था क्योंकि डॉक्टर द्वारा लिखी गई दवाएँ बहुत महँगी थीं और वह उन्हें खरीदने में असमर्थ था, लेकिन अंतत: वे दवाएँ उसे शर्माजी से मिल ही गईं। श्यामलाल कहता है, ''उस विपदा में बाबाजी ने जो मेरी मदद की उस एहसान का बदला मैं कभी चुका नहीं पाऊँगा।'' वह श्रद्धावश शर्माजी को बाबाजी के नाम से बुलाता है। घरों में काम करनेवाली 47 वर्षीया विमला रानी का कहना है कि गरीब लोगों के लिए इस तरह के और काम भी किए जाने चाहिए। शर्माजी द्वारा दी जानेवाली उन दवाओं के कारण ही वह आज जीवित है जो कि उसके दमे को नियंत्रित रखती हैं। वह कहती है, ''मेडिसिन बाबा से मैं इनहेलर और अन्य दवाएँ लेने के लिए जाती रहती हूँ।''

शर्माजी का कहना है, ''हजारों गरीब लोग महँगी दवाओं को खरीद न पाने के कारण दम तोड़ देते हैं, जब कि लाखों रुपयों की अप्रयुक्त दवाइयाँ यूँ ही बेकार चली जाती हैं। जब कि ऐसे लोग भी हैं जो मामूली सी दर्द निवारक दवा भी खरीद पाने की हैसियत नहीं रखते हैं।'' उन्होंने बताया कि उनकी दवा इस्तेमाल करनेवालों में मध्य दिल्ली के राम मनोहर लोहिया अस्पताल में भरती दिल के रोगी भी हैं और दक्षिण दिल्ली में घायल एक आदमी व इंफ्लुएंजा से पीड़ित एक छोटा बच्चा भी है।

जो डॉक्टर धर्मार्थ क्लीनिकों में काम करते हैं, वे कहते हैं कि यह मेडिसिन बाबा जो काम कर रहे हैं उसके मूल्य को आँका नहीं जा सकता। बाबा का योगदान इन क्लीनिकों के परिचालन के लिए एक दस्तूर जैसा बन गया है। पश्चिमी दिल्ली के तिलक नगर में गुरुद्वारा गुरु सिंह सभा में सिक्ख ट्रस्ट द्वारा चलाए जा रहे गुरु अंगद देव मेडिकल सेंटर (धर्मार्थ) के जनरल फिजीशियन डॉ.जसवंत सिंह कहते हैं, ''वह एक

मिशन को लेकर चलनेवाले व्यक्ति हैं। वह खुद एक विकलांग कहे जा सकते हैं लेकिन फिर भी वह दवाएँ एकत्र करने और उन्हें गरीबों में बाँट देने में तन्मयता से लगे रहते हैं।'' उन्होंने बताया कि शर्माजी द्वारा एकत्र की गई अधिक महँगी दवाएँ बड़े अस्पतालों को भेज दी जाती हैं और उनका क्लीनिक उनसे अकसर एंटीबायटिक और सिरप लेता रहता है। जो डॉक्टर इस मेडिसिन बाबा के साथ काम करते हैं वे कहते हैं कि वे उन्हें वैसे ही देखते हैं जैसे अन्य दवा वितरकों को देखते हैं, अंतर बस इतना है कि वे बाबा को कोई भुगतान नहीं करते। दो वर्षों से शर्माजी के साथ काम कर रहे जामा मसजिद के मटिया महल में हबीब डिस्पेंसरी चलानेवाले डॉ. नसीम मेराज बताते हैं, ''हम शर्माजी द्वारा दी गई सभी दवाओं की जाँच करते हैं और फिर वह भी मुझसे दवाएँ हासिल करने की रसीद पर दस्तखत लेते हैं।''

एक अन्य क्लीनिक जहाँ शर्माजी दवाएँ दान करते हैं वह 30 वर्ष से भी अधिक के अनुभवी बाल रोग चिकित्सक डॉ. एस.एल. जैन का है। पश्चिमी दिल्ली में चल रहे इस क्लीनिक में वह मुफ्त इलाज करते हैं और वह भी रोजाना लगभग बीस बच्चों का। डॉ. जैन ने यह बताते हुए कि लोग उनके पास इसलिए आना पसंद करते हैं क्योंकि वे परामर्श देना और दवाएँ देना ये दोनों काम साथ-साथ करते हैं, कहा, ''मेरा नारा है 'पूरा इलाज, मुफ्त इलाज'।'' जिन बच्चों का वह इलाज करते हैं उनमें से अधिकांश तो कुपोषण का शिकार हुए बच्चे ही होते हैं। बहुतों की माताएँ रक्तक्षीणता से ग्रस्त रहती हैं। बेसमेंट में चल रहे इस क्लीनिक में इलाज के लिए आए लोगों के बीच बैठी और अपनी बारी की प्रतीक्षा करनेवाली 35 वर्षीया मंजु भी थी। उसका पति मजदूरी करता है। उसने बताया, ''सरकारी अस्पताल में जाने के बजाय मैं यहाँ आना अच्छा मानती हूँ। यहाँ हमें तुरंत देख लिया जाता है, वहाँ तो सारा दिन इंतजार में बैठा रहना पड़ता है।'' डॉ. जैन उसके बेटे की खाँसी के लिए कुछ दवाएँ दे रहे थे और कुछ दवाएँ उसकी बेटी के लगातार चल रहे डायरिया के लिए भी। अब से लगभग चार साल पहले शर्माजी जब आकर उनसे मिले थे और बताया था कि वह दवाएँ एकत्र करते हैं, तब डॉ. जैन को दिखाने के लिए अपने बच्चों को लेकर आई हुई माताओं की एक लंबी लाइन लगी हुई थी।

ओंकार नाथ शर्मा लोगों से दवाएँ एकत्र करते हैं और उन दवाओं को बिना कुछ पैसा लिये हुए आगे दान करते हैं और इस दान लेने में बड़े-बड़े अस्पताल भी शामिल हैं, जैसे—ऑल इंडिया इंस्टीट्यूट ऑफ मेडिकल साइंसेज (एम्स), दीनदयाल उपाध्याय अस्पताल, राम मनोहर लोहिया अस्पताल, लेडी हार्डिंग अस्पताल, राजीव गांधी कैंसर इंस्टीट्यूट, इत्यादि। शर्माजी ऐसी अनेक डिस्पेंसरियों को भी दवाएँ पहुँचाते हैं जो विभिन्न धर्मों, सेवा संस्थानों, मंदिर कमेटियों व गुरुद्वारों द्वारा चलाई जा रही हैं।

लेकिन दवाओं को एकत्र करने से लेकर उन्हें आगे देने तक की प्रक्रिया कोई आसान काम नहीं है। कानूनी और पेशेवर पचड़ों के अलावा इन्हें रखने-सँभालने में दिक्कतें आती हैं, जैसे कि इंजेक्शनों को रेफ्रिजरेटर में रखे जाने की आवश्यकता पड़ती है। शर्माजी ने बताया, ''शुरू-शुरू में तो मैंने कुछ डॉक्टरों की मदद ली थी, लेकिन अब मैं यह सब अपने बल-बूते पर कर सकता हूँ। मेरा शनिवार-रविवार तो दवाओं को छाँटने और उनका रिकॉर्ड रखने के लिए निश्चित होता है। सोमवार से बृहस्पतिवार तक मैं 'भिक्षा' के लिए निकल जाता हूँ। दवाओं के लेबल पढ़ने के लिए मैंने एक मैग्नीफ्लाइंग ग्लास खरीद लिया है। दवाओं को रखने के लिए मैंने एक कमरा भी ले लिया है जिसका किराया रु. 2000 महीना और बिजली खर्चा देना पड़ता है। एक दयालु सज्जन ने इंजेक्शन रखने के लिए एक रेफ्रिजरेटर दान में दे दिया है।''

शर्माजी के मिशन को सहयोग व समर्थन देनेवाले पश्चिमी दिल्ली के जानकी देवी मेमोरियल कॉलेज में तो वह एक जाना-पहचाना चेहरा बन चुके हैं। टी.वी. पर दी गई मीडिया कवरेज ने उन्हें एक उदाहरण के रूप में सम्मानजनक स्थान दिला दिया है। उनके काम ने कुछ लोगों को तो इतना प्रभावित व द्रवित कर दिया है कि वे उन्हें सहयोग करने को तत्पर रहते हैं। एम्स के न्यूरोलॉजी की प्रो. डॉ. ममता भूषण सिंह उन्हें अकसर बुलाती हैं और हर संभव सहायता देती रहती हैं। दवाएँ एकत्र करने के लिए 'दवा दान पात्र' के रूप में उन्होंने कुछ बक्से इन स्थानों पर रख रखे हैं—जानकी देवी कॉलेज, अहिंसा भवन (राजेंद्र नगर), आर्यसमाज मंदिर (राजेंद्र नगर), सात मंजिला मंदिर (तिलक नगर), अहिंसा विहार अपार्टमेंट (सेक्टर 9 रोहिणी) तथा सनराइज अपार्टमेंट (सेक्टर 13 रोहिणी)।

कुछ लोगों ने घरों में बची हुई दवाओं को दान करने के अलावा भी अब बाजार से खरीदकर दवाएँ उन्हें सौंपना शुरू कर दिया है। इस नए विचार से प्रभावित होकर जामिया मिलिया यूनिवर्सिटी और आई.आई.टी. के कुछ छात्रों ने भी इस नेक काम में अपना योगदान नियमित रूप से करना आरंभ कर दिया है। अपने छात्रों को उनके इस विचार से अवगत कराने के लिए कई विश्वद्यिालयों ने उन्हें अपने यहाँ आमंत्रित भी किया है।

शर्माजी बताते हैं कि अपने द्वारा एकत्र की गई सभी दवाओं को सँभालने और वितरित करने में वह बहुत सावधानी बरतते हैं और कोशिश करते हैं कि कागजी काररवाई पूरी की जाए। अपने द्वारा एकत्र की जानेवाली सारी दवाइयों, सिरप और ड्रग्स की वह एक सूची तैयार करते हैं और कोशिश करते हैं कि उनकी खरीद की रसीद भी मिल जाए ताकि वे उनकी प्रामाणिकता सिद्ध कर सकें। वह कहते हैं, ''यह लोगों के जीवन का मामला है। मैं इसे नजरअंदाज नहीं कर सकता। मैं जानता हूँ कि समाप्ति का दिनांक देख लेना बहुत आवश्यक होता है। लोगों से उनकी बची हुई दवा हासिल करना शुरू-

शुरू में तो बड़ा मुश्किल काम रहा था। वे मुझे संदेह की दृष्टि से देखते थे और समझते थे कि मैं कोई रैकेट चला रहा हूँ। लेकिन अब हालात बदल गए हैं।'' उन्होंने यह भी बताया कि दवाएँ एकत्र करने और उन्हें वितरित करने में वह कोई लाभ नहीं कमाते हैं।

शर्माजी का परम लक्ष्य है एक नि:शुल्क दवा बैंक स्थापित करना जो कि बाकायदा सूचीबद्ध हो और गैर-सरकारी संगठनों व धर्मार्थ संस्थाओं को उपलब्ध हो। फिलहाल, शहर के कई क्लीनिकों की उन्होंने एक टीम जैसी बना रखी है जो कि उनकी एकत्र दवाओं का सदुपयोग कर सकें। डॉ. राम मनोहर लोहिया की फार्मेसी के प्रमुख कहते हैं, ''उनके जैसा कोई दूसरा आदमी ढूँढ़ना बड़ा मुश्किल है जो कि खुद विकलांग होने के बावजूद मानव जन की सेवा करने की ऐसी लगन रखता हो!''

□

26

एक वरिष्ठ नागरिक जो बिना वेतन लिये ट्रैफिक कंट्रोल करता है

''हमेशा कोई भला काम करने की इच्छा रखो—कहीं भी। हर व्यक्ति को अपने ही तरीके से अपनी खूबियों को, अपनी सच्ची क्षमता को आँकना चाहिए। आपको अपने आस-पास वालों को अपना थोड़ा समय देना चाहिए। भले ही कोई छोटा सा ही काम हो, पर जिन्हें मदद की आवश्यकता है उनके लिए कुछ कीजिए, कुछ ऐसा कीजिए जिसे करने के लिए आपको वेतन नहीं मिलेगा, लेकिन उसे करने का विशेष सुअवसर मिलेगा। याद रखिए कि आप एक ऐसे संसार में नहीं रह रहे हैं जो कि केवल आपका है, बल्कि इसमें आपके दूसरे भाई भी रह रहे हैं।''

–अल्बर्ट शिवट्जर

माना यही जाता है कि साधारण आदमी अपनी नौकरी से सेवानिवृत्त हो जाने के बाद चैन से बैठेगा, आराम करेगा, लेकिन रामचंद्र बी.एम. ऐसे साधारण व्यक्ति नहीं हैं। ऐसा नहीं है कि अपने घर में आराम करने से बेहतर उन्हें कुछ करने को नहीं है, लेकिन उन्होंने बेंगलुरु के ट्रैफिक को सुगम करने का काम चुना। गत पाँच वर्षों से 64 वर्षीय एक कॉरपोरेट के सेवानिवृत्त एक्जीक्यूटिव बेंगलुरु के एरेकेरे माइको लेआउट पर ट्रैफिक को व्यवस्थित कर रहे हैं जहाँ कि बेंगलुरु ट्रैफिक पुलिस ने कभी कोई ट्रैफिक मैन तैनात ही नहीं किया है। रामचंद्र ने माइको में लगभग चालीस साल नौकरी की है और वहाँ से वह सहायक वित्त प्रबंधक के पद से सेवानिवृत्त हुए हैं। जो वह अब कर रहे हैं उसे करने के लिए किसी ने उनसे कभी कहा नहीं है लेकिन वह इसे इसलिए करते हैं, क्योंकि 'किसी को तो इसे करना ही है'।

चूँकि बेंगलुरु को भारत की आई.टी. राजधानी होने का तमगा मिल गया है इसलिए

रामचंद्र बी.एम.

कुछ वर्षों से यह शहर बहुत तेजी से फैलता और बढ़ता गया है। रोजगार की तलाश में सैकड़ों-हजारों लोग इस शहर में आ गए हैं। शहर के बढ़ने के साथ-साथ इसका ट्रैफिक भी बढ़ता गया है। वाहनों की निरंतर बढ़ती संख्या ने बेंगलुरु में ट्रैफिक को एक भारी मुसीबत बना डाला है। इस सबके बीच, जहाँ बेंगलुरु के नागरिक बढ़ते ट्रैफिक की समस्या से जूझने और झीखने में लगे रहते हैं, वहीं एक वरिष्ठ नागरिक ने बीड़ा उठाया है कि इस ट्रैफिक संकट से निजात दिलाने में वह अपनी भूमिका निबाहेगा। सड़कों पर ट्रैफिक की भीड़ कम करने के लिए सरकार मेट्रो रेल चलाने की सोच रही है और सक्षम व कारगर सार्वजनिक यातायात प्रणाली की संभावना तलाश रही है। लेकिन ये तो बड़ी-बड़ी परियोजनाएँ हैं और कागजों से जमीन पर उतरने में समय भी बहुत लेती हैं।

चूँकि रामचंद्र साफतौर पर न तो एक असली ट्रैफिक मैन जैसे लगते हैं और न ही वह वैसी ड्रेस पहने हुए होते हैं इसलिए बहुत से वाहनवाले उन्हें गंभीरता से नहीं लेते हैं। लेकिन बाकी जो लोग उस क्रॉसिंग से सुबह और शाम को रोजाना गुजरते हैं, वे उनके द्वारा किए जा रहे काम के महत्त्व को समझते हुए उन्हें बहुत आदर से देखते हैं। लेकिन रामचंद्र किसी भी प्रशंसा या आलोचना से अछूते व अप्रभावित रहते हैं। किसी दिन यदि अगर वह अस्वस्थ रहे हों तो अपवाद है अन्यथा तो हर दिन वह उस क्रॉसिंग पर ट्रैफिक को व्यवस्थित व सुगम बनाने कि लिए उपस्थित रहे हैं।

वह राज्य सरकार द्वारा कोई ट्रैफिक ऑफिसर के रूप में नियुक्त नहीं हैं। वह तो बस समाज के हित में अपना योगदान देने की आवश्यकता से प्रेरित अपनी अंतरात्मा की आवाज को सुनकर यह काम कर रहे हैं। अपनी इस अनूठी सेवा के बदले में न तो उन्हें कुछ दिया जा रहा है और न ही वे इसकी कामना करते हैं। उनका जीवन स्वयं उनके इस संदेश को बिल्कुल साफ और बाआवाज बोल रहा है, 'इस समाज के लिए

जो कुछ भी हम कर सकते हैं वह हम करें, बिना किसी के द्वारा कहे हुए।' वह ऐसा हर दिन करते हैं, बिना नागा और हर मौसम में। उन्हें अपना यह काम करते हुए रोजाना सुबह 6 से 10 बजे तक और शाम को साढ़े पाँच से साढ़े सात बजे तक देखा जा सकता है, यानी जब ट्रैफिक अपने चरम पर होता है।

किसी एक ही जगह पर सुबह चार घंटे और पुनः शाम को दो घंटे उस प्रदूषण को पीते हुए खड़े रहना कोई आसान काम नहीं है। जब उनसे पूछा गया कि क्या खड़े-खड़े उनके पैर दु:खने नहीं लगते या सीटी बजाते-बजाते उनका गला सूख नहीं जाता तो उनका जवाब भी उतना ही सरल व सीधा था जितने कि सरल व सीधे इनसान वह हैं, "मैं यह काम इसलिए करता हूँ कि किसी को तो यह करना ही है। हाँ, मेरे पैर दुखने लगते हैं, मेरा गला भी सूख जाता है, लेकिन यह एक ऐसा काम है जिसे किए जाने की जरूरत है, इसलिए मैं इसे करता हूँ। मुझे साँस की समस्या का सामना करना पड़ता है, लेकिन यदि मैं इस काम को नहीं करूँगा तो ट्रैफिक का जबरदस्त जाम हो जाएगा और रास्ता बंद हो जाएगा। लोग सही समय पर कार्यालय नहीं पहुँच पाएँगे। मैं इसे पिछले पाँच साल से कर रहा हूँ। मैं आशा करता हूँ कि मेरे बाद प्रशासन इस ट्रैफिक को सँभालने के लिए किसी को तो ढूँढ़ ही लेगा।"

उनका यह प्रेरणाप्रद कार्य एक स्थानीय समाचार-पत्र 'बैंगलोर मिरर' में प्रकाशित हुआ। फेसबुक पर भी उनकी दास्तान आई तो वह बहुत लोकप्रिय हो गए। अपने साक्षात्कार में रामचंद्र ने अब से पहले के जीवन के बारे में और समाज के लिए अब किए जा रहे कार्य के बारे में विस्तार से बताया। थका देनेवाले दिन के अंत में वह एक घरेलू तेल से मालिश करते हैं। उन्होंने यह भी बताया कि अपनी युवा अवस्था में वह 'मैराथन वॉकर' रहे हैं। और कर्नाटक वेटेरन एथलेटिक एसेसिएशन द्वारा 2001-02 में आयोजित पैदल चलने की प्रतियोगिता में उन्होंने प्रथम स्थान प्राप्त किया था।

और अब अपना दिल थाम लीजिए क्योंकि अब कुछ ऐसी बातें बतानी हैं जिन पर आप शायद विश्वास न करें—2008 में रामचंद्र की दिल की बाईपास सर्जरी हो चुकी है, उनकी दोनों आँखों का मोतियाबिंद का ऑपरेशन हो चुका है, और वह मधुमेह से इतने ग्रस्त हैं कि उन्हें रोजाना इंसुलिन का इंजेक्शन लेना पड़ता है। इतना कुछ होने के बावजूद वह अभी भी समाज की नि:शुल्क सेवा में संलग्न हैं—बदले में कुछ भी कामना न करते हुए। समाज की जो नि:स्वार्थ सेवा वह कर रहे हैं, वह उसी के लिए जी रहे हैं। हर नागरिक के लिए वह सचमुच एक महान् प्रेरणा हैं। निश्चित रूप से, वह सराहना के योग्य हैं, अभिनंदन के योग्य हैं!

□

27

कुछ भी नया करने में उम्र कोई बाधा नहीं होती

> *"बूढ़ा वही है जो सीखना बंद कर देता है, चाहे वह बीस का हो या अस्सी का। युवा वही है जो सीखना जारी रखता है। जीवन में सबसे महत्त्वपूर्ण बात है—अपने मन-मस्तिष्क को सदा-सर्वदा युवा रखना।"*
>
> **—हेनरी फोर्ड**

साठ साल की उम्र में सेवानिवृत्त होने के बाद साधारणत: लोग आराम करते हैं, लेकिन जो सेवानिवृत्ति के बाद एल-एल.बी. की पढ़ाई करना शुरू करे, उसे तो असाधारण ही कहा जाएगा। आइए, आपको राजकोट (गुजरात) के मोहनलाल परमार से मिलाते हैं जिन्होंने 63 की पकी उम्र में वकालत करने का श्रीगणेश किया है।

मोहनलाल परमार

मोहनलाल परमार गुजरात के मुख्यमंत्री नरेंद्र मोदी के पैतृक नगर वडनगर में जन्मे और वहीं पले-बढ़े व गुजराती माध्यम में शिक्षित हुए। उनका प्रथम नाम राष्ट्रपिता के प्रथम नाम वाला है। अंग्रेजी समझना उनके लिए एक चुनौती जैसा था जिस पर जीत उन्होंने डिक्शनरी का प्रयोग करते हुए तथा 'टाइम्स ऑफ इंडिया' पढ़ने की कोशिश करते हुए हासिल की। हाई स्कूल करने के

बाद ही शादी कर दिए जाने ने उन्हें आयकर विभाग में एक क्लर्क के पद पर काम करने के लिए मजबूर होना पड़ा।

वह अपने स्कूली दिनों की याद करते हैं जब उन्हें अपने प्रमाण-पत्र सत्यापित कराने के लिए पंद्रह किलोमीटर दूर तहसीलदार के पास जाना पड़ा था। इस बात ने उन्हें प्रेरित किया कि वह भी एक दिन कोई अधिकारी बनें। अपनी नौकरी करते रहने के साथ-साथ उन्होंने अपनी पढ़ाई जारी रखी और ग्रेजुएशन कर लिया। ग्रेजुएशन के बाद वह प्रतियोगी परीक्षाओं में बैठने लगे और आयकर विभाग में ही सीधे भरती किए जानेवाले निरीक्षक के रूप में चुन लिये गए। पैसे की कमी के कारण उन्हें अपनी पढ़ाई मोमबत्ती या लालटेन की रोशनी में करनी पड़ती थी। उन्होंने अकाउंटेंसी की बारीकियों में महारत हासिल कर ली और विभागीय परीक्षाएँ भी पास कर ली थीं, इसी से उनका आयकर निरीक्षक बनने का रास्ता साफ हो गया। फिर लगातार कड़ी मेहनत और निष्ठा ने उन्हें उस पद पर आसीन करा दिया जिस पर बैठने की लोग बड़ी लालसा करते हैं—वह आयकर के अतिरिक्त आयुक्त बना दिए गए।

मोहनलाल के जीवन में एक नया मोड़ 2004 में तब आया जब उनके बेटे की मोबाइल की दुकान में चोरी हो गई, लेकिन दुकान का बीमा होने और कुछ मोबाइलों के साथ चोर पकड़ लिये जाने के बावजूद, बीमा कंपनी ने दावा खारिज कर दिया। अगले साल सेवानिवृत्त होने पर घर पर आराम फरमाने के बजाय उन्होंने एल.एल.बी. में प्रवेश लिया और उसे तीन साल में ही पूरा भी कर लिया। एडवोकेट बनने में अगली बाधा उनके सामने यह आ खड़ी हुई कि एडवोकेट बनने के लिए पंजीकरण की जाने की अधिकतम आयु सीमा 45 वर्ष होती है। लेकिन इस बाधा से निरुत्साहित होकर बैठ जाने के बजाय उन्होंने इस प्रावधान के विरुद्ध अपील लगा दी और अपील जीतकर वह अपना पंजीकरण कराने में कामयाब हो गए। अभी अपनी एल.एल.बी. पूरी न होने के कारण पहले उन्होंने एक अन्य एडवोकेट की सहायता से अपने बेटे का ही मुकदमा दाखिल किया। जब वह मुकदमा जीत गए तो बीमा कंपनी ने राष्ट्रीय उपभोक्ता न्यायालय दिल्ली में अपील कर दी। परमार ने वहाँ स्वयं पैरवी की और वह मुकदमा जीत भी गए।

परमार के एक परिचित सज्जन ने मुँह के कैंसर का इलाज मुंबई स्थित एक अस्पताल में कराया था, लेकिन 15 वर्षों से चल रही वैध मेडिक्लेम पॉलिसी के बावजूद बीमा कंपनी ने उनका दावा यह बहाना बनाकर खारिज कर दिया कि वह धूम्रपान करते हैं। परमार उनकी मदद के लिए आगे आए और अंत में न केवल जीत गए बल्कि उन्हें छह लाख का मुआवजा भी दिलवाया।

परमार हनुमान भक्त हैं और उनका मानना है कि हर कोई हर किसी से कोई

भी सद्‌गुण ले सकता है। एक लगनशील समाजसेवी के रूप में वह गरीब छात्रों और गाँववालों की सहायता करने के लिए अपनी पेंशन का दस प्रतिशत हिस्सा अलग उठाकर रख देते हैं, जो कि सचमुच एक भला काम है और इसके लिए वह अभिनंदन के पात्र हैं। इसके अलावा, वह स्वास्थ्य, योगासन, नागरिकों में कर्तव्य भाव, ग्राहक जागरूकता तथा सेवाओं के प्रति सजगता पैदा करने का भी कार्य करते रहते हैं।

जरूरतमंदों की सहायता करने के लिए सदा तत्पर रहनेवाले परमार अपनी सफलता का सूत्र इन शब्दों में स्पष्ट बताते हैं, "कड़ी मेहनत का कोई शॉर्ट कट नहीं होता।" और "मुश्किल नहीं है कुछ भी अगर ठान लीजिए।" वह महात्मा गांधी के आदर्श पर चला करते हैं जिसमें 'बिना सिद्धांत के राजनीति का, बिना विवेक के सुख का, बिना परिश्रम के धन का, बिना चरित्र के ज्ञान का, बिना नैतिकता के व्यापार का, बिना मानवता के विज्ञान का और बिना त्याग के पूजा का कोई अर्थ नहीं होता'।

(सफलता की यह गाथा मेजर प्रदीप खरे द्वारा मोहनलाल परमार से लिये गए साक्षात्कार पर आधारित है।)

□

28

वे पचास से अधिक बार रक्तदान कर चुके हैं

> *''जो रक्तदान कर सकते हैं, ऐसे हर 1000 लोगों में से केवल चार लोग ही रक्तदान करते हैं। आप किनमें हैं? रक्तदान कीजिए और किसी का जीवन बचाइए।''*

विकासशील देशों में अधिकांश रक्तदान करनेवाले निःशुल्क स्वेच्छा से रक्तदान करते हैं—केवल समाज की भलाई के लिए। कुछ लोग भविष्य में खुद को रक्त की आवश्यकता आ पड़ने की स्थिति के लिए अग्रिम रूप से रक्तदान करते हैं या कभी पूर्व में खुद के लिए प्रयुक्त किए गए रक्त की वापसी के लिए भी रक्तदान करते हैं। लेकिन आमतौर पर ज्यादातर लोग रक्तदान करने में या तो हिचकते हैं या इसके प्रति उदासीन रहते हैं। ऐसे माहौल में यह विश्वास करना कठिन होगा कि ऐसा भी कोई है, जो पचास से अधिक बार रक्तदान करने की सोच सकता है।

आइए, आपको मध्य प्रदेश के औरंगाबाद में रहनेवाले 42 वर्षीय शरद कुमरे से मिलवाते हैं, जो कि पचास से अधिक बार रक्तदान कर चुके हैं और गत दो वर्षों के दौरान 90 से अधिक रक्तदान शिविरों का आयोजन कर चुके हैं। इसके अलावा शरद पर्यावरण प्रेमी भी हैं, क्योंकि मध्य प्रदेश के दूर-दराज के गाँवों में वृक्षारोपण का अभियान भी चलाते रहते हैं। वे सभी रक्तदाताओं को उपहार में पेड़ों की पौध दिया करते हैं। उनका एक पेट्रोल पंप भी है, जो कि पर्यावरण हितैषी है, क्योंकि वह पूरी तरह सौर ऊर्जा से चलाया जाता है।

रक्तदान से लेकर वृक्षारोपण तक शरद कुमरे एक प्रेरणापुरुष की भूमिका निभा रहे हैं। उन्होंने न केवल अपना रक्तदान करके अनेक जीवन बचाए हैं बल्कि वृक्षारोपण द्वारा नए जीवन में प्राण भी फूँके हैं। उन्होंने बताया, ''रक्तदान शिविरों का आयोजन करना मेरे

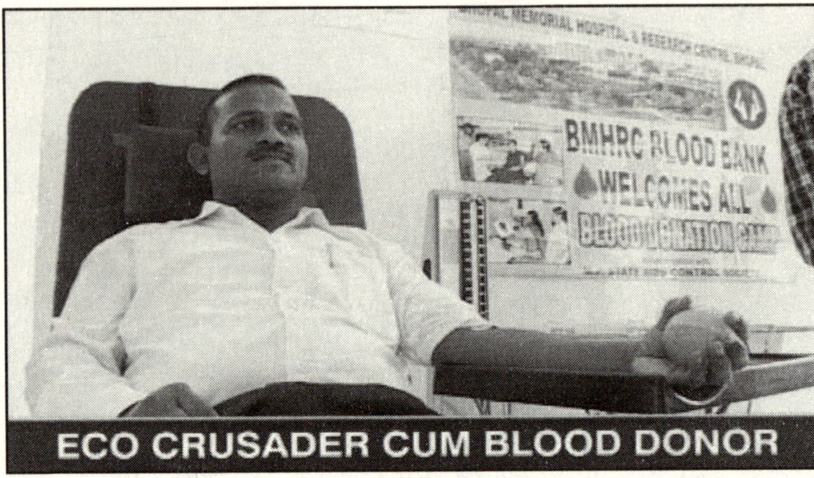

शरद कुमरे

लिए एक मिशन जैसा है, क्योंकि 2001 में मेरी बहन आतंकवादियों का मुकाबला करते हुए मृत्यु को प्राप्त हो गई थी। उसने चार आतंकवादी मार गिराए थे। मेरे एक भानजे की मौत भी रक्त उपलब्ध न होने के कारण हो गई थी। इन घटनाओं ने मुझे यह सब करने के लिए प्रेरित किया।'' कुमरे ने पहली बार अपने पिता के लिए रक्तदान किया था, तब वे सत्रह वर्ष के थे। अपने पहले रक्तदान शिविर का आयोजन उन्होंने 1993 में मुंबई के दंगों के दौरान दंगे के शिकार हुए लोगों के लिए किया था। उनका कहना है, ''समाज में समन्वय व सामंजस्य स्थापित किए जाने की आवश्यकता है। रक्तपात करने के बजाय हमें रक्तदान करना चाहिए और किसी को एक नया जीवन देना चाहिए।''

रक्तदान वैसे तो एक ऐसी चीज है, जिसे करना तो सभी चाहते हैं, लेकिन इसके आस-पास फटकते भी नहीं हैं—या तो किसी भय के कारण या उन भ्रांतियों के कारण, जो कि इसके साथ जोड़ दी गई हैं। कुछ लोगों को लगता है कि रक्तदान करने से उनका स्वास्थ्य गिर जाएगा, उन्हें कमजोरी लगने लगेगी और आराम करने की आवश्यकता पड़ेगी। शरद इसका स्पष्टीकरण करते हुए बताते हैं, ''रक्तदान करने से आपको हृदय और रक्तवाहिनियों से संबंधित रोगों के होने का खतरा कम हो जाता है, क्योंकि यह शरीर में अतिरिक्त लोहा जमा होने से रोकता है। रक्तदान करने के लगभग तुरंत बाद ही आप अपने सामान्य काम सामान्य ढंग से कर सकते हैं। फिर भी रक्तदान करने के बाद 24 घंटों में आपको 10-12 गिलास पानी या तरल पदार्थ अवश्य पीना चाहिए। और तीन-चार घंटे तक वाहन चलाने, लगातार धूप में रहने और धूम्रपान करने से बचना अच्छा रहता है।''

एक बहुप्रचलित भ्रांति यह भी है कि रक्तदान करने से खून की कमी हो जाती है। एक मुसकान सहित पूरे विश्वास के साथ शरद बताते हैं, ''रक्तदान करने से खून की कमी बिल्कुल नहीं होती है। रक्त की मात्रा रक्तदान करने के बाद 48 घंटों में ही पहले जितनी हो जाती है। अच्छी खुराक लेनेवाला कोई भी स्वस्थ व्यक्ति हर तीन महीने में रक्तदान करता हुआ वर्ष में चार बार रक्तदान कर सकता है।'' जब उनसे पूछा गया कि क्या उच्च रक्तचाप वाला व्यक्ति भी रक्तदान कर सकता है तो उन्होंने बताया, ''रक्तदान करते समय यदि आपका ऊपर वाला रक्तचाप 180 और नीचे वाला 100 से कम है तो आप रक्तदान कर सकते हैं। रक्तचाप के लिए ली जा रही दवाएँ आपको रक्तदान करने के अयोग्य नहीं बना देतीं।''

कुछ लोगों का मानना है कि उनकी उम्र इतनी अधिक हो गई है उन्हें अब रक्तदान नहीं करना चाहिए। इस पर शरद बताते हैं, ''रक्तदान करने के लिए उम्र की कोई ऊपरी सीमा नहीं है। रक्तदान से पहले की गई मेडिकल जाँच यदि आपको सही व स्वस्थ बताती है तो आप रक्तदान कर सकते हैं। जिन लोगों का ब्लड ग्रुप बहुतायत वाला है उनका मानना है कि उन्हें रक्तदान करने की आवश्यकता नहीं है क्योंकि यह ग्रुप तो ब्लड बैंक में फालतू ही इकट्ठा होगा। शरद का कहना है, ''इस बात में सच्चाई नहीं है। सभी ग्रुपों के खून की माँग निरंतर बनी रहती है। बड़ी सर्जरी और चोट आदि में काफी मात्रा में खून की आवश्यकता होती है। अगर आपका ब्लड ग्रुप वह है जो कि बहुतायत में लोगों का होता है तो इसका मतलब यह हुआ कि आपके जैसे ब्लड ग्रुप के जरूरतमंद लोगों की संख्या भी बहुतायत में ही होगी।''

शरद कुमरे ने बताया, ''रक्तदान करने के लिए मैंने बहुत लोगों को प्रेरित व प्रोत्साहित किया है। पहले जो लोग रक्तदान करने से डरा करते थे, अब वे आकर मुझसे पूछते हैं कि अगला रक्तदान शिविर कब लग रहा है। रक्तदान करने में पहले पहल डर लगता है जिसे दूर किया जाना चाहिए। आप जब एक बार रक्तदान कर देते हैं तब यह डर निकल जाता है।''

□

29

गांधीवादी ऑटोवाला

> *"खुद को पाने का सबसे अच्छा तरीका है खुद को दूसरों की सेवा करने में खो देना।"*
>
> **—महात्मा गांधी**

उन्हें निस्संदेह गुजरात पर्यटन का सर्वोत्तम दूत कहा जा सकता है। गांधी टोपी पहने हुए, खादी का कुरता धारण किए हुए और अपने ऑटोरिक्शा पर गांधी का संदेश 'बदलाव स्वयं में लाओ' लगाए हुए, उदयसिंह रामलाल जादव 'अतिथि देवो भव' के सिद्धांत में विश्वास रखते हैं और अपने ग्राहक को भगवान् मानते हुए उसके लिए कुछ अतिरिक्त करने से भी परहेज नहीं करते हैं।

उनका जन्म और पालन-पोषण अहमदाबाद में हुआ है और उनके परिवार में दस सदस्य हैं—वह स्वयं, उनके माता-पिता, तीन बच्चे, पत्नी, भाई, बहन और बहन का बेटा। उदयभाई एक बिल्कुल मध्यम वर्गीय परिवार से हैं और उनके कंधों पर भारी जिम्मेदारियाँ हैं। ऐसी पृष्ठभूमि से आनेवाले व्यक्ति के लिए ऐसा कुछ करने के वास्ते बहुत जिगरे और जीवट की जरूरत होती है। लेकिन अपने विश्वास के प्रति दृढता, अपने काम में प्रेम का पुट डालने का संकल्प, और वह सुखद अनुभव जब ग्राहक उनके विचारों को बड़े ध्यान से सुनते हैं—बस इसी से वह अपना मिशन कामयाब होता महसूस कर लेते हैं।

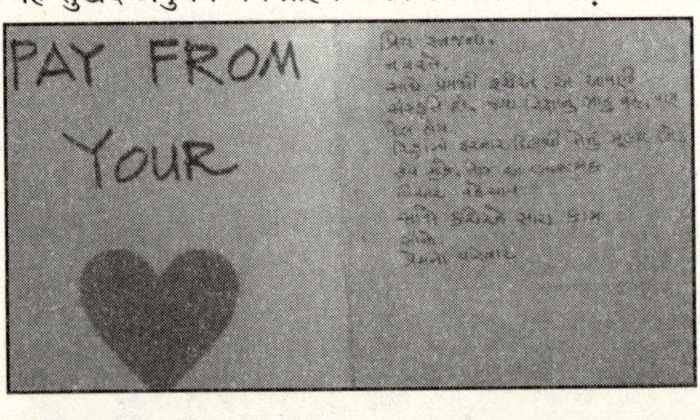

उदयभाई दस साल से आम ऑटोरिक्शावाले जैसे ही थे। लेकिन तीन महीने पहले घटित हुई

उदयसिंह रामलाल जाधव

एक घटना ने उनका जीवन आश्चर्यजनक रूप से बदल डाला। गांधी आश्रम तो वह अकसर जाया ही करते थे, परंतु एक दिन उन्होंने वहाँ 'मानव साधना' के कुछ स्वयंसेवकों को जरूरतमंदों की नि:स्वार्थ सेवा करते देखा। उन लोगों की लगन व कोशिश से प्रेरित व प्रोत्साहित होकर उन्होंने राष्ट्रपिता के सिद्धांतों और कार्यों का अनुसरण करने का निश्चय कर लिया। उदयभाई ने 'उपहार का अर्थशास्त्र' वाली अवधारणा के आधार पर 21 अक्तूबर, 2010 को दशहरे के शुभ अवसर पर 'अहमदाबाद का ऑटोरिक्शावाला' का श्रीगणेश किया था। उपहार के अर्थशास्त्र के पीछे विचार यह है कि आपसे पहले ही किसी ने आपकी यात्रा का भुगतान कर दिया है, और अब आपकी बारी है कि आप अगले यात्री के लिए भुगतान करें। उदयभाई हर सफर के बाद यात्री को एक अपने हाथ का लिखा हुआ ग्रीटिंग-कम-एनवलप पेश करते हैं जिसमें यात्री अपनी तरफ से दी जानेवाली राशि रख देता है।

खुद को 'अहमदाबाद का ऑटोरिक्शावाला' कहलाना पसंद करनेवाले उदयभाई ने अपने ग्राहक की यात्रा को सुखद बनाने के लिए ऑटो में एक नन्हा सा पुस्तकालय बनाया हुआ है जिसमें ऐतिहासिक विरासतों, शहर के पर्यटनस्थलों, राज्य के तीर्थस्थलों संबंधी पुस्तकों के साथ-साथ गुजराती और अंगेजी के समाचार-पत्र भी रखे रहते हैं। आपको आपके मनपसंद गाने सुनाने के लिए ऑटो में एक एमपी 3 प्लेयर भी लगा हुआ है और गरमी में हवा खाने के लिए एक छोटा सा पंखा भी है। अगर आपको भूख लग आए तो उसमें दो छोटे डिब्बों में स्नैक्स भी रखे हैं और पीने के लिए पानी भी। छिलके आदि फेंकने के लिए एक कूड़ादान लगाना वह नहीं भूले हैं। यात्रा अगर रात के समय हो रही हो तो पढ़ने का आनंद लेने के लिए एक पोर्टेबल लाइट का इंतजाम भी किया गया है।

ऑटो का बाहरी स्वरूप आपका ध्यान अपनी ओर आकर्षित करनेवाला है। उसके सामने की तरफ लिखा है 'लव ऑल', और नीचे मडगार्ड के ऊपर हिंदू, मुसलिम, सिख व ईसाई धर्मों वाला प्रतीक लगा हुआ है जिसे कि उदयभाई 'सर्व धर्म समभाव' का प्रतीक बताते हैं। आजू-बाजू में एक-एक बोर्ड लगा है जिसमें हिंदी व अंग्रेजी में लिखा है—"नमस्ते, अहमदाबाद में आपका स्वागत है। मैं हूँ उदय—आपकी सेवा में। गांधी की विरासत और वास्तुकला के उत्कृष्ट नमूनों का दर्शन कराने के लिए मैं आपको

अहमदाबाद की गलियों और पुलों की यात्रा कराऊँगा...'' इस संदेश के अंत में उनका मोबाइल नंबर और वेबसाइट का नाम www.movebylove.org. दिया गया है।

लेकिन 40 वर्षीय उदयभाई की सबसे अधिक प्रभावित करनेवाली बात यह है कि वह अपने ग्राहक से मीटर के अनुसार भुगतान नहीं लेते हैं क्योंकि वह तो हमेशा ही शून्य दिखाता रहता है। जब उनसे पूछा गया कि क्या इस बात से उन्हें परेशानी नहीं होती है क्योंकि वह गरीब परिवार से हैं, तो वह कहते हैं, ''मुझे कोई शिकायत नहीं रहती। दिन के अंत में जो कुछ मेरी कमाई हो जाती है, मैं उसी से अपना घर खर्च चलाता हूँ। अपने ग्राहकों को मैं आदर सहित अपना अतिथि मानना और उन्हें घर जैसा एहसास देना जारी रखूँगा।''

करुणामय उदयभाई ने अपने ऑटो में एक दानपात्र भी रखा हुआ है जिसमें सवारी पैसा डाल सकती है। वह खुद भी रोजाना इसमें कई सिक्के डालते हैं। इसमें जमा पैसों से वह जरूरतमंदों की सहायता करते हैं। इसके अलावा वे अपने ऑटो में कुछ कपड़े भी रखा करते हैं जिन्हें वह उन लोगों को दे देते हैं जो उन्हें फटेहाल दिखाई देते हैं।

एक डॉक्टर उनके नियमित ग्राहकों में से एक हैं जिन्हें कम दिखाई देता है। उदयभाई उन्हें रोजाना उनके गंतव्य तक ले जाते व लाते हैं और वह डॉक्टर साहब रुपए उनके लिफाफे में रख देते हैं। अपनी सेवाओं को बेहतर बनाने के लिए उदयभाई ने अपने ऑटो में सवारियों द्वारा अपने सुझाव देने के लिए एक सुझाव पुस्तिका भी रखी हुई है। उनमें कुछ यात्रियों ने अपनी टिप्पणियाँ कुछ इस तरह लिखी हैं—

''आज मैंने एक ऐसी बिल्कुल नई चीज देखी है जो आज से पहले कभी नहीं देखी थी—एक ऑटो जिसमें समाचार-पत्र हैं, पत्रिकाएँ हैं, एमपी 3 प्लेयर है, पढ़ने के लिए लाइट लगी है और इतनी सारी चीजें हैं कि मैं हैरान हूँ। यह ऑटोवाला शहर के अन्य ऑटोवालों से उलट बहुत शिष्टाचारी और विनम्र है।''

—प्रवीण झाँकट, राजकोट

''सुभाष ब्रिज से इस ऑटो में मैं और मेरा बेटा पहली बार सवार हुए हैं। इस पर लिखे हुए संदेश सचमुच प्रेरणाप्रद हैं। ऑटोवाला बहुत विनम्र है। उदयभाई, आप वास्तव में एक भारतीय हैं! हर भारतीय को आपके जैसा अक्षय पात्र रखना चाहिए।''

—डॉ. हिरीश पांचाल, अहमदाबाद

''उदयभाई के ऑटो में सफर करना बहुत ही सुखद लगता है। मैं ईश्वर से प्रार्थना करता हूँ कि वह उनके जीवन को सुख और समृद्धि से भर दे।''

—एम. के. चोपड़ा, रिजर्व बैंक ऑफ इंडिया, अहमदाबाद

अपनी अनेक दिलचस्प और याद में बनी रहनेवाली घटनाओं में से एक घटना सुनाते हुए उदयभाई ने बताया, ''एक बार मैं सवारियों को पहुँचाकर लौट रहा था तो मैंने देखा कि एक नेत्रहीन व्यक्ति सड़क पार करने की कोशिश कर रहा था लेकिन ट्रैफिक बहुत अधिक होने के कारण वह उसे पार नहीं कर पा रहा था। इसलिए मैं उसके पास गया और उससे ऑटो में आने के लिए कहा। पहले तो उसने मना कर दिया पर फिर मान गया। सड़क के उस पार पहुँचा देने के बाद मैंने उससे पूछा कि उसे जाना कहाँ है, तो उसने कहा, ''नहीं-नहीं, मैं अपने आप चला जाऊँगा।'' वह शायद संकोच कर रहा था, क्योंकि वह सोच रहा था कि मैं उसे पहुँचाने के पैसे लूँगा। उसने कभी सोचा भी नहीं था कि उसे कोई मुझ जैसा आदमी भी मिल सकता है। मेरे एक-दो बार आग्रह करने पर उसने बता दिया कि उसे हीरपुर में अपने अंधे लोगों के हॉस्टल जाना है। जब वह बैठ गया तब उसने अपनी जीवन की पूरी गाथा सुना दी और मेरी जीवन गाथा भी सुनी। यही सुनते-सुनाते हम हॉस्टल पहुँच गए। हॉस्टल वार्डन मुझे बड़ा घबराया हुआ सा लगा और दौड़ता हुआ हम तक आया क्योंकि किसी हॉस्टल के छात्र को एक प्राइवेट ऑटो से उतरते देखना उसके लिए एक बड़ी असाधारण बात थी। लेकिन जब उन्हें पूरी बात पता चली तो उन्हें एक सुखद आश्चर्य हुआ और उन्होंने मुझसे चाय पीकर जाने का आग्रह किया।''

आर्थिक हिचकोलों के बावजूद इसी तरह की घटनाएँ हैं जो कि ऐसे नेक काम करने की भावना को बनाए रखती हैं। हाँ, कभी-कभी कुछ कटु अनुभव भी हो जाते हैं लेकिन उनकी तुलना मधुर घटनाओं से नहीं की जा सकती। आनेवाले समय में उदयभाई इस अभियान का विस्तार करना चाहते हैं और इसी तरह के कुछ और ऑटोरिक्शे चलते देखना चाहते हैं, क्योंकि उनका विश्वास इस बात में है कि दिन पूरा हो जाने के बाद जो चीज रात को अच्छी नींद देनेवाली है, वह है—मन की शांति, न कि पैसा।

□

30

भले ही वह पढ़ाई पूरी न कर पाया हो पर वह पुल बना रहा है

"आपका दृढ निश्चय आपको रास्ते में आनेवाली बाधाओं के बावजूद मंजिल के आने तक चलते रहने के लिए कृतसंकल्प बनाए रखता है।"

—डेनिस वेटले

2004 में गरमी की छुट्टियाँ लेकर वह सऊदी अरब से अपने गाँव तोवा आया हुआ था। उन दिनों मानसून की भारी बारिश हो रही थी और कुँवर नदी उफान पर थी जिसे पार करने की कोशिश करते हुए ग्यारह बच्चे बह जाने के कारण मौत के मुँह में चले गए थे। इस दुखद घटना ने उसे झकझोरकर रख दिया था। चूँकि अधिकांश स्कूल और मदरसे नदी के उस पार ही थे इसलिए उसने जाकर स्थानीय नेताओं और जिला प्रशासन से वहाँ पुल बनवाने के लिए गुहार लगाई, लेकिन दुर्भाग्यवश उसकी गुहार, उसकी पुकार उनके उदासीन कानों में जाकर कहीं गुम हो गई। और तो और गाँव के लोग भी उसके साथ आगे नहीं आए। तब उसने वह काम करने का संकल्प कर लिया जो कि असंभव था—उसने वह पुल अपने ही बलबूते पर बनाने का संकल्प कर लिया। उसमें अपने इस मिशन के प्रति इतना जुनून था कि वह लौटकर खाड़ी भी नहीं गया।

इस भगीरथ प्रयास का संकल्प लेनेवाले हैं शकील अहमद जो कि तोवा गाँव के रहनेवाले हैं और अपनी पढ़ाई पाँचवीं कक्षा से आगे नहीं कर सके। इन्हीं शकील अहमद ने धर्मार्थ दान एकत्र किया और उस कंक्रीट के पुल को पूरी तरह अपनी निगरानी में बनवाया। यह पुल 'ज्ञान सेतु' सरीखा लगता है क्योंकि इस पुल पर से रोजाना गुजरनेवालों में लगभग 800 तो विद्यार्थी ही होते हैं। लाहीदीह गाँव की एक गृहिणी प्रीति यादव अब अपने पाँचों बच्चों को पुल पर से होते हुए अलग-अलग स्कूलों में भेजती हैं। अब उन्हें

उनकी सुरक्षा की चिंता नहीं सताती है। वह कहती हैं, "अब मुझे बड़ी तसल्ली रहती है। अब तो मैं अपने सबसे छोटे बेटे और बेटी को भी उनका भविष्य उज्ज्वल बनाने के लिए स्कूल भेजती हूँ।" अहमद ने जो पुल बनवाया है उसने जिला आजमगढ़ की सरायमीर तहसील के पचास गाँवों के निवासियों को नदी पार के स्कूलों, मदरसों और आजमगढ़ शहर से जोड़ने का काम किया है। मानसून के दिनों में इस क्षेत्र को जलमग्न कर देनेवाली कुँवर नदी पर पुलों को बनवानेवाले अहमद को वहाँ के लोग प्यार से 'पुल बाबू' के नाम से बुलाते हैं। कुछ समय पहले तक तो यह सरायमीर तहसील अपराध जगत् के सरदार अबू सलेम के गृहनगर के रूप में ही कुख्यात रही है।

शकील अहमद

अपने इस अभियान के आरंभिक संघर्ष के दिनों को याद करते हुए शकील बताते हैं, "इसके लिए रुपए इकट्ठा करने के लिए मैं गली-गली खाक छानता रहा। यह कोई आसान काम नहीं था। लोगों से रुपए इकट्ठा करना बहुत मुश्किल था। शुरू-शुरू में तो उन्हें यही लगा कि मैं उन्हें चूना लगाने की कोशिश कर रहा हूँ। यह रुपए इकट्ठा करते हुए मैं घर से बाहर ही रहा करता था और मेरे बेरोजगार होने के कारण मेरे परिवार के सामने आर्थिक संकट खड़ा हो गया था। मेरे बड़े भाई गाँव के प्रधान थे और मेरे इस तरह रुपए माँगते फिरने को वे शर्म की बात मानते थे। फिर भी मुझे लगता था कि हर कदम पर अल्लाह मेरे साथ है।"

शकील बताते हैं, "शुरू में तो लोग रुपए देने में हिचकते थे लेकिन बाद में वे मदद के लिए आगे आने लगे थे। फिर मैंने दिल्ली और मुंबई का दौरा किया जहाँ कि आजमगढ़ के काफी लोग रहते हैं और अधिकतर व्यापार करते हैं। उनमें से अधिकांश लोगों ने बहुत उदारता दिखाई और मैं लगभग रु. 65 लाख जुटाने में कामयाब रहा। उनमें से गुजरात के एक व्यापारी हाजी इसरार-उल-हक कमाल के आदमी थे जिन्होंने दिल खोलकर दान दिया। इसके अलावा, एक इंजीनियर साहब हैं श्री संजय श्रीवास्तव, जिन्होंने उस पुल को बनाने के लिए जरूरी इंजीनियरिंग सेवाएँ मुफ्त देने की पेशकश

की। यह पुल 2002 में बनना शुरू हो गया था लेकिन पैसों की कमी के कारण बीच-बीच में काम रुकता रहता था। पहला पुल 2004 में बनकर तैयार हो गया था। लोगों में जो खुशी मैंने देखी उससे प्रोत्साहित होकर मैंने चार और पुल बनवाने का बीड़ा उठाया। चौथा पुल बनकर तैयार तो 2009 में हो गया था लेकिन उससे जुड़नेवाली सड़क नहीं थी। परंतु वह भी आखिर अब चालू हो गया है। तोवा की जनसंख्या लगभग 5000 है और उसमें केवल पाँचवीं तक का स्कूल है, लेकिन इन पुलों ने उन्हें आस-पास के 50 से अधिक गाँवों और लगभग एक लाख लोगों से जोड़ दिया है।''

उन्होंने आगे बताया, ''कुँवर नदी के पार सरायमीर शहर में अनेक शैक्षणिक और टेक्निकल संस्थाएँ और बाजार हैं, पुल बन जाने के बाद से वहाँ के स्कूल-कॉलेजों और मदरसों में विद्यार्थियों की संख्या अब बढ़ती जा रही है। अब तो छोटे बच्चों का भी दाखिला वहाँ करा दिया जाता है। पहले तो उनका स्कूल में ठीक समय पर पहुँचना बड़ा मुश्किल हुआ करता था, खासतौर पर बरसात के दिनों में।'' सरायमीर को ले जानेवाले दो पैदल रास्ते और भी हैं लेकिन उनसे वहाँ की दूरी 20 किलोमीटर बैठती है, जब कि पुल से होकर जानेवाली सड़क से यह दूरी केवल दो किलोमीटर रह जाती है। वहाँ के लिए कोई सार्वजनिक यातायात सेवा भी उपलब्ध नहीं है।

पूछे जाने पर आजमगढ़ की जिलाधीश नीना शर्मा ने यह बताते हुए कि वे शकील अहमद की सेवाओं को अपने बाढ़ प्रबंधन के प्रयासों में शामिल करने की सोच रही हैं कहा, ''फिलहाल तो हम उत्तराखंड की दुर्घटना के बाद आपदा प्रबंधन के कार्यों में लगे हुए हैं। हम शकील के प्रयासों की प्रशंसा करते हैं और निश्चित ही शासन की तरफ से उनकी सेवाओं को सम्मानित करनेवाले हैं।''

आजमगढ़ के लोगों की जुबान तो शकील के लिए कसीदे ही पढ़ती रहती है, ''शकील ने शिक्षा को सुलभ कराने के लिए कमाल का काम किया है। उसे अवश्य ही कोई पुरस्कार मिलना चाहिए।'' उनका कहना ठीक ही है क्योंकि समाज के लिए अपनी क्षमता के अनुसार कुछ करने की बात सोचते तो बहुत लोग हैं लेकिन ऐसे बहुत कम होते हैं जो उस सपने के अलावा फिर कुछ नहीं देखते। अपने संकल्प की जलती हुई मशाल लेकर एक जुनून के साथ वह उस सपने को साकार करने में जुटे रहते हैं, और फिर उसके साकार होने तक कोई भी और कुछ भी उन्हें रोक नहीं सकता है। सब तरफ से मिलनेवाली प्रशंसा और प्रतिष्ठा पर बैठकर शकील आराम नहीं फरमा रहे हैं। वह कहते हैं, ''अब मैं ऐसे ही दस पुल अपने क्षेत्र की अन्य नदियों पर बनवाने की योजना बना रहा हूँ।''

□

31

देने का आनंद

''एक श्रेष्ठ व्यक्ति वह होता है जो स्वार्थरहित हो, जो उदारमना हो और समाज से उसे जितना मिला है यथासंभव उससे कुछ अधिक ही वह उसका प्रतिदान करना चाहता हो।

मेरी नजर में वह व्यक्ति श्रेष्ठ है जो लोगों का उद्धार करता हो और सचमुच अपने अंतरतम से उनकी परवाह करता हो, फिक्र करता हो।''

—डेबी मजर

अक्तूबर 2013 में भोपाल में आयोजित वह एक राजकीय समारोह था जहाँ मध्य प्रदेश के उच्च शिक्षा मंत्री उत्कृष्ट छात्रों, अध्यापकों और प्रधानाचार्यों को 'लक्ष्मण सिंह गौड़ पुरस्कार' से सम्मानित कर रहे थे। वहाँ भोपाल स्थित लड़कियों के महारानी लक्ष्मीबाई स्वायत्त स्नातकोत्तर कॉलेज के प्राचार्य प्रो. उत्तम चंद जैन का नाम उनके द्वारा 2010-11 के दौरान दी गई अद्वितीय सेवाओं के लिए घोषित किया गया और एक लाख की पुरस्कार की राशि प्राप्त करने के लिए उन्हें मंच पर आने को आमंत्रित किया गया।

शिक्षाशास्त्रियों का वह विशिष्ट सम्मेलन प्रो. जैन के अभिनंदन में खड़े होकर बजाई जा रही तालियों से गूँज उठा था—ये तालियाँ उस पुरस्कार के लिए उन्हें चयनित किए जाने के लिए नहीं बल्कि पुरस्कार पाने के बाद उनके द्वारा की गई उद्घोषणा के लिए बजाई जा रही थीं जिसने उनका कद बहुत ऊँचा कर दिया था। पुरस्कार की राशि प्राप्त करने के बाद उन्होंने वहीं के वहीं घोषणा कर दी थी कि वह उस राशि में से एक भी पैसा अपने पास नहीं रखेंगे। एक उदार भावना के साथ उन्होंने यह निर्णय ले लिया था कि उसमें से इक्यावन हजार रुपए वह महारानी लक्ष्मीबाई गर्ल्स कॉलेज को ही दान दे रहे हैं। यह राशि एकमुश्त जमा के रूप में रखी जाए और उससे प्राप्त होनेवाले वार्षिक ब्याज को बी.ए., बी.कॉम. तथा बी.एस-सी. में टॉप करनेवाली छात्राओं को चक्रानुसार पुरस्कार के रूप में प्रदान किया जाएगा। डॉ. जैन ने यह भी घोषित किया अपने पुरस्कार

डॉ. यू.सी. जैन

में से आयकर चुकाने बाद बची राशि को वह अपने घर पर काम करनेवाली चार नौकरानियों को उनके बच्चों की शिक्षा के लिए दान कर देंगे।

सद्‌भावना से भरा उनका यह व्यवहार बिल्कुल संत सरीखा था। आज के युग में जब कि हर आदमी येन-केन-प्रकारेण अपनी ही जेबें भरने की जुगाड़ में लगा रहता है, वहाँ डॉ. जैन जैसे करुणा के अवतार पुरुष का होना एक सुखद आश्चर्य ही है! मधुरभाषी और मितभाषी डॉ. जैन एक प्रसन्न वदन व्यक्ति हैं। 'यथा नाम तथा गुण' वाली उक्ति को चरितार्थ करते हुए उत्तम चंद जैन सचमुच उत्तम हैं।

उनका बचपन बड़ा कष्टकारी रहा था। जब वह केवल एक साल के थे तब पिता का साया उनके सर से उठ गया था और जब वह दस बरस के थे तब उनकी माता का भी देहांत हो गया था। कहते हैं कि अनाथों के नाथ भगवान् होते हैं। यह उनकी बुआ ही थीं जिन्होंने उनके लिए भगवान् की भूमिका निबाही और उन्हें अपने बेटे के समान पाल-पोसकर बड़ा किया। उत्तम भी अपनी पढ़ाई-लिखाई में बहुत रुचि रखते थे और हमेशा टॉप किया करते थे।

सागर विश्वविद्यालय से एम.कॉम. तथा पी-एच.डी. करने के बाद उन्होंने एक लेक्चरर पद के लिए आवेदन किया। उन्हें एक सप्ताह में ही नियुक्ति पत्र प्राप्त हो गया। उन्होंने गवर्नमेंट कॉलेज बिलासपुर में ज्वॉइन कर लिया। चार दशकों के अपने लब्धप्रतिष्ठ कॅरियर में वह अनेक प्रतिष्ठित पदों पर आसीन रहे जिनमें 22 वर्ष वह प्राचार्य रहे और आजकल उच्च शिक्षा विभाग में वह अतिरिक्त निदेशक पद पर हैं। भोपाल और होशंगाबाद क्षेत्र के लगभग 66 कॉलेजों के निरीक्षण, पर्यवेक्षण तथा सामंजस्य का दायित्व उनके कंधों पर है।

डॉ. जैन का मानना है कि औरों से उन्हें बहुत कुछ मिला है। लेकिन देखा जाए तो अपनी तरफ से दूसरों की सहायता करने के हर संभव प्रयास करने का प्रतिफल ही उनको मिल रहा है। उन्हें जितना कुछ समाज से मिला है वह उससे कुछ अधिक ही समाज को वापस करने के प्रयत्न में हमेशा लगे रहते हैं। ईश्वर की कृपा से उनके पुत्र, पुत्रवधुएँ, पुत्री व दामाद अच्छी स्थिति में हैं। इसलिए, उन्होंने कहा, उनके लिए फिक्स्ड

डिपोजिट छोड़कर जाने के बजाय वह जरूरतमंदों की मदद करना अधिक पसंद करेंगे। कितना नेक खयाल है जो कि उन्होंने हकीकत में बदल दिया है!

लोगों के लिए कोई संदेश देने के लिए कहने पर उन्होंने कहा, "अपने काम के प्रति पूरी तरह समर्पित हो जाइए, उसे पूरी ईमानदारी से कीजिए।" अपनी सफलता के रहस्य को वह सूत्र रूप में बताते हैं, " 'कड़ा परिश्रम' और 'सफलता' का कोई शॉर्टकट नहीं होता।" दो साल बाद होनेवाली अपनी सेवानिवृत्ति के बाद लोगों की सहायता करते रहना और इस धरती को रहने के लिए एक बेहतर स्थान बनाने का प्रयास करते रहना उनका मिशन बना रहेगा। देने का आनंद कैसा लगता है, यह बात उनसे बेहतर और कौन जानता होगा!

(सफलता की यह गाथा मेजर प्रदीप खरे द्वारा डॉ. उत्तम चंद जैन से लिये गए साक्षात्कार पर आधारित है।)

□

उद्यम को प्रणाम

"टेक्नोलॉजी तथा व्यापार में मैं कई बार असफल हुई हूँ, और कई बार अनुसंधान में भी असफलता ही मेरे हाथ लगी है, लेकिन मैं इस बात में पूरा विश्वास रखती हूँ कि असफलता का सामना करने की क्षमता रखना, असफलता से निपटना और असफल हो जाने के बावजूद आगे बढ़ना—यही होती है उद्यमिता।"

—किरन मजूमदार शॉ

32

कभी मुंबई में जिसके पास फूटी कौड़ी न थी आज वह करोड़पति है!

> *''जब कोई व्यक्ति वाकई कुछ करना चाहता है, तब सारा संसार उसका सपना सच करने के लिए मिलकर उसकी सहायता करने लगता है।''*
>
> **—पाउलो कोइल्हो**

काम की तलाश में जब वह मुंबई की सड़कों पर मारा-मारा फिर रहा था तब जो अकेली चीज उसका साथ दे रही थी वह थी उसकी भूख। किसी आदमी के मुंबई में काम दिलाने के वादे पर पैसा कमाने की चाहत लेकर 17 साल का प्रेम गणपति टूटिकोरिन के नागालापुरम् में अपने घर को छोड़कर अपने माता-पिता को बिना कुछ बताए ही मुंबई आ गया था। लेकिन नियति को कुछ और ही मंजूर था। उस व्यक्ति ने जैसा वादा किया था वैसी कोई नौकरी नहीं थी। नौकरी दिलाने के बजाय मुंबई के उपनगर बांद्रा में उसे धक्के खाने के लिए छोड़ दिया गया था। ये उसके जीवन के कभी न भुलाए जा सकनेवाले दिन थे। समस्या कि न तो वह हिंदी बोलना जानता था, न उस महानगर में किसी बंदे को जानता और न ही उसकी जेब में फूटी कौड़ी थी। लेकिन आखिर उसे एक सज्जन टैक्सी ड्राइवर मिल गया जिसे उसने अपनी सारी व्यथा-कथा सुना दी।

पूरा किस्सा सुनाते हुए गणपति ने बताया, ''उस टैक्सी ड्राइवर को मुझ पर तरस आ गया और उसने कहा कि वे कुछ रुपए इकट्ठा कर देंगे और उसे घर वापस भेजने का इंतजाम कर देंगे। उस समय रेल का किराया रु. 121 हुआ करता था। लेकिन मैंने कहा कि मैं वापस नहीं जाऊँगा। मैं कुछ काम करूँगा और यहीं रहूँगा। माहिम की एक बेकरी में पिज्जा बनानेवाले के यहाँ बरतन साफ करने का काम मिलने

से पहले मैं एक मंदिर में सोया करता था। फिर तो मैं उसी बेकरी में सोने लगा था। तमिल वाला होने के कारण शुरू-शुरू में मेरे साथ थोड़ा भेदभाव होता था। हमें केवल रसोई से जुड़ा काम ही करने को दिया जाता था। कुछ दिनों बाद मुझे होटल से बाहर भी भेजा जाने लगा था—आस-पास के दुकानदारों को चाय-कॉफी पहुँचाने के लिए। इससे मैं रु. 1000 कमा लेता था यानी दूसरे लड़कों से तीन गुना ज्यादा, क्योंकि चाय-कॉफी की वह सेवा कमीशन पर आधारित हुआ करती थी।''

प्रेम गणपति

गणपति ने अपने बुरे दिनों को अपने जीवन के सबसे बड़े सुअवसर के रूप में बदल दिया था। दो वर्ष तक वह मुंबई के विभिन्न रेस्टोरेंटों में हर तरह के काम करता रहा था। आखिर 1992 में उसने एक हाथठेला किराए पर लिया और उस पर इडली, डोसा और वड़ा बेचने लगा। अब उसका भाई भी उसके काम में हाथ बँटाने के लिए उसके पास आ गया था। गणपति के हाथ के इडली, डोसे और वड़े में एक अलग ही स्वाद, सुगंध और विविधता हुआ करती थी, इसलिए जल्दी ही उसकी प्रशंसा व प्रसिद्धि फैलने लगी।

दसवीं कक्षा पास कर लेने के बाद गणपति आगे पढ़ना नहीं चाहता था इसलिए उसने एक कॉफी की दुकान पर काम करना शुरू कर दिया था और रु. 250 महीने की पगार पर वह वहाँ लगभग दो साल तक काम करता रहा था। फिर उसे चेंबूर में एक होटल में पिज्जा ब्रेड पहुँचाने का दूसरा काम मिल गया था। बाद में वह नवी मुंबई आ गया था और एक रेस्टोरेंट में बरतन साफ करने का काम करने लगा था।

अपने पिता के प्रति आभार व आदर प्रकट करते हुए गणपति कहते हैं, ''मेरे पिताजी ने मेरे अंदर सोच की स्पष्टता और निश्चय की दृढता कूट-कूटकर भर दी थी। यही ऊर्जा मुझे हमेशा आगे बढ़ाती रही है। इसीलिए हर बार कुछ खोने पर मैंने कुछ पाने के अवसर खोज लेने की कोशिश की है। लोग जब मेरे पिताजी को यह कहकर चिढ़ाया करते थे कि तुम्हारा बेटा तो तुम्हें गच्चा दे गया है और बहुत दूर चला गया है, तब वह हमेशा यही जवाब दिया करते थे कि उसके बारे में मुझे तसल्ली है

क्योंकि मैं जानता हूँ कि वह जहाँ भी होगा वहाँ अच्छा ही कर रहा होगा।'' उसके पिता तंबाकू का कारोबार करते थे जिसमें उन्हें नुकसान उठाना पड़ा और उसे बंद करना पड़ा था। खेती में भी उनका काफी नुकसान हो गया था। अपने सात बच्चों के साथ प्रेम के माता-पिता को आमदनी और खर्च के सिरों को मिला पाने के लिए बहुत जद्दोजहद करनी पड़ती थी। लेकिन फिर भी उनके पिता ने यह तय कर रखा था कि वह अपने बच्चों को एक अच्छा जीवन दिलाकर ही रहेंगे।

प्रेम अपने काम में हमेशा बहुत सावधान व निष्ठावान रहे हैं। उन्होंने बताया, ''मैं यह याद रखता था कि किस व्यक्ति को क्या चाहिए। कुछ लोग कड़क चाय पसंद करते थे तो कुछ लोग बिना चीनी की चाय चाहते थे। ऐसा करने से रेस्टोरेंट से बाहर के लोगों से भी मेरी अच्छी जान-पहचान हो गई थी। एक छोटी सी दुकान चलानेवाले ने देखा कि मुझमें उद्यम की लगन है और मैं परिश्रमी भी हूँ, इसलिए उसने सुझाव दिया कि क्यों न हम भागीदारी से एक खानपान का स्टॉल खोल लें। उसने पैसा लगाया और मुझसे लाभ का आधा-आधा बाँट लेने की बात कही।'' बाजार के निकट होने के कारण उस खानपान स्टॉल का काम खूब चल निकला था लेकिन वह आदमी अपने वादे के अनुसार लाभ को आधा-आधा बाँटने की बात से मुकर गया और बोला कि वह तो उसे रु.1200 की सीधी-सीधी पगार ही देगा। इसलिए प्रेम ने वह भागीदारी छोड़ दी और निश्चय किया कि अपने ही बल-बूते पर कोई काम करना अच्छा रहेगा।

उन्होंने बताया, ''मैंने अपने कुछ मित्रों से रु. 150 उधार लिये और एक हाथठेला किराए पर ले लिया। शुरू के दिनों तो सचमुच बड़ी मुसीबत रही। कई बार ऐसा हुआ कि नगरपालिका की गाड़ी आ टपकती थी और हमारे हाथठेले को उठा ले जाती थी। लेकिन मैं हमेशा ही सकारात्मक सोच और दृढ निश्चय से भरा रहनेवाला था और इसीलिए मैंने कभी उम्मीद नहीं छोड़ी।'' गणपति का यह सौभाग्य रहा कि जिस कमरे में वह रहा करते थे उस कमरे में उनके साथ रहनेवाले लड़के बड़े सहयोगी स्वभाव के थे। वे बहुत मित्रवत् और मददगार थे। उनके बारे में बताते हुए वह कहते हैं, ''चूँकि वे निट (एन.आई.आई.टी.) की तैयारी कर रहे थे इसलिए वे मुझे अच्छी सलाह और सुझाव दिया करते थे। उन्होंने ही मुझे कंप्यूटर पर काम करना सिखा दिया था। उन्होंने मेरे डोसे का नाम भी आस-पास खूब फैला दिया था। इससे मेरा काम बढ़िया चल निकला था।'' गणपति का दिन सुबह 5.30 पर शुरू हो जाता था। खाने का सारा सामान वह खुद ही तैयार करते थे और दोपहर बाद के 3.30 तक वह सड़क पर ही रहते थे। वह बताते हैं, ''हर शाम को दो घंटे मैं काम से छुट्टी रखता था और एक साइबर कैफे में सर्फिंग किया करता था। बहुत से व्यापार और कारोबार के बारे में मैं उसमें पढ़ा करता था जिससे मैंने बहुत कुछ सीखा।''

अंतत: 1998 में गणपति ने नवी मुंबई के वाशी रेलवे स्टेशन के बाहर स्टॉल के लायक एक जगह ले ली जिस पर उन्होंने अपने पहले 'प्रेम सागर डोसा प्लाजा' का श्रीगणेश किया। सौभाग्य से पहले ही दिन से उनकी बिक्री काफी अच्छी रही। एक ही वर्ष में इस डोसा प्लाजा ने खुद ही तैयार किए गए 25 नए तरह के डोसे परोसने शुरू कर दिए थे। 2002 आते-आते डोसा प्लाजा 104 तरह के स्वादिष्ट डोसे परोसने लगा था। 2003 में वाशी में 'सेंटर वन' नाम का एक नया मॉल खुला और डोसा प्लाजा सड़क से मॉल में चला गया।

गणपति ने डोसा प्लाजा के बराबर में एक चाइनीज प्लाजा भी चलाने की कोशिश की थी लेकिन वह बुरी तरह विफल रहा और तीन महीनों में ही उसे बंद करना पड़ा। लेकिन इससे भी गणपति अशांत या दु:खी नहीं हुए बल्कि उसे इस दृष्टि से लिया कि चलो इससे भी उसे सीखने के लिए कोई सबक ही मिला है। चाइनीज चीजों को बनाने की सीख को उन्होंने डोसे के साथ प्रयोग किया जिसने कि बड़ा बढ़िया काम किया। उन पर जैसे एक धुन सवार हो गई थी, इसलिए वह चाइनीज शैली के साथ नए-नए तरह के डोसे ईजाद करने लगे, जैसे—अमरीकन चौप्सुई, शेजवान डोसा, पनीर चिली, स्प्रिंग रोल डोसा, इत्यादि। उनके मीनू में 104 तरह के डोसे हो गए थे और इससे उनका बड़ा नाम हो गया था।

गणपति ने बताया, ''एस.आई.ई.एस. कॉलेज के पी-एच.डी. के एक छात्र ने डोसा प्लाजा पर आधारित अपना एक प्रोजेक्ट तैयार करके प्रस्तुत किया था। इसलिए, छात्रों के साथ परिसंवाद करने के लिए मुझे कॉलेज में आमंत्रित किया गया। भले ही डोसा बनाने के वास्ते गणपति नवी मुंबई के लगभग हर कॉलेज में जा चुके थे लेकिन अपने अनुभवों पर एक उद्यमी के रूप में चर्चा करना उनके लिए एक मधुर स्मृतिवाला अनुभव रहा। उन्हें सबसे बड़ी पहचान तब मिली जब बिना एम.बी.ए. करे ही सफलता के शिखर पर पहुँचनेवाले 20 उद्यमियों के बारे में प्रकाशित की गई रश्मि बंसल की किताब 'कनक्टिंग डॉट्स' में उनके पुरुषार्थ की गाथा भी शामिल थी। उन्होंने बताया कि उनकी सफलता की गाथा अनिता कृष्णमूर्ति द्वारा लिखित एक तमिल किताब में भी प्रकाशित हो चुकी है। जब उनसे पूछा गया कि आगे न पढ़ पाने का क्या उन्हें कोई अफसोस होता है, तो उन्होंने कहा, ''नहीं, बिल्कुल भी नहीं। लेकिन जब मैं विदेश जाता हूँ तब अंग्रेजी बोलने-समझने में बस दिक्कत होती है। इसके अलावा मैं नहीं समझता कि जो मैंने सीखा है इससे ज्यादा मैं किसी स्कूल में कुछ सीख सकता था। मेरे अनुभव ने मुझे सबसे अधिक सिखाया है, वही मेरा सबसे बड़ा शिक्षक रहा है।'' यह पूछे जाने पर कि क्या कभी उस व्यक्ति की याद भी उन्हें आती है जिसने उन्हें लाकर मुंबई की सड़कों पर बेसहारा छोड़ दिया था, तो एक विचारक की तरह

गणपति कहते हैं, ''एक तरह से देखा जाए तो उसी के कारण तो मैं यहाँ पहुँचा हूँ और इतना कुछ कर पाया हूँ। मैं नहीं जानता कि अब वह कहाँ है···।''

अपनी भावी योजनाओं के बारे में बताते हुए गणपति कहते हैं, ''ऐसे कई लोगों से हमें अनुरोध मिल रहे हैं जो विदेशों में डोसा प्लाजा खोलना चाह रहे हैं। न्यूजीलैंड में हमारे तीन और दुबई में दो आउटलेट पहले से ही चल रहे हैं और भारत में 10-15 और रेस्टोरेंट खोलने के अलावा हम मस्कट में भी एक आउटलेट इस वर्ष खोलने जा रहे हैं। ये सब अभी तक के 11 राज्यों में फ्रैंचाइजी सहित 43 रेस्टोरेंटों के अलावा होंगे। जो काम मैंने अपने रु.1000 की मूल पूँजी से शुरू किया था, आज वह 30 करोड़ की कंपनी का आकार ले चुका है और हमारा इस साल का लक्ष्य इसे बढ़ाकर 40 करोड़ करने का है।'' अब तो डोसा प्लाजा की सफलता की यह गाथा प्रबंधन के छात्रों के लिए अध्ययन के विषय के रूप में भी शामिल कर ली गई है।

□

33

उसकी पढ़ाई छूट गई लेकिन वह क्विक ह्विल तकनीक का संस्थापक सी.ई.ओ. बना

''विजयी हो जाने से सबलता नहीं आ जाती। आपका संघर्ष आपको सबलता देता है। जब आप कठिनाई में हों मगर हार न मान रहे हों, यह होती है सबलता।''

—आर्नोल्ड श्वार्जेनेगर

ऐसे पल विरले ही होते हैं जब सफलता की कोई ऐसी सच्ची और प्रेरणाप्रद गाथा हमारे सामने आ जाए जिसका ताना-बाना कठोर परिश्रम, एक दृष्टिकोण, सही निर्णय लेने की सूझबूझ, और साथ ही अवसर को भाँप लेने की कुशलता—इनसे बुना गया हो। क्विक ह्विल टेक्नोलॉजीज के मुख्य कार्यकारी अधिकारी (सी.ई.ओ.) कैलाश काटकर ने अपनी यात्रा एक ऐसे लड़के के रूप में शुरू की थी जिसे पढ़ाई छोड़ देनी पड़ी थी। फिर भी, अपनी शिक्षा बहुत कम हो पाने के बावजूद कैलाश काटकर आज एंटी वायरस सॉफ्टवेयर का करोड़ों का व्यापार खड़ा कर चुके हैं।

कैलाश काटकर

1985 की सेकंडरी स्कूल सर्टिफिकेट परीक्षा के बाद ही काटकर को अपनी पारिवारिक परिस्थितियों के कारण अपनी स्कूली शिक्षा छोड़ देनी पड़ी थी। उनके पिता पुणे में फिलिप्स इलेक्ट्रॉनिक कंपनी में मशीन सेंटर के रूप में काम करते थे

और उनकी माँ घर सँभालती थीं। कैलाश के अतीत में देखें तो उन्होंने 1990 के दशक में पुणे में कैलकुलेटर मरम्मत करने का काम शुरू किया था। उनका कहना है कि उनकी सफलता अधिकांशत: उनकी उस सूझबूझ का परिणाम रही है जिसने आनेवाली टेक्नोलॉजी को उसके आने से पहले ही भाँप लिया था। वह कहते हैं, "काम करना तो मैंने तभी से शुरू कर दिया था जब मैं स्कूल में पढ़ रहा था। मैं ऐसे काम की तलाश में रहता था जिससे चार पैसे कमाकर मैं अपने परिवार की आमदनी में योगदान कर सकूँ। मुझे लगता है कि अपने परिवार को, और खुद को भी, रहने के लिए एक अच्छा जीवन देने की मेरी यह लगन ही थी जिसने मुझे उद्यम और पुरुषार्थ के मार्ग पर आने और आगे बढ़ने के लिए प्रेरित व प्रोत्साहित किया।"

1985 में, किसी तरह मैट्रिकुलेशन पूरा करते ही उन्होंने एक रेडियो व कैलकुलेटर मरम्मत करनेवाली एक स्थानीय दुकान पर काम करना शुरू कर दिया था क्योंकि परिवार की कम आमदनी में सहारा देने के लिए उन्हें इसकी जरूरत थी। दुकान के मालिक ने उन्हें दो महीने की ट्रेनिंग के लिए अपनी मुंबई स्थित दुकान पर भेज दिया जिसे पूरी करके वह लौटकर उसकी पुणे वाली दुकान पर केवल रु. 1500 की पगार पर काम करने लगे। 1990 में उन्होंने खुद में यह विश्वास महसूस किया कि अब रु. 15,000 की मूल पूँजी से वह अपनी ही कैलकुलेटर मरम्मत की दुकान खोल सकते हैं। उन्होंने 100 वर्ग फीट की एक दुकान लीज पर ली और अकेले ही उससे श्रीगणेश किया। पहले ही साल में उन्हें रु. 45,000 की अच्छी-खासी रकम तो कमा ली लेकिन अपनी इस प्रगति से वह संतुष्ट नहीं थे।

काटकर को यह समझ में आ गया था कि अपने व्यापार का आकार बड़ा करने के लिए आवश्यक है कि तेजी से बढ़ते सॉफ्टवेयर के काम में धन और ध्यान दोनों लगाए जाए। इसलिए उन्होंने कंप्यूटर हार्डवेयर के बारे में पढ़ना शुरू कर दिया, और 1991-92 में एक कम अवधि वाले कंप्यूटर कोर्स में भी जाना शुरू कर दिया। और अंतत: 1993 में उन्होंने एक नया काम शुरू करने का जोखिम लिया—सी.ए.टी. कंप्यूटर सर्विसेज खोलना। शुरू-शुरू में यह काम एक भारी चुनौती ही था क्योंकि उन्हें इस क्षेत्र का कोई अनुभव नहीं था। कुछ महीने बाद उन्हें ग्राहक मिलने की शुरुआत तब हुई जब दो परिवारों ने अपने निजी कंप्यूटर के रख-रखाव के लिए उनके साथ अनुबंध किया—प्रति कंप्यूटर रु. 2000 प्रतिवर्ष की दर पर। काम के अनुभव ने सहारा दिया और उन्हें और भी काम मिलने लगे। सितंबर 1993 में न्यू इंडिया इंश्योरेंस के साथ और एक महीने बाद ही एक और ग्रुप के साथ वार्षिक रख-रखाव का अनुबंध करके वह कॉरपोरेट जगत् में पैठ करने में सफल हो गए। 1993-94 के वित्तीय वर्ष में उन्होंने 1 लाख का कारोबार किया और फिर अपने व्यापार का प्रबंधन और विस्तार करने के लिए उन्होंने चार कर्मचारी भी रख लिये।

वह नब्बे के दशक का आरंभ था और 'वायरस' का खतरा फिजा में तैरने लगा था। काटकर उन दिनों को याद करते हुए बताते हैं, ''उन दिनों किसी फ्लॉपी डिस्क से वायरस कंप्यूटर में घुसपैठ कर जाता था और उसके सिस्टम को ध्वस्त कर देता था। उस वायरस के रचयिताओं का इरादा अपने फायदे के लिए किसी डाटा को चुराना नहीं होता था, बल्कि डाटा नष्ट करके गड़बड़ मचा देने में उन्हें बस मजा आता था।'' काटकर ने इस समस्या का एक मानक समाधान ढूँढ़ निकाला। काटकर ने बताया, ''वायरस को हटाने की बात सोची ही नहीं गई थी। हम तो बस कंप्यूटर को रीफॉरमेटेड कर दिया करते थे। यह हमारे वार्षिक रख-रखाव के अनुबंध (ए.एम.सी.) में निहित रहनेवाला एक काम हुआ करता था। वह 1990 के दशक का मध्य था और इंटरनेट लोकप्रिय होता जा रहा था। इसका मतलब यह था कि कंप्यूटर के लिए भी खतरा बढ़ता जा रहा था क्योंकि यह वायरस के लिए मशीन तक पहुँचने का एक और रास्ता खोल रहा था।''

उस समय तक पुणे में कंप्यूटर इंजीनियरिंग कर रहे कैलाश के छोटे भाई संजय ने सॉफ्टवेयर प्रोग्राम डवलप करने का काम शुरू कर दिया था। कैलाश के आग्रह पर उसने एक एंटी-वायरस सॉफ्टवेयर तैयार करना शुरू कर दिया। उसे 'क्विक ह्विल' का नाम दिया गया और बाजार में सबसे कम दाम के एंटी-वायरस के रूप में बेचा जाने लगा, लेकिन उसे खरीदने को कोई इच्छुक ही नहीं था। इसलिए कंप्यूटर की ए.एम.सी. के साथ इसे मुफ्त में दिया जाने लगा। उन दिनों को याद करते हुए कैलाश बताते हैं, ''फिर तो कई विनाशकारी वायरस आने लगे, जैसे कि 'वन हाफ एंड नताश'। और यह देखा गया कि केवल हमारा एंटीवायरस ही उनके द्वारा एंक्रिप्ट की गई फाइलों को डीक्रिप्ट कर सकता था। तब के एंटी-वायरस व्यापार के बड़े-बड़े अंतरराष्ट्रीय नाम भी पूरी तरह कारगर नहीं हो पा रहे थे। यही वह समय था जब क्विक ह्विल को एक व्यापारिक रूप देने के विचार का जन्म हुआ था। थोड़े ही समय में यह एंटी-वायरस सॉफ्टवेयर धड़ाधड़ बिकने लगा और 1996-97 में इसकी बिक्री पिछले वित्तीय वर्ष की तुलना में तीन गुना बढ़कर रु. 12.19 लाख तक पहुँच गई।'' लेकिन काटकर को एक नए-नए उद्यमी के रूप में सामने आनेवाली समस्याओं से जूझना पड़ा—बेचने के लिए आवश्यक साधनों का अभाव। बैंक उनके काम को समझ नहीं पा रहे थे, आकलन नहीं कर पा रहे थे, इसलिए वे उन्हें ऋण देने का जोखिम उठाने को तैयार नहीं थे। काटकर ने एक वितरक नियुक्त किया। उसने बिक्री तो बढ़ाई लेकिन बिक्री के एक हिस्से पर हाथ साफ कर गया। काटकर को इस बात का भान हो गया और तब उन्होंने अपनी टीम बनाने का निर्णय लिया। इसका लाभ भी मिला। आनेवाले वर्षों में संजय और उनके द्वारा नियुक्त अन्य सॉफ्टवेयर डवलपर्स इस सॉफ्टवेयर के और भी बेहतर और विकसित रूपांतरण लेकर आगे आए। 2002 तक उनका यह व्यापार उस मुकाम तक पहुँच गया

कि वे उसे पुणे में ही 2000 वर्ग फीट के कार्यालय में ले जा सकें जो कि उन्होंने 25 लाख में खरीद लिया था। उसके एक साल बाद उनकी पहली शाखा नासिक में खुली और फिर तो पूरे भारत में उनकी शाखाएँ बड़ी तेजी से खुलती चली गईं।

2007 में काटकर ने इस कंपनी का पुनः नामकरण करके 'क्विक ह्विल टेक्नोलॉजीज' नाम दिया। इस बीच कई बाधाएँ भी आती रहीं। वह बताते हैं, "एक समय ऐसा भी आया जब हमारे कर्मचारी हमारी कंपनी को छोड़कर जाने लगे थे क्योंकि उन्हें लगता था कि हमारी कंपनी छोटी सी है और न तो आगे बढ़ रही है और न ही नाम कमा रही है। हमने यह महसूस किया कि अब समय आ गया है कि हम समय की माँग के अनुसार चलें, और यही वह समय था जब हमने अपने साथ लगे 'रख-रखाव कंपनी' के बिल्ले को बिल्कुल हटा देने का फैसला किया। इससे हमें अपने कुछ ग्राहकों को खोना पड़ा क्योंकि हमारे पास स्टाफ की कमी थी। हमें नुकसान हुआ और पैसे की आवक घट जाने से हमारे उत्पाद के विकास और प्रक्रिया पर असर पड़ा। कोई बैंक भी हमें सहारा देने को तैयार नहीं हुआ। 1999 में एक बार तो हमारा काम इतनी बुरी हालत में पहुँच गया था कि हम सोचने लगे थे कि इसे बंद ही कर दिया जाए क्योंकि हम अपने स्टाफ को वेतन देने की स्थिति में भी नहीं रह गए थे। लेकिन अच्छा ही हुआ कि अपने उस निर्णय को हमने दो महीने के लिए टाल दिया था और उन दो महीनों में किए गए हमारे कठोर परिश्रम ने ही हमें अपने उन दुर्दिनों से उबार दिया था। चुनौतियों को स्वीकार करना कोई आसान नहीं होता लेकिन यदि आप 'कठिनाइयों के सामने घुटने नहीं टेकूँगा' वाला मनोबल बनाए रखते हैं तो आपकी जीत निश्चित है। जो कुछ करने का या जहाँ पहुँचने का आपने मन बनाया हुआ है उसमें पूरा-पूरा विश्वास बनाए रखें और तन-मन-धन से उसे पूरा करने में जुटे रहें। इसके साथ ही, यदि आप अच्छी तरह अवलोकन करना जानते हैं और अपने ग्राहक की आवश्यकता को भाँप सकते हैं तो आप यह भी जान जाएँगे कि कब और कैसे आपको अपने उत्पाद में सुधार लाना है।"

इस काम के तकनीकी पक्ष को देखने व सँभालनेवाला उनका भाई संजय और उसकी टीम आजकल मोबाइल के डिजिटल डिवाइस के बाजार के लिए निदान विकसित करने में लगे हुए हैं। काटकर का यह पक्के तौर पर मानना है कि मोबाइल ही भविष्य में कंप्यूटर की जगह लेनेवाला है।

कैलाश काटकर को एम.सी.सी.आई.ए. (महाराष्ट्र चैंबर ऑफ कॉमर्स, इंडस्ट्रीज एंड एग्रीकल्चर) द्वारा प्रतिष्ठित 'जी.एस. पार्खे इंडस्ट्रियल मेरिट अवार्ड 2009' से सम्मानित किया गया है। नवोन्मेष की श्रेणी के अंतर्गत उन्हें महाराष्ट्र के मुख्यमंत्री पृथ्वीराज चव्हाण के हाथों 'मैक्सल अवार्ड फॉर महाराष्ट्र कॉरपोरेट एक्सीलेंस 2012' प्रदान किया गया। उन्हें 'आर्मी इंस्टीट्यूट ऑफ टेक्नोलॉजी' का 'यंग एंटरप्रेन्योर' पुरस्कार

भी मिला है जो उन युवा उद्यमियों को सम्मानित करने के लिए प्रदान किया जाता है जो अपनी ही अद्वितीय उद्यमी भावना, नवोन्मेष तथा विशेष प्रगति के कारण अपनी एक अलग पहचान बना पाते हैं। उन्हें 'एंटरप्रेन्योर ऑफ द ईयर इन आई.टी. सिक्योरिटी' के रूप में सम्मानित करते हुए 2012 में 'ब्रांड्स एकेडमी एंटरप्रेन्योरशिप एक्सीलेंस अवार्ड' भी प्रदान किया गया है।

काटकर ने जापान और यू.एस. में अपने विक्रय कार्यालय खोल दिए हैं। 'इंटरनेशनल कंप्यूटर सिक्योरिटी सर्टिफिकेशन ऑर्गनाइजेशंस' द्वारा क्विक ह्विल उत्पाद परिवार को उद्योग का पैमाना स्थापित करनेवालों के रूप में मान्यता दी गई है। 2010 में निजी इक्विटी निवेशक सीकोइया कैपिटल ने क्विक ह्विल में 60 करोड़ का निवेश किया है। काटकर के अनुसार, ''इससे हमें अपने विकास तथा विपणन की युक्ति-नीति बनाने में और अपनी कंपनी को पेशेवर बनाने में मदद मिली है।'' कंपनी इस वर्ष के अंत तक रु. 225 करोड़ की आय होने का अनुमान लगा रही है जब कि यह पिछले साल केवल रु.10 करोड़ ही रही थी। आज इस कंपनी में 610 कर्मचारी हैं और भारत में इसके 23 कार्यालय हैं। अब तो उन्होंने विश्व के लगभग 50 देशों में भी अपनी उपस्थिति दर्ज करा दी है।

□

34

केवल रु. 50 से शुरू हुआ एक फलता-फूलता व्यवसाय

> *''भविष्य तो उन्हीं का होता है जो अपने सपनों की विलक्षणता में विश्वास करते हैं।''*
>
> —इलीनोर रूजवेल्ट

क्या आप कल्पना कर सकते हैं कि जिस आदमी ने चार दिन भूखे पेट फुटपाथ पर काटे थे, वह आज भोपाल के लोगों को मुँह में पानी भर लानेवाले व्यंजन खिला रहा है! आइए, आपको उस दोलराज गैरे से मिलवाते हैं, जो कि अब इस राजधानी में फास्ट-फूड शृंखला के आउटलेट्स के संस्थापक हैं।

नेपाल के एक गरीब किसान परिवार में जन्मे और पले-बढ़े दोलराज जब भागकर भारत आ गए थे तब उनकी आयु केवल ग्यारह वर्ष रही होगी। उन्होंने स्कूल जाना छोड़ दिया था क्योंकि पढ़ने में उनकी रुचि नहीं थी। भारत आकर दिल्ली की आजाद मंडी में कभी कुछ और कभी कुछ काम करते हुए उन्हें तब तक काफी संघर्ष करना पड़ा जब तक कि वह ओस्वाल एग्रो नहीं पहुँच गए।

दोलराज गैरे (दाएँ कोने में)

नियति 1980 में उन्हें भोपाल खींच लाई जहाँ उनके कुछ मित्र व संबंधी रहा करते थे और जिन्होंने

उन्हें आश्वासन दिया था कि भोपाल में काम मिलने की बेहतर संभावनाएँ हैं। कुकिंग उनका शौक था जिसमें तब और भी निखार आ गया जब मध्य प्रदेश पर्यटन विभाग के साथ उन्होंने कुछ काम किया था। वहाँ वह बड़े होटलों और उनकी रसोई के कामकाज को बड़े ध्यान से देखा करते थे।

2003 में वह रु. 8000 महीना कमा रहे थे और एक तंगहाल झोंपड़ी में अपनी पत्नी के साथ रहा करते थे। अपना एक बड़ा व्यवसाय शुरू करने का उनका एक सपना था लेकिन पैसों की कमी उनके आड़े आ रही थी। अंततः उन्होंने एकदम नए रास्ते पर चलने का साहस किया और मात्र 50 रुपयों से एक व्यवसाय का श्रीगणेश कर ही दिया! घिसे-पिटे तरीकों को छोड़कर वह एक साइकिल पर निकल पड़े—एक सफेद एप्रन पहने हुए और सिर पर शेफ वाली सफेद लंबी सी टोपी पहनकर, जिस पर लिखा था 'साइकिल सूपवाला'। साइकिल के कॅरियर पर उन्होंने एक स्टील का इंसुलेटेड और टोंटीदार कंटेनर रख रखा था, जिसमें सूप भरा हुआ था और हैंडल पर डिस्पोजेबल गिलासों का एक पैकेट टाँग रखा था। उनके मित्रों और संबंधियों ने इस काम की भी हँसी उड़ाई और उनकी भी। किसी भी खिल्ली या आलोचना पर ध्यान न देते हुए वह अपने उस सूप को रु. पाँच प्रति कप के भाव से बेचते हुए भोपालवालों में 'सूप कल्चर' को लोकप्रिय बनाने के अपने मिशन पर लगे रहे जिस सूप को किसी पॉश होटल में रु. 50 प्रति कप के हिसाब से परोसा जाता है। करते-करते दोलराज ने चार तरह के सूप बेचने शुरू कर दिए—टमाटर सूप, मिक्स वैज सूप, बादाम सूप और मशरूम सूप। इनके दाम भी अधिक नहीं रखे गए थे और ये सब रु. 5 और 15 के बीच में ही थे। मध्यम परिवारों को ध्यान में रखकर बनाए गए उनके मीनू कार्ड में दाम पर लगाम रखी जाती है। शुरू-शुरू में तो उन्हें अपनी साइकिल पर घूम-घूमकर सूप बेचना पड़ता था लेकिन अंततः वह 'टेन नंबर मार्केट' में एक जगह जमकर खड़े होने लगे जहाँ उन्होंने अच्छा नाम कमा लिया। उनकी शाम की आमदनी रोजाना 300-400 की होने लगी। दो-तीन महीने बाद उनके मीनू में सैंडविच और बिरयानी भी जुड़ गए। दो साल के अंदर ही उन्होंने उसी बाजार में एक दुकान किराए पर ले ली और 2008 में मित्रों की मदद और बैंक ऋण लेकर उसे रु. 15 लाख में खरीद भी लिया। और इसी के साथ 'सागर गैरे फास्ट फूड' का जन्म हुआ। सागर गैरे दरअसल दोलराज के बेटे का नाम है जो इंजीनियरिंग पढ़ रहा है और उसके बाद एम.बी.ए. करना चाहता है।

काम के प्रति समर्पण, कड़ा परिश्रम और लोगों के स्वाद को लुभाने के लिए नई-नई चीजें परोसने का नवोन्मेष—अपने इन गुणों के साथ लगन से लगे रहनेवाले दोलराज ने कभी पीछे मुड़कर नहीं देखा। जहाँ तक भोपाल के लोगों के स्वाद व

उनकी खानपान की आदतों की बात है, दोलराज उसे भाँप लेने की कला में बड़े कुशल हैं। वह अपने मीनू कार्ड में कभी पाव भाजी, तो कभी छोले-कुलचे, बर्गर, सैंडविच और कभी फलों का रस जोड़ते हुए उसे लगातार बढ़ाते रहे हैं। उनके आउटलेट पहले-पहल तो छात्रों, कामगारों और मध्यम वर्गीय परिवारों के लिए खोले गए थे, लेकिन उनके खाने की चीजों की गुणवत्ता फिर संपन्न व्यापारियों और कार्यालयों के कर्मचारियों व अधिकारियों की जीभ पर इतनी चढ़ गई कि वे भी उनके दीवाने हो गए। कुकिंग के साथ-साथ सफाई व स्वच्छता का ध्यान रखा जाना एक बड़ी बात है, यह ऐसा है जैसे सोने में सुहागा होना, और उनकी यही बात लोगों को उनके आउटलेटों की ओर खींच लाती है। उनके काउंटरों पर उमड़ती भीड़ जैसे साफतौर पर इसकी गवाही दे रही होती है।

राजधानी में तीन आउटलेट खुलने के बाद तो सागर गैरे तेजी से उभरता हुआ एक ब्रैंड बन गया है जो हर महीने लगभग ढाई लाख लोगों को अपनी ओर आकर्षित कर रहा है। तीनों आउटलेटों में 45 कर्मचारी काम कर रहे हैं जिनका वेतन रु. 3000 और रु. 12000 हर महीने के बीच रहता है। दोलराज बड़े गर्व से बताते हैं कि उन कर्मचारियों को प्रशिक्षित करने और उनका मार्गदर्शन करने का काम वह स्वयं करते हैं, और यह भी कि उनके सिखाए हुए कोई दर्जन भर कर्मचारी तो अब अपना खुद का यही व्यवसाय खोल चुके हैं। काउंटरों पर होनेवाली बिक्री को सँभालने के अलावा उन आउटलेटों पर सब्जियाँ व कच्ची सामग्री उपलब्ध कराने, हिसाब-किताब रखने व उनका ऑडिट कराने जैसे कामों में वह तल्लीन रहते हैं। जब उनसे पूछा गया कि क्या चीज उनके लिए सबसे महत्त्वपूर्ण है तो उन्होंने कहा, ''जो भी चीज बनाई जाए उसकी गुणवत्ता और स्वाद को उत्तम बनाए रखना।''

दोलराज उस सहायता, प्रेरणा, प्रोत्साहन और मार्गदर्शन को बड़े आभार के साथ याद करते हैं जो आई.ए.एस. श्री संदीप सिंह और भारतीय स्टेट बैंक की सुश्री तूलिका ने उन्हें प्रदान किया जिनके बिना शायद वह सफलता की इस मंजिल तक नहीं पहुँच पाते।

लगभग दो साल पहले दोलराज ने अपने एक संकटग्रस्त मित्र की मदद की लेकिन उसने उनके साथ विश्वासघात किया। फिर भी वह उसके प्रति कोई दुर्भावना नहीं रखते हैं और कहते हैं, ''अगर आप किसी के साथ विश्वासघात करते हैं तो यह न समझें कि वह बेवकूफ था, बल्कि उसने आप पर इतना विश्वास कर लिया था जिसके लायक आप नहीं थे।'' उनके इन शब्दों में छिपा संदेश खुलकर बोल रहा है।

दोलराज का भगवान् पर भरोसा खुद से भी अधिक है। इस व्यवसाय में नए-नए आनेवालों के लिए उनका संदेश है, ''अपनी पूरी अच्छाई के साथ खुद को न्योछावर

कर दें, और याद रखें कि कठिन परिश्रम का कोई शॉर्ट कट नहीं होता।'' अपने सपने के बारे में बताते हुए वह कहते हैं, ''मैं भारत के हर नगर में अपना एक आउटलेट खोलना चाहता हूँ।'' और उनकी प्रतिबद्धता और समर्पण को देखते हुए लगता है कि शायद वह दिन दूर नहीं जब उनका सपना वास्तविकता का रूप ले लेगा।

(सफलता की यह गाथा मेजर प्रदीप खरे द्वारा दोलराज गैरे से लिये गए साक्षात्कार पर आधारित है।)

□

35

कभी कुछ सौ रुपए वेतन पानेवाले की आज की बिक्री है दस करोड़

"अपने बड़े-से-बड़े सपने को सच करने के लिए आपके पास पूरी समझ है। कल्पना के साथ नवोन्मेष को जोड़ दें तो सपना साकार होने में देर नहीं लगती।"

—डेनिस वेटले

1981 में जब काम की तलाश में वह भोपाल में एक मिनी बस में चढ़ा था तब वह एक प्राइवेट छात्र के रूप में बी.कॉम कर रहा था। उसने आखिरी बस स्टॉप पर उतरने का फैसला किया और वहाँ बस से उतरकर बस स्टॉप के सामने खड़े 'अग्रवाल एंटरप्राइजेज' में चला गया। जब वहाँ उसने काम के लिए पूछा तो उन्होंने समझा कि वह उनके द्वारा दिए गए विज्ञापन के संदर्भ में आया है, लेकिन उसने इसका जवाब न में देकर स्थिति स्पष्ट कर दी। उसे रु. 250 प्रतिमास के वेतन की नौकरी दे दी गई, हालाँकि वह रु. 300 पाना चाहता था। उसी आशुतोष मिश्र को आपसे मिलवाते हुए मुझे प्रसन्नता हो रही है जो आज 'परफेक्ट पावर सिस्टम प्रा.लि.' का संस्थापक सी.ई.ओ. है जिसकी बिक्री अब बढ़कर दस करोड़ हो चुकी है!

आशुतोष मिश्रा

आशुतोष का जन्म नागपुर में हुआ था। उनके पिता सरकारी नौकरी करते थे और माँ घर सँभालती थीं। उनकी स्कूली शिक्षा बेतूल के सियाखेड़ा गाँव में शुरू हुई थी और फिर अपने पिता के स्थानांतरण के

साथ-साथ वह जबलपुर, भिलाई और दुर्ग में रहे और पढ़े। पढ़ाई में वह सामान्य से कम ही रहे लेकिन एक अच्छा व्यापारी बनने का सपना अपने मन में सँजोए रहे। दुर्ग में आर.सी.एस.' कॉलेज में पढ़ने के बाद अंततः उन्होंने साफिया कॉलेज भोपाल में बी.कॉम. करने के लिए एक प्राइवेट छात्र के रूप में अपना नाम दर्ज कराया।

उनके अच्छे काम को देखते हुए अग्रवाल एंटरप्राइजेज ने उनके वेतन में रु. 50 की वृद्धि कर दी। कुछ महीनों बाद वह गोल्डन फर्नीचर वालों के यहाँ सेल्स एक्जीक्यूटिव के तौर पर आ गए। इसके चार महीने बाद उन्होंने अपना बी.कॉम. पूरा कर लिया और वह पुणे चले गए। वहाँ उन्होंने मार्केटिंग के कई छोटे-मोटे काम किए, जैसे—फिनाइल, साबुन और अन्य घरेलू सामान बेचना। सोलोटोन कैलकुलेटर बेचने के दौरान उनका रुझान इलेक्ट्रॉनिक्स की तरफ हो गया। कैल्ट्रॉन ने आशुतोष को मुंबई के लिए अपना मार्केटिंग एक्जीक्यूटिव नियुक्त कर दिया। वहाँ आशुतोष ने रेडियो बेचने में एक रिकॉर्ड बनाया, हालाँकि बेहतर होने के कारण वे रेडियो महँगे थे। फिर वह स्थानांतरित होकर भोपाल आ गए और उनके स्टेब्लाइजर की मार्केटिंग करने लगे। शीघ्र ही उन्हें उस शाखा के प्रभारी पद पर प्रोन्नत कर दिया गया। इस पद पर आनेवाले वह पहले ऐसे व्यक्ति रहे जो कि मलयाली नहीं थे।

स्टेब्लाइजर बेचने के दौरान उनके मन में विचार कौंधा कि क्यों न बैटरी और इन्वर्टर के व्यापार में हाथ आजमाया जाए। 1986 में उन्होंने 'अन्नपूर्णा इलेक्ट्रॉनिक्स' नाम से रु.5000 की थोड़ी सी पूँजी से एक छोटी सी शुरुआत की। अपना जॉब करने के साथ-साथ अपने व्यवसाय को बढ़ा लेने के बाद 1990 में उन्होंने जब त्यागपत्र दिया तब वह पूरे मध्य प्रदेश के शाखा प्रबंधक के पद पर थे।

इन सारे वर्षों में ऐसा नहीं था कि सबकुछ बहुत आसान रहा हो। आशुतोष इस दृढ विश्वास के साथ अपने मन और आत्मा से काम में लगे रहे कि ईश्वर ने हमें इस धरती पर अपार संभावनाओं के साथ भेजा है; वह हमें पग-पग पर रास्ता दिखाता रहता है, हमें सहयोग देता है और हमारा स्वागत करता है। यह हम पर है कि हम उसकी कृपाओं का कितना सदुपयोग करते हैं। आशुतोष अपने स्टाफ की देखरेख वैसे ही करते हैं जैसे कि अपने परिजनों की। उन्होंने अपने सैकड़ों कर्मचारियों को उनका अपना व्यवसाय शुरू करने के लिए मार्गदर्शन किया और आश्चर्य की बात नहीं है कि उनमें से कुछ तो अब उनके प्रतिस्पर्धी हो गए हैं। सामाजिक क्षेत्र में भी अनेक कार्यों में उनका सहयोग देखा जा सकता है, जैसे—मंदिर बनवाना, गरमी में पीने के लिए मुफ्त पानी की व्यवस्था कराना, गरीबों के बच्चों के लिए स्कूल चलाना इत्यादि।

इतने बड़े व्यवसाय का मालिक होने के बावजूद आशुतोष जमीन से जुड़े रहते हैं—बिल्कुल सादे, सरल और विनम्र। न केवल अपने ग्राहकों का बल्कि अपने कर्मचारियों का भी मन और मान जीत लेने की कला में वह कुशल हैं। जब उनसे पूछा गया कि नए उद्यमियों को वह क्या संदेश देना चाहते हैं तो उन्होंने कहा, ''बड़ा सोचो, बड़ा करो और इसके लिए अपना हृदय, अपनी आत्मा, सब लगा दो।'' अपनी सफलता का रहस्य बताते हुए उन्होंने कहा, ''अपनी विश्वसनीयता बनाओ, अपनी साख बनाओ, एक अच्छी सी टीम बनाओ और ईश्वर की कृपा का आनंद उठाओ।''

(सफलता की यह गाथा मेजर प्रदीप खरे द्वारा आशुतोष मिश्र से लिये गए साक्षात्कार पर आधारित है।)

□

36

17 साल का विश्व का सबसे कम उम्र का सी.ई.ओ.

''युवा बहुत दूरदर्शी नहीं होते, और इसीलिए वे असंभव काम करने के लिए भी कूद पड़ते हैं और उसे हासिल भी कर लेते हैं, पीढ़ी-दर-पीढ़ी यही तो होता आया है।''

—पर्ल एस. बक

बेंगलुरु की इंडियन इंस्टीट्यूट ऑफ साइंस में 'भारत में शिक्षा प्रणाली' विषय पर एक सेमिनार आयोजित किया गया था। गेट पर एक कार रुकी और उसमें से सामान्य कपड़े पहने एक लड़का उतरकर अंदर जाने लगा तो वहाँ खड़े गार्ड ने उसे रोक दिया और कहा, ''यह कार्यक्रम केवल सी.ई.ओ. लोगों के लिए है, कॉलेज के छात्रों के लिए नहीं।'' वह लड़का मुसकराया और उसने अपना सेल फोन निकालकर किसी से बात की और देखते ही देखते उस सेमिनार के आयोजकों का पूरा झुंड उस प्रवेश द्वार पर आ पहुँचा और उसे आदर सहित अंदर ले गया।

लेकिन इस घटना के लिए उस गार्ड को बिल्कुल दोष नहीं दिया जा सकता। अच्छे-से-अच्छा समझदार आदमी भी यह अंदाज नहीं लगा सकता है कि यह 17 वर्षीय सुहास गोपीनाथ बेंगलुरु स्थित आई.टी. सोल्यूशन कंपनी 'ग्लोबल इंक' का सी.ई.ओ. और अध्यक्ष है। दरअसल सुहास उस सेमिनार में एक वक्ता के रूप में आमंत्रित किए गए थे।

एकदम सरल और स्पष्ट सुहास ने बताया, ''जैसा मैं दिखता हूँ और जितनी मेरी उम्र है उसके कारण कई बार मैं बड़ी उलझन की स्थिति में पड़ जाता हूँ और समझ नहीं पाता हूँ कि उस भ्रम से कैसा निपटा जाए!'' उनके पास अपनी कार है जो उन्होंने अपनी कमाई से खरीदी है लेकिन उसे सड़क पर चलाने के लिए अभी तक उन्हें लाइसेंस नहीं

मिल पाया है क्योंकि उसके लायक अभी उनकी उम्र नहीं है! एक सी.ई.ओ. के रूप में वह बड़ी-बड़ी डील करते हैं, लेकिन उस पर हस्ताक्षर नहीं कर सकते हैं क्योंकि कानून की नजर में वह अभी अवयस्क हैं।

सुहास गोपीनाथ पूर्व राष्ट्रपति स्व. डॉ. ए.पी.जे. अब्दुल कलाम के साथ

उनकी कहानी यह है कि समय काटने के लिए किया जानेवाला काम ही उनका सबकुछ हो गया। मथिखेड़े के एयर फोर्स स्कूल में पढ़ने के दिनों में वह अपने घर के निकट के साइबर कैफे में अकसर जाया करते थे। उन दिनों को याद करते हुए वह कहते हैं, ''मैं इंटरनेट की दुनिया से अभिभूत था। वह मेरा जुनून बन गया था। हालाँकि मेरे माता-पिता इसके बिल्कुल विरुद्ध थे लेकिन कंप्यूटर के आगे बैठकर मैं घंटों बिता दिया करता था। मेरे बड़े भाई श्रेय मुझे प्रोत्साहित किया करते थे। उस साइबर कैफे में उपलब्ध सभी सॉफ्टवेयर मैंने सीख लिये थे जैसे एच.टी.एम.एल., ए.एस.पी. वगैरह-वगैरह।''

सुहास एक मध्यम वर्गीय परिवार से हैं। उनके पिता भारतीय सेना में बतौर एक वैज्ञानिक काम किया करते थे। सुहास की पढ़ाई-लिखाई बेंगलुरु के एयर फोर्स स्कूल में हुई। छुटपन में वह पशु-पक्षियों और पशु-चिकित्सा में काफी रुचि रखते थे। लेकिन, जब उन्होंने अपने मित्रों के पास कंप्यूटर देखा तो उसे लेने के लिए उनका दिल भी मचल उठा था, हालाँकि उसे खरीदना उनके बूते से बाहर की बात थी। ''इसलिए मैंने यह किया कि अपने घर के निकट ही एक इंटरनेट कैफे ढूँढ़ लिया। पूरे एक महीने के लिए मिलनेवाले रु. 15 के जेब खर्च से मैं रोजाना सर्फिंग नहीं कर सकता था। मैंने देखा कि वह दुकान दोपहर बाद 1.00 बजे से 4.00 बजे तक बंद रहती है। इसलिए मैंने उसके मालिक के सामने प्रस्ताव रखा कि स्कूल के बाद मैं उसके लिए दुकान खोल सकता हूँ और उसके ग्राहकों को सँभाल सकता हूँ, और बदले में वह मुझे मुफ्त में नेट सर्फिंग करने देगा। वह मेरे जीवन की पहली व्यावसायिक डील थी और यह बहुत सफल सिद्ध हुई,'' सुहास ने बताया।

उनकी पहली आमदनी एक सौ डॉलर की हुई थी और वह भी तब जब कि वह केवल 13 साल के थे। यह आमदनी एक वेबसाइट बनाने पर हुई थी लेकिन उसे लेने के लिए उनके पास कोई बैंक खाता नहीं था। वह बहुत खुश और उत्साहित थे लेकिन पैसे के लिए नहीं क्योंकि यह सब वह पैसे के लिए नहीं कर रहे थे, बल्कि वह तो उस टेक्नोलॉजी के प्रति उनका जुनून था जिसकी तरफ वह खिंचे चले जा रहे थे। जब वह नौवीं कक्षा में ही थे तब तक उनके पास इतना पैसा आ गया था कि वह कंप्यूटर खरीद

सकें। सुहास जब मात्र 14 साल के ही थे तब उन्हें 'नेटवर्क सोल्यूशंस' ने अमेरिका आकर पार्ट-टाइम काम करने का प्रस्ताव भेज दिया था और यह भी कहा था कि वह कंपनी उनकी पढ़ाई का खर्च भी उठाएगी। लेकिन सुहास ने इनकार कर दिया क्योंकि उनका सपना तो खुद अपनी ही कंपनी खोलने का था। सुहास बड़े गर्व से कहते हैं, "मैंने तभी तय कर लिया था कि जब मैं अपनी कंपनी खोलूँगा तो उसमें केवल नई पौध को ही रखूँगा और यह नहीं पूछूँगा कि वे कहाँ तक पढ़े हैं या कितना पढ़े हैं। अपनी नौवीं कक्षा की गरमी की छुट्टियों के बाद जल्दी ही मैंने केवल चार जनों की टीम बनाकर अपनी ही कंपनी 'ग्लोबल इंक' शुरू कर दी थी। अपनी कंपनी का रजिस्ट्रेशन मैंने अमेरिका में कराया था। इस तरह मैं इस कंपनी का स्वामी और सी.ई.ओ. बना। अमेरिका में एक विश्वविद्यालय का छात्र और मेरा मित्र इसके बोर्ड का एक सदस्य है। मैं अपनी कंपनी को माइक्रोसॉफ्ट जितनी बड़ी कंपनी बनाने का सपना देखा करता हूँ।"

जैसे-जैसे कंपनी में उनकी व्यस्तता बढ़ती गई, वैसे-वैसे उनकी पढ़ाई हिचखोले खाने लगी। कक्षा 10 की परीक्षा में उन्हें 80 प्रतिशत अंक मिले लेकिन आई.पी.यू.सी. में केवल 65 प्रतिशत अंक ही वह प्राप्त कर पाए। सी.बी.एस.सी. बोर्ड पूर्व की परीक्षा में वह गणित में अनुत्तीर्ण रहे। प्रधान अध्यापिका को अचरज हुआ, क्योंकि अभी तक वह किसी भी विषय में कभी अनुत्तीर्ण नहीं हुए थे। उन्होंने सुहास की माताजी को बुलाया और कहा कि वह सुहास के अंकों से बहुत दुःखी और परेशान हैं। घर पर, जैसा कि हर भारतीय माँ करती है, उनकी माँ ने सुहास का हाथ अपने सिर पर रखवाकर सौगंध दी कि वह अपना ध्यान केवल अपनी पढ़ाई पर लगाएगा। उन्होंने अपनी माँ से कहा, "इस संसार का सबसे धनी व्यक्ति बिल गेट्स है और उसने पढ़ाई बीच में ही छोड़ दी थी।" इस पर उनकी माँ का कहना था, "मैं पक्के तौर पर कह सकती हूँ कि उसकी जन्मपत्री और तुम्हारी जन्मपत्री एक जैसी नहीं है!"

अपने परिवार की सोच के बारे में पूछे जाने पर सुहास ने कहा, "मैं एक ऐसे परिवार से हूँ जिसमें व्यापार-व्यवसाय करना अच्छा नहीं समझा जाता है। मेरी माँ बहुत बहुत परेशान हो उठी थीं। वह चाहती थीं कि मैं इंजीनियरिंग करूँ, फिर एम.बी.ए. करूँ और किसी अच्छी कंपनी में नौकरी में लग जाऊँ। अपनी माँ की इच्छा के अनुसार, मैंने अपनी कंपनी से चार महीने का अवकाश लिया और अपनी बोर्ड परीक्षा की तैयारी की, और मैं प्रथम श्रेणी में उत्तीर्ण भी हो गया।"

14 मई, 2000 में अपने मित्रों क्लिफर्ड लेसली और विनय एम.एन. के साथ मिलकर उन्होंने अपनी वेबसाइट www.coolhindustani.com शुरू की। उन्होंने बताया, "इसे शुरू करने के लिए मेरे पास पैसा नहीं था। मेरे माता-पिता ने यह कहते हुए साफ मना कर दिया था कि यह काम इस लायक नहीं है कि इस पर पैसा लगाया जाए।

इसलिए मैंने अमेरिका की 'नेटवर्क सोल्यूशंस' को लिखा और वे तुरंत तैयार हो गए।'' वह वेबसाइट आप्रवासी भारतीयों के क्रियाकलापों पर केंद्रित थी। यह वह जगह थी जहाँ वह अपनी प्रतिभा का प्रदर्शन करना चाहते थे।

जब तक सुहास 16 या 17 साल के नहीं हो गए तब तक उन्होंने अपने माता-पिता को नहीं बताया था कि वह एक कंपनी शुरू कर चुके हैं क्योंकि उन्हें लगता था कि वे इसका विरोध ही करेंगे। शुरू-शुरू में वे नि:शुल्क ही अपनी सेवाएँ देते रहे। आज ग्लोबल्स इंक एक लाखों डॉलर की कंपनी है और उसके कार्यालय दुनिया भर में खुले हुए हैं—यू.एस.ए., भारत, कनाडा, जर्मनी, इटली, इंग्लैंड, स्पेन, ऑस्ट्रिया, सिंगापुर, और मध्य-पूर्व, जिनमें 100 कर्मचारी तो भारत में और 65 विदेशों में काम कर रहे हैं। ग्लोबल्स इंक का पहले साल का कारोबार रु. 1,00,000 का और दूसरे साल का कारोबार रु. 5,00,000 का रहा।

बेंगलुरु वाले कार्यालय में पंद्रह से अधिक सॉफ्टवेयर इंजीनियर पूरे दिन काम करते हैं। यह पूछे जाने पर कि अपने से बड़ी उम्र के कर्मचारियों के साथ वह कैसे निभाते हैं, उन्होंने कहा, ''मेरे साथ काम करनेवाले अधिकतर लोग 17-19 साल की उम्र के ही हैं। उनके साथ मैं पहले दोस्त की तरह और फिर बॉस की तरह बरताव करता हूँ। इससे काम आसानी से हो जाता है।''

सुहास को 'वर्ल्ड इकॉनोमिक फोरम' देवास द्वारा वर्ष 2008-09 के लिए 'यंग ग्लोबल लीडर' के रूप में चुना गया था। अभी तक इस किशोर को प्रदान किए गए अनेक सम्मानों में सबसे अधिक प्रतिष्ठित सम्मान रहा है विश्व बैंक की 'आई.सी.टी. एडवाजरी काउंसिल' के बोर्ड का सदस्य बनने का निमंत्रण मिलना। 2007 में 'यूरोपियन पार्लियामेंट एंड इंटरनेशनल एसोसिएशन फॉर ह्यूमन वैल्यूज' ने उन्हें 'यंग अचीवर अवार्ड' प्रदान किया। उन्हें यूरोपियन पार्लियामेंट में अन्य व्यावसायिक महानुभावों के समक्ष भाषण देने के लिए भी आमंत्रित किया गया।

अंतरराष्ट्रीय पटल पर अपनी पैठ बनाने के बारे में पूछे जाने पर वह बोले, ''जब मैंने स्पेन की एक कंपनी को अपना प्रस्ताव भेजा तो उन्होंने उसे यह कहते हुए अस्वीकार कर दिया कि भारत के लोग स्पेनिश नहीं जानते। अगर आपको अपना व्यवसाय चलाना है तो आप ऐसी अस्वीकृति को स्वीकार करके नहीं बैठ सकते, खासतौर पर अगर आप युवा हैं। मैंने स्पेन के कुछ विश्वविद्यालयों के पाँच प्रशिक्षु छात्र चुने और उनसे कहा कि उनकी सफल बिक्री के आधार पर उन्हें भुगतान किया जाएगा। वे ही लोग वहाँ की कंपनियों से मिलें और उनसे हमारे लिए प्रोजेक्ट माँगें। अब तो हम स्पेन में एक कार्यालय खोलना तय कर चुके हैं। यही तरीका मैंने इटली में भी अपनाया। वहाँ भी मैं कुछ इटैलियन छात्रों से मिला।

जब सुहास 18 साल के ही थे तब उन्होंने बॉन में एक कार्यालय खोल दिया था, उसके बाद स्विट्जरलैंड में खोला और फिर वियना में। पूरे 18 साल के होते ही उन्होंने भारत में अपनी कंपनी 'ग्लोबल्स' को पंजीकृत कराया, उसका एक कार्यालय खोला और चार लोगों की नियुक्ति की। उन्होंने अपना कार्यालय उसी इंटरनेट कैफे के निकट खोला जहाँ से उनके कॅरियर की शुरुआत हुई थी। तब तक वह दुकानदार उस दुकान को बंद करके किसी फैक्टरी में नौकरी करने लगा था। सुहास को भारत के राष्ट्रपति से मिलने का दुर्लभ अवसर भी प्राप्त हुआ है। उसे याद करते हुए वह बताते हैं, "मैं डॉ. अब्दुल कलाम आजाद से तब मिला था जब वह भारत के राष्ट्रपति थे। तब मैं 17 या 18 साल का था। हमारी मुलाकात पंद्रह मिनट के लिए निर्धारित थी लेकिन हमारी बातचीत इतनी गहरी रही कि वह डेढ़ घंटे तक चलती रही। मुझे ऐसा लग ही नहीं रहा था कि मैं भारत के राष्ट्रपति से बात कर रहा हूँ। लग रहा था कि जैसे दो मित्र बात कर रहे हैं। पहले तो वह मेज के उस तरफ अपनी कुरसी पर ही बैठे थे लेकिन बाद में वहाँ से उठकर मेरे बराबर वाली कुरसी पर आ बैठे थे। वह अहंकार से बिल्कुल अछूते और इतने विनम्र व्यक्ति थे कि मेरे लिए वह मुलाकात एक शिक्षाप्रद अनुभव सिद्ध हुई।"

विश्व बैंक की अपनी यात्रा के बारे में उन्होंने बताया, "अपने माता-पिता की इच्छा के अनुसार मैंने इंजीनियरिंग ज्वॉइन तो कर ली थी लेकिन उसे पूरा नहीं कर पाया क्योंकि मेरी उपस्थिति कम रह गई थी। जब मैं पाँचवें सेमेस्टर में था तब विश्व बैंक ने मुझे अपनी बोर्ड मीटिंग में भाग लेने के लिए बुलाया। विश्व बैंक के बोर्ड का मैं अकेला भारतीय सदस्य हूँ। विषय था—उभरती हुई अर्थ व्यवस्थाओं में अपनी जवाबदेही तय करना और पारदर्शिता लाते हुए आई.एस.टी. शिक्षा की गुणवत्ता में सुधार कैसे लाया जा सकता है। विश्वविद्यालयी शिक्षा में आई.एस.टी. पर अपनी नीति निर्धारण करने में मैं विश्व बैंक की मदद कर रहा हूँ ताकि रोजगार की और अधिक संभावनाओं को बढ़ाया जा सके।"

□

37

स्कूल की पढ़ाई बीच में छूटने के बावजूद वह आज 'ऐरेसोर्स इंफोटेक' के सी.ई.ओ. हैं

> *''अब तक के जीवन में मैं पहली बार इस बात में विश्वास कर रहा हूँ कि एंटरप्रेन्योरशिप अब एक लाभप्रद कॅरियर बन गया है।''*
>
> **–एरिक रीज**

आवश्यकता अगर आविष्कार की जननी होती है तो फिर तंगहाली निश्चित ही एंटरप्रेन्योरशिप का पिता होता है। 'ऐरेसोर्स इंफोटेक' के संस्थापक व सी.ई.ओ. सुधीर नैयर के लिए तंगहाली ही उनके भीतर के सर्वश्रेष्ठ गुणों को बाहर लाई और उनके साथ उनके भरपूर साहस, धैर्य और दृढ विश्वास ने आज उन्हें रु. 8.1 करोड़ ई.आर.पी. फर्म तक पहुँचा दिया है। फर्श से अर्श तक पहुँचने की सुधीर की कहानी एक आदर्श कहानी है। वह एक निम्न--मध्यम वर्ग से हैं और उनके नाम के साथ किसी नामी–गिरामी विश्वविद्यालय की कोई डिग्री भी नहीं जुड़ी हुई है। अपने पिता की आकस्मिक मृत्यु से उत्पन्न हुए आर्थिक संकट के कारण उन्हें 16 साल की अवस्था में ही स्कूल छोड़ देना पड़ा। परिस्थितियों ने उन्हें परिवार को सहारा देने के लिए नौकरी की तलाश करने के लिए विवश कर दिया। शुरू–शुरू में तो उन्हें तरह–तरह के छोटे–मोटे काम करने पड़े जिसमें सहर कारगो कॉम्प्लेक्स मुंबई में हेल्पर का काम करना भी शामिल है। लेकिन जीवन के प्रति जीवटता व जुझारूपन और उन्नति के प्रति ललक ने उन्हें वहाँ पहुँचा दिया जहाँ वह आज हैं।

कारगो कॉम्प्लेक्स में कभी–कभी दस्तावेज बनाए जाने की आवश्यकता पड़ती थी और इसी ने उनका परिचय टाइपराइटर से करा दिया था। कुछ दिनों बाद तो वह कुशल टाइपिस्ट बन गए थे। फिर उन्होंने एक प्रोग्रामर के लिए प्रोग्राम टाइप करने की नौकरी की। वहाँ उनके शीघ्र सीखने के गुण को पहचानते हुए उन्हें कंप्यूटर सीखने का अवसर

सुधीर नायर

दिया गया। धीरे-धीरे, कंपनी के लिए सॉफ्टवेयर कोड बनाने का काम वह बिना किसी की मदद के करने लगे। नैयर जो भी काम करते थे, उसे पूरी लगन और प्रेम से किया करते थे और उनके इसी गुण ने उन्हें हर काम को गहराई तक जानने-समझने में उनकी बहुत मदद की।

इस एंटरप्रेन्योर ने कंप्यूटर का कभी कोई बाकायदा कोर्स नहीं किया, लेकिन उनके अनुसार, वह बहुत ही सौभाग्यशाली और धन्य रहे हैं कि उन्हें अपने जीवन में अत्यंत प्रतिभाशाली लोग मिलते रहे और उनके साथ रहने व काम करने के सुअवसर उन्हें प्राप्त होते रहे हैं। अपने संघर्ष वाले दिनों को याद करते हुए उन्होंने बताया, ''जब मैंने अपना कॅरियर शुरू किया था तब मैं किसी भी टेक्निकल व्यक्ति को नहीं जानता था और न ही कोई मुझे रास्ता दिखानेवाला था। मैं टेक्निकल किताबें पढ़ा करता था। उनको पढ़ने और प्रोग्रामों का अभ्यास करने में तब मैंने सैकड़ों घंटे लगाए। ई.आर.पी. के क्षेत्र में उनका प्रवेश भी संयोगवश ही हुआ। मुंबई के एक दैनिक समाचार-पत्र 'आफ्टरनून' में काम करते-करते उन्होंने उस समाचार-पत्र के लिए ई.आर.पी. का एक लघु रूप तैयार कर लिया था। इस बात ने उनमें यह आत्मविश्वास जगा दिया कि वह इसकी शुरुआत खुद कर सकते हैं फिर तो ई.आर.पी. शुरू करने का उनका रास्ता खुल गया।

लेकिन ऐरेसोर्स इंफोटेक शुरू करने से पहले नैयर ने 15 साल दुबई में सॉफ्टवेयर पेशेवर के रूप में काम किया था। शुरुआत उन्होंने सॉफ्टवेयर डवलपर के रूप में की और जब उन्होंने उसे छोड़ा तब वह बतौर सीनियर एंटरप्राइज मैनेजर काम कर रहे थे। उन्होंने बताया, ''वह 400 मिलियन डॉलर की एक कंपनी थी और मैं वहाँ एंटरप्राइज सोल्यूशंस पर काम करता था। प्रक्रिया में रहते हुए आप बहुत कुछ सीख जाते हैं।'' 2006 में जब उन्होंने अपना ऐरेसोर्स इंफोटेक शुरू किया तब ई.आर.पी. का बाजार 14 बिलियन डॉलर का था और सुधीर को उसमें पर्याप्त अवसर दीख रहे थे। उन्होंने बताया, ''अपने बलबूते पर कुछ करने का भूत मेरे सिर पर सवार था और उसी ने मुझे दुबई की नौकरी छोड़कर अपना ही शुरू करने के लिए उकसाया था।''

सुधीर कहते हैं, ''मुझे नहीं लगता कि मुंबई में प्रतिभाओं का अभाव है। जो चीज महत्त्वपूर्ण है, वह है चयन की प्रक्रिया—झुंड में से सबसे अच्छे को ले लेना। आज उनकी कंपनी के 300 से अधिक ग्राहक हैं और ऐरेसोर्स ई.आर.पी. के 25000

से अधिक प्रयोगकर्ता हैं—खासतौर से वे मुंबई और उत्तरी राज्यों से हैं। हालाँकि उनके कुछ ग्राहक मध्य-पूर्व एशिया में और एशिया के अन्य देशों में भी हैं। ई.आर.पी. को प्रयोग करनेवालों में सबसे बड़े हैं सैप और उनके बाद नंबर आता है ओरेकल का। सुधीर विस्तार से बताते हैं, ''हमारे पास वह हर चीज है जो हमारे प्रतिद्वंद्वी दे सकते हैं, और जब कि उनके कुछ सोल्यूशंस स्थानीय सर्वर तक ही रहते हैं, हमारा ऐरेसोर्स शत-प्रतिशत वेब-आधारित ई.आर.पी. सोल्यूशन है। हमारे प्रतिद्वंद्वी यहाँ की आवश्यकताओं की बिल्कुल नहीं सोचते हैं, लेकिन हम यह पूरा ध्यान रखते हैं कि हमारे सोल्यूशन भारतीय विधान और नियामक आवश्यकताओं पर खरे उतरें।''

अपनी इस यात्रा को मुड़कर देखने पर नैयर यह मानते हैं कि वह फूलों भरी कम और काँटों भरी अधिक रही है, ''अपनी कंपनी को खड़ा करने में आनेवाली कठिनाइयों को मैं गिना नहीं सकता हूँ, वे अनगिनत रही हैं।'' पैसे की परेशानी हालाँकि सबसे अधिक रही लेकिन अपनी सबसे बड़ी पूँजी वह ऐरेसोर्स की प्रतिभा को मानते हैं। गत वर्षों में ऐरेसोर्स को अनेक प्रतिष्ठित औद्योगिक पुरस्कारों से सम्मानित किया गया है जिनमें 2008 के लिए प्रदान किए गए 'उद्योग रत्न पुरस्कार' और 'बिजनेस एक्सीलेंस अवार्ड' भी शामिल हैं। 'इंस्टीट्यूट ऑफ इंडस्ट्रियल डवलपमेंट' नई दिल्ली द्वारा उन्हें बिजनेस लीडरशिप अवार्ड भी प्रदान किया गया है। हाल ही में उनकी कंपनी को एन.एस.आई.सी.-सी.आर.आई.एस.आई.एल. द्वारा रेटिंग देते हुए उसे 'एसई 3 बी' से सम्मानित किया गया है। इस बात पर कि वह अपनी औपचारिक शिक्षा पूरी नहीं कर सके, इस एंटरप्रेन्योर का कहना है, ''मैं अपने अनुभव से शिक्षित हो रहा हूँ और अनुभव की शिक्षा ही सर्वोत्तम शिक्षा होती है।''

□

38

अपनी साठ करोड़ डॉलर की संपत्ति में से आधा दान कर देने का संकल्प लिया है उन्होंने

''जिन्होंने जिंदगी का सबक खुद सीखा हो, वे बड़े से बड़े और प्रतिष्ठित विश्वविद्यालय से प्राप्त डॉक्टर, एम.ए., बी.ए. की डिग्री वालों से कहीं बेहतर होते हैं।''

—लुडविग वॉन माइसेस

आप उस व्यक्ति को क्या कहेंगे जिसने सड़क के किनारे की एक छोटी सी दुकान से शुरुआत की हो और फिर वह 60 करोड़ डॉलर संपदा वाला हो जाने के कारण 'फोर्ब्स' द्वारा घोषित सबसे धनी भारतीयों की सूची में 21वें स्थान पर आ गया हो? अब ओमान में रह रहे पी.एन.सी. मेनन की कहानी सचमुच एक जादुई कहानी है। मेनन के सिर से पिता का साया तब उठ गया था जब वह केवल दस वर्ष के थे। जब वह त्रिचूर के श्रीकेरल वर्मा कॉलेज से बी.कॉम. कर रहे थे तब परिवार की आर्थिक समस्याओं के चलते उन्हें कॉलेज की पढ़ाई बीच में ही छोड़ देनी पड़ी थी।

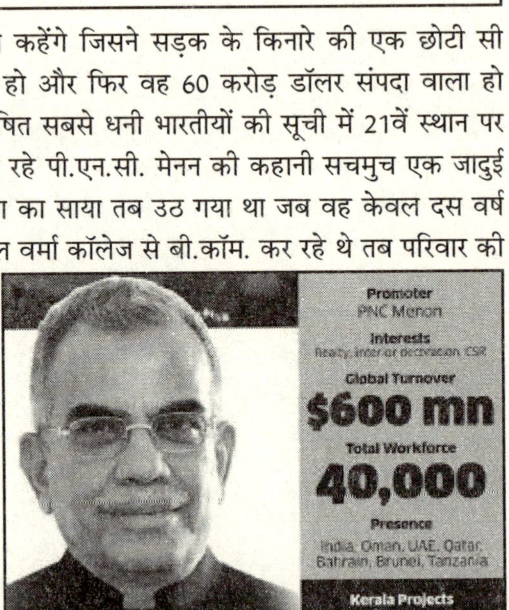

पी.एन.सी. मेनन

उसके दस साल बाद केरल के एक होटल में संयोगवश मिले ओमान के व्यक्ति से मित्रता हो जाने और फिर उसके द्वारा उन्हें ओमान बुलाए जाने पर 26 वर्षीय मेनन जब ओमान के लिए रवाना हुए

तब उनकी जेब में केवल रु. 10 थे। वह बताते हैं कि तब तक उन्होंने ओमान नाम के किसी देश के बारे में सुना भी नहीं था। तब उन्होंने केरल में डिजाइनिंग के छोटे-मोटे काम करने शुरू किए थे, जैसे—इंटीरियर डिजाइनिंग। मेनन कहते हैं, ''मैं तो इसे नसीब ही कह सकता हूँ कि अपने पहले बिजनेस पार्टनर से मेरी मुलाकात अनायास ही तब हो गई जब वह मछली पकड़ने की एक नौका खरीदने के लिए केरल आया हुआ था।'' और उसी के साथ वह ओमान चले गए थे।

चूँकि मेनन अपने काम की गुणवत्ता में कभी कोई कोर-कसर न छोड़ने के आदी थे, इसलिए उन्होंने और उनके साथ-साथ उनके उस भागीदार ने जल्दी ही ओमान में अपने ग्राहकों का विश्वास जीत लिया। वह बताते हैं, ''हमें इंटीरियर्स और फिट-आउट्स का काम मिलना शुरू हो गया।'' उनके जीवन में एक नया मोड़ तब आया जब उन्हें ओमान के सुलतान के महल में काम करने के लिए कहा गया और उसके बाद बहरीन व कतर के शाही घरानों तथा तजाकिस्तान के प्रेसीडेंट के महलों में काम करने का अवसर मिला। बाद में 1995 में मेनन ने भवन निर्माण तथा रियल एस्टेट के अपने व्यवसाय का भारत में विस्तार करने के लिए 'शोभा डवलपर्स' की स्थापना की जो कि आज भारत का एक प्रतिष्ठित रीयल एस्टेट डवलपर है और उसकी शाखाएँ ओमान व दुबई में भी हैं।

मेनन ने ओमान में इंटीरियर सजावट का अपना व्यवसाय शुरू करने के लिए वहाँ के एक बैंक से 3000 रियाल, यानी आज के लगभग साढ़े तीन लाख रुपए, का ऋण लिया था। वह बहुत तेजी से सीढ़ियाँ चढ़ते चले गए, मानो एक बार में 'दो सीढ़ियाँ' चढ़ रहे हों। वह बताते हैं, ''मुझे सबसे पहला काम एक फोटो स्टूडियो के इंटीरियर की सजावट करने और पैनल लगाने का मिला था।'' आनेवाले सत्रह सालों में उनके काम बड़े होते चले गए—होटल, फिर महल जैसे घर और फिर पश्चिमी एशिया के शाही परिवारों के महल। हालाँकि अनुबंध के अंतर्गत वह किसी शाही ग्राहक के नाम का उल्लेख नहीं कर सकते हैं, लेकिन मेनन ने एक किताब के रूप में महलों में किए गए अपने काम के नमूनों का एक खजाना सँजोया हुआ है।

जब उनसे पूछा गया कि इन कामों की डील संभव कैसे हुई तो उन कठिन लेकिन शानदार चित्रों को निहारते हुए मुसकराकर उन्होंने कहा, ''सफल होने के लिए आपको औरों से अलग और अनोखा तो होना ही पड़ेगा। यह बात मैं किसी घमंड में नहीं कह रहा हूँ।'' अपने ग्राहकों की सूची में ब्रूनी के सुलतान जैसों का नाम होने के कारण मेनन अपने व्यवसाय की भौगोलिक परिधि को बढ़ाना चाहते थे। उन्होंने बताया, ''मैंने अमेरिका और इंग्लैंड में कोशिश तो की मगर पाया कि विकास की संभावनाएँ भारत में कहीं अधिक हैं।'' अब उन्होंने बेंगलुरु में बड़े कार्यालयी भवन

बनाने से पहले प्रीमियम और लग्जरी आवासीय भवन बनाने पर अपना ध्यान केंद्रित किया हुआ है। 2008 में उनकी मुलाकात इंफोसिस के चेयरमैन तथा चीफ मेंटर एन.आर. नारायण मूर्ति से हुई, जब उन्होंने इलेक्ट्रॉनिक सिटी में इंफोसिस का पहला कैंपस बनाने का मौका मेनन को दिया था, क्योंकि मेनन द्वारा बेंगलुरु के बेल्लरी रोड पर बनाया गया प्रीमियम आवासीय प्रोजेक्ट 'शोभा सफायर' मूर्ति को बहुत भा गया था।

मूर्ति के साथ अपने जुड़ाव को बड़े शौक से बताते हुए मेनन कहते हैं, "यह बड़ा सम्मानजनक संबंध रहा है। मूर्ति एक बहुत व्यस्त व्यक्ति हैं। उनके जैसी दृष्टिशक्ति-या नजरियावाला व्यक्ति मिलना मुश्किल है। भारत में तो उनकी जैसी नजर के केवल चार लोग हैं—जे.आर.डी. टाटा, जी.डी. बिड़ला, धीरूभाई अंबानी और स्वयं मूर्ति।" मेनन का इस देश में प्रवेश परेशानी भरा रहा। 2008-09 की आर्थिक मंदी से उन्होंने कई सबक सीखे, जैसे, "हमने यह सीखा कि ऋण को नियंत्रण में रखे जाने की आवश्यकता है।" दुबई में रह रहे मेनन अब काम से संन्यास लेने की सोच रहे हैं, या यूँ कहें कि वह अब उन कामों को करना चाहते हैं जो सेवानिवृत्त होकर ही किए जा सकते हैं। बेंगलुरु स्थित अपने उस कार्यालय में लगे सफेद बोर्ड पर उन्होंने अपनी सेवानिवृत्ति की उलटी गिनती लिखवानी शुरू कर दी है जहाँ कि वह साल में दो महीने बैठते हैं। उनके अनुसार, "ऐसा करना हमने पाँच साल पहले शुरू कर दिया था जब मैं 58 साल का था और यह संख्या रोज बदली जाती है।"

उनका पुत्र रवि मेनन (29), जो कि कंपनी का वाइस चेयरमैन है वही चेयरमैन का पद सँभालनेवाला है। उनकी दो पुत्रियाँ भी हैं—बिंदु (31) और रेवती (26)। उन्होंने बताया, "उत्तराधिकारी के रूप में अपने बेटे को चेयरमैन बनाने की योजना बिल्कुल स्पष्ट है। बोर्ड में मैं रह भी सकता हूँ और नहीं भीं।" और आगे कहा कि बेंगलुरु से बाहर के काम देख रहे उनके पुत्र की आयु में जब वह थे तब इस व्यवसाय को सँभालने के लिए वह जितने सक्षम व समर्थ थे उनका पुत्र आज शायद उनसे भी अधिक समर्थ व सक्षम है।

एक सूक्ति की तरह उन्होंने कहा, "जब आपके पास पर्याप्त से अधिक धन हो जाता है तब मुझे नहीं लगता कि पैसे का वह सारा अंबार आप बस अपने ही परिवार के लिए रखे रहें, उसका एक बड़ा भाग समाज को भी जाना चाहिए। मैंने तय किया है कि मेरी निंजी संपत्ति का आधा भाग समाज को जाएगा। मेरा सोचना बिल्कुल सीधा व सरल है। मेरा सौभाग्य है कि मैंने काफी पैसा कमा लिया है। लेकिन एक निश्चित बिंदु पर पहुँच जाने के बाद पैसा आपके जीवन में कोई बदलाव नहीं ला सकता है। मुझे लगता है कि फिर उसे किसी को दे देने को धर्मार्थता या उदारता भी नहीं कहा जाना चाहिए, बल्कि यह तो एक तरह से हम पर समाज की देनदारी

है, यह हमारी जिम्मेदारी है।'' उन्होंने बताया कि उनके दान ने गुरुवयूर मंदिर के देवास्वम बोर्ड के अधिकारियों की रातों की नींद ही उड़ा दी थी, क्योंकि 2006 में मेनन द्वारा उन्हें दिए गए 6.8 करोड़ के मूल्य के सोने की सुरक्षा की चिंता खाए जा रही थी। यह उन्हें 'तुलाभारम' के रूप में दिया गया था जिसमें कि अपने भार के बराबर का सोना दान में दिया जाता है। मेनन इसे धर्मार्थता मानने से इनकार करते हैं। उनके अनुसार तो यह हमारा कर्तव्य भी है और दायित्व भी कि समाज से जो कुछ हमने पाया है, कमाया है उसका एक भाग उसे लौटा दिया जाए। उनके द्वारा शुरू किए गए सामाजिक कार्यों का लक्ष्य बिल्कुल स्पष्ट है और वह है—शिक्षा, स्वास्थ्य, रोजगार, जल, स्वच्छता, घर और सामाजिक सशक्तीकरण के माध्यम से मानव जाति का विकास व उत्थान किया जाना।

केरल के पलक्कड़ का क्षेत्र मेनन के दान व उदारता की गवाही देता है। उन्होंने इस जिले की आर्थिक रूप से पिछड़ी दो पंचायतों—वडक्केनचरी और किझाक्केनचरी—को अपना लिया है और वहाँ वह कई वृद्धाश्रम, शिक्षा संस्थान और स्वास्थ्य केंद्र चला रहे हैं। वहाँ की शोभा एकेडमी निर्धन व अभावग्रस्त बच्चों को शिक्षा, कपड़े और भोजन प्रदान करती है तो शोभा वोकेशनल ट्रेनिंग सेंटर आर्थिक रूप से कमजोर लोगों को कामकाज करने की कुशलता विकसित करने की ट्रेनिंग देता है। उन्होंने अनेक निर्धन लोगों के लिए सामाजिक पुनर्वास योजनाएँ भी चला रखी हैं और बिना दहेज के विवाह करने को भी वह प्रोत्साहन व समर्थन देते रहते हैं।

तो उनकी क्या करने की योजना है? वह कहते हैं, ''मुझे तीन चीजों की दरकार है—स्वस्थ शरीर, स्वस्थ दिमाग और प्राण। जब तक ये तीनों असंदिग्ध रूप से मेरे पास रहेंगी तब तक मैं काम करता रहूँगा।'' मेनन अब एक नई फर्म खोलने की योजना बना रहे हैं जो फर्नीचर और घरेलू फिटिंग्स बनाकर बेचेगी। 'पी.एन.सी.' नाम का यह नया ब्रांड अंतरराष्ट्रीय स्तर पर लॉन्च किया जाएगा जो कि शुरुआत में भारत में शायद उपलब्ध न हो। काम करने की उनकी आवश्यकता का प्रतिबिंब है 'पी.एन.सी.'। जैसा कि वह कहते हैं, ''मैं खाली बैठनेवाला आदमी नहीं हूँ, इसलिए मैं सप्ताहांत में भी छुट्टी पर नहीं रहता हूँ। मेरी समझ में ही नहीं आता है कि मैं छुट्टी का क्या करूँ?'' छुट्टी पर जाना भले ही मेनन के लिए शांति देनेवाला न लगता हो लेकिन वह पूजा करने में रोजाना ढाई घंटा बिताते हैं। वह कहते हैं, ''पूजा मेरे लिए बहुत महत्त्व रखती है। यदि कभी मैं एक ही बार में बैठकर पूजा पूरी नहीं कर पाता हूँ तो मैं उसे दिन के दौरान कभी भी पूरी अवश्य कर लेता हूँ।''

□

39

अपने काम के प्रति समर्पित होने की पराकाष्ठा

> *''अनिवार्य रूप से हर उद्यमी पहले तो कल्पना करनेवाला होता है और फिर उसे कार्य रूप में परिणत करनेवाला। जब भी वह कुछ करने की कल्पना करता है तब यह भी स्पष्ट रूप से देख लेता है कि उस कल्पना को साकार कैसे किया जाए।''*
>
> —रॉबर्ट एल. श्वाट्र्ज

वह इतना भूखा था कि उसे लगा कि ताँगे से जाने में रुपए चार—खर्च करने के बजाय उन रुपयों के केले खाकर उस 40 डिग्री की चिलचिलाती गरमी में पैदल चलकर जाना ज्यादा सही रहेगा। उसके पास 26 किलो वजन के लोहे का बना उपकरण भी था जिसे उसने कई हिस्से जोड़कर बनाया था और जिसे वह अपने घर धारूहेड़ा से सोहना में कॉन्टीनेंटल वैल्यू कंपनी को डिलीवर करने जा रहा था। कुछ इस तरह उसने अपना पहला उत्पाद डिलीवर किया था।

ईश्वर सैनी

आइए, मिलिए श्री ईश्वर सैनी से जो कि आज 'परफेक्ट इंजीनियरिंग केंपोनेंट प्रा.लि.' के संस्थापक निदेशक हैं। एक अध्यापक के पुत्र ईश्वर सैनी ने 1987 में बी.कॉम कर लिया था। वह एम.कॉम. करना और फिर अध्यापक बनना चाहते थे। लेकिन उनके सपने तब टूट गए जब

उन्हें एम.कॉम. में प्रवेश दिलाने से उनके पिता ने मना कर दिया क्योंकि चार बच्चों और अपनी बीमार पत्नी के इलाज का खर्च उठाना ही उनके लिए संभव नहीं हो पा रहा था।

ईश्वर की शिक्षा चूँकि गाँव के ही स्कूल-कॉलेज में हुई थी इसलिए किसी भी नौकरी में होनेवाले अंग्रेजी के साक्षात्कार का सामना करने का आत्मविश्वास उनमें नहीं था। ठीक उन दिनों जब कि वह नौकरी की तलाश में भटक रहे थे, तब धारूहेड़ा को औद्योगिक क्षेत्र घोषित कर दिया गया। जल्दी ही अनेक औद्योगिक इकाइयाँ और उनकी सहायक इकाइयाँ वहाँ स्थापित होने लगीं। हीरो हॉन्डा उनमें से एक थी।

उनके मन में अपना ही कोई छोटा-मोटा व्यापार करने का विचार आने लगा, लेकिन उनके परिवार में कभी किसी ने व्यापार किया नहीं था। और उनके पास न तो उसमें लगाने के लिए पैसा था और न ही कोई तकनीकी योग्यता थी। जो कुछ उनके पास था, वह थी—औरों से बेहतर कुछ कर दिखाने की एक ज्वलंत चाहना, कुछ बड़ा करने की कामना।

आज उनकी कंपनी 18 करोड़ का सालाना कारोबार करने का गर्व कर सकती है। उनकी दो फैक्टरियाँ हरियाणा में और एक राजस्थान में उत्पादनरत हैं जिनमें कि 120 संतुष्ट कर्मचारी अपनी पुरजोर मेहनत से काम कर रहे हैं। उनके उत्पादन की गुणवत्ता इतनी श्रेष्ठ है कि उन्हें निर्यात करने के ऑर्डर भी मिलने लगे हैं।

अपने शुरुआती दिनों को याद करते हुए ईश्वर बताते हैं, ''मैं ऋण लेने के लिए रेवाड़ी में हरियाणा फाइनेंशियल कॉरपोरेशन के पास गया था और मेरा ऋण स्वीकृत भी कर दिया गया था।'' गाँव में अपने पैतृक घर में ही दो लेथ मशीनें लगाकर और दो ऑपरेटर रखकर उन्होंने एक वर्कशॉप स्थापित किया। कुछ फैक्टरियों की मशीनी मरम्मत आदि का काम पाने में भी वह सफल रहे। कोई तकनीकी जानकारी न होने के बावजूद, ईश्वर मशीनों के काम को दत्तचित्त होकर देखा करते थे। उन्होंने कुछ तकनीकी शब्दावली भी सीख ली थी और अपना आत्मविश्वास बढ़ाने के लिए वह मशीनों पर रात को काम करते रहते थे। हर काम को उन्होंने एक चुनौती के रूप में लिया।

धीरे-धीरे ईश्वर बड़ी कंपनियों की मशीनों की कार्यप्रणाली को अच्छी तरह जान गए। उन्होंने बताया, ''मैं तो बस उन तरीकों और तरकीबों के बारे में सोचता रहता था जिनसे कि उन मशीनों को अधिक उत्पादन करनेवाली मशीन बनाया जा सके।'' इसी बीच उन्हें जीवनसाथी मिल गईं—शक्ति, जो कि यथा नाम तथा गुण वाली हैं और ईश्वर को अपने हर काम में उनसे संबल और सहयोग हमेशा मिलता रहता है।

1992 में उनकी 'परफेक्ट इंजीनियरिंग' कंपनी को हीरो हॉन्डा की ह्विल एसेंबली मशीनों के रख-रखाव का काम मिल गया। सैनी ने 1200 ह्विल एसेंबली मशीनों का सेट तैयार कर दिया जब कि उसकी प्रतिद्वंद्वी बजाज ऑटो केवल 280

यूनिट ही बना सकी। सैनी ने उनके 41 कामगारों के मुकाबले केवल 18 कामगार ही नियुक्त किए थे। इससे लाभ का प्रवाह सैनी की ओर हो गया।

सौभाग्य से हीरो हॉन्डा की सहायक इकाई का प्रबंधक हीरो हॉन्डा छोड़कर औरंगाबाद स्थित बजाज ऑटो की एक सहायक इकाई में चला गया। वहाँ जब उसने परफेक्ट इंजीनियरिंग कंपनी की दक्षता का उल्लेख किया तो उसने भी सैनी को बुलाया और बजाज की एक सहायक इकाई 'औरंगाबाद इलेक्ट्रिकल्स' के लिए एक वैसी ही मशीन तैयार करने के लिए कहा। सैनी गर्व से कहते हैं, ''मैं तो सकते में आ गया था क्योंकि न तो मेरे पास इतनी पूँजी थी और न ही ऐसी मशीन तैयार करने के लिए मेरे पास कोई वर्कशॉप था। लेकिन तब मेरे आश्चर्य का ठिकाना नहीं रहा जब कंपनी ने वह मशीन लगाने के लिए हाथोहाथ मुझे एक बैंक ड्राफ्ट भी सौंप दिया।''

काम के इस बड़े प्रस्ताव को सैनी ने एक बड़ी चुनौती के रूप में स्वीकार कर लिया और तीन महीने में ही वह मशीन तैयार करके उन्हें सौंप दी। क्या आप विश्वास करेंगे कि इन तीन महीनों के दौरान वह एक दिन के लिए भी वर्कशॉप से बाहर नहीं गए और न ही अपने परिवार से मिले। कोई अपने काम के प्रति इतना समर्पित हो, ऐसी मिसाल ढूँढ़ पाना मुश्किल है।

यह मशीन भी अपने आपमें अनोखी और बेमिसाल थी क्योंकि यह उत्पादन भी अधिक करती है और इसे चलाने के लिए आदमी भी कम चाहिए। इसलिए इसके लिए खूब ऑर्डर आने शुरू हो गए। इस सिलसिले में ईश्वर सैनी चीन, जर्मनी और पोलैंड की यात्रा कर आए हैं।

जब उनसे उनकी सफलता का गुर पूछा गया तो उन्होंने कहा, ''जो कच्चा माल मैं लगाता हूँ उसमें लेशमात्र भी घपला नहीं करता और गुणवत्ता से कभी कोई समझौता नहीं करता।'' हालाँकि उनके उत्पाद उनके प्रतिद्वंद्वियों के उत्पादों की तुलना में 30 प्रतिशत तक महँगे हैं, फिर भी ऑर्डर हासिल करने के लिए उन्हें कभी कहीं जाना नहीं पड़ता। वे ऑटो सिस्टम फैक्टरी में एक के बाद एक अपने आप आते रहते हैं। ईश्वर सैनी की परफेक्ट इंजीनियरिंग कोंपोनेंट कंपनी आजकल मानेसर (हरियाणा) में अपने नए परिसर में काम कर रही है।

(सफलता की यह गाथा मेजर प्रदीप खरे द्वारा ईश्वर सैनी से लिये गए साक्षात्कार पर आधारित है।)

□

40

एक खेतिहर मजदूर से एक सॉफ्टवेयर कंपनी की सी.ई.ओ. की कुरसी तक पहुँची ज्योति

> *"आवाज उठानेवाली महिला को सबला कहा जाता है, लेकिन ऐसी आवाज को ढूँढ़ना बड़ा मुश्किल काम है।"*
>
> —मेलिंडा गेट्स

जब कोई किसी काम को करने की ठान लेता है तो फिर कोई भी अड़चन उसके आड़े नहीं आ पाती है।

यह बात ज्योति रेड्डी ने अपने जीवन की उस शानदार यात्रा से सिद्ध कर दी है जो उन्होंने एक खेतिहर मजदूर से शुरू की थी और अब वह अमेरिका में एक संस्थान की सी.ई.ओ. के पद तक पहुँच चुकी हैं। सफलता की यह सच्ची गाथा सुश्री ज्योति रेड्डी की है जो आज यू.एस.ए. में एक सॉफ्टवेयर कंपनी की मालिक हैं और जो भारत की ग्रामीण महिलाओं के जीवन में बदलाव लाने का एक महान् सपना अपनी आँखों में सँजोए हुए हैं।

श्रीमती ज्योति रेड्डी पूर्व राष्ट्रपति स्व. डॉ. ए.पी.जे. अब्दुल कलाम के साथ

1970 में भारत के जिस गरीब परिवार में ज्योति का जन्म हुआ था, उसमें पाँच लड़कियाँ थीं और ज्योति उनमें सबसे छोटी

थी। परिवार की आर्थिक दशा बहुत खराब होने के कारण उन्हें एक अनाथालय में भरती कर दिया गया था। वहाँ भरती होने के कारण उन्हें बिन माँ की बच्ची की तरह रहना पड़ा था। ज्योति जैसी बच्ची के लिए यह एक बड़ा दारुण दुःख था क्योंकि अनाथालय में रहने के दौरान वह अपनी माँ से नहीं मिल सकती थी। अनाथालय में ऐसा कोई नहीं था जिसके साथ वह अपनी खुशी को और अपने दुःख को बाँट सकती। ऐसे हालात से दुखित व दमित होने के बजाय ज्योति ने अपने भविष्य को एक उजास और उजाले की ओर ले जाने की प्रबल संकल्प शक्ति अपने अंदर पैदा कर ली। उसने खुद को वचन दिया कि वह अपने इस जीवन को एक बेहतर जीवन बनाने के लिए काम करेगी। जीवन कैसे जिया जाए, इसके लिए उसने एक कठोर, कर्मठ मगर कारगर राह पर चलना सीख लिया। जीवन की कठिनाइयों ने उन्हें जीवन का मूल्य सिखा दिया था और परिस्थितियों से परे देखना भी।

अनाथालय में रहते हुए ही उसने स्कूल जाना शुरू कर दिया और साथ ही सुपरिंटेंडेंट के घर में रहते हुए उसने वोकेशनल कोर्स भी कर लिया। ज्योति अपनी सुपरिंटेंडेंट के घरेलू कामों मे हाथ बँटाने के लिए उनके घर चली जाया करती थी। वहाँ उसने महसूस किया कि एक सुहाना, सुखद व सुंदर जीवन बिताने के लिए सबसे पहले उसके पास एक बढ़िया सी जॉब होनी चाहिए। और तभी से कोई ऐसी ही जॉब पाने के रास्तों के बारे में उसने सोचना शुरू कर दिया था।

इससे पहले कि अपने सपनों को साकार करने के लिए ज्योति कुछ करना शुरू कर पाती, पारिवारिक परिस्थितियों ने उसे 16 साल की उम्र में ही शादी के बंधन में बँध जाने के लिए विवश कर दिया। दो बच्चे भी हो गए और इससे हालात और भी बिगड़ गए, क्योंकि उनके पालने के लिए उसे पाँच रुपए की दिहाड़ी पर खेतों में काम करने जाना पड़ता था। लेकिन परिस्थितियों के इन थपेड़ों ने उसे जीवन से जूझने और अपने पैरों पर खड़े होने के लिए और भी मजबूत बना दिया।

और फिर एक अवसर एन.वाई.के. के रूप में उनके सामने आ ही गया। एन.वाई.के. (नेहरू युवा केंद्र) केंद्र सरकार की वह योजना है जो कि युवाओं में जानकारियों से अवगत होने की भावना पैदा करती है। इस अवसर का उसने लाभ उठाया और वह एन.वाई.के. में एक स्वयंसेविका बन गईं और फिर उन्होंने पढ़ाना शुरू कर दिया। लेकिन उससे मिलनेवाला पैसा परिवार चलाने के लिए पूरा नहीं पड़ता था, इसलिए कुछ और पैसा कमाने के लिए वह रात को घर पर ही पेटीकोट सिला करती थीं। साथ ही, उन्होंने टाइपिंग भी सीख ली। आर्थिक अभाव से जूझने के अलावा, जो वह करना चाहती थीं उसके लिए उन्हें अपने परिवार और अपने समाज से भी जूझना पड़ता था। उन्होंने अपनी पढ़ाई को आगे बढ़ाया और 1994 में वह डॉ. बी.आर. अंबेडकर मुक्त विश्वविद्यालय

से बी.ए. की डिग्री पाने में सफल रहीं। फिर भी पढ़ाई जारी रखते हुए उन्होंने ककातिया विश्वविद्यालय में सप्ताहांत में होनेवाली कक्षाओं में जाते हुए 1997 में एम.ए. भी कर लिया। इससे उन्हें रु. 398 प्रतिमास के वेतन पर अध्यापिका की नौकरी मिल गई। स्कूल जाने के लिए उन्हें दो घंटे की यात्रा करनी पड़ती थी। इस समय का सदुपयोग करते हुए वह अपनी सहयात्रियों को साड़ी बेचने का काम भी करने लगीं जिससे उन्हें कुछ अतिरिक्त आय भी हो जाया करती थी। जीवन के संघर्ष ने उन्हें समय के प्रति सजग रहना सिखा दिया था और इसीलिए वह पल-पल का सदुपयोग करते हुए कुछ-न-कुछ रचनात्मक काम करने में लगी रहती थीं।

फिर उनकी नौकरी पक्की हो गई और वेतन भी बेहतर मिलने लगा। लेकिन चूँकि ऊँचे-से-ऊँचे स्तर तक पहुँचने की ललक में हर अगली बेहतर स्थिति पर निगाह रखने के कारण वह कहीं थम जाना नहीं चाहती थीं। एक संबंधी का कुछ दिनों के लिए अमेरिका से भारत आना उनके मन में अपने सपनों के संसार यानी यू.एस.ए. जाने के विचार का बीजारोपण कर गया। वहाँ जाकर काम करने की योग्यता अपने अंदर पैदा करने के लिए उन्होंने कंप्यूटर कोर्स ज्वॉइन कर लिया। और फिर अपने दो बच्चों को एक मिशनरी होस्टल में रखकर वह यू.एस.ए. के लिए रवाना हो गईं।

अमेरिका में बसना उनके लिए इतना आसान नहीं रहा। अपने जीवन यापन के लिए उन्हें वहाँ एक पेट्रोल पंप पर काम करना पड़ा, एक बेबी सिटर के रूप में काम करना पड़ा, सामान लादने और उतारने का काम करना पड़ा और एक वीडियो शॉप पर भी काम करना पड़ा। फिर एक निकट संबंधी की सहायता से उन्होंने सी.एस. नाम की एक अमेरिकी कंपनी में एक रिक्रूटर के पद पर ज्वॉइन किया। बाद में उन्हें एक और कंपनी ने अपने यहाँ नौकरी दी लेकिन वह कंपनी बैठ गई और जिंदा रहने के लिए उन्हें फिर से बेबी सिटर और पेट्रोल पंप पर काम करना पड़ा। यहीं से उनके उद्यमी बनने, एंटरप्रेन्योर बनने के सपने की शुरुआत हुई। वह अपना ही कोई काम करना चाहती थीं, इसलिए कोई सही काम शुरू करने के बारे में वह अपने दिमागी घोड़े दौड़ाने लगीं।

एक बार जब स्टैंपिंग के लिए उनका मैक्सिको आना हुआ तो उन्हें विचार आया कि वह एक कंसल्टेंसी का काम शुरू कर सकती हैं क्योंकि वीजा की प्रक्रिया में की जानेवाली कागजी कारवाई की उन्हें अच्छी जानकारी है। तब अपनी चालीस हजार डॉलर की बचत राशि लगाकर उन्होंने फोनिक्स में एक कार्यालय खोल लिया। और तब से वह अपनी उस 'कीज' (के.ई.वाई.एस.एस.) नामक कंपनी को सफलतापूर्वक चला रही हैं।

उनकी दोनों बेटियाँ भी उनके पास ही चली गईं और दोनों ने अमेरिकी स्कूलों में ही शिक्षा ग्रहण की। जीवन के साथ संघर्ष करते हुए जो व्यावहारिक अनुभव उन्हें प्राप्त

हुए उससे उनकी सोच यह बन गई है कि जो लोग जरूरतमंद हैं उनकी सहायता करने में जो कुछ भी आप कर सकते हैं, वह करें। जब कभी वह भारत आती हैं तो वृद्धाश्रमों और अनाथालयों में अवश्य जाती हैं और उनकी ओर मदद का हाथ बढ़ाती हैं। भावी पीढ़ी को प्रेरित व प्रोत्साहित करने और उन्हें पुरुषार्थ का पाठ पढ़ाने के लिए वह शिक्षण संस्थानों में भी जाया करती हैं।

जो अगला सपना उनकी आँखें देखने लगी हैं वह यह है कि भारत में हर अनाथ बच्चे की अपनी पहचान हो, कद्र हो और उसे समान अधिकार प्राप्त हों। अपने इस सपने को साकार करने के लिए वह विभिन्न सरकारी एजेंसियों, नीतिकारों, राजनेताओं के साथ-साथ गैर-सरकारी संगठनों से बातचीत कर रही हैं, उनमें इस मुद्दे के प्रति संवेदना जगा रही हैं।

इस बारे में उन्होंने 'प्रजाधारण वेलफेयर सोसायटी', 'एम.वी. फाउंडेशन' तथा 'चाइल्ड राइट्स एडवोकेसी' (सी.आर.ए.एफ.) जैसे अनेक समान सोच वाले गैर-सरकारी संगठनों से हाथ मिलाया है और 'फोर्स फॉर ऑरफन राइट्स एंड कम्यूनिटी डवलपमेंट (एफ.ओ.आर.सी.ई. यानी फोर्स) के लिए एक 'प्रेशर ग्रुप' का भी गठन किया है। वह 18-35 की आयु के सभी अनाथों की मदद करना चाहती हैं और उन्हें आर्थिक रूप से आत्मनिर्भर बनाना चाहती हैं। वोकेशनल ट्रेनिंग देते हुए वह उन्हें इस योग्य बनाना चाहती हैं कि उनमें आत्मविश्वास आए, वे स्वावलंबी बनें और रोजगार पा सकने की उनमें काबिलियत बढ़े। वह अपने एक और नजरिए पर भी काम कर रही हैं और वह है ग्रामीण महिलाओं को कोई न कोई शिल्प, हुनर व कारीगरी सिखलाकर उन्हें सशक्त व सक्षम बनाना, उन्हें आत्मनिर्भर बनाना।

□

41

बाल-विवाह के चंगुल से निकली महिला आज करोड़पति है

''महिलाओं को अपनी शक्ति को पहचानना होगा और समयानुसार उसका प्रयोग करना होगा—इसमें कोई दो राय नहीं है। इसके लिए उन्हें किसी भी गलत बात के लिए पहली बार पर ही 'न' कहना सीखना होगा। यदि आप सीधे नहीं जा सकते हों तो आपको जरा घूमकर जाना होगा।''

—केर

2013 में राष्ट्रपति भवन में आयोजित एक भव्य समारोह में कमानी ट्यूब्स की चेयरपर्सन कल्पना सरोज व्यापार व उद्योग के लिए दिए जानेवाला अपना 'पद्मश्री पुरस्कार' पाने के लिए राष्ट्रपति के सामने थीं। आज जिस कंपनी को वह चला रही हैं उसकी हैसियत रु. 68 करोड़ से अधिक है और मुंबई की बलार्ड एस्टेट में कमानी चैंबर्स में जो उनका कार्यालय है वह कभी कमानी ग्रुप का बोर्ड-रूम हुआ करता था, जो कि मुकेश अंबानी के आलीशान घर से बस थोड़ी सी दूरी पर है। उन्हें भारत सरकार द्वारा संचालित उस भारतीय महिला बैंक

कल्पना सरोज पूर्व राष्ट्रपति प्रणब मुखर्जी के साथ

के निदेशक मंडल में भी नियुक्ति दी गई है जो कि मूल रूप से महिलाओं के लिए ही खोला गया है।

क्या आप विश्वास कर सकते हैं कि यह वही महिला है जो कि महाराष्ट्र के अकोला में एक नितांत गरीब घर में पैदा हुई, आगे पढ़ने की इच्छा का गला घोंटते हुए केवल 12 साल की उम्र में जिसकी शादी कर दी गई और और नौवीं कक्षा से आगे पढ़ने देने से मना कर दिए जाने पर जो 14 साल की उम्र में अपने गाली-गलौज करनेवाली ससुराल को छोड़कर चली गई? और फिर वह मुंबई जैसे शहर में छोटा-मोटा सिलाई का काम करते हुए केवल रु. दो रोज कमाकर गुजर करती रही।

अपने जीवन में आए मोड़ को याद करते हुए कल्पना कहती हैं, "जब मैं पहली बार मुंबई आई तब मुझे यह भी पता नहीं था कि जाना कहाँ है। मैं एक बहुत ही छोटे गाँव से आई थी। मुंबई वह अपने पति के साथ रहने के लिए आई थीं जो कि उम्र में उनसे 10 साल बड़ा था। लेकिन वह यह देखकर सकते में आ गई थीं कि वह तो एक गंदी झोंपड़पट्टी में रहता था। लेकिन यही कोई अकेली मुसीबत नहीं थी। वह बताती हैं, "मेरे जेठ और जिठानी मेरे साथ बहुत बुरा बरताव करते थे। छोटी-छोटी बातों पर अकसर वे मेरे बाल खींचते थे और मारते-पीटते थे। उनकी मार-पीट और गाली-गलौज से मैं खुद को बिल्कुल टूटा हुआ महसूस करने लगी थी।"

भारतीय समाज में अपने पति के घर को छोड़कर आने को लोग आमतौर पर अच्छी नजर से नहीं देखते हैं, लेकिन कल्पना उसका साथ व समर्थन देनेवाले अपने पिता की आभारी हैं कि वह उस नासमझ और नारकीय ससुराल से अपना पिंड छुड़ा सकीं। एक बार जब उनके पिता उनसे मिलने के लिए मुंबई आए तो अपनी बेटी को चीथड़ों जैसे फटे-पुराने और मैले-कुचैले कपड़े पहने हुए देखकर वह दंग रह गए और उन्हें अपने साथ ले गए। बहुत से गाँववाले उनकी इस तरह घर वापसी को शक की निगाह से देखा करते थे और यही अंदाज लगाया करते थे कि जरूर लड़की में ही कोई खोट है। वे कल्पना पर ऐसे टिप्पणी करते थे जैसे वे वहाँ के मुंसिफ लगे हुए हों, लेकिन वह उनकी बातों पर ध्यान देने के बजाय अपना पूरा ध्यान कोई जॉब तलाशने पर लगाए रखती थीं। हालाँकि एक समय ऐसा भी आया था जब गाँववालों के ताने सहन करते-करते उनका धीरज जवाब दे गया था और उन्होंने कीटनाशक पीकर खुद को खत्म कर देने की कोशिश भी की थी। लेकिन उन पलों को वह अपने जीवन का सबसे निम्न बिंदु मानती हैं। अपने पैरों पर खड़ा होने के लिए उन्होंने सिलाई करना सीख लिया था। वह 16 घंटे काम किया करती थीं और काम करने के उनके ये घंटे आज भी उतने ही हैं।

अपने काम को बढ़ाने में उनकी सिलाई के काम से मिलनेवाली आय ने बड़ी मदद

की। एक बार वह एक स्थानीय राजनेता के पास गईं और कहा कि उन्हें रु. 50,000 का ऋण दिलाने में वे उनकी मदद करें ताकि वह अपना कोई काम शुरू कर सकें। लेकिन तब उन्हें घोर निराशा हुई जब उस नेता ने यह काम कराने का 10 प्रतिशत कमीशन उनसे माँग लिया। लेकिन फिर फर्नीचर का काम शुरू करने और सिलाई के काम का विस्तार करने के लिए उन्हें एक सरकारी ऋण मिल ही गया। संघर्ष के अपने उन दिनों का वर्णन करते हुए वह बताती हैं, "धीरे-धीरे मैंने अनेक लोगों की अनेक मामलों में मदद करना शुरू कर दिया जिसमें एक ऐसे प्लॉट के बारे में लगा हुआ मुकदमा भी था जहाँ से मुझ जैसे लोगों को बेदखल कर दिया गया था। बाद में इसी मुकदमे ने मुझे भूमि-भवन संबधी कारोबार (रीयल एस्टेट बिजनेस) में जाने के लिए प्रोत्साहित किया। कुछ अन्य कारोबारों की तरफ भी मेरा ध्यान गया जैसे अहमदनगर में चीनी मिल लगाना। अब तक मेरा बुटीक का कारोबार खूब चल निकला था और उससे प्राप्त लाभ से मैंने फर्नीचर का काम शुरू कर दिया था और एक ब्यूटी पार्लर भी खोल लिया था। मैं जितना आगे बढ़ रही थी, मुझे उतने ही अच्छे नतीजे मिल रहे थे।"

अगले कुछ वर्षों में उन्होंने पुनः विवाह किया। इस बार वह फर्नीचर का काम करनेवाला एक साथी व्यापारी था। उनके दो बच्चे भी हुए। जमीन खरीदने और फिर उसे बेच देने से वह अपनी बचत बढ़ाती चली गईं। उनकी किस्मत का सितारा तब चमक उठा जब उन्होंने एक विवादास्पद जमीन खरीद ली और मुंबई के पेचीदा सरकारी विभागों में उस फाइल के पीछे-पीछे लगे रहकर उन्होंने उसे विवादमुक्त भी करा लिया। उस जमीन पर उन्होंने एक बिजनेस कॉम्प्लेक्स बनवाया जिसका नाम कोहिनूर रखा—धुँधली सी इस आशा के साथ कि कभी न कभी तो वह दिन आएगा ही जब वह कोई ऐसी चीज खरीद सकेंगी जो कि विश्व के सबसे कीमती हीरे के बराबर की कीमत की होगी। बाद में उन्होंने वहाँ एक बिल्डिंग खड़ी की जिसका नाम भी उसी हीरे के नाम पर रखा गया—कोहिनूर प्लाजा। वह बताती हैं कि इस सबके दौरान उन्हें स्थानीय माफियाओं से धमकियाँ भी खूब मिलीं क्योंकि वे अपने जमीन के धंधे में आए इस 'घुसपैठिए' को देखकर बिल्कुल भी खुश नहीं थे।

जब उनकी बिल्डिंग का नक्शा पास हो गया तो एक आदमी उन्हें चेतावनी देने आया कि उन्हें मारने के लिए पाँच लाख रुपयों की सुपारी दे दी गई है, इसलिए अच्छा यही होगा कि वह इस शहर को छोड़कर चली जाएँ। वह पुलिस स्टेशन गईं और पुलिसवालों को इस धमकी की रिपोर्ट लिखवा दी। उन्होंने उस भाड़े के गुंडे को गिरफ्तार कर लिया जिसका नाम उस आदमी ने बता दिया था जो धमकी देने आया था। "और बस, समस्या सुलझ गई," वह कहती हैं।

उन्होंने वर्ष 2000 में कोहिनूर प्लाजा बेच दिया और सारा पैसा जमीनी कारोबार

में लगा दिया। वह बताती हैं कि ऐसा इसलिए हुआ कि वह एक ऐसी महिला के रूप में प्रसिद्ध हो गई थीं जो कि मुंबई में विवादास्पद जमीनों के मामलों में लोगों की मदद करती थीं। वह कहती हैं, ''यदि आप अपने काम के प्रति अपने दिल से, अपनी आत्मा से लग जाते हैं और उसे पूरा किए बिना बीच में नहीं छोड़ते हैं, तो परिणाम आपके पक्ष में ही रहता है।'' यही वह मंत्र है जिसने कल्पना को बुरे-से-बुरे दिनों से उबारा है और जो आज भी उनके कानों में गूँजता रहता है।

एक दिन आई.डी.बी.आई. द्वारा दिए गए एक बड़े से विज्ञापन पर उनकी आँखें अटक गईं जो कि कुर्ला स्थित कमानी ट्यूब्स को बेचने के बारे में था। यह वही कमानी ट्यूब्स थी, जिसे गुजरात के एक ऐसे प्रतिष्ठित परिवार ने स्थापित की थी जो कभी टाटा व बिरला की बराबर की हैसियत का माना जाता था। ताँबा-मिश्र धातु के ट्यूब व पाइप बनाने के लिए स्थापित की गई यह इकाई 1985 में बंद कर दी गई थी लेकिन उच्चतम न्यायालय के आदेश से 1988 में इसे पुनः खोला गया था और इसकी बागडोर कामगारों की को-ऑपरेटिव सोसायटी के हाथों में सौंप दी गई थी। लेकिन कामगार इसे नहीं चला सके और 1995 में इसको बेचने की नौबत आ गई, क्योंकि बी.आई.एफ.आर. ने भी अपने हाथ खड़े कर दिए थे। 2005 में कामगार कल्पना के पास आए और उसे अपने हाथों में ले लेने का अनुरोध किया। उनमें से अनेक लोग दलित थे। वह बताती हैं, ''हालात इतने खराब थे कि उन्हें कई महीनों से पगार भी नहीं मिली थी। उनमें से कइयों के पास तो भोजन और दवा के लिए भी पैसे नहीं थे। इसलिए मुझे लगा कि मुझे कुछ करना चाहिए।'' कल्पना आई.डी.बी.आई. गईं और वह भी उन्हें उस कंपनी का अध्यक्ष बनाने के लिए सहमत हो गए। उन्हें कंपनी का रोजमर्रा का प्रबंध देखना तुरंत शुरू करना पड़ा। कंपनी मामलों को जितना वह खोलती जाती थीं उतनी ही उनकी निराशा बढ़ती जाती थी। उन्होंने बताया, ''कंपनी के पास कोई परिसंपत्ति नहीं बची थी। जिस जमीन पर वह खड़ी थी वह किराए की थी। इसकी बिल्डिंग में सरकारी किराएदार बस गए थे जो कि 25 पैसे या 50 पैसे महीना का नाममात्र का किराया दे रहे थे। यह बात साफ थी कि कोई भी कंपनी को तब तक छूना नहीं चाहता था जब तक कि उनकी देनदारी उन्हें चुका नहीं दी जाती। हमारे पास इतने भी पैसे नहीं थे कि सुरक्षा के लिए गार्ड रखे जा सकें जिससे उन मशीनों की सुरक्षा हो सके जो कि वहीं के कामगारों द्वारा चुराकर कबाड़ियों को बेची जा रही थीं ताकि वे खाने के लिए कुछ खरीद सकें।''

कल्पना की प्राथमिकता थी विश्वास जीतना—कामगारों का, उधार देनेवालों का और कर्ज देनेवाली एजेंसियों का। थोड़ा समय देने की प्रार्थना करने और एक मौका और देने के अनुरोध के साथ उन्हें अनेक कार्यालयों के चक्कर काटने में बड़ी मेहनत

करनी पड़ी। जिन-जिन लोगों ने जो-जो मदद की उनकी याद करते हुए वह आभार से भर जाती हैं। आखिर वह शुभ दिन भी आ ही गया जो कभी भुलाया नहीं जा सकता क्योंकि उस दिन उन्होंने कंपनी के सारे कर्ज चुका दिए थे। पिछले साल समाचार-पत्रों ने कल्पना द्वारा कंपनी के सबसे पहले वाले मालिक नवीनभाई कमानी से मुलाकात करने का समाचार प्रकाशित किया। अस्सी वर्षीय नवीनभाई को कल्पना ने 51 लाख रुपए का एक चेक भेंट किया जो कि कमानी ट्यूब्स लिमिटेड के पुन: खड़ा होने के नाते उनको देय राशि थी जिसमें कि कमानीजी की प्रोविडेंट राशि भी शामिल थी।

कल्पना ने बताया, ''नवीनभाई की आर्थिक स्थिति बहुत खराब हो चुकी थी और मुझे लगता है कि उस राशि ने उनका बड़ा भला किया होगा।'' कमानी ट्यूब्स लि. इस साल थोड़ा-बहुत लाभ कमाने की स्थिति में आ सकती है। विशेष रूप से जल तथा स्वच्छता के कामों में कमानी ब्रांड ताँबे की ट्यूबों की भारी माँग को पूरा करने के लिए पश्चिमी एशिया में अपना खूब माल बेच रहा है—कुवैत में 'ए-वन कमानी' के नाम से और दुबई में 'कल्पना सरोज एल.एल.सी.' के नाम से। उन्होंने बताया, ''कंपनी ट्यूब के काम से 80 करोड़ की और नए-नए शुरू किए गए स्टील के काम से 60 करोड़ की बिक्री होने की आशा कर रही है। मेरा सारा कारोबार आज रु. 300 करोड़ कमा रहा है। यहाँ मैं एक बात आपको बता दूँ कि ट्यूब बनाने के बारे में मैं कुछ नहीं जानती हूँ। कमानी ट्यूब के साथ मैंने अपना सबकुछ दाँव पर लगा दिया है—अपना नाम, अपना पैसा और बहुत कुछ। मेरा सिद्धांत हमेशा से यह रहा है कि मैं जितना अच्छे-से-अच्छा कर सकती हूँ, वह करूँ और वह भी दूसरों के लिए।''

व्यापार के अलावा कल्पना की रुचि शिक्षा में बहुत है। उनके द्वारा प्रायोजित संस्थानों की सेवाओं से सारे साल कोई 2000 छात्र लाभान्वित होते हैं। इन सेवाओं में पुस्तकालय, छात्रावास की सुविधा के साथ-साथ जरूरतमंद छात्रों को वित्तीय सहायता देना भी शामिल है।

कल्पना सरोज आदिवासियों, गरीब, अनाथ व बेसहारा बच्चों, वृद्धों और विकलांगों के उत्थान व उन्नति के लिए कुछ-न-कुछ करने में लगी ही रहती हैं। उन्होंने नस्लवाद और जाति के आधार पर भेदभाव के विरुद्ध भी डंडा उठाया हुआ है। दलित, दमित व पीड़ित समाज के उत्थान के लिए किए जा रहे उनके प्रयासों की प्रशंसा राष्ट्रीय तथा अंतरराष्ट्रीय अखबारों में और टी.वी. चैनलों पर की जाती रही है।

अपने पारिवारिक दायित्वों को उन्होंने पूरा कर लिया है। उनकी बेटी लंदन में होटल मैनेजमेंट की पढ़ाई कर रही है और उनका बेटा अमेरिका में पायलेट बनने का प्रशिक्षण ले रहा है। वह महाराष्ट्र में एक एविएशन एकेडमी खोलने की योजना बना रही हैं क्योंकि भारत में दलितों के बच्चों के लिए पर्याप्त अवसर उपलब्ध नहीं हैं।

इसके अलावा उन्होंने अपने छोटे भाई और बहन की शादी का पूरा खर्च उठाया है और हर एक को उपहारस्वरूप एक अपार्टमेंट भी भेंट किया है।

कल्पना सरोज अपनी सफलता का श्रेय अपनी लगन और दृढता को देती हैं। उनका कहना है कि जब वह कुछ करने की ठान लेती हैं तो फिर ऐसा हो ही नहीं सकता कि वह उसे न कर पाएँ। उनके शब्दों में, ''कहीं पहुँचने के लिए कई रास्ते होते हैं। यदि किसी एक रास्ते से नहीं जाया जा सकता हो तो मैं दूसरे रास्ते से जाने की कोशिश करती हूँ। यदि वह भी काम नहीं करता तो फिर किसी और रास्ते को पकड़ती हूँ।''

□

पशु-पक्षियों के मसीहा

"किसी देश की महानता और उसकी नैतिक प्रगति यह देखकर आँकी जा सकती है कि वह अपने पशु-पक्षियों के साथ कैसा बरताव करता है।"

—महात्मा गांधी

42

लावारिस पशुओं की पालनकर्ता

''पशु भरोसेमंद होते हैं, बहुत से तो प्रेमपूर्ण भी होते हैं, वे सच्चे प्यार से भरे होते हैं, अपने किसी अचानक व अनपेक्षित बरताव से वे हमें दुःख नहीं पहुँचाते हैं, वे एहसानमंद होते हैं, वफादार होते हैं। ये उनके ऐसे गुण हैं जिनके अनुसार जीना आदमी के लिए आसान नहीं है।''

—एल्फ्रेड ए. मॉन्टापार्ट

लोग जब किसी गली या सड़क पर किसी बेसहारा घूमते जानवरों के बराबर से गुजरते हैं तो नाक-भौं सिकोड़ लेते हैं, उनकी आँखों में उसके लिए हिकारत उभर आती है, लेकिन कोई ऐसा भी है जो कि उन्हें उठा लाता है, उनकी देखभाल करता है और उनके जीवन को एक नया निखार देता है। श्रीमती इरानी मुखर्जी का पशुओं के प्रति अपार प्रेम ऐसे पशुओं के लिए वरदान सिद्ध हो रहा है। वे जन्मजात पशु-प्रेमी हैं। यह सब कलकत्ता (कोलकाता) में शुरू हुआ। केवल दस साल की कम उम्र में इरानी जब अनाथ हो गई थीं तब छह कुत्तों ने उनकी देखभाल की थी, उन्हें पाला था। अकेली, असहाय और असुरक्षित इरानी को अपनी व्यवस्था खुद ही करनी पड़ी थी क्योंकि उनके साथ इन वफादार पशुओं और अपने दिवंगत पिता द्वारा छोड़ी गई थोड़ी सी संपत्ति के अलावा कोई नहीं था। वह जहाँ जातीं वे उनके रक्षकदल की तरह उनके साथ चलते थे—चाहे बाजार जाना हो, स्कूल जाना हो और बाद में तो कॉलेज भी वे उनके साथ ही चलते थे। इरानी के अनुसार, वे पशु ही उनके सदा संगी-साथी और अभिभावक बने रहे थे। वे हमेशा उनकी फिक्र करते थे और वफादार थे। अपने इन चौपाए मित्रों से उन्हें इतना लगाव हो गया था कि उन्होंने यह निर्णय कर लिया था कि वह केवल ऐसे व्यक्ति से विवाह करेंगी जो बच्चे न चाहता हो और उनके पशु-प्रेम में उनका साथ देनेवाला हो। अपने प्रिय

पशुओं की देखभाल करने के लिए उन्होंने मातृत्व का मोह भी छोड़ दिया था। उनके पिता अकसर सड़क से कुत्तों को उठा लाया करते थे, और वह भी यही कर रही हैं। लावारिस भटकते देसी कुत्तों के प्रति उनकी सहानुभूति हमेशा रहती है क्योंकि उन्हें लगता है कि अच्छी नस्ल के कुत्तों को तो घर मिल ही जाता है, बल्कि लोग तो पैसे देकर उन्हें लेने के लिए तैयार रहते हैं। आज भी देसी कुत्तों की देखभाल करने की उनकी भावना यथावत् बनी हुई है। वैसे, उनके हृदय में सभी पशु-पक्षियों के प्रति स्नेह भाव रहता है, वे चाहे बड़े हों या छोटे।

श्रीमती इरानी मुखर्जी

शुरू-शुरू में, कुत्तों का स्टर्लाइजेशन करा देने के बाद वह उन्हें बरामदे में या कभी-कभी तो अंदर कमरों में भी रखा करती थीं। इस तरह शुरुआत में उन्हें लगा कि कुछ और भी किया जा सकता है, और अपने विद्यार्थियों या सदस्यों के माध्यम से इसका विस्तार किया जा सकता है। वह अकेली जान दूसरों पर मदद करने के लिए जोर भी नहीं डाल सकती थीं। वह तो हर किसी से एक कुत्ते को अपनाने के लिए या उनके लिए खाना व दवा दान करने के लिए बस आग्रह ही किया करती थीं। फिर भी, इरानी मानती हैं कि सबकुछ अकेले सँभालना बड़ा कठिन काम है।

पशुओं की देखभाल के इस काम की शुरुआत तो मुखर्जी ने अपने घर से ही की थी लेकिन बाद में उन्होंने एक कामचलाऊ क्लीनिक में उन्हें रखना शुरू कर दिया था। लेकिन वह काफी नहीं था, इसलिए एक सोसायटी बनाई गई। उन्होंने और उनके पति ने इस सोसायटी को अपने ही पैसे से शुरू किया क्योंकि तब कोई

बाहरी मदद उन्हें नहीं मिल रही थी। धीरे-धीरे वे दोनों कुछ और लोगों को इसमें शामिल करने में सफल हो गए और फिर यह सोसायटी रजिस्टर्ड करा ली गई और इसे मान्यता मिल गई। एक स्कूल टीचर के रूप में जितना वेतन उन्हें मिलता था, वह सारा का सारा इस सोसायटी में दान करने लगीं। निराश्रय भटकते पशुओं की देखभाल करने और उनके पालन-पोषण के लिए तीन जगहों पर बनाए गए आश्रय-स्थलों के खर्च में उनकी तथा उनके पति की सारी आय खप जाया करती थी। उनकी कुछ पैतृक संपत्ति थी और यही वह पूँजी थी जिससे वह एक प्लॉट खरीदकर उस पर एक अस्पताल बनाना चाहती थीं। उन्होंने अपनी मारुति कार में ही निराश्रय पशुओं को लाना शुरू कर दिया था। एक पशु-आश्रय बनाने के लिए नेब सराय में जमीन खरीदने के लिए उन्होंने अपनी संपत्ति बेच दी। पशुओं के प्रति उनका यह अपार प्रेम और अनुराग ही था जिसने इस सोसायटी को तीन-तीन आश्रय-स्थल बनाने की क्षमता दे दी थी। यहाँ लाए जानेवाले कुत्तों में अधिकतर बुरी तरह बीमार थे; लेकिन अब वे सभी बीमारी से उबर आए हैं और स्वस्थ हैं।

उनकी सोसायटी 'सर्कल ऑफ एनिमल लवर्स' लाभ न कमानेवाली, गैर-राजनीतिक, धर्मार्थ पशु कल्याणकारी गैर-सरकारी एक संस्था है जो कि 1992 से पशुओं के हित के लिए, उनकी दशा को सुधारने के लिए काम कर रही है। यह संस्था पशुओं के प्रति क्रूरता को रोकने के उद्देश्य से स्थापित की गई थी। श्रीमती इरानी मुखर्जी, जो कि अब इस सोसायटी की अवैतनिक संस्थापक चेयरपर्सन हैं, बताती हैं, ''हमारी सोसायटी का मुख्य काम तो बेघर व बेआसरा होने के कारण आवारा घूमते कुत्तों की संख्या को स्टर्लाइजेशन के माध्यम से नियंत्रित करना रहता है।''

'सर्कल ऑफ एनिमल लवर्स' के कर्मठ कार्यकर्ताओं की टीम काम करने में विश्वास रखती है। उनके एक प्रतिनिधि ने बताया, ''हम पैंफलेट बाँटकर इसका प्रचार नहीं करते हैं, न ही बैठकें, कॉन्फ्रेंस या सेमिनार करते हैं, हम तो बस अपना प्रेम, अपनी करुणा और अपना समर्पण उन्हें परोसते हैं। हम सैकड़ों बेआसरा कुत्तों को खाना खिलाते हैं, सड़कों पर पड़े बीमार कुत्तों को उठाकर लाते हैं और या तो अपने मोबाइल वैन में ही उनका इलाज करते हैं या फिर इलाज के लिए उन्हें हम आश्रय-स्थल ले जाते हैं। इन पशुओं का बर्थ-कंट्रोल करना हमारा मुख्य काम है ताकि आवारा कुत्तों की संख्या कम-से-कमतर की जा सके। उन्हें मार दिए जाने के हम बिल्कुल विरुद्ध हैं और इसलिए उनका बर्थ-कंट्रोल करने जैसे सुसंगत और व्यावहारिक विकल्प की हम हिमायत करते हैं। लगातार किए जा रहे स्टर्लाइजेशन के तरीके से हम उनकी संख्या काफी हद तक कम करने में सफल भी रहे हैं। इस सोसायटी में अच्छी योग्यता प्राप्त पशु चिकित्सक और सर्जन हैं जो कि अपनी

सेवाएँ चौबीसों घंटे कभी भी देने को तैयार रहते हैं। हमारे पास वहीं रहनेवाला एक पशु चिकित्सक (सर्जन) है, दिन में रहनेवाले दो सर्जन हैं, तीन ऑफिस स्टाफ हैं, दो कंपाउंडर हैं, तीन ड्राइवर हैं, और 15 सहायक हैं। हमारे तीन एनिमल होम्स-कम-हॉस्पिटल हैं। हमारे अस्पतालों में ऑपरेशन थिएटर हैं, पैथोलॉजी है और एक्स-रे सुविधा भी है। इसके अलावा, हमारे पास दो एंबुलेंस और एक मोबाइल-क्लीनिक-वैन है।''

उनकी भावी योजना के बारे में पूछे जाने पर श्रीमती मुखर्जी ने बताया, ''हम अपना एक सेंटर हरियाणा के सोहना में खोलने की योजना बना रहे हैं और उसे बेआसरा भटकती गायों के लिए आश्रय-स्थल के रूप में विकसित करने की सोच रहे हैं। लेकिन इसके लिए हमें वित्त और व्यक्ति दोनों की ही आवश्यकता है।''

यह पूछे जाने पर कि 'सर्कल ऑफ एनिमल लवर्स' की जीत क्या है, उन्होंने बताया, ''हमारी विशेष जीत व सफलता यह है कि हमारे अस्पतालों और आश्रय-स्थलों में होनेवाली पशुओं की मृत्यु दर बहुत ही कम है। उनमें सफाई-सुथराई का हम विशेष ध्यान रखते हैं। दिन में तीन बार उन्हें रोगाणुमुक्त किया जाता है। हमारे अस्पताल में स्टर्लाइज्ड किया जानेवाला लगभग हर कुत्ता बच ही जाता है। पिल्लों के मरने की दर भी बहुत कम है, जब कि यह हर अस्पताल के लिए एक चुनौती बनी रहती है। दिल्ली की म्यूनिसिपल कॉरपोरेशन कुत्तों को पकड़ने के लिए लोहे की सँड़सी और उठाने के लिए क्रेन का इस्तेमाल करती है जो कि उनके लिए बहुत दर्दनाक होती है। इसके विपरीत, उन्हें पकड़ने के लिए हम एक खास तरह का कैचर इस्तेमाल करते हैं जो कि एक लंबे फंदे जैसा होता है जिसे उनकी गरदन में डाल दिया जाता है और फिर उसे धीरे-धीरे खींचा जाता है।''

बहुत से लोग यह सवाल उठाते हैं कि जब इनसान इतनी तकलीफ में है तब इन जानवरों की तकलीफों के बारे में इतनी हाय-तौबा क्यों की जाए जब कि अकसर ये हमारे लिए बड़ी मुसीबत बन जाते हैं। इसके जवाब में इरानी मुखर्जी का कहना होता है कि कुदरत ने इनसान को इतनी समझ, इतनी बुद्धि दी है कि वह अपनी देखभाल, अपनी व्यवस्था स्वयं कर सकता है, और इनसान भी इनसान की मदद करने की क्षमता रखता है। लेकिन सड़क पर असहाय पड़े कुत्ते को कोई छूने को भी तैयार नहीं होता है। दिल्ली प्रशासन ने भी अनाथ बच्चों की देखभाल करने का जिम्मा तो उठाया है लेकिन अनाथ और असहाय पशुओं का नहीं। वे तो पूरी तरह उपेक्षित छोड़ दिए जाते हैं।

इरानी मुखर्जी के आश्रय-स्थलों के द्वार उनके लिए हमेशा खुले रहते हैं जिन्हें न कभी प्यार मिला है, न देखभाल करनेवाला मिला है और न ही सुरक्षित जीवन

मिला है। अंग्रेजी में एक कहावत कही जाती है—'एवरी डॉग हैज हिज डे', लेकिन इरानी के आश्रय-स्थलों में यह बात अलिखित व अनकही कुछ इस तरह विद्यमान लगती है—'एवरी डे इज द डॉग्स डे'। हालाँकि उनके अस्पतालों और आश्रय-स्थलों में सभी पशुओं की देखभाल व इलाज किया जाता है लेकिन जगह की कमी के कारण बड़ी पशुओं को रखने में जोखिम रहता है। वह हरियाणा गईं और वहाँ उन्होंने 5110 वर्ग मीटर की जगह पर एक बड़ा अस्पताल बनवाना शुरू कर दिया है। उनके जीवन के अंतिम पल तक उनके दोनों हाथ पशुओं की देखभाल और सेवा करते रहेंगे। उन्होंने वसीयत कर दी है कि उनके देहांत के बाद उनकी सारी संपत्ति इसी सेवा में दान कर दी जाए।

□

43

वह सुबह कभी तो आएगी...

''आप यदि किसी भूख से व्याकुल कुत्ते को ले आएँ और उसे घर दे दें, पेट भर खाना दे दें तो वह आपको काटेगा कभी नहीं। एक कुत्ते और एक आदमी में यही खास फर्क होता है।''

—मार्क ट्वेन

राकेश शुक्ल आज टी.डब्ल्यू.डी. (W.TWD.in) के संस्थापक व सी.ई.ओ. हैं, जो कि 'एंटरप्राइज नॉलिज क्रिएशन' में अग्रणी हैं। आई.टी., रक्षा, एयरोस्पेस, बैंकिंग इत्यादि क्षेत्र की बड़ी-बड़ी टेक्नोलॉजी वाली कंपनियाँ टी.डब्ल्यू.डी. की ग्राहक हैं। टी.डब्ल्यू.डी. को शुरू करने से पहले राकेश विश्व की बड़ी-से-बड़ी टेलीकॉम कंपनियों में काम कर चुके हैं। लेकिन यह परिचय उनका पूरा परिचय नहीं है। पिछले दिनों वह दुनियादारी से ऊपर उठे हुए एक अनोखे ही कारण से सुर्खियों में आए हैं। उन्होंने बेंगलुरु में बेआसरा भटकते कुत्तों के लिए अपने तरह की अलग ही एक बचाव लाइन शुरू की है।

राकेश शुक्ला

अगर किसी को कोई कुत्ता किसी कष्ट या संकट में दिखाई देता है तो उसे बस इतना करना पड़ता है कि वह इस हेल्पलाइन पर फोन कर दे, और कुछ ही पलों में वॉलंटियर उस जगह पहुँच जाते हैं और कुत्ते को वहाँ से ले जाते हैं। कोई तीन साल हुए जब राकेश ने लकी नाम के कुत्ते को बेंगलुरु की एक सड़क से ले जाकर बचाया था, तभी उन्होंने बेआसरा भटकते कुत्तों के लिए देखभाल करने का निर्णय ले लिया था। उन्होंने 'वायस ऑफ डॉग्स' नामक संस्था की नींव रखी

जो कि अभी तक लगभग 200 कुत्तों का बचाव कर चुकी है जिनमें दर्जन भर तो सदमे के कारण मानसिक आघात के शिकार थे। हर कुत्ता चाहता है कि कोई इनसान उसे प्यार करे ताकि वह भी उस इनसान को प्यार कर सके, और ऐसा इनसान आ गया है। राकेश बताते हैं, ''जब मैंने कुत्तों को बचाना शुरू किया था तब वे मेरे कार्यालय में ही टिके रहते थे। अब मेरे पाँच कुत्ते तो मेरे घर पर हैं, दस कार्यालय में हैं जिनमें से चार तो मेरे कमरे में ही रहते हैं और मेरे सोफों को अपने बिस्तर की तरह इस्तेमाल करते हैं, और सवा सौ से भी अधिक कुत्ते मेरे बेंगलुरु से बाहर बने घर में रहते हैं।''

टेलीकॉम इंजीनियर राकेश शुक्ल यह ध्यान रखते हैं कि वॉलंटियर नवीनतम जी.पी.एस.-ट्रैकिंग के उपकरणों से लैस रहें। जब कुत्ता बचाकर ले आया जाता है तो सारी सेवाएँ मुफ्त मुहैया कराई जाती हैं जिनमें एक्स-रे, एम.आर.आई., कैंसर के लिए ईको एडवांस्ड सर्जरी, और हार्ट सर्जरी शामिल हैं। दरअसल जिस घटना ने राकेश को 'वॉयस ऑफ डॉग्स' शुरू करने की प्रेरित किया था, वह थी 2012 में लावारिस छोड़ दिए गए बर्नार्ड नामक कुत्ते की मौत जिसे बचाने के लिए वह खुद उसे उठाकर लाए थे।

तारा नाम की आठ साल की एलसेशियन गंभीर मोतियाबिंद के कारण पूरी तरह अंधी हो चुकी है। ऐसी हालत में उसके मालिक उसे बेंगलुरु की एक सड़क पर छोड़कर चले गए। यदि राकेश और उनका एन.जी.ओ. न होते तो वह शहर के बेरहम ट्रैफिक द्वारा कुचल दी जाती। अब तारा की आँखों का ऑपरेशन होनेवाला है। इस एन.जी.ओ. के पास चार एंबुलेंस हैं और अनुभवी पशु चिकित्सक हैं। राकेश ने बताया, ''हालाँकि तब तक मैं 20 कुत्तों का जीवन बचा चुका था लेकिन बेंगलुरु की समस्या काफी बड़ी थी। इसलिए, 15 अक्तूबर को मैंने वह सेवा शुरू की जिस पर आप बेंगलुरु के कुत्तों के बारे में सूचना दे सकते हैं। हमारे पास चार एंबुलेंस हैं और उच्च शिक्षित व अनुभवी पशु चिकित्सक हैं जो हमारे काम के लिए कभी भी आ सकते हैं।''

इनसान के सबसे अच्छे मित्र कहे जानेवाले के रहने के लिए इस दुनिया में एक अच्छी जगह बनाने के वास्ते राकेश शुक्ल उन्हें बचाने, उनका पुनर्वास करने और मुकदमा तक लड़ने को तैयार रहते हैं। कुत्तों की लगातार बढ़ रही संख्या के लिए उन्होंने बेंगलुरु के बाहरी छोर पर एक नया आवास निर्माण कराया है। कुत्तों के उस नए आवास के बारे में बताते हुए वह कहते हैं, ''यह कुछ एकड़ की जगह है। इसकी शक्ल बदलकर इसे पूरी तरह कुत्तों के लिए तैयार किया गया है। इसमें दोहरी बाड़ें लगाई गई हैं, इसमें दस घेरे बनाए गए हैं जिनमें दोहरे गेट लगे हैं, हर घेरे का अपना जलकुंड है, उनके तैरने के लिए चौथाई एकड़ की एक नकली झील भी बनाई गई है। 'वॉयस ऑफ डॉग्स' का अपना एक ट्रॉमा सेंटर है जिसमें एक बार में 20 से 30 कुत्ते रखे जा सकते हैं।''

राकेश कहते हैं, ''लोग पशुओं में कोई रुचि ही नहीं रखते हैं। देखा जाए तो

पशुओं से हमारा नाता लगभग पूरी तरह टूट सा गया है। अगर आपने किसी पशु को पाल नहीं रखा है तो और बात है अन्यथा तो मध्यम वर्गीय भारत में आप उन्हें कभी छूते तक नहीं हैं। हम उनमें कोई दिलचस्पी लेते ही नहीं हैं।''

उन्होंने बताया, ''हम हेल्पलाइन और जी.पी.एस.-ट्रैकिंग पर नजर रखते हैं। सभी सेवाएँ मुफ्त दी जाती हैं—एक्स-रे, एम.आर.आई., कैंसर के लिए ईको-एडवांस्ड सर्जरी और हार्ट सर्जरी इत्यादि सभी। 15 अक्तूबर, 2012 से जब से 'वॉयस ऑफ डॉग्स' की बचाव लाइन खुली है तब से लोगों ने 850 बेआसरा भटकते कुत्तों की मदद के लिए कॉल की हैं और उनमें से 600 को उठाकर लाए जाने के बाद उनका इलाज किया गया है। राकेश 'वॉयस ऑफ डॉग्स' को भारत में कुत्तों के बारे में कानूनी तथा सूचना संबंधी सबसे बड़े केंद्रों में से एक बताते हैं। वह कहते हैं, ''मामला चूँकि सिद्धांत का है इसलिए 'वॉयस ऑफ डॉग्स' न तो किसी सरकारी एजेंसी से कोई सहायता लेगा और न ही किसी अन्य एजेंसी से।''

□

वे अपंग हैं, असमर्थ नहीं

''जब लोग 'अपंग' शब्द सुनते हैं तो उनके दिमाग में तुरंत किसी ऐसे व्यक्ति का खयाल आता है जो चल नहीं सकता, बोल नहीं सकता या हर वह काम नहीं कर सकता जो कि लोग यह माने हुए हैं कि 'हम तो कर ही लेंगे'। लेकिन मैं ऐसा कुछ नहीं मानता। क्योंकि मुझे लगता है कि असली अपंगता तो उन लोगों में होती है जो कि जीवन में आनंद नहीं महसूस कर पाते हैं और कटु व कड़वे हो जाते हैं।''

—टेरी गार

44

नेत्रहीन लड़की ने मध्य प्रदेश बोर्ड परीक्षा में टॉप किया

''मेरी अंधता ने मेरी असली क्षमताओं को देखने के लिए जैसे मेरी आँखें खोल दी हैं।''

—रॉबर्ट एम. हेंसेल

भारत में 'बोर्ड की परीक्षा' शब्दों का सुनना ही छात्र के दिलोदिमाग को दहला देनेवाला होता है। इस संग्राम जैसी परीक्षा से जूझने के लिए छात्र मेहनत करने में दिन-रात एक कर देते हैं। लेकिन इतनी अधिक पढ़ाई बिना नेत्रों के करनी पड़े तो? यह असंभव लगता है, लेकिन मध्य प्रदेश की सोलह वर्षीय सृष्टि तिवारी ने यह कर दिखाया है।

एक बहुत छोटे से शहर दमोह की सृष्टि तिवारी ने सारी विषमताओं, विपरीतताओं और विवशताओं को परास्त करते हुए मध्य प्रदेश की हायर सेकंडरी की परीक्षा में टॉप किया है। वह दमोह के जे.बी.पी. गवर्नमेंट हायर सेकंडरी की छात्रा है लेकिन उसकी यह उपलब्धि केवल सबसे अधिक अंक प्राप्त कर लेने की ही नहीं है बल्कि यह भी कि वह जन्मांध है। इसके बावजूद वह 500 में से 481 अंक लेकर सबसे ऊपर रही है। उसके विषय 'आर्ट्स साइड' के थे इसलिए परीक्षा में उसे 'साइंस साइड' की कक्षा 11 का एक छात्र लेखक के रूप में

सृष्टि तिवारी अपने गर्वित माता-पिता के साथ

दिया गया था और आधा घंटे का अधिक समय भी।

अपनी नौकरी की बाध्यता के कारण सृष्टि के माता-पिता भोपाल में रहते थे। दमोह में उसके मामा डॉ. संजय उसके लिए नोट्स तैयार करते थे और उनके नाना-नानी वे नोट्स पढ़कर उसे सुनाया करते थे। 2011 में हाई स्कूल की परीक्षा में भी सृष्टि ने मेरिट लिस्ट में अपना स्थान बनाया था।

जब अन्य छात्र-छात्राओं के लिए कोई संदेश देने के लिए सृष्टि से कहा गया तो उसने कहा, ''जबरदस्त मेहनत करो, अपने सामने एक लक्ष्य रखो और सबसे बड़ी बात यह कि यह सोच बनाए रखो कि मैं कर सकती हूँ/मैं कर सकता हूँ।'' उसका कहना है कि यदि उसे अपने जीवन के पिछले दस साल जीने के लिए दोबारा दे दिए जाएँ तो और भी अधिक अच्छी तैयारी करके दसवीं की परीक्षा में बैठेगी और अपने अंकों को और भी ऊपर ले जाएगी।

अपने मन में बहुत सारे सपने और आकांक्षाएँ सँजोनेवाली सृष्टि का कहना है कि उसे 'विश्राम करने से पहले बहुत दूर तक जाना है'। और हेलेन केलर से प्रेरणा पानेवाली सृष्टि का कहना है कि जैसे केलर ने अपनी अंधता को अपनी सफलता की राह की बाधा नहीं बनने दिया, वैसे ही वह भी आई.ए.एस. (इंडियन एडमिनिस्ट्रेटिव सर्विसेज) का हिस्सा बनने के लिए कृत संकल्प है ताकि अपने जैसे अन्य लोगों को मुख्य धारा का हिस्सा बनने में मदद कर सके।

(सफलता की यह गाथा मेजर प्रदीप खरे द्वारा सृष्टि तिवारी से लिये गए साक्षात्कार पर आधारित है।)

□

45

केवल एक पैर और अपने मनोबल के साथ वह माउंट एवरेस्ट पर चढ़ गई

''मेरे दिल में सारी जिंदगी यही इच्छा रही है कि मैं लोगों को गलत सिद्ध करता रहूँ, इस अर्थ में कि मैं उन-उन कामों को करके दिखा सकूँ जिन्हें कि वे मानते हैं कि मैं नहीं कर सकता।''

—डेविड ए. पैटरसन

एक भारतीय लड़की, जिसका एक पैर कट गया था क्योंकि उसे चलती ट्रेन से बाहर धकेल दिया गया था, वह एवरेस्ट फतह करनेवाली पहली छिन्नांग महिला बनी। वह राष्ट्रीय स्तर की वॉलीबॉल और फुटबॉल खिलाड़ी भी रही है। केवल अपने मनोबल और दृढ संकल्प के बल पर यह 25 वर्षीय महिला 21 मई, 2013 को विश्व के सबसे ऊँचे शिखर माउंट एवरेस्ट की 8,848 मीटर की चढ़ाई करके उसकी चोटी पर झंडा गाड़ने में सफल रही।

2012 में वह सी.आई.एस.एफ. (सेंट्रल इंडस्ट्रियल सिक्योरिटी फोर्स) में हेड कांस्टेबल पद के लिए हुई परीक्षा में पास हो गई थीं। अब सी.आई.एस.एफ. ने निर्णय लिया है कि उन्हें पदोन्नत कर दिया जाए और उन्हें ए.एस.आई. (असिस्टेंट सब-इंस्पेक्टर) के पद पर नियुक्त किया जाए। इतनी कम उम्र में और नंबर आए बिना ही जो पदोन्नति उन्हें दी जा रही है वह उनका पैर कट जाने के बावजूद तमाम विवशताओं और विपरीतताओं को परास्त कर देनेवाले उनके मनोबल को देखते हुए दी जा रही है। सी.आई.एस.एफ. में एक पुलिस अधिकारी के रूप में पदोन्नत और सम्मानित होने की खुशी अरुणिमा के जख्मों को जरूर भर देगी।

वह 11 अप्रैल, 2011 का दिन था जब उत्तर प्रदेश के अंबेडकर नगर की रहनेवाली अरुणिमा सी.आई.एस.एफ. में कांस्टेबलों की होनेवाली भरती में भाग लेने के लिए

अरुणिमा सिंह

पद्मावत एक्सप्रेस के जनरल डिब्बे में बैठी हुई लखनऊ से दिल्ली जा रही थीं। वहाँ कुछ अपराधी तत्त्वों ने ट्रेन में महिलाओं से उनके पहने हुए जेवर छीनने चाहे जिस पर अरुणिमा ने उठकर विरोध किया, तो उन लोगों ने उसे चलती ट्रेन से बाहर धकेल दिया। उस घटना को याद करते हुए उन्होंने बताया, ''मैंने उन्हें रोका तो उन्होंने मुझे बाहर फेंक दिया। मैं हिलडुल भी नहीं पा रही थी। मुझे इतना याद है कि मुझे दूसरी तरफ से आती हुई ट्रेन दिखाई दी जो कि मेरी तरफ ही आ रही थी। मैंने उठने की कोशिश की थी लेकिन तब तक वह ट्रेन मेरे एक पैर से ऊपर से गुजर गई। उसके बाद क्या हुआ वह मुझे कुछ याद नहीं है।'' पैर की गंभीर अवस्था और कूल्हे में आई चोट के साथ उन्हें अस्पताल में भरती कराया गया, लेकिन उनके जीवन को बचाने के लिए डॉक्टरों को घुटने से नीचे का उनका बायाँ पैर काटना पड़ा। डॉक्टरों ने बताया कि गिरने के कारण उनकी टूटी हड्डियाँ और रीढ़ में आई चोटों को सफलतापूर्वक ठीक कर दिया गया और अब वह बिना सहारे चल सकती हैं।

भारत के खेल मंत्रालय ने उन्हें 25,000 का मुआवजा देने का प्रस्ताव किया। इस पर देशव्यापी असंतोष तथा विरोध को देखते हुए युवा मामलों तथा खेल के राज्य मंत्री अजय माकन ने उसके अलावा चिकित्सा खर्च के लिए रु. दो लाख दिए जाने की घोषणा के साथ-साथ सी.आई.एस.एफ. में नौकरी की सिफारिश भी की। भारतीय रेलवे ने भी उन्हें नौकरी देने का प्रस्ताव पेश किया। 18 अप्रैल, 2011 को उन्हें आगे इलाज के लिए ऑल इंडिया इंस्टीट्यूट ऑफ मेडिकल साइंसेज लाया गया जहाँ चार महीने तक उनका इलाज चला। दिल्ली आधारित एक निजी भारतीय कंपनी ने उनके लिए निःशुल्क एक प्रोस्थेटिक पैर की व्यवस्था कर दी।

और तब आया वह पल जिसने उनके अंदर इस चेतना का संचार किया। उनके सामने दो ही रास्ते थे—या तो वह खुद पर तरस खाएँ और उसी तरस में डूबी रहें, या अपने टूटे जीवन के टुकड़ों को एक बार फिर से जोड़ें और उसकी फिर से शुरुआत

करें। अस्पताल में रहते हुए उनसे मिलने के लिए आनेवालों के चेहरों पर तैरते तरस ने उन्हें निर्णय लेने में मदद की और ऑल इंडिया इंस्टीट्यूट ऑफ मेडिकल साइंसेज में चल रहे इलाज के दौरान ही उन्होंने संकल्प लिया कि वह माउंट एवरेस्ट पर चढ़ेंगी।

उन्हें क्रिकेट खिलाड़ी युवराज सिंह से बड़ी प्रेरणा मिली जिन्होंने कैंसर को आउट कर दिया था। अरुणिमा अभी भी याद करती हैं, ''उन्होंने मुझे एक लाख का चेक भेजा और जब मैं स्वास्थ्य लाभ कर रही थी तब मुझसे बात भी की।'' एवरेस्ट के अपने अभियान पर जाने से पहले उन्होंने एक टी.वी. चैनल से कहा था, ''हर कोई मेरे बारे में चिंतित था। मेरे अंदर से आवाज आई कि मुझे अपने जीवन में कुछ करना चाहिए ताकि लोग मुझे तरस खाने की नजर से न देखें।''

यह पढ़ लेने के बाद कि लोग एवरेस्ट पर कैसे चढ़े, कैसे मुश्किलों को पार किया, उन्हें जानने को कुछ शेष नहीं रह गया था और उन्होंने 8848 मीटर ऊँचे एवरेस्ट की चढ़ाई चढ़कर उसे फतह करनेवालों में अपना नाम दर्ज करा ही लिया। सी.आर.पी.एफ. के जवान रहे उनके बड़े भाई ओमप्रकाश और उनके कोच के कहने पर अरुणिमा ने उत्तरकाशी में ट्रेनिंग ली जहाँ उनको एवरेस्ट फतह करनेवाली पहली भारतीय महिला बछेंद्री पाल से ट्रेनिंग पाने का सौभाग्य मिला।

अरुणिमा ने सी.आई.एस.एफ. के हेडक्वार्टर से संपर्क किया और अपनी फोर्स में उन्हें नियुक्ति देने का अनुरोध किया। उनके मामले पर सहानुभूतिपूर्वक विचार करते हुए फोर्स ने गृह मंत्रालय तथा कार्मिक व प्रशिक्षण विभाग से दिशानिर्देश माँगे। और उन्होंने अरुणिमा को नियुक्त करने का ही निर्णय लिया।

2012 में उनके एवरेस्ट अभियान को प्रायोजित करनेवाली टाटा स्टील एडवेंचर फाउंडेशन ने उन्हें प्रशिक्षण देने और गाइड करने के लिए शेरपाओं की एशियन ट्रैकिंग कंपनी से संपर्क किया। शेरपा ने बताया, ''हमें उनकी कहानी मालूम थी, हम यह भी जानते थे कि वह छिन्नांग हो जाने के बावजूद जल्दी ही स्वस्थ हो गई थीं क्योंकि वह बहुत सक्रिय खिलाड़ी रही थीं।'' शेरपा ने यह भी बताया कि 2012 में चढ़ाई के मौसम के दौरान उनकी कंपनी ने उन्हें नेपाल की आईलैंड पीक पी पर ट्रेनिंग दी थी।

अरुणिमा सिन्हा को उनकी उपलब्धि पर बधाई देते हुए बछेंद्री पाल ने कहा, ''यह पूरे देश के लिए गर्व करने का समय है। अरुणिमा का साहस, मनोबल और संकल्प शक्ति बेमिसाल है। उसने सारी विपरीतताओं, विषमताओं और विवशताओं को पछाड़ दिया है। वह समूचे विश्व के लाखों लोगों के लिए प्रेरणा का स्रोत बनी रहेगी।''

अपने मरीज द्वारा माउंट एवरेस्ट फतह कर लेने के समाचार को सुनकर ऑल इंडिया इंस्टीट्यूट ऑफ मेडिकल साइंसेज के ट्रॉमा सेंटर के प्रमुख डॉ. एम.सी. मिश्र ने कहा, ''मैं जानता था कि वह एवरेस्ट फतह करना चाहती है लेकिन यह सुनकर कि

इतनी जल्दी वह यह सब कर लेगी मैं बहुत आश्चर्य में हूँ लेकिन बहुत खुश भी हूँ।''

अरुणिमा के साहस, मनोबल, दृढ संकल्प और लगन को सलाम करते हुए टाटा स्टील के अधिकारी सुनील भास्करन ने कहा, ''उनकी इस असाधारण उपलब्धि में उनके इन गुणों की बहुत बड़ी भूमिका रही है। भारत के युवा वर्ग को अरुणिमा जैसे सफल और विजेता लोगों से प्रेरणा मिलेगी जिन्होंने तमाम विपरीतताओं, विषमताओं और विवशताओं के बावजूद अपनी असाधारण और साहसिक उपलब्धि के लिए इतिहास में अपना नाम सुनहरे अक्षरों में अंकित कर दिया है।''

'ईको एवरेस्ट एक्सपेडीशन' दल के एक सदस्य के रूप में 26 वर्षीया अरुणिमा ने काठमांडू से एवरेस्ट तक की अपनी यात्रा 52 दिन में पूरी की थी। यह भी इत्तफाक रहा कि उनकी एवरेस्ट फतह उन्हीं दिनों हुई जब कि एडमंड हिलेरी द्वारा 29 मई, 1953 को की गई एवरेस्ट की पहली फतह की 60वीं वर्षगाँठ मनाई जा रही थी। एवरेस्ट की चोटी पर पहुँचना अरुणिमा का कोई पहला पर्वतारोहण अभियान नहीं था। इससे पहले वह लद्दाख के 6,622 मीटर ऊँचे माउंट छमसेर काँगड़ी पर चढ़ने में सफल रही थीं, हालाँकि तब भी उनकी नजर में एवरेस्ट ही बसा हुआ था।

उनकी इस उपलब्धि पर भारत के खेल मंत्री जितेंद्र सिंह ने उन्हें बधाई दी थी। उत्तर प्रदेश के मुख्यमंत्री अखिलेश यादव ने माउंट एवरेस्ट फतह करनेवाली पहली छिन्नांग महिला अरुणिमा सिन्हा को सम्मानित किया। एक आयोजन में मुख्यमंत्री ने उन्हें 25 लाख रुपए के दो चेक भेंट किए।

अरुणिमा अब समाज कल्याण के प्रति समर्पित हैं और गरीब तथा विकलांग लोगों के लिए एक स्पोर्ट्स एकेडमी खोलना चाहती हैं। अपने सभी पुरस्कारों, आर्थिक सहायताओं और सेमिनारों से मिलनेवाली सारी राशि वह इसी हेतु दान कर रही हैं, और इस एकेडमी का नाम होगा—पं. चंद्रशेखर विकलांग खेल एकेडमी।

□

46

उन्होंने अपनी नजर खोई है, नजरिया नहीं

"केवल इसलिए कि किसी आदमी के पास नजर का अभाव है, इसका मतलब यह नहीं हो जाता कि उसके पास नजरिया नहीं है।"

—स्टीव वंडर

कौन कहता है कि सपने सच नहीं हो सकते? इस कहावत पर चलते हुए कि कुछ भी हो पर अपनी लगन पर लगे रहो। एक गुमनाम संगीतकार राजू राव ने एक ऐसी मिसाल पेश कर दी है जिसकी बराबरी करना बड़ा मुश्किल है। भोपाल में अपने घर पर बनाए हुए स्टूडियो में एक हाथ सिंथैजाइजर पर और दूसरा हाथ की-बोर्ड पर चलाते हुए वह अपने काम में डूबे रहते हैं। शहर में होनेवाले लाइट-म्यूजिक-शो में उनका होना महसूस हो जाता है। वह न केवल बाहर से आनेवाले म्यूजिक-स्टारों के साथ बजाते हैं बल्कि शादियों में तथा अन्य आयोजनों में भी वह गाते-बजाते हैं और वहाँ अपनी अकेली प्रस्तुति से सबको मंत्र-मुग्ध कर देते हैं। हर अवसर पर वह भोपाल के लिए कोई न कोई नया गीत लेकर आते हैं। उनकी आँखों पर लगे धूप के चश्मे के पीछे वे आँखें हैं जो देख नहीं सकती हैं, लेकिन उनके

राजू राव

गीतों के पीछे वह हृदय रहता है जो कि उनकी अंधता को बाधा नहीं मानता है।

एक स्क्रीन रीडर का प्रयोग करते हुए वह साउंड-फाइलों को बड़ी तेजी से स्कैन कर लेते हैं। उनकी तेजी देखकर हम आँखों वाले भी दंग रह जाते हैं। उन्होंने बताया, "पहले मैं किसी स्टूडियो तक आने-जाने में, सिस्टम में कोई टेक्निकल समस्या आने पर इंतजार करने में बहुत समय गँवा दिया करता था। एक दिन मेरी पत्नी ने कहा कि यह सब छोड़ो और घर पर ही स्टूडियो बनवाओ, आज ही, और पैसे की चिंता मत करो। यह सात साल पहले की बात है और तब से हमने पीछे मुड़कर नहीं देखा।" जब लोगों ने सुना कि राजू एक कंप्यूटर खरीदने की सोच रहे हैं तो वे उनका मजाक उड़ाते हुए पूछा करते थे, "तुम करसर को देखोगे कैसे और माउस कैसे चलाओगे?" कंप्यूटर पर काम करने के लिए राजू ने जॉज सॉफ्टवेयर का प्रयोग किया जो कि उन्होंने खुद ही चुना है। पूरी लगन के साथ वह उसके पीछे पड़े रहे और साल भर में ही उन्होंने कर भी दिखाया—वह अपना ही गीत व संगीत रिकॉर्ड करने में सफल हो गए। वह कहते हैं, "परेशानियाँ तो बहुत आईं लेकिन किसी ने कहा है न कि कदमों में आ जाएगा साहिल, तूफाँ से टकराते रहिए। जब आप कोशिश करते हैं, बार-बार करते हैं, तो आप कामयाब हो ही जाते हैं।" उनकी प्रतिभा को कमतर आँकनेवालों को तो विश्वास ही नहीं हुआ था और वे चिल्लाकर कहने लगे, "तुम अंधे हो ही नहीं, तुम अंधे होने का स्वाँग भरते हो।" दरअसल, राजू ने की-बोर्ड की सभी परदों (कीज) की स्थितियों को अपने दिमाग में बिठा लिया था, हालाँकि आश्चर्य की बात यह है कि उन्होंने संगीत या ब्रेल लिपि का कोई बाकायदा प्रशिक्षण नहीं लिया था।

अपने अतीत के बारे में वह कभी कुछ अधिक बात नहीं करते हैं। फिर भी उन्होंने बताया कि उन्होंने बचपन में ही गिटार बजाना सीख लिया था। उनकी माँ ने उसकी प्रशंसा की थी और उसे और भी अच्छा बजाने के लिए प्रेरित किया था। एक दिन फ्रैंकलिन रोड्रिक्स नामक पादरी ने उनका गिटार बजाना सुना और उन्हें चर्च में बजाने के लिए आमंत्रित किया जो कि भोपाल के निकट ही है। उसके बाद से तो वह पेशेवर गिटार वादक हो गए। 1998 में प्रमिला से विवाह हो जाने के बाद वे दोनों भोपाल आ बसे। यह एक अरेंज्ड मैरिज थी जिसमें प्रमिला ने अपने माता-पिता की स्वीकृति व समर्थन लेकर एक नेत्रहीन व्यक्ति को अपने जीवन साथी के रूप में चुनने और तन-मन-धन से आजीवन उसका साथ निभाने का एक साहसिक निर्णय लिया था। प्रमिला के शब्दों में, "एक अंधा व्यक्ति भी तो एक इनसान ही होता है।" कहते हैं कि हर सफल आदमी के पीछे एक औरत का हाथ होता है, और राजू भी अपनी सारी सफलता का श्रेय प्रमिला को देते हैं। जिस दिन उनका विवाह प्रमिला से हुआ था उस दिन को वह अपने जीवन का सबसे सुखद दिन मानते हैं और वह गर्व के साथ कहते हैं, "प्रमिला जानती थी कि मुझे संगीत

से बहुत लगाव है, और मेरे काम के लिए जो भी संभव हो सकता था वह उसने किया।'' उनकी बेटी संजना को संगीत की प्रतिभा अपने पिता से विरासत में मिली है और उसने अनेक सुरीले गानों को अपनी आवाज दी है जो कि 'यू ट्यूब' पर सुने जा सकते हैं।

राजू राव को एक बड़ा अवसर तब मिला जब 2010 में उन्होंने एक लोकप्रिय 'टेलीविजन टैलेंट हंट शो' में भाग लिया था। वह कहते हैं, ''मुंबई तो संगीत का समुद्र है। मुझमें बहुत आत्मविश्वास आया है। मैंने गजल और सूफी संगीत गाना शुरू किया है और लोगों को बहुत पसंद आया है। प्रमिला ने ही मुझे गीत लिखने के लिए प्रेरित किया था, तभी मैंने लिखना शुरू किया।'' इस बहुमुखी प्रतिभाशाली व आत्मनिर्भर संगीतकार ने अपने विचारों को गीतों के रूप में लिखना शुरू कर दिया जिन्होंने बहुतों के मन को मोह लिया। राजू ने बिग मैजिक टी.वी. के 'इंडिया हैज गॉट टैलेंट' तथा 'मेले का बिग स्टार सीजन-2' जैसे रियलिटी शो में भाग लेकर अपना स्थान बनाया है। राजू की प्रशंसा में बोले गए वहाँ के जजों के शब्द अद्‌भुत हैं। ये वीडियो यू ट्यूब पर देखे जा सकते हैं।

औरों के अलावा उन्होंने कुछ सुप्रसिद्ध गायकों के साथ भी संगत दी है जैसे गुलाम अली, कविता कृष्णमूर्ति और अनुराधा पोड़वाल। एक दिलचस्प घटना को याद करते हुए वह कहते हैं, ''मैंने कृष्णमूर्ति के लिए गाने के वास्ते एक गीत लिखा था। रिकॉर्डिंग के लिए वह स्टूडियो आईं और मुझसे सलाह ली कि उसे कैसे गाया जाए।'' जगजीत सिंह उनके हमेशा पसंदीदा गायक रहे जिनसे वह बस एक बार इंदौर में मिले थे। राजू ने दूरदर्शन के उर्दू गजल कार्यक्रम में भी भाग लिया। राव बताते हैं, ''लोगों ने मेरे साथ कभी रूखा व्यवहार नहीं किया, क्योंकि मैं नेत्रहीन हूँ। ज्यादातर लोग तो यह बात जानते ही नहीं हैं कि मुख्य गायक के पीछे की-बोर्ड पर कौन है। लेकिन उदासीन और भावशून्य श्रोताओं से मुझे बड़ी घबराहट होती है।''

नए उभरते कलाकारों के लिए उनका संदेश है—''कठिनाइयों से मत घबराइए, धैर्य रखिए, हार मानकर बैठ मत जाइए बल्कि लगे रहिए।'' अंत में उन्होंने कहा, ''इतना आगे आना मेरे लिए एक चुनौती ही रहा है। लेकिन यदि मुझे और आगे जाना है तो मुझे मुंबई में बसना होगा, पर मेरी जड़ें तो भोपाल में ही हैं।''

(सफलता की यह गाथा मेजर प्रदीप खरे द्वारा राजू राव से लिये गए साक्षात्कार पर आधारित है।)

□

47

अपनी अपंगता को उसने कभी आड़े नहीं आने दिया

''यह आपकी अपंगता नहीं है जिससे कि आप परिभाषित किए जाते हैं, बल्कि वह जीवटता है जिससे कि उस अपंगता द्वारा दी गई चुनौती से आप पार पाते हैं।''

–जिम एबॉट

मार्टिन लूथर किंग ने एक बार कहा था, ''यदि आपने अपने जीवन के लिए एक उन्माद जैसा कोई जुनून नहीं तलाश लिया है, जिसके लिए मरा जा सके, तो फिर आपका जीवन जीने योग्य नहीं है,'' और नवीन गुलिया ने 18,532 फीट की ऊँचाई पर स्थित विश्व के सबसे ऊँचे दर्रे मर्सीमिक ला को इसी पर विश्वास करते हुए मोटर से पार किया था। दिल्ली के नवीन गुलिया तब सुर्खियों में आ गए थे जब 2004 में उन्होंने ड्राइविंग का विश्व रिकॉर्ड बनाया, लेकिन तब से वह जीवन के और भी सुखद व संतोषप्रद प्रयोजनों के लिए सफर करते रहे हैं—वह भी अपनी व्हील चेयर पर।

गुलिया उस गाड़ी में जिसमें उन्होंने इतिहास रचा था, और अब बच्चों को खाना खिलाने के अपने अभियान पर

1973 से शुरू होनेवाली गुलिया की गाथा में ऐसा बहुत कुछ भरा पड़ा है जिस पर पूरा उपन्यास लिखा जा सकता है। उनके अनुसार, उसकी प्रस्तावना में लिखा जाना चाहिए, ''जीवन मिला है तो छिनेगा भी, इसलिए आवश्यक है कि इसका कुछ सार्थक उपयोग कर लिया जाए।'' नहीं, वह इस प्रकार दार्शनिकता की बात न करते अगर उनका भाग्य उन्हें 18 साल की उम्र में ही 'इंडियन मिलिटरी एकेडमी' न ले गया होता। अपने बड़े भाई से हमेशा होड़ करनेवाला नवीन स्वभाव से ही मिलिटरी स्काउट था। चार साल की ट्रेनिंग के बाद वह उस मुकाम तक पहुँच गया था जिसे 'पासिंग आउट परेड' कहते हैं लेकिन उसके लिए उन्हें एक बाधा पार करनेवाला कोर्स पूरा करना था। ''एक आठ फीट गहरी खाई को पार कर लेने के बाद मैं एक ऊँची ढलान के टॉप पर था कि तभी मुझे लगा कि किसी ने मुझे धक्का दे दिया है।'' उसी पल ने उनके जीवन की दशा और दिशा को ही बदल दिया। पैडस्टल पर लड़खड़ा जाने के कारण वह कमर के बल नीचे आकर गिरे थे और उनकी रीढ़ की हड्डी टूट गई थी।

इसके बाद पूरे दो साल तक वह अस्पताल के बिस्तर पर पड़े रहे थे क्योंकि वह हिल-डुल नहीं पा रहे थे। एक फौजी की तरह वह कहते हैं, ''दुश्मन अगर आप पर तीन तरफ से हमला कर सकता हो तो वह करेगा चौथी तरफ से। जीवन में भी कुछ ऐसा ही होता है।'' साथ ही, अपने उस बैच-मेट के प्रति किसी भी प्रकार की दुर्भावना पाले रखने का कोई मनोभाव उनमें दिखाई नहीं पड़ता है जिसने उन्हें 'धक्का' दिया था। हलकी सी हँसी के साथ वह कहते हैं, ''मुझे विश्वास है कि उसकी मंशा मुझे अपंग बनाने की नहीं रही होगी।'' हालाँकि उनके डॉक्टरों का कहना था कि वह अब कभी चल-फिर नहीं सकेंगे, लेकिन गुलिया का विश्वास कुछ और ही था। उन दो वर्षों के दौरान नवीन ने पहेलियाँ हल करते रहकर अपने दिमाग को चपल और चुस्त बनाए रखा। चूँकि वह जानते थे कि अब उनका तन वह सब नहीं कर पाएगा जो कुछ वह कभी कर पाता था, इसलिए उन्होंने अपने मन की क्षमताओं को पैना करने का पक्का निश्चय कर लिया था। अस्पताल से छुट्टी मिल जाने के बाद उन्होंने कंप्यूटर में अपनी मास्टर्स की डिग्री को पूरा किया और लेक्चरर बनने के लिए यू.जी.सी. एन.ई.टी. में सफलता हासिल की। लेकिन एक कक्षा में बैठे-बैठे पढ़ाने से उनका मन जल्दी ही उचाट हो गया और सचल होने का एक सपना उनमें पनपने लगा।

वह बताते हैं, ''मैं एक कार चलाना चाहता था। मैं जानता था कि कोई नहीं समझेगा कि मैं चाहता क्या हूँ। इसलिए मैंने ऑनलाइन ही ऑटोमोबाइलों के बारे में जानना शुरू कर दिया।'' इसकी शुरुआत उन्होंने सबसे छोटी कार मारुति 800 को एक अलग व अनोखा मॉडल बनाने से की। दूसरों को यह उपदेश देना कि किसी काम के बीच में ही थक-हारकर उसे छोड़ना नहीं चाहिए तो एक बात होती है लेकिन समयानुसार निर्णय

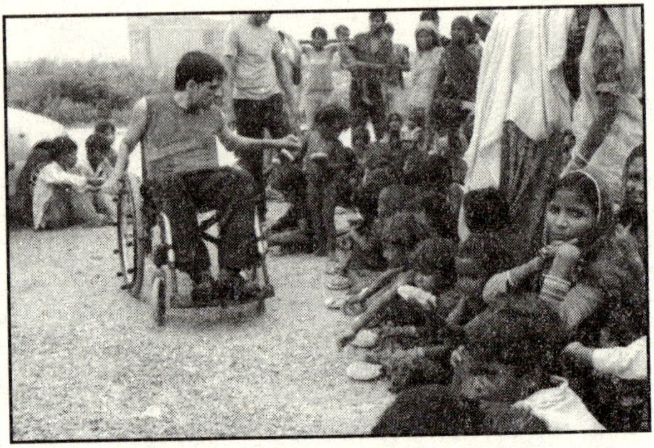

नवीन गुलिया कुछ गरीब बच्चों के साथ, वे अपने 'अपनी दुनिया, अपना आशियाना' अभियान के साथ सहायता करते हैं

लेते हुए और निरंतर काम करते हुए उसे पूरा करके ही छोड़ना एक अलग बात होती है। ''मैंने निर्णय लिया कि मैं खरदुंग ला तक कार ड्राइव करके ले जाऊँगा जो कि सबसे ऊँचा मोटरेबल दर्रा है। लेकिन वहाँ पहुँचने के बाद पता चला कि सबसे ऊँचा दर्रा तो मर्सीमिक ला है।'' तब उन्होंने फिर साहस जुटाया और 2004 में उस दुष्कर व दुर्गम ड्राइव के लिए निकल पड़े। नवीन गुलिया दिल्ली से मर्सीमिक ला की दूरी बिना रुके 55 घंटे में पूरी कर लेने के लिए सुर्खियों में आ गए थे। अपनी इस ड्राइव के पीछे किसका बल था यह बताते हुए वह कहते हैं, ''सच कहूँ तो अपने भाई का साया और उससे स्पर्धा करने का अडिग इरादा—इसी ने मुझे यह ड्राइव पूरा करने के लिए शक्ति दी थी। असफल रहने का तो मैंने सोचा ही नहीं।'' उनके इस साहसिक कार्य ने उन पर पुरस्कारों की बौछार कर दी थी जिनमें उस वर्ष का 'गोल्डन इंडियन' तथा 'नेशनल रोल मॉडल अवार्ड' भी शामिल रहे।

हालाँकि ऐसे बहुत से लोग हुए हैं जिन्होंने अपनी संकल्प शक्ति के बल पर कई उल्लेखनीय काम किए हैं लेकिन गुलिया ने उनसे थोड़ा हटकर जीवन जिया है और मीडिया का ध्यान काफी खींचा है।

इस पर अपनी प्रतिक्रिया प्रकट करते हुए वह कहते हैं, ''ऐसा होना किसको अच्छा नहीं लगता लेकिन मुझे यहीं नहीं रुकना था। मुझे अपने मिशन 'अपनी दुनिया, अपना आशियाना' के लिए पैसे इकट्ठे करने थे, जो कि मैं समाज के कमजोर वर्ग से आनेवाले हाशिए पर पड़े बच्चों के लिए शुरू कर चुका था।'' उनके अनुसार, ''कोई बच्चा भिखारी न बने। किसी देश की दशा उसके सबसे कमजोर और सबसे गरीब तबके से ही निर्धारित की जाती है। उन्होंने यह भी बताया कि किस तरह वह सरकार के साथ बातचीत करने में लगे हैं ताकि अनाथ और सड़क पर भटकते-घूमते बच्चों को स्कूल ले जाया जाए। वह कहते हैं, ''अब तो मेरा एक ही उद्देश्य है—समाज के लिए कुछ रचनात्मक करना।''

अब उनके दिन-प्रतिदिन के कामों में एक काम और जुड़ गया है और वह है—प्रेरणाप्रद व्याख्यान और लेखन करना। गुलिया बताते हैं, ''मैं अपने अनुभवों को एक पुस्तक के रूप में संकलित कर रहा हूँ ताकि अधिक-से-अधिक लोगों को मैं यह बता सकूँ कि अगर हम घुटने न टेकें बल्कि बढ़ते रहें, लगे रहें तो आश्चर्यजनक ही घटित होता है। अपनी किताब 'क्वेस्ट ऑफ द लास्ट विक्ट्री' में नवीन गुलिया अपने जीवन के अभियान के बारे में, और उस ड्राइव से पहले तथा बाद के अपने जीवन-दर्शन के बारे में बताने के अलावा भी बहुत कुछ बताते हैं। अपने संदेश को चंद शब्दों में समेटते हुए वह कहते हैं, ''जब कभी भी कोई कठिनाई हमारे रास्ते पर आ खड़ी हो तो याद रखिए कि जो चीज हमें रोक देती है वह हमारे विचार होते हैं, न कि हमारी क्षमताएँ।''

□

48

जिसे आई.आई.टी.-जे.ई.ई. में नहीं बैठने दिया गया उसके लिए स्टैनफोर्ड से बुलावा आया है

"हमारे जीवन में अगर कोई अपंगता है तो वह है हमारा गलत रवैया।"

—स्कॉट हैमिल्टन

दिल्ली का नेत्रहीन छात्र कार्तिक साहनी आई.आई.टी.-जे.ई.ई. में बैठने के लिए गत तीन वर्षों से लगातार आवेदन करता आ रहा है लेकिन उसकी अंधता के कारण हर बार उसका अनुरोध ठुकराया जाता रहा है। लेकिन मार्च 2013 में अमेरिका की स्टैनफोर्ड यूनिवर्सिटी ने उसे अपने यहाँ पूरी छात्रवृत्ति प्रदान करते हुए इंजीनियरिंग करने की स्वीकृति दी है। सी.बी.एस.ई. की 12वीं कक्षा में 96 प्रतिशत अंक पाने वाले 18 वर्षीय कार्तिक साहनी को तीसरी बार आई.आई.टी.-जे.ई.ई. में बैठने से केवल इसलिए मना कर दिया गया क्योंकि वह नेत्रहीन है और नेत्रहीन छात्र के लिए इस परीक्षा में बैठने का कोई प्रावधान नहीं है।

कार्तिक साहनी

आर.के. पुरम् के दिल्ली पब्लिक स्कूल के इस छात्र ने कंप्यूटर साइंस (जो कि उसका प्रिय विषय है) में 99 प्रतिशत और

अंग्रेजी, भौतिकी व रसायन प्रत्येक में 95 प्रतिशत अंक हासिल किए थे, यानी 500 में में से 479 अंक। सी.बी.एस.सी. की परीक्षा में बैठने में सामने आई चुनौतियों के बारे में बताते हुए कार्तिक कहते हैं, ''चूँकि 11वीं कक्षा में मेरे अलावा कोई भी अन्य नेत्रहीन छात्र विज्ञान नहीं पढ़ रहा था इसलिए सी.बी.एस.सी. के परीक्षा नियंत्रक को मुझे कई पत्र लिखने पड़े थे कि मुझे विशेष अनुमति प्रदान की जाए। मेरे प्रधानाचार्य डॉ.डी.आर. सैनी के अलावा मैंने भी सी.बी.एस.सी. को कोई बीस पत्र लिखे होंगे, तब जाकर वह पसीजा और अंततः मुझे अनुमति मिल गई।'' ई-बुक्स के न होने के कारण वह जे.ए.डब्ल्यू.एस. नाम के स्क्रीन-रीडिंग सॉफ्टवेयर का इस्तेमाल करते थे जो कि लिखित शब्दों को ध्वनि शब्दों (ऑडियो) में बदल देता है। 10वीं कक्षा तक तो उनको कोई परेशानी नहीं हुई थी क्योंकि उन कक्षाओं की किताबें डिजिटल रूप में उपलब्ध थीं, केवल कक्षा के नोट्स को अलग से टाइप करना पड़ता था।

कार्तिक ने बताया, ''लेकिन, 11वीं कक्षा में आने पर मुझे अपने साथियों और घरवालों से मदद लेनी पड़ी। वे मेरी कोर्स की किताबों को पढ़ते थे और मैं उनके बोले को अपने कंप्यूटर पर टाइप किया करता था। 11वीं और 12वीं की कक्षाओं का सिलेबस बहुत अधिक था, इसलिए मुझे कोई 100 से 200 पृष्ठ रोजाना टाइप करने पड़ते थे, तब जाकर मैं उन्हें पढ़ पाता था।'' उन दिनों आनेवाली चुनौतियों को याद करते हुए वह कहते हैं, ''सामान्य छात्रों के साथ पढ़ना कोई आसान काम नहीं था और जो लाइन मैंने चुनी थी उसकी डगर भी आसान नहीं थी।'' पक्का इरादा और अडिग लगन उनकी सफलता के आधार रहे थे। किसी सवाल के जवाब में मिली 'ना' को स्वीकार करके वह बैठ नहीं जाते थे। उनका कहना है, ''बहुत से लोग यही मानते हैं कि अपंगता आपको कुछ कामों को करने से दूर कर देती है। लेकिन मैं मानता हूँ कि सफलता उन्हें ही मिलती है जो अपने बल व अपनी क्षमताओं पर विश्वास रखते हैं।

एक मध्यम वर्गीय परिवार से आनेवाले कार्तिक के पिता रवींद्र साहनी व्यापारी हैं और उनकी माँ इंदु साहनी गृहिणी हैं। कार्तिक यह बात स्वीकार करते हैं कि ऊँचा लक्ष्य रखना और हर कदम पर कठिन निर्णय लेना तो आसान था लेकिन उनका कार्यान्वयन मुश्किल भरा रहा था। दिल्ली पब्लिक स्कूल में प्रवेश पाने से पहले उन्हें 'नेशनल एसोसिएशन फॉर द ब्लाइंड' में दो साल का एक प्रशिक्षण लेना पड़ा था और नोट्स बनाने के लिए कंप्यूटर या लैप-टॉप का प्रयोग करने के लिए विशेष अनुमति लेनी पड़ी थी। वह बताते हैं, ''जब मैं अपना स्कूल बदलकर दिल्ली पब्लिक स्कूल में गया तो मुश्किल बढ़ गई थी। मुझे डिजिटल पाठ्य-सामग्री पर निर्भर रहना पड़ता था और चूँकि स्कूल में हर घंटा 45 मिनट का हुआ करता था इसलिए उनमें मुझे

और भी अधिक ध्यान केंद्रित रखना पड़ता था ताकि मैं अधिकतम नोट्स तैयार कर सकूँ। स्कूल में मेरे टीचर भी और सहपाठी भी बहुत सहायता करनेवाले थे। टीचर मेरे लिए अपनी बातों को दोहरा दिया करते थे और कोई बात समझ में न आने पर वे कक्षा के बाद भी मिलने के लिए सहर्ष तैयार रहते थे। लेकिन वे इतना ही तो कर सकते थे, बाकी पढ़ना और याद करना तो मुझे ही था जो कि कई बार खीज पैदा कर देता था क्योंकि कभी-कभी मैं कोई सामान्य विवरण समझ नहीं पाता था।''

परीक्षा के दौरान उन्हें प्रश्न-पत्र की एक सॉफ्ट कॉपी दी जाती थी जिसे वह अपने पर्सनल कंप्यूटर पर डाल लेते थे। उसका स्क्रीन रीडिंग सॉफ्टवेयर उन्हें प्रश्न सुना देता था। अन्य छात्र तो प्रश्न-पत्र के उत्तर कागज की कॉपी पर लिखा करते थे लेकिन वह उन्हें कंप्यूटर पर टाइप करके लिखा करते थे और उनका एक प्रिंट-आउट निकालकर वह उसे संबंधित टीचर को सौंप देते थे। उन्हें उतना ही समय दिया जाता था जितना कि औरों को।

यह आश्चर्य की बात है कि उनके जैसे लोगों के लिए जे.ई.ई. जैसी अत्यंत स्पर्धा वाली परीक्षा में बैठने का कोई प्रावधान ही नहीं था। इसलिए 2010 से लेकर 2012 तक वह आई.आई.टी. मद्रास, कानपुर और दिल्ली को बार-बार पत्र लिखते रहे थे लेकिन हर बार वे लोग न केवल उनके अनुरोध को ठुकराते आ रहे थे बल्कि उनके प्रति बड़ा रूखा व्यवहार भी कर रहे थे। हालाँकि हर आई.आई.टी. में विकलांगों के लिए तीन प्रतिशत सीट आरक्षित हैं लेकिन वे कम दिखाई देनेवालों के लिए ही हैं। कार्तिक चूँकि पूरी तरह नेत्रहीन हैं इसलिए उन्हें जे.ई.ई. में बैठने के लिए अयोग्य घोषित कर दिया गया था।

इंजीनियरिंग करने के लिए स्टैनफोर्ड जाने पर बहुत खुश कार्तिक बताते हैं, ''अंतरराष्ट्रीय स्तर पर देखें तो इंजीनियरिंग करने के लिए स्टैनफोर्ड सबसे अच्छी जगह है। जब से मैंने कंप्यूटर सीखा है तभी से कंप्यूटर साइंस में इंजीनियरिंग करने की एक धुन मुझमें रही है। 'स्टेम मेड इजी' नाम का एक सॉफ्टवेयर मैं पहले ही बना चुका हूँ जिसमें दो अलग-अलग एप्लीकेशंस हैं जो कि मेरे जैसे नेत्रहीन छात्रों को गणित तथा विज्ञान जैसे विषयों को सरलता से पढ़ने व समझने में मदद करने के उद्देश्य से तैयार किया गया है। मुझे लगता है कि स्टैनफोर्ड में पढ़ाई करने से न केवल मेरी कंप्यूटर की कुशलता को आकार मिलेगा बल्कि मैं ऐसी एप्लीकेशन विकसित करने की भी कोशिश करूँगा जो कि भारत के नेत्रहीन छात्रों के हालात को सुधारने में सहायक होंगे।''

कार्तिक को डॉ. अब्दुल कलाम से बहुत प्रेरणा मिली है जिनसे उनकी मुलाकात 2005 में हुई थी। वह अभी भी उनके शब्दों को याद करते रहते हैं—''बेटे, नजर हो

न हो पर नजरिया होना चाहिए।'' कोई संदेश देने के लिए कहे जाने पर कार्तिक ने कहा, ''लोगों को इस पैमाने से मत नापिए कि उनमें क्या नहीं है, बल्कि इससे कि उनमें क्या-क्या क्षमताएँ हैं, और अगर संभव हो तो उन्हें उनके लक्ष्य तक पहुँचने में मदद कीजिए।''

□

49

आई.ए.एस. बनने के लिए किया गया 15 वर्ष का संघर्ष

"बहरा व्यक्ति सबकुछ कर सकता है, बस सुन ही तो नहीं सकता।"

—आई. किंग जोर्डन

राजस्थान के अलवर जिले का एक छोटा सा गाँव है बदनगढ़ी—इतना छोटा कि सरकारी रिकॉर्ड के अनुसार इसकी आबादी केवल 169 है। सड़कों, सार्वजनिक शौचालयों, स्कूल और बिजली जैसी आधारभूत सुविधाओं की यहाँ कोई कल्पना भी नहीं कर सकता है। यहाँ के निवासियों के पास अपने भाग्य को कोसने के अलावा जैसे कोई और चारा ही नहीं है।

मनीराम शर्मा

क्या आप विश्वास कर सकते हैं कि इतनी बेचारगी के बावजूद इसी बदनगढ़ी के एक लड़के ने 10वीं और 12वीं की परीक्षाओं में मेरिट लिस्ट में अपना स्थान बनाया? और वह भी तब जब कि उसे बहुत कम सुनाई देता था। ये चुनौतियाँ उसे अपने सपनों को सच करने और अपनी महत्त्वाकांक्षाओं को

पूरा करने से रोक नहीं सकीं। आइए, हम आपको मणिराम शर्मा से मिलवाते हैं जिन्होंने आई.ए.एस. परीक्षा को एक बार नहीं, बल्कि तीन बार पास करके इतिहास रचा है।

मणिराम को पाँच साल की उम्र से ही सुनाई देना कम हो गया था और नौ साल का होते-होते वह पूरी तरह बहरे हो गए थे। उनके अनपढ़ और खेतिहर मजदूर माता-पिता कुछ भी नहीं कर सके। लेकिन मणिराम ने स्कूल जाना जारी रखा जो कि पाँच किलोमीटर दूर था और उन्हें पैदल ही आना-जाना पड़ता था, मगर फिर भी 10वीं कक्षा की मेरिट में वह पूरे राज्य में प्रथम पाँच में रहे और 12वीं में सातवें स्थान पर। उन्होंने राजस्थान लोक सेवा आयोग (आर.पी.एस.सी.) की लिखित परीक्षा पास कर ली लेकिन उनकी सुनने की अक्षमता आड़े आ गई और अपने परिवार के सामने मुँह बाए खड़ी पैसे की किल्लत के कारण उन्हें क्लर्क-कम-टाइपिस्ट की नौकरी करनी पड़ी। पार्ट टाइम जॉब करते हुए भी उन्होंने अपनी पढ़ाई जारी रखी। उनका संकल्प इतना दृढ था और एकाग्रता इतनी प्रबल थी कि राजनीति विज्ञान में उन्होंने विश्वविद्यालय में टॉप किया। साथ ही, उन्होंने 'नेट' (नेशनल एलिजिबिलिटी टेस्ट) भी पास कर लिया। फिर उन्होंने आर.पी.एस.सी. की जॉब छोड़ दी और लेक्चरर बन गए। वहाँ उन्हें संतुष्टि नहीं मिली इसलिए वह जूनियर रिसर्च फेलो बन गए और राजनीति विज्ञान में पी-एच.डी. की जब कि इस दौरान वह राजस्थान विश्वविद्यालय में एम.फिल. और एम.ए. के छात्रों को पढ़ाते भी रहे थे। अपनी पी-एच.डी. पूरी कर लेने के बाद वह राजस्थान प्रशासनिक सेवा में चुन लिये गए और उसमें सेवारत रहते हुए ही संघ लोक सेवा आयोग (यू.पी.एस.सी.) में हाथ आजमाने लगे।

मणिराम को न्याय पाने के लिए 15 वर्षों तक संघर्ष करना पड़ा। 8 अक्तूबर, 2009 को इस बधिर आई.ए.एस. प्रत्याशी को पता चला कि आखिर वह सिविल सेवा में जाने के अपने प्रयास में सफल हो गया है। यह मणिराम की ही व्यक्तिगत जीत नहीं है बल्कि उन जैसे अनेक अपंग लोगों के लिए भी एक ऐतिहासिक जीत है जो प्रमुख सरकारी पदों से वंचित रखे जाते रहे हैं। मणिराम के मामले को 'टाइम्स ऑफ इंडिया' द्वारा दो साल तक प्रमुखता से उठाया जाता रहा है कि उनके प्रयासों पर किसी-न-किसी आधार पर तब तक किस तरह पानी फेर दिया जाता रहा है जब तक कि आखिरकार एक सर्जरी करा लेने के बाद उनकी सुनने की क्षमता कम-से-कम इतनी अच्छी नहीं हो गई कि वह आई.ए.एस. के साक्षात्कार में पहुँचकर मौखिक रूप से प्रश्नों को सुनने और उत्तर देने में सफल नहीं हो गए। इसके बावजूद उस सेवा में उनका प्रवेश होता नहीं लग रहा था। हालाँकि अन्य सफल प्रत्याशियों को नियुक्ति-पत्र 17 अगस्त तक मिल चुके थे लेकिन उनका पत्र नदारद रहा। अंततः 3 सितंबर को उन्हें सूचित किया गया कि वह हर तरह से परीक्षा में पास हो गए हैं लेकिन अपना नियुक्ति-पत्र पाने के लिए उन्हें अभी एक महीना और इंतजार करना पड़ेगा। मणिराम कहते हैं, "मुझे अभी भी विश्वास नहीं हो रहा है

कि यह हो गया है। नियुक्ति-पत्र अभी भी मेरे हाथ में नहीं आया है। इतनी बार निराशा ही हाथ लगने के कारण अभी तक ऐसा नहीं लग रहा है कि ऐसा सचमुच हो गया है।''

मणिराम के आई.ए.एस. बनने की रामकहानी 1995 से शुरू होती है, जब वह 20 साल के थे। तब वह सिविल सर्विसेज की परीक्षा में पहली बार बैठे थे लेकिन उसकी प्रवेश परीक्षा में कामयाब नहीं हो सके थे। उस समय वह सौ प्रतिशत बधिर थे। तब से वह तीन बार आई.ए.एस. की परीक्षा पास कर चुके हैं—2005, 2006 और 2009 में। 2006 में उन्हें कह दिया गया कि उन्हें आई.ए.एस. इसलिए नहीं बनाया जा सकता क्योंकि उसमें केवल आंशिक रूप से बधिर व्यक्ति ही अनुमत हैं, न कि उनके जैसे पूर्ण बधिर। उस समय प्रधानमंत्री मनमोहन सिंह के हस्तक्षेप पर मणिराम को भारतीय डाक एवं टेलिकॉम लेखा तथा वित्त सेवाओं में एक जॉब दे दी गई। वह बताते हैं, ''मैंने 2005 में सिविल सर्विसेज की परीक्षा पास कर ली थी लेकिन यू.पी.एस.सी. ने कोई नौकरी दिए बिना मुझे खाली हाथ लौटा दिया था क्योंकि मैं बधिर था। ऐसा उन्होंने इस तथ्य के बावजूद किया था कि हम जैसे लोगों के लिए शासनादेश के अंतर्गत एक कोटा निर्धारित है और ऐसे लोग परीक्षा में बैठने के सुपात्र हैं।''

उन्होंने आगे बताया, ''मैं 2006 में पुनः इस परीक्षा में बैठा लेकिन मेरे सामने पुनः यही अड़ंगा लगा दिया गया। मुझसे कहा गया कि केवल आंशिक रूप से बधिर लोग ही उसके सुपात्र हैं। लेकिन उसी दौरान मुझे आशा की एक किरण दिखाई दी। दरअसल, सिविल सेवा को ज्वॉइन करने से पहले मेडिकल जाँच अनिवार्य होती है और उसी में मुझे बताया गया कि मेरा बहरापन ठीक किया जा सकता है और इसके लिए मुझे अपने कान में कोक्लियर लगवाना होगा।'' लेकिन इस इलाज के लिए साढ़े सात लाख रुपयों की आवश्यकता थी जो कि उनके परिवार के लिए तो एक असंभव बात थी। लेकिन उच्चतम न्यायालय के वकील और तत्कालीन राज्यसभा के नेता प्रतिपक्ष श्री अरुण जेटली उनके लिए एक संकटमोचन के रूप में आए जिन्होंने विभिन्न संगठनों से साढ़े पाँच लाख रुपए इकट्ठा कर दिए। मणिराम ने बाकी राशि अन्य लोगों से उधार ली और 2007 के मध्य में दिल्ली के राम मनोहर लोहिया अस्पताल में सर्जरी सफलतापूर्वक संपन्न हुई। मणिराम अब पूर्ण बधिर से आंशिक रूप से बधिर हो गए हैं। लेकिन फिर से आवाजें सुनना और वह भी 25 साल बाद, यह उनके लिए कोई सुखद अनुभव नहीं था। यादों में खोते हुए मणिराम बताते हैं, ''मेरे सिर में भारी दर्द रहने लगा और अकसर मितली सी आने की शिकायत होने लगी। सिर में दर्द कर देनेवाले शोर से बचने के लिए कई बार तो मेरा मन करता था कि कान में लगाए गए कोक्लियर को निकाल फेकूँ।'' ऐसी सर्जरी के बाद लोगों को एक विशेष वाक् चिकित्सा करानी पड़ती है, जो कि उन्हें शोर और आवाज में अंतर करने में मदद करती है।

कान की यह बीमारी उनके परिवार में चली आ रही है। मणिराम यह बात स्वीकार करते हुए बताते हैं, "हमारे कुटुंब में बीस से भी अधिक लोगों को न सुनाई देने की बीमारी है। मेरे नाना पहले व्यक्ति थे जो बहरे हुए थे। उनसे यह बीमारी मेरी माँ और मामा में आई। मेरी दोनों बहनें बहरी हैं और अब यही समस्या मेरे बच्चों में भी आ रही है। मेरा आठ साल का बेटा मेधावी है लेकिन वह हीयरिंग-एड का प्रयोग करता है। लेकिन जब वह पूरा बहरा हो जाएगा तब मैं उसको भी कोक्लियर लगवा दूँगा। अब तो मुझे इसकी जानकारी है ही। और जब मैं पीछे मुड़कर देखता हूँ तो मुझे इसकी उपयोगिता का महत्त्व पता चलता है।"

मणिराम 2009 में आई.ए.एस. परीक्षा में पुन: बैठे और आंशिक रूप से बधिर वर्ग में सबसे अधिक अंक प्राप्त करते हुए सफल हुए। मगर फिर भी उन्हें कई बाधाओं का सामना करना पड़ा क्योंकि सरकार ने उनकी अपंगता के स्तर पर कई तकनीकी सवाल खड़े कर दिए। लेकिन 'अंत भला सो भला' वाली कहावत के साथ उनकी कहानी का अंत सुखद हुआ, उन्हें कोई शिकायत नहीं है और बिना किसी कटुता या द्वेष के वह कहते हैं, "जहाँ मैं एक साल इंतजार करता रहा हूँ वहाँ कुछ महीने और सही। लेकिन अनिश्चितता कचोटती तो है।" यह खुशखबरी अपने परिजनों को सुनाने के लिए मणिराम शर्मा अपने गाँव बदनगढ़ी जा रहे हैं और खुशी से दमकते हुए कहते हैं, "मैंने सोच लिया है कि यह खबर उन्हें मैं स्वयं दूँगा। मेरा सारा गाँव खुशियाँ मनाएगा।"

□

जिजीविषा के धनी

"कभी-कभी जिंदा रहना भी हिम्मत की बात होती है।"

—सेनेका

50

उन्होंने अपने हाथ खोए मगर जिजीविषा नहीं खोई

> *''निर्भय होने का मतलब साहसी और सबल होना ही नहीं होता बल्कि इसमें खुद को पीड़ित या शिकार मानने से मना कर देना भी शामिल होता है।''*
>
> —ऐने वाफुला स्ट्राइक

कुछ करना हो तो कर (हाथ) होने ही चाहिए, लेकिन जिसके दोनों कर कट गए हों क्या वह कुछ कर सकता है ? आमतौर पर जवाब होगा—नहीं, लेकिन हम आपकी मुलाकात होशियारपुर (पंजाब) के बजवाड़ा गाँव के पूर्ण चंद परदेसी से कराते हैं जो कि इसके अपवाद हैं। वह विश्वेश्वरानंद वैदिक रिसर्च इंस्टीट्यूट, होशियारपुर से 2005 में सेवानिवृत्त हुए, लेकिन उसके बाद भी वह अनुबंध के आधार पर बतौर प्रूफरीडर अपना काम करना जारी रखे हुए हैं। 1976 में उन्हें तत्कालीन राष्ट्रपति फखरुद्दीन अली अहमद द्वारा राष्ट्रीय पुरस्कार से भी सम्मानित किया जा चुका है।

पूर्ण चंद परदेसी

परदेसी के पिता दिल्ली के शकूर बस्ती रेलवे स्टेशन पर बतौर गैंगमैन काम किया करते थे। जब पूर्ण चंद चौथी कक्षा में पढ़ते थे तब एक दिन स्कूल जाते समय यह दुर्घटना हुई। ट्रेन

से उतरते समय वह गिर गए और उनके दोनों हाथ पहियों के नीचे आ गए। दोनों हाथ गँवा देने के बाद भी पूर्ण चंद ने अपनी पढ़ाई जारी रखने की जिद की तो उनके पिता ने उन्हें दिल्ली के जवाहरलाल नेहरू रीहेबिलिटेशन इंस्टीट्यूट में दाखिला दिलवा दिया।

पढ़ाई के प्रति वह अपने पूरे उत्साह और समर्पण के साथ लगे रहे और 10वीं की परीक्षा द्वितीय श्रेणी में पास की। इसके बाद वह अपने बड़े भाई के साथ होशियारपुर चले गए। वहाँ जब वह काम की तलाश में थे तब दिवंगत अमर नाथ शास्त्री ने उनके सामने साधु आश्रम प्रेस में प्रूफरीडर का काम करने का प्रस्ताव रखा। अपने काम के प्रति उनके समर्पित भाव ने उन्हें सारे स्टाफ का चहेता बना दिया और विकलांगता के बावजूद उनके द्वारा किए जानेवाले काम को सराहना मिलने लगी।

पूर्ण चंद 2005 में सेवानिवृत्त हो गए हैं लेकिन उन्होंने अपना काम नहीं छोड़ा है क्योंकि वह उन्हें अत्यंत प्रिय जो है। वह अभी भी प्रूफरीडिंग करते हैं। अगर कहा जाए कि उन्होंने हिंदी, अंग्रेजी और पंजाबी की लाखों किताबों की एक बेमिसाल और त्रुटिरहित प्रूफरीडिंग की है और एक रिकॉर्ड बनाया है तो यह कोई आश्चर्य नहीं है। प्रूफरीडिंग वह इतने ध्यान और एकाग्रता के साथ करते हैं कि कोई भी गलती उनकी आँखों से बच नहीं पाती है।

अपने नाम के अनुसार ही पूर्ण चंद एक पूर्ण और पूर्णतया संतुष्ट व्यक्ति हैं। वह कहते हैं, ''जीवन ने मुझे इतना कुछ दिया है तो फिर भगवान् से कोई गिला-शिकवा भला क्यों करूँ?'' उनके जीवन का संदेश बिल्कुल साफ और बाआवाज है, ''यदि कुछ करने की एक धधकती ललक आपमें है और सफल होने का आपका इरादा प्रबल है तो फिर कोई भी रुकावट आपका रास्ता नहीं रोक सकती।'' उन्होंने दुनिया को दिखा दिया है कि अपंगता कभी सफलता के रास्ते की रुकावट नहीं होती।

पूर्ण चंद ने विवाह नहीं किया क्योंकि, उन्हीं के शब्दों में, ''मैं किसी के ऊपर भार बनना या किसी की दया पर जीना नहीं चाहता था।'' उनके भाइयों व उनके परिजनों से उन्हें भरपूर प्यार, सम्मान और सहारा मिलता है।

अपने दोनों हाथ खो देने के बाद भी पूर्ण चंद ने इतना उल्लेखनीय काम किया है जो कि वे लोग भी नहीं कर पाते जो कि विकलांग नहीं हैं। अपने जीवन-दर्शन को एक सूत्र रूप में वह इन शब्दों में व्यक्त करते हैं—''विकलांगता किसी काम को न करने का बहाना नहीं हो सकती।''

□

51

दोनों गुरदे खराब हो जाने के बावजूद वह बोर्ड परीक्षा में अव्वल आया

''महत्त्वपूर्ण यह नहीं है कि जीवन में आप कैसे गिरे, बल्कि महत्त्व केवल इस बात का रहता है आप किस तरह उठ खड़े हुए।''

--बेन एफ्लेक ओस्कार्स 2013

12वीं की बोर्ड की परीक्षा में मेरिट लिस्ट में स्थान पाना किसी के लिए भी कोई हँसी-खेल नहीं होता। और जब कोई किडनी बेकार हो जाने जैसी घातक बीमारी से जूझ रहा हो तब तो उसका पूरा ध्यान स्वास्थ्य के ठीक होने की तरफ ही लग जाया करता है। दर्द भरा इलाज हो और उस पर भी पैसे की कमी की मार हो तो ऐसे में किसी की भी मानसिक अवस्था ऐसी नहीं रह जाती है कि वह पढ़ाई पर अपना ध्यान केंद्रित कर सके। लेकिन ऐसे हालात में भी प्रखर देरोलिया नामक किशोर ने दुनिया को यह दिखा दिया है कि 'कड़ा (कठोर) समय तो टिका नहीं रहता है लेकिन कड़े (दृढ) लोग टिके रहते हैं।'

प्रखर जब दस साल का ही था तब उसके दाहिने गुरदे ने काम करना बंद कर दिया था। 15वें साल में हुई एक मेडिकल जाँच से पता चला कि उसका बायाँ गुरदा भी बेकार हो गया है। फिर भी, 17वें साल में महेश्वरी सीनियर सेकंडरी स्कूल, तिलक नगर, जयपुर में पढ़ रहे इस बहादुर किशोर ने राजस्थान की 12वीं कक्षा में विज्ञान की मेरिट लिस्ट में टॉप किया। प्रखर ने टेलीफोन पर बात करते समय बताया, ''भारत में यह बीमारी आम है। लेकिन मुझे यह जन्म से थी।'' उस समय प्रखर मित्रों, रिश्तेदारों और मेहमानों से घिरा हुआ था जो कि उसके जयपुर स्थित घर पर उसे बधाई देने के लिए उमड़ पड़े थे।

9 मई, 2013 से, जब कि उसका नाम आर.बी.एस.ई. (राजस्थान बोर्ड

प्रखर देरोलिया

ऑफ सेकंडरी एजुकेशन) द्वारा 12वीं कक्षा की विज्ञान सूची में प्रथम पाँच में घोषित किया गया है, उसको व उसके परिवार को मिलनेवाली बधाइयों का ताँता लगा हुआ है। प्रथम पाँच की इस सूची में अपना नाम लाने के लिए प्रखर ने 96 प्रतिशत अंक अर्जित किए हैं, यानी 500 में से 480 अंक। अपने नाम के ही अनुसार प्रखर बुद्धिवाला और जो भी करना हो उसे अच्छे से अच्छा करनेवाला यह छात्र प्रखर जानता है कि उसके आनेवाले दिन दर्द भरे हो सकते हैं।

प्रखर के पिता एक बीमा एजेंट हैं और उन्होंने 'गुरदे की अंतिम अवस्था में पहुँची हुई इस बीमारी' के पता चलने की शुरुआत में उसके उदास दिल को हिम्मत बँधाने में बहुत मदद की थी। वह कहता है, ''मेरे पिता ने मुझे बहुत प्रेरणा दी और अपने पहले गुरदे के खराब हो जाने पर जब मैंने पढ़ाई में रुचि लेना बंद कर दिया तब उन्होंने कहा था कि पढ़ाई और जीवन दोनों ही जरूरी हैं, और यह भी कहा कि मुझे अपनी पढ़ाई छोड़नी नहीं चाहिए।'' और तब से प्रखर ने पीछे मुड़कर नहीं देखा। मेरिट लिस्ट में टॉप करने के लिए वह अपने पिता सुधीर शर्मा को अपना नायक और प्रेरक बताता है। (देरोलिया तो उनका गोत्र है और शर्मा उनका उपनाम है, लेकिन प्रखर अपने स्कूल रिकॉर्ड में अपना गोत्र ही लिखता है) उसने बताया, ''मुझे स्कूल छोड़ने के लिए और फिर स्कूल से डायलिसिस सेंटर ले जाने के लिए मेरे पिताजी अपना काम बीच-बीच में छोड़कर आते थे। सचमुच, मेरे पिताजी मेरे लिए हीरो हैं।''

प्रखर ने बताया, ''11वीं कक्षा में पढ़ने के दौरान मुझे जब पहली बार आई.सी.यू. में भरती कराया गया और मुझे बताया गया कि मेरे गुरदे बेकार हो गए हैं तब कुछ देर के लिए तो मन में यही विचार आया कि 'अब पढ़ाई करने का क्या मतलब रह गया है?' लेकिन फिर मैंने सोचा कि यह बीमारी तो बड़ी आम है और अगर हर एक छात्र पढ़ाई छोड़ देगा तो फिर पढ़ेगा कौन? और मैंने पक्का इरादा कर लिया कि मैं अपनी पढ़ाई जारी रखूँगा।''

जब कि उसकी उम्र के बच्चे अपना समय पढ़ने और खेलने में बिताया करते हैं, प्रखर को अधिकांश समय स्कूल, घर और डायलेसिस सेंटर के बीच आने-जाने

में बिताना पड़ता था। वह सुबह 6.30 बजे उठ जाया करता था, 7.15 पर घर से स्कूल के लिए निकल जाता था, 12.45 पर घर लौटता था, और कुछ देर आराम करने के बाद सप्ताह में दो बार उसे डायलिसिस सेंटर जाना पड़ता था। उसकी डायलेसिस के लिए हर महीने रु. 8000 खर्च करना उसके परिवार के लिए एक बड़ा मुश्किल काम था। इतनी भाग-दौड़ वाली दिनचर्या होने के बावजूद वह अपनी परीक्षाओं की तैयारी करने के लिए आवश्यक समय निकाल ही लेता था जिससे वह टॉपर बच्चों की मेरिट लिस्ट में प्रथम पाँच में स्थान पा सका था। प्रखर कहता है, ''किताबों को अपना दोस्त बना लो।''

यह पूछे जाने पर कि वह अपनी पढ़ाई और बेकार हुए गुरदों को एक साथ कैसे निबाहता था तो बड़ी बहादुरी के साथ वह बताता है, ''मुझे केवल एक ही परेशानी होती थी कि डायलिसिस के बाद कभी-कभी मेरा ब्लडप्रेशर गिर जाता था और मुझे उल्टियाँ लग जाती थीं। इसके अलावा मैं कोई परेशानी नहीं मानता था।''

प्रखर खुले दिल से अपने अध्यापकों और अपने पिता के मित्रों का आभार व्यक्त करता है जो कि उसके लिए नोट्स तैयार कर-करके उसे देते रहते थे। उसके अध्यापकों ने उसे होमवर्क से छूट दे रखी थी ताकि वह बस अपने अध्ययन पर ध्यान केंद्रित कर सके। साथ ही, उसे इस बात की अनुमति भी दे रखी थी कि वह स्कूल उसी दिन आए जिस दिन उसे अपनी तबीयत इतनी ठीक लगे कि वह स्कूल आने-जाने की परेशानी को सहन कर सके। उसके प्रधानाचार्य और अध्यापक उससे कहा करते थे, ''हमारी दिलचस्पी तुम्हारे होमवर्क में नहीं है बल्कि तुम्हारी पढ़ाई में है।'' प्रखर बताता है, ''मैं अपना ध्यान बस भौतिकी, रसायन और गणित पर टिकाए रखता था। कक्षा 1 से वह इसी स्कूल में पढ़ता आया है।''

हालाँकि जिस दिन से उसके गुरदे और रक्त के नमूने उसकी माँ के नमूनों से मेल खा गए थे उसकी माँ ममता शर्मा उसी दिन से उसे अपना एक गुरदा देने को तैयार हो गई थीं, लेकिन फिर भी उसे तीन साल तक इसका इंतजार करना पड़ा था क्योंकि जयपुर के डॉक्टरों ने बताया था कि प्रखर के 18 साल का हो जाने तक उन्हें गुर्दा प्रत्यारोपण से बचना चाहिए क्योंकि इससे प्रखर के जीवन को खतरा हो सकता है। इसलिए तीन साल तक उसे हर सप्ताह दो बार पीड़ादायी डायलिसिस को झेलना पड़ा। डायलिसिस पर रहने के बावजूद बोर्ड परीक्षा में विज्ञान में प्रथम पाँच में स्थान पा लेने पर और मीडिया द्वारा प्रखर के सफल होने के संकल्प को उजागर करने पर सरकार भी आगे आई और उसने इस परिवार की मदद करने का निश्चय किया। जब उसके पिता ने गुड़गाँव स्थित मेदांता मेडिसिटी में गए तो मेडिकल जाँच आदि कराने में ही उनके डेढ़ लाख रुपए लग गए। उनके लिए अपने बेटे को दर्द

झेलते हुए देखना ही अकेली समस्या नहीं है बल्कि गुरदे के प्रत्यारोपण के लिए दस लाख जुटाना भी उनके लिए पहाड़ के समान है।

बेटे की सफलता की खुशी पर इस समस्या का साया न पड़ने देने का प्रयास करते हुए उसके पिता सुधीर शर्मा कहते हैं, ''यह मेरा सौभाग्य है कि मेरे कुछ बहुत अच्छे मित्र हैं और वे पैसे के अलावा भी बड़े मददगार रहे हैं। लेकिन यह बहुत महँगा ऑपरेशन है और जितना पैसा ऑपरेशन, अस्पताल में रहने और उसके बाद के इलाज के लिए चाहिए उतना अभी भी हमारे पास नहीं है। हमने अस्पताल वालों से कुछ रियायत करने का अनुरोध किया है। देखिए क्या होता है!''

मुख्यमंत्री अशोक गहलोत ने गुड़गाँव के अस्पताल प्रशासन से बात की है और कहा है कि प्रखर को मुख्यमंत्री राहत कोष से वित्तीय सहायता दी जाएगी। उन्होंने कहा कि प्रखर के पक्के इरादे और लगन से बहुतों को प्रेरणा मिलेगी। वह किशोरों के लिए एक रोल-मॉडल बन गया है।

□

52

उनके पैर नहीं रहे लेकिन जज्बा वैसा ही बना हुआ है

> *''अपनी विकलांगता के विरुद्ध उबल पड़ने से कुछ नहीं होता और न ही अपने पर तरस खाने से कुछ होने वाला है। इसके बजाय, इसे एक बड़े से दायित्व के रूप में स्वीकार कर लेने का जीवट होना चाहिए और इसे दुनिया के सबसे दिलचस्प खेल की तरह हाथ में ले लेना चाहिए—यानी इस रूप में भी अच्छे से अच्छे काम का प्रदर्शन करना।''*
>
> —हैरी एमरसन फोसडिक

काउंटर पर बैठे उस आदमी के चेहरे पर मुसकराहट है लेकिन इस मुसकराहट के पीछे एक विशाल हृदय भी विराजमान है जो कि एक नहीं बल्कि दो-दो दुर्घटनाओं की असह्य वेदना झेल चुका है जिनमें कि उनका एक पैर तो रहा ही नहीं है और दूसरा भी हुआ न हुआ बराबर है। यह दलजीत देशमुख हैं जो कि भोपाल की एक फूड-चेन सीकेसी के प्रबंधक हैं। वह एक ऑटोरिक्शा में अपनी फोल्डिंग व्हील चेयर के साथ सुबह 9.45 पर आ जाते हैं और उस व्हील चेयर पर बैठकर ही उस रेस्टोरेंट में प्रवेश करते हैं,

दलजीत देशमुख

सारा हिसाब-किताब रखते हैं, कर्मचारियों और ग्राहकों का प्रबंधन करते हैं और सीकेसी के भावी विस्तार और अभिवृद्धि की योजना भी बनाते हैं, अपने इस अथक कामकाज में उन्हें रात के 10.30 तो बज ही जाते हैं।

सीकेसी के मालिक संजय सिंह बताते हैं, ''कुछ स्टाफ नियुक्त करने के दौरान मेरी मुलाकात देशमुख से हुई थी, लेकिन उसका जोश, काम के प्रति निष्ठा और जिम्मेदारी लेने की उसकी तत्परता देखकर मैं इतना प्रभावित हुआ था कि मैंने उसे सीधे प्रबंधन में ही ले लिया था।''

दलजीत देशमुख

कभी हथियार न डालनेवाला उनके स्वभाव ने उन्हें उन विपदाओं के दौरान भी जिलाए रखा जिन्हें उन्होंने अकेले ही झेला है। उन्होंने 1978 में भोपाल से अपना स्नातक और होटल मैनेजमेंट कोर्स किया था। उनकी पहली नौकरी होटल रामसंस में एक रिसेप्शनिस्ट के रूप में लगी थी। काम के प्रति उनके समर्पण और निष्ठा ने उन्हें 1983 में होटल प्रेसीडेंट के मैनेजर के पद पर बिठा दिया। उनके आत्मविश्वास ने भागीदारी में एक फास्ट फूड प्वाइंट शुरू कराया जो कई साल चला। देशमुख ने होटल स्काईलार्क में चार साल बहुत अच्छी तरह बिताए जिसके बाद वह होटल रंजीत के मैनेजर नियुक्त किए गए जो कि भोपाल का एक प्रमुख चार सितारा होटल है।

और 2004 में वह विपदा आई जिसमें एक ट्रक ने उनके दोपहिया को टक्कर मार दी। उस जबरदस्त टक्कर से घायल होकर वह तीन महीने तक अस्पताल में रहे जिसके कारण उनकी एक टाँग को काटना पड़ा। मधुमेह का रोगी होने के कारण उन्हें अगले छह महीने तक घर पर भी इलाज जारी रखना पड़ा और मुंबई जाकर नकली पाँव लगवाना पड़ा। घर का खर्च चलाने के लिए उन्होंने बाहरी खान-पान व्यवस्था (कैटरिंग) के काम के साथ-साथ टिफिन सेवा भी शुरू की जो कि अभी भी जारी है।

उन्होंने दोबारा से अपनी नौकरी ज्वॉइन की ही थी कि कुदरत ने उनके साथ एक और क्रूर मजाक किया। जिस ऑटोरिक्शा से वह जा रहे थे वह बिजली के एक खंभे से जा टकराया। उनके बाएँ पैर की हड्डी कई जगह से टूट गई और उन्हें फिर से अस्पताल में दो महीने तक रहना पड़ा। दुर्भाग्य से वह पैर उनके शरीर का भार वहन करने के योग्य

नहीं रहा और अक्षम हो गया। एक तरह से, उनके दोनों ही पैर बेकार हो गए क्योंकि अपनी आर्थिक स्थिति के कारण वह महँगा इलाज कराने की हालत में नहीं थे। 2007 से उनका चलना-फिरना केवल ह्वील चेयर पर ही हो रहा है।

परिवार का भरण-पोषण करनेवाला होने के कारण देशमुख इन आपदाओं के दौरान बहुत परेशान रहे। भगवान् में अपने अटल विश्वास, सकारात्मक सोच और अपनी पत्नी के भरपूर सहयोग के साथ उन्होंने खान-पान व्यवस्था का काम जारी रखा जिससे वह अवसाद की अवस्था में जाने से बचे रहे। अपनी सदा सहयोगी पत्नी के अलावा उनकी शक्ति के दो अवलंब और भी हैं और वे हैं उनके पुत्र जिनमें से एक तो इंदौर से एम.बी.ए. कर रहा है और दूसरा सी.ए. बना है।

देशमुख बी.एच.ई.एल. के एक अधिकारी श्री गारडे द्वारा दिए गए भावनात्मक तथा आर्थिक सहयोग को बहुत याद करते हैं जो कि इसी तरह की विपदा के शिकार हैं और अपने दोनों पैर गँवा चुके हैं। कठिन दिनों में उन्हें सहायता और साहस देनेवालों में अन्य लोगों के अलावा उनके मित्र संदीप महेश्वरी भी हैं।

ऐसी ही विपदा के शिकार लोगों के लिए उनका संदेश है—'कभी हार मत मानो' और 'हमेशा सकारात्मक सोचो'। उनका मानना है कि अगर आप उठने की पहल करेंगे तो भगवान् आपकी सहायता के लिए लोगों को आपके पास भेज देगा। वह अपने पिता को अपना रोल-मॉडल मानते हैं जो कि अकसर कहा करते थे, ''पहले लायक बनो और फिर लालसा करो।'' देशमुख अपनी आखिरी साँस तक काम करते रहना चाहते हैं। भगवान् ने चाहा तो आनेवाले अनेक वर्षों तक कठिन दौर से गुजर रहे लोग उन्हें देख-देखकर प्रेरित होते रहेंगे।

(सफलता की यह गाथा मेजर प्रदीप खरे द्वारा दलजीत देशमुख से लिये गए साक्षात्कार पर आधारित है।)

□

53

कैंसर भी उनको डरा और डिगा नहीं सका

कैंसर एक ऐसी बीमारी है जिसमें रोगी ही अपनी बड़ी मदद कर सकता है, बशर्ते वह अपना मनोबल बनाए रखे और उम्मीद का दामन न छोड़े।''

—जियोर्ज कारमैन

बी. एस.एन.एल. के 56 वर्षीय डिविजनल इंजीनियर एक अच्छा-खासा सक्रिय जीवन बिता रहे थे। वह रोजाना सुबह को जल्दी उठने और निरंतर योगाभ्यास करने जैसी दिनचर्या को बाकायदा निभाते आ रहे थे। वह नितांत शाकाहारी हैं और शराब व धूम्रपान से कोसों दूर रहते हैं। अपने हास-परिहास वाले स्वभाव के कारण वह खुश रहने और खुश रखनेवाले व्यक्ति हैं, जीवन को जीने में विश्वास रखते हैं, वर्तमान में जीते हैं और लोगों की मदद करने को तत्पर रहते हैं। उन्हीं के शब्दों में, ''छप्पन का होते हुए भी मैं पैंतीस का महसूस किया करता था।''

श्री श्याम अपनी अर्धांगिनी शोभा के साथ

उन्हें अपने कानों पर तब विश्वास ही नहीं हुआ जब उन्हें बताया गया कि उनकी भोजन नलिका में एक मैलिग्नेंट ट्यूमर है जो कि कैंसरग्रस्त है। उनका मन यह स्वीकार करने के लिए तैयार ही नहीं था। जब डॉक्टर ने देखा कि यह सुनकर उन्हें कोई झटका ही नहीं लगा है और उसकी

बात को वह हलके-फुलके ढंग से ही ले रहे हैं, तब उसे कहना पड़ा, ''देखिए पंसे साहब, अब इसे गंभीरता से लीजिए।'' लेकिन उसका यह कहना भी उनके शांत चित्त को उद्विग्न और उद्वेलित नहीं कर पाया और उन्होंने डॉक्टर से कहा, ''बायोप्सी की रिपोर्ट को भूल जाइए डॉक्टर साहब, और मुझे बस इतना बताइए कि अब क्या करना है ?''

यह वार्त्तालाप इंदौर के एक सर्जन डॉ. गिरीश नायक की क्लीनिक में चल रहा था। बायोप्सी रिपोर्ट के आधार पर डॉक्टर ने उन्हें सर्जरी करा लेने की सलाह दी। बात को फिर भी गंभीरता से न लेते हुए श्याम एन. पंसे बोले, ''और अगर मैं सर्जरी न कराऊँ तो ?'' इस पर चकित-विस्मित डॉक्टर को कहना पड़ा, ''तो फिर आप दो महीने से ज्यादा जीवित नहीं रह पाएँगे।'' पंसे एक-दो महीने में मरना नहीं चाहते थे इसलिए उन्होंने डॉक्टर से सर्जरी का इंतजाम करने को कह दिया।

दरअसल, इस रोग के चिह्न लगभग दो महीने पहले ही दीखने लगे थे। पंसे को बुखार रहने लगा था, सीने में जलन महसूस होती थी और दस्त रहने लगे थे। उनकी भूख कम हो गई थी और उन्हें कमजोरी लगने लगी थी। एक दिन तो वह इतने निढाल हो गए थे कि कार्यालय में ही उन्हें नींद आ गई। जब उनके बेटे को यह बात पता चली तो उसने पूरी मेडिकल जाँच कराने की जिद की।

डॉ. गिरीश की बात पर एक और राय लेने के लिए उन्होंने अपनी बायोप्सी रिपोर्ट डॉक्टर ए.के. बाघमारे को भी दिखाई जो कि उनके मित्र भी थे। लेकिन चूँकि डॉ. बाघमारे उनके बहुत आत्मीय थे इसलिए वह इस ऑपरेशन को खुद करने की हिम्मत नहीं जुटा सके और उन्हें मुंबई के कैंसर सर्जन डॉ. संजय कुमार शर्मा के पास भेज दिया।

कहा जाता है कि हर सफल पुरुष के पीछे किसी महिला का हाथ होता है। पंसे शायद अकेले ऐसे भाग्यशाली व्यक्ति हैं जिन्हें शोभा जैसी पत्नी मिली है। जब उन्हें पता चला कि उनके पति को कैंसर बताया गया है उस समय वह भारतीय खाद्य निगम भोपाल में काम करती थीं। उन्होंने मन को उद्विग्न नहीं होने दिया और उन्हें मुंबई ले जाने का निर्णय कर लिया। उनकी जगह कोई और महिला होती तो वह तो रो-रोकर घर भर देती, भगवान् को कोसती, अवसाद में चली जाती तथा परिवार के लिए एक और परेशानी का सबब बन जाती।

2004 में ऑपरेशन कराने के लिए मुंबई जाने से पहले पंसे ने अपने भाइयों और निकट संबंधियों को मिलने के लिए बुलाया। अपनी आँखों में शरारत लाते हुए वह कहते हैं, ''मैंने उनके लिए एक दावत का इंतजाम किया था।'' उनकी जगह कोई और होता तो वह उदास हो गया होता, लंबी-लंबी साँसें छोड़ रहा होता, चिंता में डूब गया होता और उसने अपने जीवन को एक जंजाल बना लिया होता। पंसे बताते हैं, ''रिश्तेदार जाते समय मुझसे ऐसे गले मिल रहे थे जैसे वे मुझसे आखिरी बार मिल रहे हैं।''

12 अप्रैल, 2004 को हुई सर्जरी के 15 दिन बाद उन्हें अस्पताल से छुट्टी दे दी गई। कई सारी दवाइयाँ थीं जो कि उन्हें रोज लेनी थीं। उनसे उन्हें एसिडिटी हो गई, भूख मारी गई और कमजोरी हो गई। उनका भार 80 किलो से घट कर 50 किलो रह गया और कमर का घेरा 39 इंच से घटकर 29 इंच रह गया। उनके लिए एक समय में एक बिस्किट या आधी चपाती से अधिक खा पाना संभव न था। पानी को भी वह धीरे-धीरे घूँट-घूँट करके पी पाते थे, वह भी रुक-रुककर। एक नारियल के पानी को भी वह तीन किस्तों में पी पाते थे।

छह महीने बिस्तर पर बिताने के बाद पंसे अपनी ड्यूटी पर आ गए। खान-पान के बंधन और कमजोरी ने दो साल तक उनका साथ नहीं छोड़ा था। उसे याद करते हुए वह बताते हैं, "डॉ. शर्मा ने मुझसे कहा था कि मैं एमाटिनिब 400 एमजी की गोली दिन में तीन बार जिंदगी भर लेता रहूँ। यह दवा बहुत महँगी थी लेकिन शरीर में बुलेट की तरह असर करती थी।"

हर छठे महीने चेक-अप के लिए उन्हें मुंबई जाना पड़ता था। 2008 में सेवानिवृत्त हो जाने के बाद वह नवोदय कैंसर हॉस्पिटल भोपाल में चेक-अप कराने लगे। 2010 में जवाहरलाल नेहरू हॉस्पिटल के एक डॉक्टर ने उन्हें एमाटिनिब दवा को बंद कर देने की सलाह दी क्योंकि "यदि कैंसर को पलटकर आना है तो वह आएगा ही, भले ही आप यह दवा ले रहे हों या न ले रहे हों, लेकिन आमतौर वह पलटकर आता नहीं है।" उस डॉक्टर की बात पर विश्वास करते हुए उन्होंने वह दवा लेनी बंद कर दी। इससे उनकी भूख बढ़ गई और भार भी 57 किलो हो गया। जब उन्हें लगना शुरू ही हुआ था कि सबसे बुरा समय चला गया है, उन्हें एक और जाँच करानी पड़ी।

मार्च 2012 में उन्हें जिगर में दर्द रहने लगा। उन्होंने भोपाल में ही एक डॉक्टर को दिखाया जो कि विदेश से लौटकर आया था। उसका इलाज बड़ा महँगा था, लेकिन उनकी हालत गिरती गई। जब उनका वजन बहुत घट गया, हीमोग्लोबीन भी कम हो गया और दर्द इतना बढ़ गया कि वह कुछ खा-पी भी नहीं सकते थे तो उन्होंने भोपाल के ही एक और डॉक्टर, डॉ. उपासिनी को दिखाया। उनकी एंडोस्कोपी और सी.टी.-स्कैन को देखकर डॉ. उपासिनी ने कहा, "चूँकि आप पहला ऑपरेशन मुंबई में करा चुके हैं इसलिए अगला भी वहीं कराएँ।" पंसे ने मुंबई के डॉ. सजय शर्मा को फोन करके बताया तो उन्होंने उन्हें तुरंत मुंबई आने के लिए कहा।

सी.टी.-स्कैन और अन्य टेस्ट बता रहे थे कि जिगर में 15 सेंटीमीटर लंबी एक बढ़ौती हो गई है। डॉ. शर्मा चकित थे कि एमाटिनिब को क्यों बंद कर दिया गया और चार महीने पहले ही पंसे उन्हें दिखाने के लिए मुंबई क्यों नहीं आए। अब चूँकि जिगर संक्रमित हो चुका था इसलिए जिगर के विशेषज्ञ से राय ली गई। सर्जन ने कहा,

''ऑपरेशन तो मैं कर दूँगा लेकिन उसके परिणाम के बारे में मैं कुछ नहीं कह सकता, उसके लिए आपको भगवान् से प्रार्थना करनी होगी।'' पंसे उसकी इस बात से भी उद्विग्न नहीं हुए क्योंकि उनका मानना था, ''अगर मैं मर भी गया तो भी क्या होगा, आखिर मैं जिंदगी की एक लंबी पारी खेल चुका हूँ और सारी जिम्मेदारियाँ भी पूरी कर चुका हूँ।'' 25 अगस्त, 2012 को मुंबई के एस.एल. रहेजा अस्पताल में उनके कैंसर का दूसरा ऑपरेशन सफलतापूर्वक संपन्न हो गया। उसके बाद एमाटिनिब 400 एमजी सहित अन्य दवाएँ नियमित रूप से लेते हुए ठीक होने में उन्हें एक साल लग गया।

यह उनकी सबल इच्छाशक्ति और मन का सकारात्मक रुझान ही था जिसने कैंसर को मात दे दी थी और वह एक विजेता के रूप में उभरकर आए थे। उन्हें कोई अफसोस नहीं है। वह लगभग सामान्य जीवन व्यतीत कर रहे हैं, केवल कुछ पाबंदियाँ हैं, जैसे—वजन न उठाना, दौड़ न लगाना और चिल्लाकर न बोलना। कैंसर होने के बावजूद बच जानेवाले पंसे एक ऐसे व्यक्ति हो गए हैं जो कैंसर के बारे में व्याप्त मिथ्या बातों का स्पष्टीकरण करते हुए उसके प्रति सजगता व जानकारी का प्रसार-प्रचार कर रहे हैं। कैंसर दिवस पर वह लोगों को संबोधित करते हैं और लोगों के मन-मस्तिष्क में अपने विचार को सफलतापूर्वक बो देते हैं, ''हाँ, कैंसर लाइलाज नहीं है बशर्ते रोगी आशा न छोड़े और ठीक होने की अपनी इच्छाशक्ति को बनाए रखे।''

भारतीय सेना में रहे अपने पिता को वह अपना रोल-मॉडल बताते हैं जो कि पाँच बार दिल का दौरा पड़ने के बाद भी जीवित रहे थे और हमेशा खुश रहा करते थे। पंसे अपने अध्यापक श्री एम.आर.अभयंकर को भी अपना मार्गदर्शक और प्रबुद्ध परामर्शदाता मानते हैं। उनके शब्द अभी तक उन्हें याद हैं, ''महत्त्वपूर्ण यह नहीं है कि आप कितना जिए, बल्कि महत्त्वपूर्ण यह है कि आप कैसे जिए।'' आपके जीवन की गुणवत्ता आपके विचारों द्वारा ही निर्धारित रहती है। पंसे अपने जीवनदर्शन को इन शब्दों में पिरोते हैं—''खुशी कहीं दूर किसी मंजिल में नहीं रखी होती है, खुशी तो एक रास्ता है, इसलिए हर दिन के हर पल में खुशी-खुशी जीते चलिए।''

(सफलता की यह गाथा मेजर प्रदीप खरे द्वारा श्याम पंसे से लिये गए साक्षात्कार पर आधारित है।)

□

54

इच्छाशक्ति की पराकाष्ठा

> *"उड़ने के विज्ञान के अनुसार भौंरा उड़ने के अयोग्य है, लेकिन भौंरा यह बात जानता नहीं है और इसलिए वह किसी-न-किसी तरह उड़ता ही रहता है।"*
>
> **—मैरी के. ऐश**

उसने 5 फीट लंबे और 3 फीट चौड़े कैनवास पर एक पेंटिंग बनाई जिसमें एक-एक वर्ग इंच के गणेशजी के 1248 विभिन्न रूप दिखाए गए थे और पृष्ठभूमि में गणेशजी की एक छवि थी। उसने 000 नंबर वाले सबसे बारीक ब्रश का प्रयोग करते हुए रंगों की 4215 आभाओं से उसमें रंग भरे थे। उस पेंटिंग का नाम उसके स्वरूप के अनुसार 'अद्‍भुत' ठीक ही रखा गया था और इसे 2009 के लिम्का वर्ल्ड रिकॉर्ड में स्थान दिया गया। वह फाइन आर्ट्‌स में परास्नातक है। 'दैनिक भास्कर' द्वारा उसे 2010 के 'वुमेन ऑफ द ईयर पुरस्कार' से सम्मानित किया गया। वह मूर्तिकार भी है और कवयित्री भी, उसने 1500 से अधिक कविताएँ लिखी हैं। उसने अनेक चित्रकला प्रदर्शनियों का आयोजन किया है। उसकी उपलब्धियों की सूची किसी को भी चकित कर सकती है—और ऐसा इसलिए क्योंकि वह अधरांगघात से पीड़ित हैं, यानी उनके पैरों को फालिज

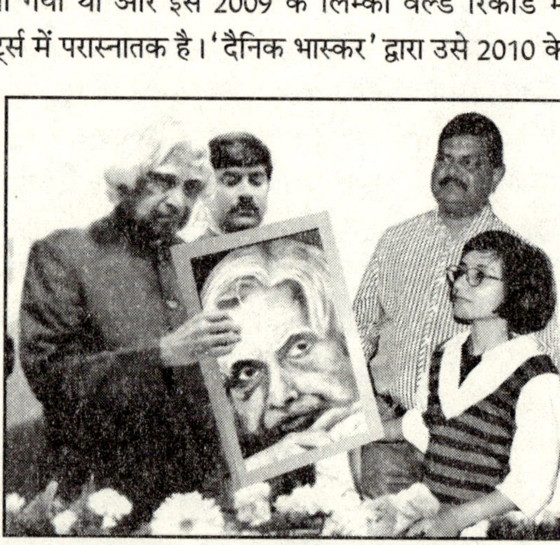

सुश्री क्षमा कुलश्रेष्ठ पूर्व राष्ट्रपति स्व. डॉ. ए.पी.जे. अब्दुल कलाम के साथ

मार चुका है। यह हैं भोपाल की क्षमा कुलश्रेष्ठ जिन्होंने डॉक्टरों की भविष्यवाणी को अपने मनोबल, रचनात्मकता और ऊर्जा से झुठला दिया है।

कुछ साल पहले की बात है, क्षमा अपने एक रिश्तेदार के घर किसी आयोजन में गई थीं जो कि चौथी मंजिल की छत पर हो रहा था। वहाँ बालकनी की एक तरफ की दीवार टूटी हुई थी और उसे ढकने के लिए वहाँ टेंट का एक कपड़ा लगा दिया गया था। इस बात से अनजान क्षमा कोने तक चली गईं और वहाँ से सीधे नीचे जा गिरीं। उनकी रीढ़ की हड्डी दरजन भर जगहों से टूट गई और सुषुम्ना नाड़ी क्षतिग्रस्त हो गई। उनके 15 महीने बिस्तर पर पड़े-पड़े ही बीते और उस दौरान छोटे-बड़े कुल मिलाकर उनके कोई 70 ऑपरेशन किए गए। डॉक्टरों ने सारी उम्मीद छोड़ दी और भविष्यवाणी कर दी कि अब कभी वह अपने पैरों पर खड़ी नहीं हो सकेंगी।

जब वह अस्पताल में थीं तब किसी ने उन्हें स्वामी विवेकानंद द्वारा लिखित पुस्तक 'लेक्चर फ्रॉम कोलंबो टू अल्मोड़ा' उपहार में दी थी। इस पुस्तक ने जीवन के प्रति उनके दृष्टिकोण को ही बदल दिया। "मैं अपने आस-पास ईश्वर की उपस्थिति अनुभव करने लगी। फिर मैंने अन्य रोगियों से बातचीत करना और उनकी पीड़ा को कम करना शुरू कर दिया। मेरे मन में शांति रहने लगी और मैं सकारात्मक ऊर्जा महसूस करने लगी जिससे मेरी बीमारी घटती चली गई।" उनका कहना है कि डॉ. निगम उनके संकटमोचन रहे हैं जिन्होंने उनके अंदर यह विश्वास बिठा दिया कि वह चलने-फिरने लायक हो जाएँगी।

पेंटिंग के प्रति उनका लगाव इतना अधिक था कि बिस्तर पर पड़े रहने के दौरान उनकी माँ और बहन घंटों कैनवास को पकड़े रहती थीं ताकि वह लेटे-लेटे ही पेंटिंग कर सकें। भले ही यह बात अविश्वसनीय लगे लेकिन क्षमा ने पेंटिंग करना तब से शुरू कर दिया था जब वह केवल ढाई साल की थीं। उनका कहना है, "यदि किसी एक दिन भी मैं पेंटिंग न करूँ तो मुझे कुछ खाली-खाली सा लगता है, पेंटिंग करना मुझे ऊर्जा देता है।" बचपन में उन्हें अपने पिता की बहुत फटकार पड़ती थी क्योंकि ड्राइंग की पूरी कॉपी को वह एक दिन में ही भर दिया करती थीं। घर में जब कभी मेहमान आते थे तब क्षमा उनके साथ बैठने के बजाय किसी कोने में जाकर अपनी ड्राइंग में रम जाना अधिक पसंद करती थीं।

जून 2005 में तत्कालीन राष्ट्रपति डॉ. ए.पी.जे. अब्दुल कलाम को जब क्षमा ने उनके जीवन पर आधारित 41 पेंटिंग्स और 100 पंक्तियों की एक कविता उन्हें भेंट की थी तो वह बहुत भावुक हो गए थे। 2008 में क्षमा को उपराष्ट्रपति के हाथों 'नेशनल क्रिएटिविटी अवार्ड' और शशि कपूर के हाथों 'नेशनल एबिलिंपिक अवार्ड' प्राप्त हुआ था।

उस दुर्घटना के बाद जब एक रात को उन्हें असहनीय दर्द हो रहा था तब उन्होंने

'फीलिंग ऑफ डेथ' पेंटिंग बनाई थी और यह सोचकर बनाई थी कि वह उनके जीवन की अंतिम पेंटिंग होगी। अपनी एक और पेंटिंग 'मिस्टीरियस फ्रेंड' के बारे में बताते हुए वह कहती हैं, ''भगवान् मेरा वह 'मिस्टीरियस फ्रेंड' है जो मेरी आवश्यकताओं को मेरे कहने से पहले ही पूरी कर देता है।''

क्षमा पर गर्व करनेवाली उनकी माँ श्रीमती उर्मिला कुलश्रेष्ठ बिल्कुल छाया की तरह क्षमा के साथ रहती हैं। क्षमा की देखभाल करने के लिए उन्होंने अपना इंटीरियर डेकोरेटर वाला कॅरियर और पी.डब्ल्यू.डी. के कॉन्ट्रैक्टर वाला काम दोनों ही छोड़ दिए। वह रोजाना ही भगवान् से उन्हें शक्ति देने की प्रार्थना करती रहती हैं। क्षमा बताती हैं, ''एक दिन जब मैं कुछ ज्यादा ही उदास थी तब मेरी माँ ने मुझे एक गुलाब दिया और एक कविता की प्रेरणाप्रद पक्तियाँ गुनगुनाई थीं। मैंने वह गुलाब अभी तक अपनी डायरी में सँभालकर रखा हुआ है।''

रोजाना केवल आधा घंटे में भगवान् गणपति की एक मूर्ति बनाना क्षमा की एक ऐसी दिनचर्या का हिस्सा बन गया है जैसे लोग मंदिर जाया करते हैं। उन्हें पढ़ना और संगीत सुनने का बहुत शौक है। गुलजार और निदा फाजली उनके प्रिय शायर हैं। स्वामी विवेकानंद और सचिदा नागदेवजी से वह प्रेरणा प्राप्त करती हैं।

भगवान् में उनकी पूरी आस्था है जो कि उन्हें कठिन परिस्थितियों में संबल देती है। अपने सपने के बारे में बताते हुए वह कहती हैं, ''मैं एक आर्ट गैलरी खोलना चाहती हूँ जिसमें उन उभरते चित्रकारों और ड्राफ्टमैनों को स्थान मिल सके जो पैसों की कमी के कारण कहीं पीछे और अनदेखे रह जाते हैं।''

घरेलू नाम 'बिट्टी' वाली क्षमा छोटी-छोटी चीजों में सुख तलाश लेती हैं। एक यादगार किस्सा बयाँ करते हुए उन्होंने बताया, ''26 जुलाई, 2004 को मेरी अध्यापिकाओं और कक्षा की सहेलियों ने मेरे जन्मदिन पर मुझे सुखद आश्चर्य देने के लिए मेरी ही पेंटिंग्स की एक प्रदर्शनी आयोजित की थी। केक अंदर लाया गया और वह कॉलेज की आर्ट गैलरी देखते ही देखते एक उत्सव-भवन में बदल गई थी।'' कोई संदेश देने के लिए कहने पर वह बोलीं, ''सुख हमारे भीतर ही है, कहीं बाहर नहीं है जहाँ कि अधिकतर लोग उसे अकसर खोजते रहते हैं।'' उन्होंने अनेक पेंटिंग प्रदर्शनियों का आयोजन किया है और स्वयं को एक रचनात्मक चित्रकार के रूप में स्थापित किया है। अनेक प्रकार की चित्रकारी करने में उन्हें आनंद आता है जिनके लिए वह ऑयल पेंट, एक्रिलिक रंग, पेपर मैशी, काँच आदि का प्रयोग करती हैं। 'सर्च ऑफ हैप्पीनेस' विषय पर आधारित पेंटिंग्स की प्रदर्शनी की प्रसिद्धि के बाद उन्होंने उसके दूसरे चरण का आयोजन अक्तूबर 2013 में 'वाइब्रेंट स्ट्रोक्स ऑफ जॉय' नाम से किया। उनकी पेंटिंग्स में एक आध्यात्मिक विषय रहता है और एक सूक्ष्म संदेश भी। उनका उदारमना

होना इसी बात से झलकता है कि किसी कम नसीबवाले के लिए कुछ करने का कोई भी अवसर वह हाथ से नहीं जाने देती हैं।

क्षमा ने 'आर्ट थेरैपी' पर एक पुस्तक भी प्रकाशित की है। लोगों के जीवन में सकारात्मक ऊर्जा का संचार करने के लिए वह वास्तु पर आधारित पेंटिंग भी बना रही हैं। औरों के अलावा वह राष्ट्रपति, उपराष्ट्रपति, राज्यपाल और मुख्यमंत्री के हाथों सम्मानित की जा चुकी हैं।

(सफलता की यह गाथा मेजर प्रदीप खरे द्वारा क्षमा कुलश्रेष्ठ से लिये गए साक्षात्कार पर आधारित है।)

□

गुदड़ी के लाल

"जो करना औरों के लिए कठिन हो, उसे आसानी से कर देना निपुणता का परिचायक होता है। और, जो करना निपुणता के लिए असंभव हो, उसे करना प्रतिभा का परिचायक होता है।"

—हेनरी फ्रैडरिक अमील

55

एक सेलिब्रिटी फोटोग्राफर का सफरनामा कचरा बीननेवाले हाथों से कैमरा थामने तक

"इस दुनिया में किए गए बड़े कामों में से अधिकांश काम उन लोगों द्वारा किए गए हैं जो कि तब भी प्रयास करते रहे थे जब कि लग रहा था कि अब कुछ नहीं हो सकता।"

—डेल कार्नेगी

कहते हैं कि जहाँ चाह है वहाँ राह है, और लगता है जैसे यह कहावत विकी रॉय को ध्यान में रखकर बनाई गई होगी। एक गरीब दरजी के बेटे और छह भाई-बहन वाले विकी के पास किसी तरह का कोई संसाधन नहीं था, खासतौर से एक ऐसे शानदार फोटोग्राफर की ऊँचाई तक पहुँचने के लिए जहाँ कि वह आज हैं। दुर्भाग्यवश विकी के माता-पिता इतने गरीब थे कि वे उसे पाल-पोस भी नहीं सकते थे, इसलिए उन्होंने विकी को दो साल की उम्र में उसके नाना-नानी को दे दिया था। अपने सपनों को पूरा करने की ललक लेकर 13 साल की उम्र में उसने घर छोड़ दिया और दिल्ली का रुख किया। उस समय उसके पास

विकी रॉय

रु. 800 थे जो कि उसकी माँ ने घर में चल रहे मरम्मत के काम के लिए उसे सीमेंट लाने के वास्ते दिए थे। दिल्ली में वह रैन-बसेरों में सोया करता था जहाँ कि उसे कंबल के किराए के लिए रोजाना रु. दो देने पड़ते थे। ऐसा ही तब तक चलता रहा, जब तक एक सहृदय महिला को उस पर दया नहीं आ गई जिसने उसे बच्चों की 'सलाम बालक ट्रस्ट' नामक एक ऐसे एन.जी.ओ. का पता बताया जो वंचित और परित्यक्त बच्चों की देखभाल करता है। और, इस तरह आखिर उसको एक सुरक्षित छत और भोजन का ठिकाना मिल गया। लेकिन विकी को वहाँ के बंद दरवाजों में घुटन लगने लगी और एक दिन मौका पाते ही वह वहाँ से भी भाग निकला। घर लौट जाने के बजाय उसने अपना जीवन कचरा बीननेवाले के रूप में जीना शुरू कर दिया जिसमें उसका काम था कचरे के ऊँचे-ऊँचे ढेरों में उलट-पलट करते हुए प्लास्टिक के टूटे-फूटे सामान को छाँटकर निकालना। लेकिन जल्दी उसे स्थानीय गुडों की गुंडई झेलनी पड़ी जो कि उसे परेशान करते थे और उसकी कमाई को छीन लिया करते थे। निराश और हताश होकर उसे स्थानीय कैफे में बरतन धोने का काम करना शुरू करना पड़ा जहाँ उसे सारे दिन काम करना पड़ता था और मिलते थे केवल रु. पचास और खाने के लिए कुछ था तो ग्राहकों द्वारा प्लेटों में छोड़ दिया गया खाना, यानी जूठन। एक आदमी ने उसे वहाँ देखकर पूछा, "तुम यहाँ काम क्यों कर रहे हो? इस उम्र में तो तुम्हें स्कूल जाना चाहिए।" और उस आदमी ने उसे पुनः सलाम बालक ट्रस्ट में भेज दिया। इस बार विकी वहाँ टिका रहा और फिर उसका जीवन ही बदल गया। स्कूल जाने के अलावा वह उस ट्रस्ट के छोटे बच्चों की देखभाल भी किया करता था। उन दिनों को याद करते हुए विकी कहते हैं, "मैं स्कूल जाने लगा, मुझे अच्छे कपड़े और खाना मिलता था। वातावरण बहुत साफ-सुथरा था। धीरे-धीरे मेरी सोच एक अलग ही स्तर पर जा पहुँची।"

फोटोग्राफी की दुनिया में प्रवेश करने के बारे में बताते हुए विकी कहते हैं, "2001 में मेरे एक मित्र ने फोटोग्राफी की एक वर्कशॉप में हिस्सा लिया। फोटो खींचने के लिए वह श्रीलंका और इंडोनेशिया गया था। अपनी दसवीं कक्षा के दौरान जब मेरे अध्यापक ने मुझसे कहा कि मेरे ग्रेड अच्छे नहीं आए हैं और मुझे पढ़ाई में अधिक मेहनत करने की जरूरत है तो मैंने उनसे कह दिया कि मैं तो फोटोग्राफर बनने की ट्रेनिंग करना चाहता हूँ। क्योंकि मैं समझता था कि एक फोटोग्राफर के रूप में मुझे घूमने को खूब मिलेगा।

फिर डिक्सी बैंजामिन नामक एक ब्रिटिश फोटोग्राफर आया और उसने पुरानी दिल्ली के आस-पास फोटो शूट करने में विकी को बतौर सहायक बनकर चलने के लिए कहा जिसमें कि दिल्ली की गलियों में घूमते बच्चों की अधम और घिनौनी जिंदगी के फोटो खींचने थे। उसके साथ काम करने के दौरान फोटोग्राफर के कैमरे के लिए तिपाई खड़ी करने, कैमरे में रील डालने, बढ़िया फोटो के लिए गलियों के हुड़दंगी लड़कों को

इकट्ठा करने और दिल्ली की गलियों की सैर करने के अलावा जो खास बात उन्होंने सीखी, वह थी—बहुत बढ़िया फोटो लेने की बहुत सारी तरकीबें और चतुराई। यही वह घटना थी जिसने सबकुछ सही दिशा में कर दिया था। ''डिक्सी जब श्रीलंका जाने लगा तब अच्छी अंग्रेजी बोल लेनेवाले अपने एक मित्र के जरिए मैंने अपनी तरफ से डिक्सी से पूछा, ''मेरी अंग्रेजी अच्छी नहीं है, मैं एक अच्छा फोटोग्राफर कैसे बनूँ?'' उसने एक बड़ा सीधा और सरल सा जवाब दिया, ''देखो विकी, ऐसे बहुत से चीनी और जापानी हैं जो बढ़िया फोटोग्राफर हैं, लेकिन वे अंग्रेजी बिल्कुल भी नहीं बोल पाते हैं। तुम भारतीय हो और हिंदी बोलते हो, लेकिन तुममें फोटोग्राफी के लिए ललक है। तुम तो एक अच्छे फोटोग्राफर बन ही जाओगे!''

विकी को अपने भीतर फोटोग्राफी के प्रति नवजात प्रेम का पता चला और उसने इसे गहराई से सीखने के लिए त्रिवेणी कला संगम में अपना नाम लिखवा दिया। बाद में विकी ने चित्रकला की फोटोग्राफी के लिए जाने-माने विशेषज्ञ अजय मान के सहायक के रूप में काम करना शुरू किया और उनसे इस काम के हुनर सीखे। सलाम बालक ट्रस्ट से ऋण लेकर उन्होंने एक नया कैमरा भी खरीद लिया और फिर जल्दी ही फोटोग्राफी को उन्होंने अपना पेशा बना लिया। सड़क की जिंदगी और सड़कों के बच्चे उनका प्रिय विषय बने रहे। उनके 25 विलक्षण फोटोग्राफ्स नई दिल्ली की 'द इंडिया हैबिटेट गैलरी' द्वारा चुने गए और 'स्ट्रीट ड्रीम्स' के शीर्षक से ब्रिटिश हाई कमीशन तथा यूकेज डिपार्टमेंट ऑफ इंटरनेशनल डवलपमेंट द्वारा प्रायोजित किए गए। वह अपने सात फोटोग्राफ प्रत्येक रु. 10,000 की दर से बेचने में सफल रहे जिससे वह बेहतर फोटोग्राफी के लिए एक डिजिटिल कैमरा खरीद सके हैं और अब अपनी दूसरी प्रदर्शनी की तैयारी में लगे हैं जिसका शीर्षक है—'द विंडोज ऑफ इंडिया'। सड़कों को अपना घर बतानेवाले विकी अब सड़कों के जीवन को कैमरे में कैद कर रहे हैं—वह एक विषय चुनते हैं जो कि आसानी से संवेदनाओं को जगा देता है, वह भी एक परिपक्वता और संवेदनशीलता के साथ, और जिसे उनके काम में महसूस भी किया जा सकता है, बेजोड़ और बेमिसाल।

2007 में उन्होंने अपनी अकेले की ही पहली प्रदर्शनी इंडिया हैबिटेट सेंटर में आयोजित की थी जिसका शीर्षक था—'स्ट्रीट ड्रीम्स' और जो ब्रिटिश हाई कमीशन के सहयोग से की गई थी। उनके काम को भारत में और इंग्लैंड व दक्षिणी अफ्रीका सहित अनेक देशों में भी काफी प्रदर्शित किया गया है। 2008 में कला के पुनरुद्धार और विकास के लिए समर्पित लाभ न कमानेवाले एक संगठन रामचंदर नाथ फाउंडेशन ने विकी को अमेरिका स्थित मेबैच फाउंडेशन द्वारा आयोजित एक मेंटरशिप प्रोग्राम के लिए नामित किया जिसमें वह न्यूयॉर्क में पुनर्निर्मित किए जा रहे वर्ल्ड ट्रेड सेंटर के फोटो-दस्तावेज तैयार करेंगे। दुनिया भर से आए असंख्य आवेदनों में से चुने गए चार सहभागियों में

से वह एक हैं और दक्षिणी एशिया से एकमात्र हैं। यह एक छह मास का आवासीय कार्यक्रम था। वहाँ से वापस आकर विकी ने दिल्ली अपनी अकेले की दूसरी प्रदर्शनी का आयोजन किया। विकी अब नेशनल जियोग्रेफिक चैनल की 'मिशन' सिरीज के बिल्कुल नए शो—मिशन कवर शॉट—का एक हिस्सा बन चुके हैं। विकी इस शो के लिए चुने गए प्रथम पाँच में आते हैं जिनमें से सारे के सारे शौकिया फोटोग्राफर रहे हैं। यह शो उनकी ऐसी यात्रा को कैमरे में कैद करने की कथा है जिसमें वे ऐसे श्रेष्ठ शॉट लेने की जद्दोजहद में रहते हैं जो उनके कौशल, रचनात्मकता, धैर्य और त्वरित प्रतिभा पर आधारित हो। इस शो के विजेताओं को यह मौका मिलेगा कि उनके फोटोग्राफ्स प्रतिष्ठित पत्रिका 'नेशनल ज्योग्राफिक' के मुखपृष्ठ पर प्रकाशित होंगे। विकी कहते हैं, "मैंने कभी नहीं सोचा था कि मैं अपने जीवन में ऐसी ऊँचाई तक पहुँचूँगा जहाँ कि मैं न केवल ऐसी बढ़िया फोटोग्राफी कर सकूँगा बल्कि एक नेशनल चैनल पर भी आ सकूँगा। अपने अतीत की परेशानियों के बावजूद विकी अपने जीवन में इतना आगे बढ़े हैं और अनेक 'सड़क के बच्चों' के लिए प्रेरणा और आदर्श सिद्ध हुए हैं। उन्हें उम्मीद है कि उनके काम से उन बच्चों को फायदा होगा जो प्रतिकूल परिस्थितियों में पले-बढ़े हैं, अपने फोटोग्राफ्स के माध्यम से वह उनकी आवाज बन जाते हैं और उन्हें दिखाते हैं कि काम के प्रति समर्पण और कड़ी मेहनत से कुछ भी हासिल किया जा सकता है।

विकी हिम्मत, हौसले, लचीलेपन और प्रभावशाली परामर्शदाता की जीती-जागती मिसाल हैं। वे उन तमाम लोगों के लिए एक प्रेरणा हैं जिन्होंने कोई ऐसा सपना देखा हो जिसे वे समझते हैं कि वह उनकी पहुँच के बाहर है। उन्होंने यह सिद्ध कर दिखाया है कि कड़ी मेहनत और पक्के इरादे से कोई भी व्यक्ति दीन-हीन अवस्था से उठकर सफलता की ऊँचाइयों तक पहुँच सकता है।

□

56

13 साल की बच्ची माइक्रोबायोलॉजी में एम-एस.सी. कर रही है

> *"एक बुद्धिमान लड़की अपनी सीमाएँ जानती है; एक उद्योगशील लड़की जानती है कि सीमाएँ हैं ही नहीं।"*
>
> —मार्लिन मुनरो

यह अद्‌भुत लड़की 2007 में सुर्खियों में तब आई जब उसने सबसे कम उम्र में मैट्रीकुलेशन करने के पिछले सारे रिकॉर्ड तोड़ दिए थे। सात साल की उम्र में मैट्रीकुलेशन करके वह 'लिम्का बुक ऑफ रिकॉर्ड्स' में स्थान पा चुकी है। और कमाल की बात यह है कि उसने जिसका रिकॉर्ड तोड़ा वह उसका अपना ही भाई शैलेंद्र था जिसने उ.प्र. हाई स्कूल की परीक्षा नौ साल में पास कर ली थी। अब जब कि शैलेंद्र बेंगलुरु से एम.सी.ए. कर रहा है, सुषमा लखनऊ में केंद्र सरकार द्वारा संचालित बाबासाहेब अंबेडकर विश्वविद्यालय से माइक्रोबायोलॉजी में एम-एस.सी. के प्रथम वर्ष में पढ़ाई कर रही है। उस विश्वविद्यालय की उपकुलपति एस.बी. सोबती उसकी सहायता के लिए आगे आई हैं और उन्होंने उसकी फीस भी माफ कर दी है। पढ़ाई के बाकी खर्चे भारत की प्रमुख एन.जी.ओ.

सुषमा अपने माता-पिता के साथ

सुलभ इंटरनेशनल वहन कर रही है। सुलभ इंटरनेशनल निर्धन लोगों के लिए काम करती है और उसके मुखिया डॉ. बिंदेश्वरी पाठक ने सुषमा की खराब आर्थिक दशा को समझा है और इस विलक्षण प्रतिभाशाली बच्ची की उच्च शिक्षा के लिए रु. 8,00,000 की अनुग्रह राशि देने की घोषणा की है।

कमाल की बात यह है कि सुषमा निरक्षरों के परिवार से है। उसके पिता दिहाड़ी पर काम करके गुजारा करनेवाले हैं और माँ एक बिल्कुल अनपढ़ महिला हैं। उसके पिता तेज बहादुर लखनऊ में आलमबाग क्षेत्र के उसी संत मीरा इंटर कॉलेज में चतुर्थ श्रेणी के कर्मचारी हैं जहाँ से सुषमा ने 12वीं पास की है, वह बताते हैं, ''सुषमा की माँ तो कभी स्कूल गई ही नहीं, लेकिन मैंने आठवीं पास की है।'' हालाँकि वे लोग किराए की एक ही कोठरी में रहते हैं लेकिन अपनी आर्थिक तंगी या सामाजिक विषमता के कारण सुषमा कभी अपना मन छोटा नहीं करती है और बताती है, ''हमारे पास टी.वी. नहीं है। अपने खाली समय को मैं अपनी छोटी बहन अनन्या के साथ खेलने में बिताती हूँ।''

जब से उसने अपना कॅरियर बनाने की सोची है तब से वह मेडिकल लाइन में जाना चाहती है। ''मैं हमेशा एक डॉक्टर बनने का सपना देखती आई हूँ।'' दस साल की उम्र में 12वीं पास कर लेने के बाद वह एम.बी.बी.एस. में प्रवेश पाने के लिए सी.पी.एम.टी. में बैठी थी, लेकिन उसके परिणाम को रोके रखा गया क्योंकि अधिकारियों ने उसे कमउम्र पाया। विवशतः ग्रेजुएशन के लिए उसको माइक्रोबायोलॉजी में प्रवेश लेना पड़ा।

अपने मेडिकल के सपने के बारे में पूछने पर 13 वर्ष की सुषमा ने बिना कुछ छिपाए अपनी दलील दी, ''मैं अगर कम उम्र हूँ तो वे भले ही मुझे प्रवेश न दें लेकिन इतना तो बता दें कि मैं पास होने योग्य स्तर तक पहुँची हूँ या नहीं, जिससे मुझे यह तो पता चल जाए कि डॉक्टर बनने के अपने सपने को पूरा करने के पैमाने पर मैं कहाँ हूँ।''

जब उससे पूछा गया, ''जब आपने सात साल की उम्र में 10वीं पास की थी तब आपको कैसा लगा था?'' तो उसने बताया, ''मैं बहुत खुश थी। मेरे अंक बहुत अच्छे तो नहीं थे, केवल 69 प्रतिशत ही थे, लेकिन मैं बहुत-बहुत खुश थी कि मैं यह कर तो सकी और अपने से दोगुनी उम्र वालों से स्पर्धा कर सकी। अपने परिवार के लिए मैं खुश थी। मेरी अध्यापिकाएँ और सहपाठी सहेलियाँ शुरू से ही मुझे सहयोग देनेवाली रही हैं। उनके सहयोग के बिना इतना कुछ मैं अपने अकेले के दम पर नहीं कर सकती थी।''

सुषमा अपने को कोई विलक्षण या अपवाद जैसा कुछ नहीं मानती है। उसे न

तो किसी कोचिंग की जरूरत लगती है और न ही वह कोचिंग का खर्च उठा सकती है। स्कूल को भी उसकी आर्थिक स्थिति का पता है इसलिए वह भी उससे कोई फीस नहीं लेता था। सेंट मीरा की अध्यापिकाएँ उसके मार्गदर्शन और मदद के लिए हमेशा तत्पर रहती हैं। "घर पर आकर मैं अपने बड़े भाई से मदद ले लेती हूँ।" वह न तो रटती है और न ही पढ़ाई को कोई भार महसूस करते हुए पढ़ती है। वह एक 'स्टडी-प्लान' तैयार करती है और हर दिन नियमित रूप से पढ़ाई करती है।

☐

सुपर्ब सेल्सपर्सन

''जो कुछ आप अपने जीवन में चाहते हैं, वह सब आपको मिल जाएगा अगर आप औरों को वह कुछ पाने में मदद करते हैं जो वे चाहते हैं।''

—जिग जैग्लर

57

भारतीय जीवन बीमा निगम का एक एजेंट जो निगम के अध्यक्ष से भी अधिक कमाता है

> *"सफल होने का मेरा संकल्प अगर पर्याप्त प्रबल है तो मैं असफलता की पकड़ में कभी नहीं आ सकता।"*
>
> **–ओग मैंडिनो**

17 साल के किशोर भरत पारीख ने एक ऐसा काम करने का जोखिम ले लिया था जिससे उसके कॉलेज के सहपाठी उससे कतराने लगे थे। ऐसा नहीं कि वह किसी असामाजिक गतिविधि में लिप्त हो गया था या कि वे लोग किसी जाति-पाँति की बात को ले बैठे थे, बल्कि उसने किया यह था कि वह भारतीय जीवन बीमा निगम (एल.आई.सी.) के एजेंट का काम करने लगा था। यह 1986 के दिनों की बात है जब रु. 300 महीना पाने के लिए उसने कॉलेज के सुहाने दिनों की बलि चढ़ा दी थी। ऐसा भी नहीं है कि वह पैसे को प्यार करनेवाला हो गया था, लेकिन उसे भी उसी अभिशाप का सामना करना पड़ रहा था जिसे कि भारत के मध्यम वर्गीय लड़कों को अकसर करना पड़ जाता है और वह है अपनी बहनों की सम्मानपूर्वक शादी करना।

अपनी युवावस्था में जो पारीख न तो कभी मैटिनी शो का आनंद ले पाए और न ही क्रिकेट मैच देखने का, वही पारीख आज एक ऐसे करोड़पति हैं जो अब अपने जीवन में किसी भी ऐशोआराम का आनंद ले सकते हैं। एक एजेंट के रूप में उनकी वार्षिक आय रु. 4 करोड़ है, यानी भारतीय जीवन बीमा निगम के अध्यक्ष से लगभग पाँच गुना ज्यादा। 2013 में 'टॉप ऑफ द टेबल' की सूची में आनेवाले

एजेंटों में वह सर्वोच्च स्थान पर रहे हैं क्योंकि उनका पहले साल का कमीशन रु. 1,64,59,383 रहा है, इसमें बोनस कमीशन शामिल नहीं है।

हर साल तरह-तरह की 1000 पॉलिसियाँ बेचने के लिए किया गया घनघोर परिश्रम उनकी पाँचों बहनों की शादी भारतीय परंपराओं के अनुसार कराने में सहायक सिद्ध हुआ। लेकिन उनकी डगर बहुत कठिन रही थी। वह बताते हैं, ''भाई-बहनों में पाँच बहनों के बाद मैं सबसे छोटा था। मुझे अपने परिवार की आर्थिक दशा को सहारा देने के लिए कोई नौकरी तो करनी ही थी। मेरी बहनों ने भी मुझसे कहा था कि यदि मैं बीमा एजेंट बनने के बजाय कुछ और काम कर सकूँ तो अच्छा होगा। कॉलेज के मेरे दोस्तों ने मुझसे बात करना बंद कर दिया था।''

उन दिनों एल.आई.सी. एजेंट बनना हिकारत की नजर से देखा जाता था और यह धारणा रहा करती थी कि केवल वे ही लोग एल.आई.सी. एजेंट बनते हैं जो जीवन में कुछ और नहीं कर पाते हैं। ''मेरे लिए तो एजेंट बनना भी कठिन था क्योंकि उसके लिए कम-से-कम 21 साल की उम्र होना आवश्यक था।'' लेकिन पारीख ने 18 साल की उम्र में ही एक डवलपमेंट ऑफिसर के अधीन काम करना शुरू कर दिया था और फिर कभी मुड़कर नहीं देखा। वह स्वयं मानते हैं कि शुरुआत के कुछ वर्षों में उनका काम औसत दरजे का ही रहा था। लेकिन यह उनके अनुशासन, कड़ा परिश्रम, और प्रतिबद्धता जैसे गुण ही ही थे जो उन्हें सफलता के मार्ग पर आगे बढ़ाते ले गए।

भरत पारीख

वह एक साल में लगभग 1000 पॉलिसियाँ बेच देते हैं—एक पॉलिसी औसतन दो लाख की बैठती है और इस हिसाब से बीमा निगम को मिलनेवाला कुल प्रीमियम 200 करोड़ का बैठता है, जो कि भारत में किसी भी एजेंट द्वारा दिलाया जानेवाला सबसे बड़ा प्रीमियम है।

अपने कॉलेज के दोस्तों की नजर में तो वह तुच्छ माने ही जाते थे, अपने लिए दुल्हन के रूप में एक जीवन साथी ढूँढ़ने में भी उनका एल.आई.सी. एजेंट होना एक बड़ी अड़चन बन गया था। पारीख बताते हैं, ''अपने संभावित ससुर को मुझे अपनी आयकर की विवरणी दिखानी पड़ जाती थी, यह सिद्ध करने के लिए कि उनकी बेटी की आवश्यकताएँ पूरी करने और एक परिवार को पालने के लिए मैं काफी कमा लेता हूँ।''

''अब तो हमारा परिवार एक सुखी परिवार है, लेकिन इस सुखी परिवार को बनाना किसी को एक बीमा पॉलिसी ले लेने के लिए मनाने से कहीं अधिक कठिन रहा था,'' पारीख ने कहा। बबिता के साथ विवाहित पारीख अब भी अपने 30 साल पुराने इस कॅरियर को छोड़ना नहीं चाहते हैं। इसमें काम करने में स्वतंत्रता का होना और पैसा कमाने के लिए असीम संभावनाओं का होना है, इस बात का उल्लेख करते हुए पारीख कहते हैं, ''यह संसार का सबसे अच्छा प्रोफेशन है।'' लेकिन सारे एल.आई.सी. एजेंट इतने सफल नहीं होते जितने कि पारीख हैं। तो फिर उनकी सफलता का मंत्र क्या है? वह कहते हैं, ''पैसा ही सबकुछ नहीं होता। मैं व्यक्ति के परिवार और उसकी शैक्षणिक पृष्ठभूमि को समझने की कोशिश करता हूँ और फिर उसे सुझाव देता हूँ कि उसे कौन सी पॉलिसी लेनी चाहिए।''

दरअसल, एल.आई.सी. एजेंट एक 'पैसा प्रबंधक' की भूमिका भी निबाहते हैं क्योंकि बहुत से लोग पैसे के मामले में अनपढ़ होते हैं। ''एक धनी लेकिन अशिक्षित विधवा की 'टर्म प्लान' को मैंने पेंशन प्लान में बदलवाया ताकि उसे एक नियमित आय होती रहे। पैसा कभी किसी के पास ठहरता नहीं है इसलिए एक नियमित आय होते रहना अच्छा रहता है।''

अब हम आपको बताते हैं कि पूर्व एल.आई.सी. अध्यक्ष टी.एस. विजयन ने भरत पारीख के बारे में क्या कहा, ''न जाने कितने एजेंट क्षितिज पर उल्काओं की तरह चमकते हुए प्रवेश करते हैं और फिर विस्मृतियों में गुम हो जाते हैं। उनमें से विरले ही ध्रुव तारा बनते हैं। अपने उद्देश्य के प्रति दृढनिश्चयी और अपने दृढनिश्चय के प्रति अडिग रहते हुए वे अपने नेतृत्व का प्रकाश हर दिशा में फैलाते हैं। भरत पारीख सचमुच एक ध्रुव तारा हैं। मैं उन्हें दस साल से भी अधिक समय से जानता हूँ और एक मामूली सी शुरुआत से जिस तरह वह चकित-भ्रमित कर देनेवाली ऊँचाई तक पहुँचे हैं, उसकी मैं हमेशा प्रशंसा करता रहा हूँ लेकिन फिर भी उन्होंने आपनी मासूम विनम्रता और दिल जीत लेनेवाली सादगी को बनाए रखा है। और अब एक ध्रुव तारे की ही तरह वह अपनी ऐतिहासिक सफलता के सूत्रों के प्रकाश को सरल-सुबोध तरीके से वर्णित अपनी पुस्तक 'एडिंग मोर टू लाइफ' के माध्यम से फैला रहे हैं।''

पारीख की पुस्तक 'एडिंग मोर टू लाइफ' की प्रस्तावना लिखते हुए विजयन कहते हैं, ''हम सभी दो उपहार लेकर जन्म लेते हैं—दिमाग और समय। यह हम पर निर्भर करता है कि हम इन दोनों का कैसे उपयोग करते हैं, और अपने भाग्य को बनाने के लिए इनका अधिकतम कितना प्रयोग करते हैं। ऐसा करने या न करने का चुनाव हमें स्वयं करना होता है। पारीख ने सफल होना चुना और अब वह

एक ऐसे पेशे की मंत्रमुग्ध कर देनेवाली यात्रा पर आपको ले जा रहे हैं जो 'काम करने की स्वतंत्रता', 'काम करने के समय में बंधनमुक्तता' तथा 'पैसा कमाने के असीमित अवसर' प्रदान करनेवाला है। यह एक ऐसी पुस्तक है जिसे फिजूल की लंबी-चौड़ी बातों से नहीं भरा गया है बल्कि इसमें वही लिखा गया है जो अपने साररूप में पूरी तरह अनुभवजन्य है, क्योंकि यह एक ऐसे पेशे के बारे में भ्रामकता को दूर करती है जिसे अकसर कठिन और अनिश्चित माना जाता रहा है, साथ ही यह ऐसे रहस्यों से परदा उठाती है जो इस पेशे के प्रति विश्वास को भावी कारोबार में बदल सकते हैं।''

इस पुस्तक का हर अध्याय एक ऐसी सरलगामी सीढ़ी का पायदान है जो कि सहजता के साथ ऊपर ले जाता है जब तक कि आपको यह भान नहीं हो जाता कि आप कितना ऊपर आ पहुँचे हैं। 'मानव जीवन के महत्त्व' की अवधारणा से आरंभ करके, जो कि बीमा की आवश्यकता निर्धारण का आधार है, पारीख इसमें लक्ष्य-प्राप्ति के मूल सिद्धांतों का प्रतिपादन करते हैं, और उस नींव की आधारशिला रखते हैं जिस पर बीमा बेचने का भवन खड़ा किया जाता है।

किसी भी शिशु के लिए सबसे कठिन काम होता है पहला पग चलना। यही बात सेल्सवालों पर भी लागू होती है। 'गुड मॉर्निंग मिस्टर प्रॉस्पेक्ट' नामक अध्याय के तल्लीन कर देनेवाले आनंद में आप महसूस करेंगे कि यह पुस्तक आपको वही पहला कदम उठाना सिखाती है और वह भी गिरने का डर मन में पाले बिना। यह बड़े-बड़े और डरावने सवालों का जवाब उपलब्ध कराती है, जैसे 'अगर उसने तपाक से ना कह दी तो?' क्योंकि यह एक ऐसी अवस्था होती है जब अधिकांश सेल्सवाले असफल हो जाते हैं और इस पेशे को छोड़ जाते हैं।

अपने मित्रों और ग्राहकों द्वारा प्यार से 'भरत भाई' के संबोधन से बुलाए जानेवाले पारीख बिल्कुल सीधे-सरल और विनम्र व्यक्ति हैं। मन को मोह लेनेवाली उनके नेतृत्व की खूबियाँ उस शैली में देखी जा सकती हैं जिसमें वह अपने जीवन बीमा के व्यवसाय को निरंतर बढ़ानेवाली अपनी टीम और अपने प्रबंधकों को प्रेरित करने के लिए प्रयोग किया करते हैं। वह पूरे भारत में अनेक स्थानों पर प्रेरक भाषण और ट्रेनिंग कार्यक्रम आयोजित कर चुके हैं। उनके कई ऑडियो कैसेट भी आ चुके हैं—'वे टू सक्सेस', 'हाउ आई रीच्ड द टॉप ऑफ टेबल', 'मीट द नंबर वन एंड बी द नंबर वन', और 'डू द बेस्ट'।

उनके पास समर्पित स्वभाववाले पेशेवर लोगों की टीम है और नागपुर के एक प्रमुख स्थान पर उनका पूरी तरह कंप्यूटराइज्ड एक कार्यालय है। वर्तमान में वह 25,000 पॉलिसियों को सेवा दे रहे हैं और आशा करते हैं कि वह और भी अधिक

लोगों को जीवन बीमा की छत्रच्छाया में लाने का अपना प्रयास जारी रखेंगे।

अपनी कंपनी के संस्थापक सी.ई.ओ. भरत पारीख मानवीय सुख के वास्तुकार के नाम से प्रसिद्ध हैं। जीवन बीमा उद्योग में 25 वर्षों से अधिक का अनुभव रखते हुए वह देश में सबसे सफल 'पैसा प्रबंधक' माने जाते हैं। वह अपने ग्राहक की वित्तीय आवश्यकताओं को ध्यान में रखते हुए ही उसे सुझाव देते हैं। लगातार दस बार 'टॉप ऑफ द टेबल' (वित्तीय योजनाकारों के लिए सर्वोच्च अंतरराष्ट्रीय पहचान) के लिए चुने जाने का अद्वितीय गौरव भरत पारीख को प्राप्त हुआ है।

□

58

बरखास्त एल.आई.सी. एजेंट एम.डी.आर.टी. बना

''मैंने हमेशा अपने प्रयास पूरे किए हैं, तब भी जब कि हालात पूरी तरह मेरे प्रतिकूल थे। मैंने कोशिश करना कभी नहीं छोड़ा, न ही कभी मैंने यह महसूस किया कि मेरे जीतने का अब अब कोई अवसर शेष नहीं रहा है।''

–आर्नोल्ड पामर

17 साल का एक लड़का दीपक जोशी 1977 में अपना भाग्य आजमाने और पैसा कमाने के लिए मुंबई आया था। वह गुजरात के साबरकांठा जिले के एक छोटे से गाँव जादर से आया था। गाँव में वह अन्य बच्चों की तरह स्कूल जाया करता था। दुर्भाग्य से, जब वह 11 साल का ही था तब उसके पिता को पक्षाघात हो गया था। इससे परिवार चलाने के लिए पैसा कमाने की सारी जिम्मेदारी इस बालक के कंधों पर आ पड़ी थी। तब दीपक ने स्कूल के समय के बाद घरों में काम करना शुरू कर दिया दिया था। जब वह 12 साल का था तब उसने खाना बनाना शुरू कर दिया था और 16 साल का होते-होते वह इतना पाक-पारंगत हो गया था कि वह केवल 'दाल-चावल-सब्जी' जैसा सामान्य खाना ही नहीं बल्कि विशेष व्यंजन और मिठाइयाँ भी बना लेता था और इससे रु. 800-1000 कमा लेता था। खाना बनाने में वह एक इतना सिद्धहस्त हो गया था कि खानेवाले अपनी उँगलियाँ चाटते रह जाते थे। 12 साल की उम्र में ही वह मंदिर का पुजारी भी बन गया था जहाँ वह सब तरह की आरती, पूजा और कर्मकांड कराया करता था। कुल मिलाकर यह छोटे कद का, थोड़ा मोटा लड़का मीलों पैदल जा-जाकर काम करता था जिससे चार पैसे बचें और उन पैसों से वह परिवार की आवश्यकताओं को पूरा कर सके। 1976 में उसने गुजराती माध्यम से 11वीं कक्षा पास कर ली थी।

दीपक जोशी

फिर और अधिक पैसा कमाने के इरादे से दीपक मायानगरी मुंबई आ गए। शिक्षा का महत्त्व उनके मन में था इसलिए उन्होंने ज्ञान सरिता कॉलेज में अपना नाम दर्ज कराया। वहाँ पढ़ाई का माध्यम अंग्रेजी था। उन्होंने वहाँ 12वीं में प्रवेश लिया और बी. कॉम. पास किया। दीपक सुबह 8.00 बजे से दोपहर तक कॉलेज जाते थे और दोपहर से रात 8.00 बजे तक एक टेक्सटाइल वर्कर के रूप में काम किया करते थे जहाँ कि जल्दी ही प्रोन्नत करके उन्हें क्लर्क बना दिया गया। उनकी निष्ठा और कठोर परिश्रम को सराहा और पुरस्कृत किया जाता रहा और उनका वेतन रु. 800 से बढ़ता-बढ़ता रु. 3000 हो गया। 1983 में उन्होंने वह नौकरी छोड़ दी और प्रचेता पैकिंग हाउस नाम से अपना काम शुरू किया लेकिन यह काम बुरी तरह पिट जाने के कारण 1987 में उसे बंद करना पड़ा। इस दौरान वह पीयरलेस कंपनी में बीमा एजेंट के रूप में भी काम करते रहे थे। सबकुछ अच्छा ही चल रहा था कि उस प्रतिष्ठित कंपनी के एक अधिकारी ने उनके साथ कुछ कपट किया और उनका विश्वास टूट गया। उन्होंने वह कंपनी छोड़ दी और फिर से वह सड़क पर आ गए, और दो साल तक इसी हाल में रहे। उस अँधेरे में रोशनी की एक किरण तब चमकी जब मीनाक्षी नाम की एक सुंदर जीवनसंगिनी उनके जीवन में आ गई। यह परिवारवालों द्वारा तय की गई शादी थी लेकिन मीनाक्षी उनके लिए भाग्यशाली रहीं।

जून 1984 में दीपक एल.आई.सी. के एजेंट बन गए लेकिन मार्च 1985 में उनकी सेवाएँ समाप्त कर दी गईं क्योंकि वह 12 बीमे भी नहीं ला पाए थे जो कि सेवाएँ जारी रहने की न्यूनतम आवश्यकता होती है। जुलाई 1985 में उन्हें फिर से पूर्णकालिक एजेंट के रूप में बहाल कर दिया गया। उन्होंने अपनी विफलता के कारणों पर मनन-मंथन किया और फिर प्राणपण से पॉलिसियाँ बेचने में लग गए। वह तेजी से तरक्की करते गए और हमेशा खुद से ही प्रतिस्पर्धा करते रहे। संभावित ग्राहकों को कैसे सहमत किया जाए, इस बारे में अपने अनुभवों पर वह अपने साथियों के साथ चर्चा करते रहते थे।

हालाँकि दीपक ग्रेजुएशन के बाद अपनी शिक्षा जारी नहीं रख सके थे, लेकिन किताबें पढ़ते हुए और 'लैंडमार्क एजुकेशन कॉरपोरेशन, यू.एस.ए.', 'लाइफ इंश्योरेंस राउंड टेबल', 'लाइफ अंडर राइटर्स नेशनल गिल्ड' एल.यू.टी.सी. और एल.आई.आई.ए.एफ.आई. द्वारा दिए जानेवाले अनेक कोर्सों को पूरा करते हुए वे स्वयं को और भी अधिक शिक्षित करते रहे। डवलपमेंट ऑफिसरों और शाखा प्रबंधकों से

बारंबार मिलते रहकर और उनसे यह जानकर कि वह उनके लिए क्या कर सकते हैं, दीपक ने अपने आधार को खूब विस्तार दिया। इसका परिणाम यह हुआ कि उन्हें भारतीय जीवन बीमा निगम के ऐसे अन्य कार्यालयों में भी बुलाया जाने लगा है जहाँ के डवलपमेंट ऑफिसर तथा शाखा प्रबंधक उनके अनुभवों की चर्चा सुनकर लाभान्वित होना चाहते हैं। 1995 में बाकायदा बीमा प्रशिक्षण कोर्स कराए जाने की माँग ने जोर पकड़ा जिसके आधार पर 'इंस्टीट्यूट ऑफ एक्सीलेंस' की स्थापना की गई। यह संस्था केवल बीमा एजेंटों को ही प्रशिक्षण नहीं देती बल्कि बीमा क्षेत्र के डवलपमेंट ऑफिसरों को भी प्रशिक्षित करती है।

हम देख सकते हैं कि घोर परिश्रम और सकारात्मक सोच के सहारे दीपक जोशी जीवन के दुर्गम मार्ग को पार करके वहाँ पहुँचे हैं जहाँ वे आज हैं। यह बीमा एजेंट जो कभी बर्खास्त बीमा एजेंट हो गया था, उसने कभी हार नहीं मानी, परिस्थितियों के सामने कभी घुटने नहीं टेके। आज दीपक दस बार से ज्यादा एम.डी.आर.टी. बन चुके हैं। 'टॉप ऑफ द टेबल' में स्थान पा चुके हैं। वह एल.आई.सी. एजेंटों के संगठन (ए.एल.आई. सी.ए.) के उपाध्यक्ष पद के लिए चुने जा चुके हैं। वह 'एल.आई.आर.टी.' के प्रोमोशनल डायरेक्टर रह चुके हैं। वह 'इंश्योरेंस रेगुलेटरी डवलपमेंट एक्ट' (आई.आर.डी.ए.) के सत्रों को अनेक बार संबोधित कर चुके हैं, और 'कंप्यूटर मीडिया डीलर्स एसोसिएशन' (सी.एम.डी.ए.) की अनेक कार्यशालाओं का आयोजन भी कर चुके हैं। इन सबके अलावा दीपक को 11 बार रोटरी क्लबों में बीमा विषयी भाषण देने के लिए आमंत्रित किया जा चुका है। आज मुंबई में दीपक के चार कार्यालय हैं, 20 सेंटर हैं और वह अपने अच्छी तरह प्रशिक्षित और सुयोग्य स्टाफ के लगभग 50 सदस्यों के साथ अपना काम सँभाल रहे हैं।

□

आत्मानुशासन के बलवाले लोग

"जो दूसरों को जीत लेता है वह बलवान है, जो स्वयं को जीत लेता है वह महाबली है।"

—लाओ त्सु

59

जो कभी एक डाकू था आज वह एक गांधीवादी है!

> *''अहिंसा के लिए दोगुने विश्वास की आवश्यकता पड़ती है, ईश्वर में विश्वास और स्वयं में विश्वास।''*
>
> —महात्मा गांधी

चंबल की घाटी में बसी हिंसा की हैवानियत का खात्मा करने का प्रयास करते हुए डाकू से गांधीवादी बने सुरेश चंद्र 'सर्वोदय' एक ऐसा स्कूल खड़ा करने के काम में लगे हुए हैं जिसमें बच्चे भी पढ़ सकें और बड़े भी। सुरेश चंद्र के सपनों की परियोजना चंबल क्षेत्र के उस बुंदेलखंड के लोगों की शिक्षा की आवश्यकताओं को पूरा करेगी जो कि देश का सबसे पिछड़ा हुआ इलाका है। चंबल की तंग घाटियाँ और तंग दर्रे डाकुओं के, हत्याओं के, विकास से वंचितों के, डाकुओं व नेताओं के गठजोड़ के, और हर उस चीज के पर्याय बन चुके हैं जो बुराई की परिभाषा में आती हैं। अब डाकू से गांधीवादी बना एक व्यक्ति इस धारणा को बदलने के प्रयास में लगा हुआ है।

61 वर्षीय सुरेश चंद्र 'सर्वोदय' बिल्कुल रॉबिन हुड के अवतार तो नहीं लगते हैं; लेकिन उनके शुरुआती जीवन में उसके चरित्र की काफी झलक देखने को मिलती है। वह गांधी-टोपी पहनते हैं, उनके स्वर में विनम्रता रहती है। किसी भीड़ में उन पर नजर पड़ने पर आप उन्हें एक अन्ना हजारे समर्थक समझने की गलती कर सकते हैं। चंबल के बीहड़ों से हिंसा को उखाड़ फेंकने के अपने अभियान में वह वहाँ युवाओं और प्रौढ़ों के लिए गांधी के आत्मनिर्भरता वाले सिद्धांत पर आधारित एक स्कूल बना रहे हैं। उनका कहना है, ''जो लोग हिंसा का रास्ता छोड़ने को तैयार हैं, वे यहाँ आकर खुद में सुधार ला सकते हैं। शिक्षा और व्यायाम की सुविधाओं के अलावा यह स्कूल इस क्षेत्र के युवाओं के चरित्र निर्माण करने का भी काम करेगा। वरना डाकुओं के दल में शामिल हो

जाना उनके लिए बड़ा आसान रहता है।''

सुरेश चंद्र 'सर्वोदया'

अपने इस महत्त्वाकांक्षी 'अहिंसक' संस्थान की जमीनी तैयारी एक साल में पूरा हो जाने की आशा करते हुए सुरेश ने लोगों से समर्थन और चंदा लेना शुरू कर दिया है। उल्लेखनीय है कि वह उन बुद्धिजीवियों, शिक्षाविदों और पत्रकारों के एक ग्रुप में शामिल हैं जो कि चंबल में एक विश्वविद्यालय स्थापित किए जाने की परिकल्पना कर रहा है, हालाँकि अन्य अधिकांश जनों को यह दूर की कौड़ी लगती है। उनका यह 'सपना' इस देश के एक सबसे पिछड़े और बहुधा उपेक्षित बुंदेलखंड व चंबल क्षेत्र के लोगों की शिक्षा की आवश्यकता को पूरा करेगा।

मध्य प्रदेश से लगे हुए और उत्तर प्रदेश के महोबा जिले में जन्मे सुरेश का परिवार जाति से सुनार है। उनके पिता नौकरी करते थे और माता लड़कियों के एक प्राइमरी स्कूल में पढ़ाती थीं। हालाँकि सुरेश बचपन से ही बहुत धार्मिक स्वभाव के थे और धार्मिक ग्रंथों को पढ़ने और बाँचने का शौक रखते थे, लेकिन भगतसिंह जैसे स्वतंत्रता सेनानियों के प्रति बहुत आदर भाव भी रखते थे। किसी से न दबनेवाले सुरेश ने तब 'ना' कह दिया था जब बचपन में ही उनका विवाह किया जा रहा था। उन्होंने अपना पहला अपराध तब किया था जब वह केवल सोलह साल के थे। मनोज कुमार की फिल्म 'शहीद' में काकोरी ट्रेन डकैती से जुड़े गीत 'मेरा रंग दे बसंती चोला' से प्रेरित होकर उन्होंने अपनी बस्ती में उस रईस आदमी को गोली मार दी थी जो कि एक लड़की से बलात्कार करने का आरोपी था। सुरेश ने बताया, ''मेरा हमेशा से यही मानना रहा था कि बुराई पर अच्छाई की जीत के लिए कभी-कभी बल प्रयोग करना भी आवश्यक हो जाता है। इस घटना के बाद मैंने सोचना शुरू कर दिया था कि अन्याय से लड़ने के लिए किसी को मार देने में कुछ भी गलत नहीं है।''

जैसे-जैसे उनका नाम फैलता गया वैसे-वैसे उनके दोस्तों ने उनसे अपने काम निकलवाने शुरू कर दिए जो कि उन्हें कुछ डकैतियाँ डालने की तरफ ले गए। वह कहते हैं, ''तब मुझे इस बात का भान नहीं था कि हिंसा की इस शृंखला का कोई अंत

नहीं है।'' इधर-उधर कुछ वारदातों के करने के बाद, जैसा कि चंबल में उन दिनों हुआ करता था, सुरेश ने भी अपना गिरोह बना लिया। लेकिन घोर हिंसात्मक अपराधों के करने के बावजूद सुरेश यह सुनिश्चित रूप से ध्यान रखते थे कि महिलाओं, बच्चों और वृद्धों को कोई चोट न पहुँचाई जाए। उन्होंने बताया, ''हमारे निशाने पर मध्य प्रदेश और उत्तर प्रदेश के रईस लोग रहते थे और उनसे लूटा हुआ माल हम गरीबों और जरूरतमंदों में बाँट दिया करते थे।''

लेकिन 1973 में उनके इस रंग-ढंग का अंत हो गया जब 21 साल की उम्र में उन्हें गिरफ्तार कर लिया गया और एक डकैती के बाद बचकर भागते हुए एक पुलिसवाले की हत्या कर देने के आरोप में उन्हें आजीवन कारावास की सजा दे दी गई। सुरेश के पिता द्वारा प्रस्तुत जमानत की प्रार्थना खारिज कर दी गई और उन्हें कानपुर की जेल में भेज दिया गया। लेकिन सीखचों के पीछे डेढ़ साल रहने के बाद सुरेश तब गायब हो गए जब वह जमानत पर बाहर आए हुए थे। वह भूमिगत हो गए और जंगलों व बीहड़ों में छुपते-छुपाते फिरते रहे, लेकिन अंततः फिर से पकड़ लिये गए। यही वह समय था जब उन्होंने अपने भाग्य को स्वीकार कर लिया था। हत्या व डकैती सहित कम-से-कम बीस वारदातों के आरोपी सुरेश बताते हैं, ''जब मैं पहली बार गिरफ्तार हुआ था तब मुझे बहुत गुस्सा आया था और मैं बदले की आग में जल रहा था। लेकिन जब मैं दोबारा पकड़ा गया तो मुझे लग गया कि अब मेरे भाग्य में यही लिखा है। हिंसा भरे जीवन का कोई छोर नहीं होता। मैं जितनी अधिक हानि और हत्या करता जा रहा था, मैं उतने ही अधिक अपने शत्रु बनाता जा रहा था।''

जेल में रहते हुए उनके जीवन और जीवन-दर्शन में बदलाव आया, विशेष रूप से तब जब उन्होंने हमीदपुर में हुए एक पुनर्वास मिशन में एक कॉलेज के प्रधानाचार्य द्वारा दिया गया महात्मा गांधी पर भाषण सुना। उन प्रधानाचार्य ने सुरेश को कुछ पुस्तकें भी दीं—डॉ. राधाकृष्णन की 'रिकवरी ऑफ फेथ' और महात्मा गांधी की 'मंगल प्रभात'—और उन्होंने इन्हें पढ़ना शुरू कर दिया। महात्मा गांधी की शिक्षाओं से अति प्रभावित होकर उन्होंने निर्णय लिया कि अब वह अपना शेष जीवन गांधीजी के सिद्धांतों पर चलते हुए ही व्यतीत करेंगे। ये पुस्तकें वे अन्य कैदियों को भी पढ़कर सुनाने लगे। सत्य और अहिंसा के विषयों पर गौतम बुद्ध और स्वामी विवेकानंद की पुस्तकों ने भी उनके विचारों को प्रभावित किया। उनके सदाचार और 'सर्वोदय' स्वभाव को देखते हुए सुरेश को 22 वर्ष और 10 महीने जेल में रहने के बाद मार्च 1999 में रिहा कर दिया गया।

उन्होंने बताया, ''हालाँकि जेल से छूटने के बाद भी पुलिस अधिकतर डाकुओं की तलाश में रहती है, लेकिन मेरे खिलाफ उसे कभी कोई शिकायत नहीं मिली।'' दिलचस्प बात यह है कि जब अपने ग्रुप के साथ वह पुलिस स्टेशन की सफाई करने

गए तो पुलिसवालों ने उन्हें बड़ी खुशी से मिठाई खिलाई। उन्होंने कई अन्य डाकुओं को भी हिंसा का मार्ग छोड़ देने के लिए प्रेरित और प्रोत्साहित किया। जेल से छूटने के बाद सुरेश महाराष्ट्र के एक आश्रम में जाकर रहने लगे और गांधीजी की एक विचारधारा के नाम पर अपना नाम बदलकर 'सर्वोदय' रख लिया। आज वह राष्ट्रपिता का संदेश प्रसारित करते हुए देश भर में यात्रा करते हैं, स्कूल-कॉलेजों में भाषण देते हैं, फिल्मोत्सवों और सांस्कृतिक कार्यक्रमों में भाग लेते हैं।

□

60

जीवन को बदलनेवाला संकल्प

''ऐसा नहीं है कि संकल्प शक्ति कुछ लोगों में होती है और कुछ में नहीं, बात यह है कि बदलाव के लिए तैयार कुछ ही लोग होते हैं, बाकी नहीं।''

—जेम्स गॉर्डन

आज जब कि नैतिक मूल्य तेजी से गिरते जा रहे हैं, ऐसे में मध्य प्रदेश के रतलाम के निकट चिलकाना गाँव की लीलाबाई चौहान ने एक ऐसी आश्चर्यजनक मिसाल कायम की है जिसकी बराबरी कर पाना औरों के लिए मुश्किल होगा। 1993 में उन्होंने अपने जीवन भर की कमाई के दो लाख रुपए खर्च करके शिव-हनुमान मंदिर का निर्माण कराया है। किसी धार्मिक काम के लिए इतनी उदारता करनेवाला कोई विरला ही होता है।

यह अकेला काम नहीं है जिसके कारण लीलाबाई भीड़ से अलग दीखती हैं। उनकी पृष्ठभूमि उनकी उपलब्धियों को जीवन से बड़ा आकार प्रदान करती है। वह 'बंचदा' समुदाय से हैं जिसमें कि महिलाओं को वेश्यावृत्ति में डाल दिया जाता है। देह-व्यापार में लगभग दस साल बिताने के बाद उन्होंने स्वयं को बदलकर अपना जीवन बदलने और एक सामान्य जीवन जीने का दृढ निश्चय कर लिया। धार्मिक उत्साह से प्रभावित होकर उन्होंने मंदिर निर्माण के लिए सारा धन दान कर दिया।

लीलाबाई चौहान

अपनी बहन के विवाह के आयोजन में लीलाबाई की मुलाकात भेरुसिंह से हुई थी और वह इतनी प्रभावित हुईं कि दोनों 1993 में विवाह बंधन में बँध गए। हालाँकि

इस अपरंपरागत विवाह को समाज का कोप-भाजन बनना पड़ा लेकिन वह उनके एक नई राह पर चलने और इतिहास रचने के संकल्प को कमजोर नहीं कर सका। अब तो इस दंपती को सुखी वैवाहिक जीवन जीते हुए दो दशक से अधिक का समय हो गया है। वे नियमपूर्वक तीर्थाटन पर जाते रहते हैं, कभी केदारनाथ व बदरीनाथ तो कभी रामेश्वरम् और कभी पुरी, कभी वैष्णव देवी, कभी गंगासागर और कभी कहीं और।

लीलाबाई का मानना है कि धर्म एक बड़ा प्रबल प्रेरक होता है जो कि जीवन को बदल सकता है। देह-व्यापार और ऐसे ही अन्य अधम कर्मों में लिप्त महिलाओं के लिए अपने संदेश में वह कहती हैं, ''यदि आप आत्मसम्मान के साथ जीना चाहती हैं और समाज में अपना एक स्थान बनाना चाहती हैं तो आपको दृढ संकल्प करना होगा, और बदलाव के लिए तो यही कहना सही है कि जब जागो तभी सवेरा।''

उनके शब्दों से दृढ विश्वास छलकता है क्योंकि उन्होंने दुनिया को दिखा दिया है कि 'आपके शब्दों की अपेक्षा आपका काम अधिक जोर से बोलता है'। लीलीबाई और उनके पति स्वयं में और भगवान् में पूरा विश्वास रखते हैं। अपना कहने के लिए उनके कोई बच्चा नहीं है लेकिन स्वार्थपरता से ऊपर उठकर उन्होंने अपनी जमीन में से 12 लाख कीमत की पाँच बीघा जमीन की वसीयत मंदिर के रख-रखाव के लिए कर दी है और बाकी पाँच बीघा अपने भतीजों-भानजों के नाम कर दी है।

लीलाबाई का मानना है कि इस धरती पर 'मेरा मुझको कुछ नहीं जो कुछ सो तेरा (भगवान् का)' और इसलिए सबकुछ उसे ही अर्पण कर देना चाहिए, और वह भी कृतज्ञतापूर्वक। भेरुसिंह और लीलाबाई अपना शेष जीवन खेती करते हुए और मंदिर के निकट बने अपने छोटे से घर में रहते हुए बिताना चाहते हैं। ऐसे जीवन बहुतों को प्रेरित करनेवाले होते हैं और बदलाव की देहरी पर खड़े लोगों को साहस प्रदान करते हैं।

□

61

अपने काम को प्रेम करना

> *"सफलता होती है—जो आप चाहते हैं वह आपको मिल जाना,*
> *सुख होता है—जो आपको मिला है उसे चाहने लगना।"*
>
> —डब्ल्यू.पी. किंसेला

स्कूल में वह मेधावी छात्रों में गिना जाता था। उसके माता-पिता ने उस पर डॉक्टर बनने की अपनी अभिलाषा को लादने की कोशिश की। लेकिन अंग्रेजी और दर्शन में परास्नातक कर लेने के बाद वह सिविल सर्विसेज की परीक्षाएँ देने लगा परंतु चार बार असफलता का मुँह देखने के बाद उसका विश्वास डिग गया और उसके सपने चकनाचूर हो गए। भाग्य के थपेड़ों ने उसे मेडिकल रेप्रिजेंटेटिव बना दिया—कुछ महीनों के लिए।

राजेश जोशी

वही राजेश जोशी अब उत्तराखंड के एक प्राइमरी स्कूल के चहेते अध्यापक हैं। छात्र उन्हें प्रेम करते हैं, उनका आदर करते हैं, उन्हें चाहते हैं। जोशी के बिना स्कूल की वे सोच भी नहीं सकते। प्रात: की प्रार्थना सभा से ही राजेश एक मैत्रीपूर्ण ढंग से सीखने का वातावरण बनाने के प्रयास में कुछ-न-कुछ करने में लग जाते हैं। जब तक उनके माता-पिता ने किसी सरकारी स्कूल में टीचर बनने के लिए दबाव नहीं डाला था तब तक उन्हें नहीं पता था कि पढ़ाने में उन्हें इतना आनंद मिलेगा।

राजेश गर्व के साथ कहते हैं, "मैंने अपने छात्रों से बहुत कुछ सीखा है, और यही मेरी असली ट्रेनिंग है।" 2007 की बात है जब एक टीचर रूप में राजेश की पहली नियुक्ति मोरे के निकट नितोशा के एक स्कूल

में हुई थी। स्कूल में उनका पहला अनुभव बड़ा विचित्र था। वहाँ दो ही टीचर थे और दो ही छात्र। जिन बाकी दस छात्रों के नाम दर्ज थे वे शायद ही कभी स्कूल आते थे। लेकिन जल्दी ही यह बात फैल गई थी कि जो बच्चे स्कूल जा रहे थे उनकी तो मस्ती हो गई थी क्योंकि नए टीचर के साथ वे खेल-खेल में पढ़ाई कर रहे थे। एक सप्ताह में ही बच्चों की उपस्थिति शत प्रतिशत हो गई।

बच्चों के साथ राजेश इतना घुल-मिल गए कि वह उनके घर जाकर उनके माता-पिता से भी मिलने लगे। वह बताते हैं, ''यदि उनके परिवार का कोई सदस्य बीमार पड़ जाता है तो अपनी मेडिकल जानकारी के अनुसार मैं उन्हें दवाएँ भी दे दिया करता हूँ। उनके साथ होनेवाली बातचीत से मैंने बहुत कुछ सीखा है जिससे कि मैं बार-बार असफल होने से उत्पन्न हुई कुंठा से बाहर आ सका हूँ।''

उत्तराखंड में उत्तरकाशी से 45 किलोमीटर दूर स्थित यह स्कूल कई मायनों में अनोखा था। स्कूल तक जानेवाली सड़क पर चार किलोमीटर की खड़ी चढ़ाई है जिसे पार करने में एक घंटा लग जाता है। पढ़ाने का यह उनका उत्साह ही है जो उन्हें इस चढ़ाई पर थकाता नहीं है, वैसे अब तो यह उनका रोज का काम हो गया है।

राजेश कहते हैं, ''एक टीचर का काम बच्चों को पढ़ाना ही नहीं है बल्कि टीचर को उनसे सीखना भी चाहिए। उनके पास अपने-अपने अनुभवों का भंडार होता है। मैं अपने छात्रों को पूरी आजादी देता हूँ और प्रोत्साहित करता हूँ। गलती करने का डर उनमें नहीं है। आखिर, जब वे गलती करेंगे उसके बाद ही तो स्वयं में सुधार ला पाएँगे।''

एक अध्यापक बनने के कॅरियर को अपनाना आसान नहीं था। 'देखो तो, ये जनाब दुनिया को बदलना चाहते हैं'—ऐसे चुभनेवाले व्यंग्य-बाणों से उनका मन दुखता जरूर था लेकिन ऐसी बातें उनके उत्साह को उदासीनता में नहीं बदल सकीं। अपने विश्वास को स्पष्ट शब्दों में व्यक्त करते हुए वह कहते हैं, ''मैंने यह कभी नहीं कहा है कि मैं दुनिया को बदलना चाहता हूँ। दरअसल, बच्चों की दुनिया इतनी सुंदर है कि उनके संग-साथ में रहते हुए मैं खुद अपने भीतर से खिल रहा हूँ, खुल रहा हूँ, विकसित हो रहा हूँ।''

राजेश का जीवन इस बात का जीता-जागता उदाहरण है कि जो काम हमें करना है उसे रुचि के साथ करने से हम किस तरह कुंठा से मुक्त हो सकते हैं और सच्ची सफलता की इबारत लिख सकते हैं।

□

पर्यावरण के प्रेमी

"यह धरती हमने अपने पूर्वजों से उत्तराधिकार में नहीं ली है बल्कि यह तो हमने अपने बच्चों से उधार ली हुई है।"

—डेनिस जे. हॉल

62

बंजर भूमि को ऑर्गेनिक फार्म में बदला

"ऑर्गेनिक खेती मुझे इसलिए भा गई क्योंकि इसमें प्राकृतिक तौर-तरीकों पर चलते हुए अन्वेषण और आविष्कार दोनों होते रहते हैं, जब कि बँधे-बँधाए ढर्रे के अनुसार की जानेवाली रासायनिक खेती में ऐसा नहीं होता।"

—इलियट कोलमैन

मंगलौर शहर से कोई 25 किलोमीटर दूर स्थित ओड्डूर फार्म्स राजेश नाइक के प्रयास की बड़ी सफलता का एक उल्लेखनीय उदाहरण है जिसमें उन्होंने दो एकड़ की एक झील बनाकर पूरे 120 एकड़ की बंजर भूमि को एक आत्मनिर्भर ऑर्गनिक फार्म में बदल दिया है। यह एक ऐसे लंबे प्रयास की कहानी है जिसमें पग-पग पर चुनौतियाँ खड़ी हुई थीं, लेकिन उन चुनौतियों पर विजय पाने के लिए गत बीस वर्षों से अडिग व अविरल आशा के साथ की जा रही राजेश की यह कड़ी मेहनत ही है जिसके अच्छे परिणाम आज सामने हैं।

राजेश बताते हैं, "मैं एक किसान परिवार से हूँ। यह मेरी पैतृक जमीन है जिसे बंजर भूमि के रूप में बेकार मानकर यूँ ही छोड़ दिया गया था क्योंकि यहाँ पानी नहीं है और लेटेरिटिक चट्टानी इलाका होने के कारण मिट्टी में पानी को थामे रखने की क्षमता अच्छी नहीं है और इसीलिए यहाँ वनस्पति का होना मुश्किल होता है। जब मैंने इस भूभाग को विकसित करने की अपनी योजना लोगों को बताई तो उनका मानना था कि मैं बहुत बड़ा जोखिम ले रहा हूँ, क्योंकि यह असंभव है और यह कि मैं अपना कॅरियर दाँव पर लगा रहा हूँ। लेकिन मैंने इसे किसी लायक बनाने का पक्का इरादा कर लिया था और इस तरह मैंने सबसे पहले इस क्षेत्र में जल-स्रोत विकसित करने के विचार पर धीरे-धीरे काम करना शुरू किया।"

राजेश नाइक उनके द्वारा विकसित मंगलोर के ऑडूर फार्म्स में विकसित झील के समीप

एक झील बनाने में काफी पैसा और समय लगा जो कि धीरे-धीरे पानी से भरती गई, लेकिन अब तो यह पूरे फार्म की सिंचाई करने के लिए 40,000 लीटर पानी मुहैया कराती है। इस झील से इस क्षेत्र में न केवल हरियाली लाने में मदद मिली है बल्कि फार्म के आस-पास के क्षेत्र का जलस्तर भी बढ़ा है। इस फार्म के आस-पास के इलाके के दो कुओं में अब काफी पानी रहता है। इस झील के बराबर में एक और झील बनाने की राजेश की योजना है जिस पर काम शुरू भी हो गया है। पहली वाली झील अब पूरी तरह कारगर हो गई है और इसके कारण इस क्षेत्र में पानी के चश्मे फूटने लगे हैं।

फल और सब्जी उगाने के साथ ही राजेश ने एक डेयरी फार्म भी शुरू कर दिया है जिसमें करीब 200 गायें हैं जो कि लगभग 800 से 1000 लीटर दूध रोजाना देती हैं जिसे कर्नाटक मिल्क फेडरेशन द्वारा ले लिया जाता है। एक शेड में कुट्टी काटने की एक बड़ी सी मशीन लगी हुई है जो कि पशुओं के लिए पर्याप्त हरी घास काट सकती है। राजेश ने बताया, ''हम यह घास अपने ही फार्म में उगाते हैं। पशुओं के टहलने के लिए यहाँ काफी जगह भी है।''

इस फार्म की सबसे बड़ी विशेषता यह है कि यह हर तरह से आत्मनिर्भर है, यहाँ तक कि फार्म के लिए खाद और बिजली उत्पादन भी यहीं किया जाता है। इस फार्म पर गायों के गोबर से खाद बनाई जाती है और गो-मूत्र में कुछ यहीं पैदा की गई जड़ी-बूटियाँ तथा वनस्पतियाँ मिलाकर उसे कीटनाशक के रूप में प्रयोग किया जाता है। गायों का गोबर, मूत्र तथा गोशाला की धुलाई के पानी को एक टैंक में इकट्ठा किया जाता है जो खमीर उठने पर बड़ी मात्रा में मेथेन गैस पैदा करता है जिससे 60 किलोवाट का जनरेटर चलाया जाता है जिससे पूरे फार्म का काम चलाने के लिए बिजली पैदा की जाती है। बायोगैस से खाना भी पकाया जाता है और बायोगैस प्लांट से निकले घोल को खेतों के लिए खाद की तरह प्रयोग में लाया जाता है, जो कि खनिजों और कैल्सियम से भरपूर होता है।

राजेश ने अपनी बात पूरी करते हुए कहा, ''यदि देश के हर हिस्से में इस मॉडल को अपनाया जाए तो पूरा देश जलाभाव की समस्या से निपट सकता है और खेती को पूरी तरह से ऑर्गेनिक आधार पर किया जा सकता है। यदि यह काम मैं जमीन के इस टुकड़े पर कर सकता हूँ तो फिर यह कहीं भी किया जा सकता है। आवश्यकता है तो बस लोगों के संकल्प की और सरकार के सहयोग की।''

□

साहस के धनी लोग

"साहस का अर्थ डर का न होना नहीं होता बल्कि इसका अर्थ डर को खुद पर हावी होने देने के बजाय डर पर हावी हो जाना होता है।"

—मार्क ट्वेन

63

किसी और के लिए अपनी जान जोखिम में डाल देना

> *''जितने भी गुण हैं उनमें साहस सबसे अधिक महत्त्व रखता है क्योंकि साहस के बिना आप बाकी गुणों पर टिके नहीं रह सकते।''*
>
> —माया एंजीलो

जीवन अमूल्य है तो कोई किसी और के जीवन को बचाने के लिए अपने जीवन को खतरे में क्यों डालेगा और वह भी किसी नितांत अजनबी के लिए? लेकिन कोई है जिसने यह असाधारण साहस दिखाया है और इस सफलता की गाथा का नायक बना है। मिलिए पुणे के मधुकर मगर से जो अपनी बहादुरी की दास्तान खुद बयाँ कर रहे हैं, ''मैं अपना यह प्रसंग पहली बार किसी को सुना रहा हूँ क्योंकि मैं समझता हूँ कि इस घटनाक्रम में मैंने जो कुछ भी किया वह मानवता के नाते ही किया, लेकिन कभी पीछे देखता हूँ तो सोचता हूँ कि हममें से कितने लोग हैं जिन्होंने ऐसा करने की कोशिश की है, अपने जीवन को खतरे में डालने की''

मधुकर मगर

''उन दिनों मैं पोर्ट ब्लेयर के एक कॉलेज में पढ़ाई कर रहा था। छुट्टियों में मैं रेल से कोलकाता से पुणे जा रहा था और रात के दौरान सिगरेट पीने के वास्ते मैं चलती ट्रेन के दरवाजे की देहरी पर बैठ गया था और वह बंदा ठीक मेरे पीछे

खड़ा हुआ था। जब मैंने सिगरट सुलगाई तो वह भी अपनी सिगरेट लेकर मेरे बराबर में दरवाजे की देहरी पर ही साथ में आ बैठा। ट्रेन अपनी रफ्तार से चल रही थी।''

''अचानक, एक जोर का झटका लगा जो कि शायद एकदम ब्रेक लगाने के कारण हुआ था, इससे हम दोनों का संतुलन बिगड़ गया। हुआ यह कि उस दरवाजे का किवाड़ पीछे से आकर हमसे धड़ाम से टकराया। जाने कैसे हुआ कि मैं दरवाजे की खिड़की के सीखचे पकड़ने में कामयाब हो गया लेकिन मेरे साथ बैठे उस बंदे ने अपना पूरा संतुलन खो दिया था और वह दरवाजे की रेलिंग को अपने दोनों हाथों से पकड़े हुए हवा में झूल रहा था और ट्रेन से गिरने-गिरने को हो रहा था। एक हाथ से मैंने उसकी पैंट की पेटी को पकड़ लिया लेकिन चूँकि वह मुझसे उम्र में बड़ा था और मुझसे भारी भी था इसलिए उसे पकड़े रहना मुझे बहुत भारी पड़ रहा था। मैंने उसे कहते सुना था, ''भैया, छोड़ना मत, नहीं तो मैं मर जाऊँगा।'' मैं अपनी पूरी ताकत लगाकर उसे कसकर पकड़े हुए था। मैं पूरी तरह पसीने से लथपथ हो गया था और इतना घबराया हुआ व स्तब्ध था कि सहायता के लिए चिल्ला भी नहीं पा रहा था। वह तो अच्छा हुआ, खासतौर से मेरे लिए, कि कुछ ही दूरी पर ट्रेन धीमी होने लगी। मुझे विश्वास हो गया कि मैं इस बंदे को बचा सकूँगा। कुछ ही देर में ट्रेन रुक गई क्योंकि आगे सिग्नल लाल था। वह झट से ऊपर चढ़ आया, उसकी आँखों से आँसू बह रहे थे, उसने मुझे गले से लगाया, मेरे चेहरे पर हाथ फेरा। जो कुछ घटित हुआ था उससे मैं इतना स्तब्ध था कि मेरे मुँह से बोल नहीं निकल रहे थे। जो कुछ हुआ था जब मैंने उसे सोचा तो मेरे रोंगटे खड़े हो गए थे, 'यदि हम दोनों चलती ट्रेन से नीचे गिर जाते तो?' उस दिन से उस परम शक्ति में मेरा विश्वास और भी बढ़ गया है—जाको राखे साइयाँ···!''

मधुकर, आपके इस प्रयास की जितनी प्रशंसा की जाए कम है, आपने एक अजनबी के जीवन को बचाने के लिए अपना जीवन जोखिम में डाल दिया था।

□

64

उसने एक चोर को पकड़ने के लिए अपनी जान को जोखिम में ले लिया

> *''मैंने सीखा है कि डर का न होना साहस नहीं होता, बल्कि डर को जीतना साहस होता है। वह आदमी बहादुर नहीं है जिसे डर नहीं लगता, बल्कि वह है जो डर पर विजय प्राप्त कर लेता है।''*
>
> —नेल्सन मंडेला

भोपाल में उस समय रात के 10.20 बजे थे जब बी.ई. का प्रथम वर्ष का छात्र शुभांक गुप्ता अपने घर के बाहर खड़े होकर अपने मित्र स्वप्निल भार्गव के साथ बात कर रहा था। वे दोनों एक मूवी देखकर आए थे। दो अजनबी लोग आए और उन्होंने पास में ही अपनी बाइक खड़ी कर दी। वे आपस में कुछ बात कर रहे थे। शुभांक जब स्वप्निल को अपने मोबाइल पर कुछ तसवीरें दिखाने लगा तो अचानक ही उन लोगों में से एक शुभांक पर झपटा और उसका मोबाइल छीनकर भागने लगा। पलक झपकते ही शुभांक यह चिल्लाता हुआ उसके पीछे दौड़ पड़ा 'चोर-चोर, पकड़ो-पकड़ो'। शुभांक ने चोर को पकड़ भी लिया और कोई पाँच मिनट तक उससे गुत्थमगुत्था करता रहा। चोर अपना पूरा जोर लगाकर उससे छूटकर भागने की कोशिश कर रहा था, लेकिन जब वह ऐसा नहीं कर पाया तो उसने रिवॉल्वर निकाल

शुभांक गुप्ता

लिया और शुभांक पर तानते हुए उसे गोली मार देने की धमकी देने लगा।

शुभांक उस घटना को याद करता हुआ कहता है, ''मैं नहीं जानता कि मेरे अंदर कहाँ से इतनी निडरता आ गई थी कि जान जाने के डर से डरे बिना मैंने फिर भी उसे पकड़े रखा।'' उसकी जगह कोई और होता तो छोड़ देता। तभी स्वप्निल भी वहाँ आ पहुँचा और उसने भरी हुई रिवॉल्वर और मोबाइल चोर से छीन लिये। इसी बीच चोर का साथी अपनी बाइक पर वहाँ से चंपत हो गया। शुभांक के माता-पिता, चाचा और पड़ोसी भी आ गए और उन्होंने चोर को थाम लिया।

तभी इस घटना में एक नाटकीय मोड़ आया। एक आदमी वहाँ आ पहुँचा और उसने खुद को पुलिसवाला बताया और चोर व रिवॉल्वर को उसे सौंप देने को कहा। जब लोगों ने उसकी बात नहीं मानी तो वह रफूचक्कर हो गया।

लगभग तभी पेट्रोलिंग ड्यूटी कर रहे दो पुलिसवाले अपनी बाइक पर वहाँ आ पहुँचे। चोर को उनके हवाले कर दिया गया, जो उसे एम.पी. नगर थाने ले गए और एफ.आई.आर. दर्ज करा दी गई। इस असाधारण बहादुरी के लिए पुलिस के महानिरीक्षक श्री उपेंद्र जैन ने शुभांक और स्वप्निल को रु. पाँच-पाँच हजार और प्रशंसा-पत्र देकर सम्मानित किया। उन्होंने उन दोनों को ऐसा उदाहरण प्रस्तुत करने के लिए बधाई भी दी जो किसी और के लिए करना कठिन था।

शुभांक की माँ ने जब सुना कि उनके बेटे ने कितना बड़ा जोखिम लिया है तो वह तो हक्की-बक्की रह गई थीं। उन्होंने बताया, ''मुझे उसकी बड़ी फिक्र हो गई थी। मैं उस घटना को कभी भूल नहीं सकती हूँ।'' लेकिन उसके पिता अपने बेटे की बहादुरी पर गर्व करते हैं, और उसके दोस्त भी।

शुभांक से कोई संदेश देने के लिए कहे जाने पर उसने कहा, ''ऐसे बदमाशों का सामना करने के लिए लोगों को हिम्मत करके आगे आना चाहिए ताकि चेन और मोबाइल छीनने की घटनाओं पर अंकुश लग सके।''

सीमेंट, लोहा और अन्य निर्माण सामग्री बेचनेवाले व्यापारी का पुत्र शुभांक अपने पिता से प्रेरणा पाता है, उन्हें अपना रोल-मॉडल मानता है। वह एक सफल उद्यमी (एंटरप्रेन्योर) बनना चाहता है और बेस्ट बज के संस्थापक व सी.ई.ओ. कैरी लायर के इस दर्शन पर चलता है, ''उद्यमी होना कोई पार्ट टाइम जॉब नहीं है, न ही यह फुल टाइम जॉब है, बल्कि यह तो एक जीवन शैली है।'' शुभांक अपने रास्ते में आनेवाली किसी भी कठिनाई और चुनौती का सामना करने के लिए तैयार है—लगन के साथ कठिन परिश्रम करते हुए।

□

65

ड्यूटी से भी बढ़कर कुछ करना

''अपनी ड्यूटी करो और थोड़ी ज्यादा करो, बाकी भविष्य अपने आप सँभाल लेगा।''

—एंड्रयू कारनेगी

भोपाल के एक व्यस्त बाजार में शाम के लगभग 4.15 का समय था। ट्रैफिक के बीच एक मिनी बस वहाँ आकर रुकी और उसमें से एक बुजुर्ग व्यक्ति उतरे जिनके एक हाथ में मोबाइल फोन था। एक बदमाश ने उनका मोबाइल छीन लिया और भागने लगा। वह बुजुर्गवार मदद के लिए चिल्लाए। निकट ही एक ट्रैफिक हवलदार ड्यूटी पर था। वह उनकी मदद के लिए लपककर आया और उसने मोबाइल चोर को जा पकड़ा। चोर अपना पूरा जोर लगाकर उसके हाथों से छूटने की कोशिश करने लगा। चोर को फँसा हुआ जानकर उसके कुछ साथी वहाँ आ पहुँचे जो कि पिए हुए थे। उन्होंने चाकू से हवलदार पर हमला किया। उनमें चल रही गुत्थमगुत्था के दौरान हवलदार के हाथ की नस कट गई और उसमें से खून का फव्वारा फूट निकला। अपने दर्द और खून बहने की परवाह न करते हुए हवलदार ने बदमाश पर कसी हुई अपनी पकड़ को ढीला नहीं होने दिया। अंततः वह चोर पकड़ा गया और हत्या के प्रयास के अभियोग में अंदर कर दिया गया। हवलदार सहसलाल को एपेक्स अस्पताल में भरती करना पड़ा, जहाँ उसकी सर्जरी की गई।

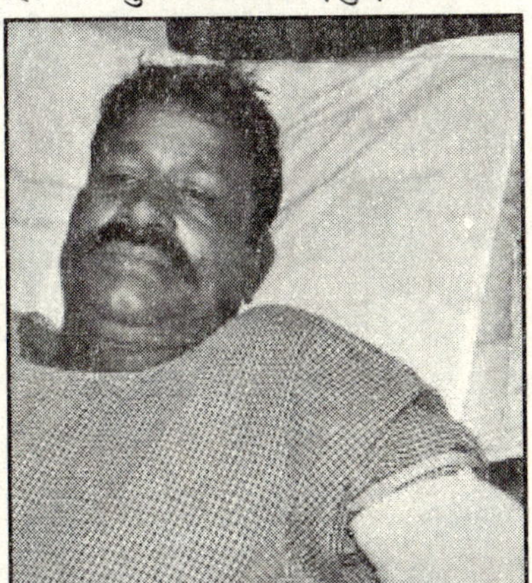

हवलदार सहसलाल सरयम

45 वर्षीय हवलदार सहसलाल सरयाम द्वारा दिखाई गई इस अनोखी बहादुरी ने उन्हें असल जिंदगी का हीरो बना दिया था। यह साहस उन्होंने अपनी ड्यूटी की लीक से हटकर किया था, वह भी अपनी या अपने परिवार की सुरक्षा की चिंता किए बिना। मध्य प्रदेश के पुलिस महानिदेशक ने उनके लिए रु. 25,000 का पुरस्कार घोषित किया। लगभग पाँच साल पहले भी सहसलाल ने एक नर्स की चेन खींच लिये जाने पर उसकी मदद की थी और उसकी चेन वापस दिला दी थी जिसके लिए उन्हें रु. 10,000 का नकद पुरस्कार दिया गया था। ऐसे विचार कि 'ये बदमाश अगर मुझसे या मेरे परिवार से कभी बदला लेने लगे तो क्या होगा' न तो उनके मन में आते हैं और न ही ऐसी हिम्मत करने से उन्हें रोक पाते हैं।

एक निम्न-मध्यम परिवार से आनेवाले इन हवलदार की तीन बेटियाँ और एक बेटा है। कॉलेज में पढ़ रही बेटियों को अच्छी-से-अच्छी शिक्षा देने के लिए वह कोई कोर-कसर नहीं छोड़ रहे हैं। केवल 11वीं तक पढ़े हुए सहसलाल टीचर बनना चाहते थे। वह गीता के इस सिद्धांत पर चलते हैं—कर्मण्येवाधिकारस्ते मा फलेषु कदाचन। समयपालन और निष्ठा उनके व्यक्तित्व की पहचान हैं। अपने जीवन के सबसे सुखद दिवस के बारे में पूछे जाने पर उन्होंने चुटकुला छोड़ा, ''जब मुझे पुलिस का 'स्वर्ण पदक' मिलेगा।''

लगता है कि वह दिन दूर नहीं है जब वह 'स्वर्ण पदक' उनके सीने की शोभा बढ़ा रहा होगा।

यह अंतिम है लेकिन अंत नहीं है, हर अच्छी बात के बाद एक विराम आता है, लेकिन हर विराम एक नई शुरुआत की संभावना लेकर आता है, क्योंकि सफलता तो एक सफर है, कोई मंजिल नहीं है। आपके विचारों की प्रतीक्षा रहेगी fragranceofsuccessmail@gmail.com आपके विचार मेरे लिए महत्त्व रखते हैं। बहुत-बहुत धन्यवाद!

□□□